Sten Johansson

Farango

I0631503

SERIO ORIGINALA LITERATURO

STEN JOHANSSON

Farango

Romano

MONDIAL

Mondial
Novjorko

Sten Johansson:

Farango

Originala romano en Esperanto

© 2025 Sten Johansson kaj Mondial
Ĉiuj rajtoj rezervitaj.

Kovrilo: Mondial

ISBN 9781595695123

www.esperantoliteraturo.com

Enhavo

Prologo

Mi sidas sub sunombrelo sur la plaĝo de Khao Lak, duonfermante la okulojn kontraŭ la decembra suno. Apude, je kelkmetra distanco, sidas Hanna kaj Lova sub alia ombrelo, ambaŭ tre koncentritaj super siaj telefonoj. Lova verŝajne ludas ion aŭ rulumas filmetojn kun amuzaj kaj dolĉaj katidoj. Hanna sendube tiktokas aŭ tekstomesaĝas al sia amikino Viki. Kompreneble mi devus kontroli ke ĉio sendanĝeras kaj ke ŝi ne estas hokata de reta pedofilo aŭ alia krimulo, sed ĉi-momente mi ne havas fortojn por nova konflikto. Mi ĵus devigis ŝin akcepti sidi sub la sunombrelo.

"Mi revenos hejmen al Svedio same blanka kiel mi foriris!" ŝi antaŭdiris.

"Tute ne. Sed mi preferas vin bruna ol ruĝa."

Ŝi suspiris en tiel teatreca maniero, kiel kapablas nur dektrijara knabino.

Jes ja, dektrijara! Estas absolute neimageble ke mia Hanna jam same aĝas kiel mi mem en tiu longe pasinta jaro, kiam unuafoje aperis en mia vivo la samaĝa Mika. Hanna ja estas nur infano, kvankam ŝi laŭte protestus, se mi dirus tion. Dum mi mem en tiu aĝo... Nu, kio mi do estis? Ĉu same naiva kaj vundebla infano? Kaj kio estis Mika? Ĉu ŝi iam ajn estis infano? Malfacilas al mi imagi tion.

Ĉi-vespere mi eble havos okazon iom babili kun ŝi. Nenio plia, nur babili kaj revoki malnovajn memorojn. Se ŝi havos tempon kaj volon.

Hanna kaj Lova ĵus persvadis min permesi aĉeton de "plia surfo" por iliaj poŝtelefonaj kontoj, ĉar ĉi tie kompreneble mankas "vifio". En la aĝoj de dek tri kaj dek unu jaroj miaj filinoj ambaŭ ĵonglas per tiaj esprimoj same senĝene kiel mi en la samaj aĝoj parolis pri modemoj kaj disketoj, kio estus volapukaĵoj por ili.

Nu, mi ne plendu. Tre verŝajne atendos min pli malfacilaj defioj post nelonge. Ankoraŭ ili ne atentas la junulojn, kiuj preterpasas sur la plaĝo, krom eble kontrolante ke la bikinoj, la blua de Hanna kaj la ruĝa de Lova, sidas ĝuste kaj sekure kovras la ĉefajn aferojn. Estas neimageble ke baldaŭ, aŭ eble jam nun, se temas pri Hanna, ili spertos la emociojn kaj sopirojn, kiujn mi memoras el tiuj adoleskaj jaroj. Kaj eblajn danĝerojn ili ankoraŭ tute ne konscias.

Mi forte deziras al ili bonan vivon, adoleske kaj plue, sen tro da dramoj kaj elreviĝoj. Kompreneble mi konscias ke tio estas ĥimero, sed espereble la batoj de la sorto, kiuj estonte trafos ilin, ne estos pli teruraj ol tio, kion mi mem spertis en la diversaj stadioj de la junaĝo. Kaj plu ĝis nun, ĉar fakte mia vivo ja ankoraŭ ne tute finiĝis.

Sed ĝuste nun mi ne atendas pli da dramoj por miaj knabinoj kaj mi ol sunumado, naĝado kaj babilado pri kion vespermanĝi ĉi tie en la pensiono *Ora Paradizo*. Dume mi prenas mian telefonon, same kiel la knabinoj, tamen ne por retumi sed por denove fari provon noti memorojn, kiuj iam gravis kaj eble ankoraŭ ludas ian rolon en mia menso. Mi jam kelkfoje malsukcesis pri tio, sed ĉi-foje mi klopodos persisti.

Fakte, pluraj el la memoroj el mia frua adolesko estas sufiĉe palaj kaj nebulaj, kiel nigra-blankaj fotoj kun malklara fokuso. Kaj multaj aferoj sendube malaperis sen lasi ajnan spuron en mia memoro. Sed inter tiuj palaj bildoj kaj lakunoj troviĝas kelkaj escepte intensaj imagoj, kiuj lumas al mi eĉ hodiaŭ per saturitaj koloroj kaj fortaj, vivaj sensimpresoj. Iujn okazaĵojn, iujn lokojn, iujn homojn mi ankoraŭ vidas, aŭdas, flaras kaj preskaŭ povas palpi,ferminte la okulojn. Kaj iujn sentojn mi plu spertas tre intense eĉ longan tempon post la travivaĵoj, kiuj kaŭzis ilin.

Mi ne scias, ĉu tiuj memoroj estas fidelaj registraĵoj de la realo, aŭ ĉu mi ŝanĝis ilin en mia menso dum la paso de jaroj. Kaj tio ja tute ne gravas. La originaj aferoj ne plu ekzistas; restas nur miaj memoroj de ili. La imagoj en la menso jam estas la sola realaĵo, ĉar tio, kio iam estigis ilin, delonge ŝanĝiĝis aŭ tute malaperis. Sed kiam mi nun provos skribe fiksi tiujn memorojn, mi konservos ilin por la estonteco. Eble neniu krom mi mem iam ajn legos miajn vortojn, sed la teksto plu ekzistos. Restos spuro de tio, kion mi iam spertis kaj sentis.

Kompreneble povas esti ke tiu konservado kaj fiksado fakte ŝanĝas kaj anstataŭas la memorojn. En tiu okazo mi ne vere konservos ilin sed eĉ nuligos ilin. Tio estas risko, kiun mi eble devus zorge konsideri. Sed povas esti ke jam la ĉiama revokado de iamaj travivaĵoj en la menso falsas kaj detruas ilian originan formon. Se jes, temas pri neevitebla degenerado de la pasinteco okazanta senĉese, ĉu mi registras ĝin aŭ ne.

Unua parto

Post kelkaj tagoj kun nuba vetero la suno denove brilis super la floranta hortensio en nia eta ĝardeno. Ĝi brilis tamen vane, ĉar miaj someraj ferioj finiĝis, kaj hodiaŭ rekomenciĝos la lernado. Kiel kutime mi matenmanĝis sola en la kuirejo. Paĉjo ĵus aŭtis al sia laborejo, kaj Panjo ankoraŭ ne revenis hejmen de la hospitalo. Mi somnolis super la buterpano kaj kakaolakto, ĉar dum la ferioj mi ne kutimis ellitiĝi tiel frue. Sed ĵetinte rapidan rigardon al la surmura horloĝo, mi stariĝis, prenis la dorsosaketon kaj eliris por malŝlosi la biciklon.

La unua lerneja tago post la someraj ferioj ĉiam estis aparta. Mi sentis bedaŭron, ĉar la libertempo finiĝis, kaj baldaŭ estos aŭtuno. Sed samtempe mi scivolis, ĉu okazos io nova, ĉu ŝanĝiĝos io grava. Ĉu iu el la aliaj knaboj kreskis je decimetro? Ĉu iu el la knabinoj transformiĝis el raŭpo en papilion? Ĉu finfine iu instruisto havos ion interesan por instrui?

Mi memoras ke tiaj pensoj zumis en la kapo, dum mi biciklis la nelongan vojon sur la kvietaj stratoj de nia kvartalo. Kaj efektive, la sepa lernojaro de la elementa lernejo, kiam mi aĝis dek tri jarojn, alportis kelkajn novaĵojn. Aperis novaj lernofakoj, novaj instruistoj, pli-malpli po unu por ĉiu fako, kaj tri novaj lernantoj en mia klaso. Du el ili estis knaboj, kiujn mi apenaŭ plu memoras. La tria estis Mikaela Kronqvist. Mi ankoraŭ kredas memori la senton kvazaŭ de elektra frapo, kiam mi ekvidis ŝin.

Mika – jen kiel ŝi volis ke ni nomu ŝin – tuj okupis centran lokon en la klaso, senhezite, sed sen fari ion apartan por esti akceptata. Kiam mi hodiaŭ pensas pri tiuj tagoj antaŭ multaj jaroj, mi supozas ke ŝi ludis rolon jam bone konatan al ŝi. Sendube ŝi delonge kutimis ke oni tuj rimarkas ŝin, havas opinion pri ŝi kaj eble komentas ŝian aspekton. Por mi ŝia figuro estis preskaŭ magia. La nigra hararo, kiu kadris rondetan vizaĝon kun delikataj kaj iomete fremdaj trajtoj, ŝia svelta figuro ne tre alta, la etaj manoj kaj piedoj, la delikataj postaĵo kaj mamoj, kiuj nur malmulte pufigis ŝiajn diverskolorajn pantalonon kaj T-ĉemizon, la glata sunbrunigita haŭto de ŝiaj brakoj - ĉio ĉi ja estis tre alloga kaj alportis ian nekutiman eksciton.

Tamen ni ĉiuj estis en aĝo, kiam la korpo evoluas, kvankam laŭ tre varia rapideco. Kaj nia lernejo havis multajn lernantojn de diversaj aspektoj, trajtoj, koloroj. Sed Mika rilatis al sia nova medio en maniero memkonscia, kvazaŭ ne estus granda evento komenci en novaj klaso kaj lernejo. Tre baldaŭ ŝi amikiĝis kun du el la plej popularaj knabinoj de la klaso, la duopo Linda kaj Belinda, kiu ekde nun fariĝis triopo. Por mi ŝia apero estis grava okazaĵo, kiun mi neniam forgesos. Kaj eĉ pli ol ŝia aspekto kaptis mian atenton ŝia aparta personeco, kiun mi trovis defia kaj sendependa en maniero nekutima ĉe knabino. Ĝis tiam mi spertis ke dum ni knaboj ofte strebas elstari, la knabinoj kutime volas konformi kaj interkonveni kun aliaj. Sed Mika ŝajne donis malmulte da atento al tio.

Mi do aĝis dek tri jarojn - kaj duonon, mi eble aldonus, se tio ne sonus eĉ pli infanece - kaj la ŝanĝiĝoj de la adolesko ĉe mi ĝis tiam ne estis tro drastaj. Mia korpo ja evoluis kaj kreskis ĝis iom pli ol meza alteco, mia voĉo ŝanceliĝis inter soprano kaj baso, kaj se iu knabino karesus mian mentonon, ŝi eble rimarkus apenaŭ videblan blondan lanugon. Sed kompreneble neniu iam ajn faris tion, kaj mi esence sentis min daŭre la sama persono kiel antaŭ kelkaj jaroj. Rilatoj al knabinoj estis ankoraŭ nur teoria eblo. La centprocente malrealisma fanfaronado de miaj amikoj kaj samklasanoj pri seksaj atingoj kaj konkeroj ne tre impresis min, kvankam mi neniam prononcus dubon pri ili. Noktajn poluciojn mi konis, ĉar ili vekis min, lasante malsekan makulon en la piĵamo, sed mi ankoraŭ ne aktive kaŭzis al mi ejakulon. Sume, mi ne estis tre matura dektrijarulo. La ĉeesto de Mika en miaj fantazioj ŝanĝis tion, kvankam ĉefe en mia menso.

Se mi estis nematura kaj sensperta, aliaj knaboj en la klaso pretendis pliajn konojn. Ne nur pri la gravaj aferoj de la vivo ĝenerale, sed eĉ specife pri nia nova samklasanino.

"Ŝi estas putino, same kiel sia patrino", deklaris Linus.

Mi nur ridis, ĉar la ideoj putino kaj patrino ne povis akordiĝi en mia imago, kaj la ekziston de dektrijaraj putinoj mi ankoraŭ ne konsciis.

"Ĉu vi ne scias? Ŝia panjo estas ĉinino aŭ io tia. Ŝi havas butikon apud la lernejo de Vasa. Sed ĝi estas kaŝa bordelo."

"Ne ĉinino. Tajlanda putino", korektis lin Kristofer. "Kredeble ankaŭ Mika putinas tie."

Mi ne povis elpensi ion por diri komente sed miris ke miaj amikoj jam eksciis multe pli ol mi pri la nova knabino. Ili eĉ antaŭvidis frenezajn seksum-orgiojn kun ŝi post nelonge. Kvankam mi kompreneble ne prenis iliajn fantaziojn serioze – kaj sendube ili mem ne kredis sin – mi eksentis formikadon en la pubosubo, pensante pri tiuj baldaŭaj orgioj.

La ideo pri bordelo en nia malgranda kaj etburĝa urbo ŝajnis al mi sufiĉe bizara. Kaj eĉ pli malfacile mi imagis la patrinon de samklasano putino. Do mi ne povis longe rezisti la tenton serĉi tiun butikon ne tre malproksiman, sed mi faris tion sola, sen akompano de Linus aŭ Kristofer. Nia propra lernejo estis tute normala kaj seninteresa aro da konstruaĵoj el flavaj brikoj, kredeble el la kvindekaj jaroj. Sed kilometron for en la direkto al la urbocentro situis la lernejo de Vasa, centjara konstruaĵo en historia stilo, eble novgotika aŭ fantazie mezepokeca, mi dirus hodiaŭ. Ĝi havis lernantojn nur ĝis la sesa lernojaro, kiuj do estis tute malinteresaj al dektrijarulo en la sepa. Apud ĝi preteriris Germundsgatan, nomita laŭ iu historiulo nekonata al mi, kaj ĉe tiu strato laŭdire situis la bordelo. Trifoje mi preterpasis ĝin, zorgante tute ne rigardi en tiu direkto, antaŭ ol parkumi mian biciklon kaj eniri. Estis ĵaŭdo en la mezo de septembro, posttagmeze je la kvara kaj duono, do inter la lernohoroj kaj la vespermanĝo ĉe miaj gepatroj. Eble ne la plej bona momento por viziti bordelon, sed mi ne sciis, kiu pli konvenus.

La butiko estis senhoma. Sur la bretoj staris boteloj, bokaloj, skatoloj, paketoj buntaj, plejparte kun tekstoj skribitaj per literoj aŭ signoj plene misteraj, nelegeblaj, kun aspekto de serpentumantaj vermoj aŭ birdonestoj el branĉetoj. Jen kaj jen tamen aperis sur la varoj ankaŭ anglaj vortoj. Taja fiŝosaŭco. Japana sojo. Ĉinaj nudeloj. Vjetnama spico. Kokoslakto. Konservitaj liĉioj. Verda teo. Kaj rizo en enormaj sakoj - nu, almenaŭ dukilogramaj, do pli ol sufiĉaj por tutjara konsumo de normala familio, mi pensis. Neniu indiko ke malantaŭ tiuj bretoj kun ekzotaj manĝaĵoj okazas pagataj seksum-orgioj, aŭ eĉ simpla piŝtado enen-elen en maniero imagata en miaj revoj.

"Ĉu serĉas ion specifan?"

La voĉo estis soprana, kiel de knabino, kaj la akĉento nekonata, sed la virino, kiu nerimarkite aperis malantaŭ mia dorso en la mallarĝa irejo inter la bretoj, verŝajne estis mezaĝa, kvankam pro la aziaj trajtoj mi ne povis precize prijuĝi ŝian aĝon. Malalta, nek svelta nek diketa, kun mallongaj nigraj haroj, eta nazo kaj senŝminka buŝo, en malstriktaj svetero kaj pantalono. Mi ne povis vidi similecon kun Mika, krom eble ĉe la okuloj kaj la nazo. Ke ŝi estas putino ŝajnis al mi nura idiotaĵo. Por vendi seksajn servojn necesus pli pimpa kaj ekscita figuro, mi supozis.

"Nu... ĉu estas iaj dolĉaĵoj? Aŭ kuketoj?" mi improvizis.

"Kuko tie, tiu breto. Dolĉaĵo ĉe kaso."

Mi kaptis plastsaketon kun neidentigebla enhavo.

"Ĉu ĉi tio estas bongusta?"

Ŝi ne ridetis pro mia embarasiĝo kaj entute ne ŝanĝis sian mienon, kiu estis esence tedata. Eble mankis al ŝi pli gravaj klientoj. Verŝajne tedis ŝin lernejanoj, kiuj provas ŝteleti dolĉaĵojn en la paŭzoj inter la lecionoj.

"Ĉio bongusta. Tiu naŭ kronoj kvindek."

Mi elpoŝigis la monujon, trovis dekkronon kaj transdonis ĝin. Ŝi digne paŝis la kvar metrojn al la kaso, registris, redonis kvindekoeron kaj restis staranta, kvazaŭ gardante la bretojn kun dolĉaĵoj de tute normalaj svedaj specoj kun normale legeblaj literoj sur la paketoj. Supozeble la infanoj el la lernejo de Vasa ne aprezis ekzotaĵojn. Mi prenis mian akiraĵon enmane kaj eliris sur la straton.

Jen mia unua vizito en "Azia Ĝardeno", kiel nomiĝis la butiko, kvankam ial en la angla lingvo: "Asian Garden". Sekvis pluaj, ĉar mi malkovris ke sabate Mika helpas sian patrinon priservi la klientojn, el kiuj duono konsistis el tajoj aŭ aliaj azianoj, ĉefe virinoj, duono el ordinaraj svedoj, kiujn logis la fremdaj manĝaĵoj. Antaŭe mi eĉ ne pensis pri tio ke en nia urbo loĝas azianoj, tio estas homoj el orienta Azio. Ja troviĝis sufiĉe multaj irananoj, kurdoj kaj asirianoj, sed ilin mi neniam vidis en Azia Ĝardeno. Dum miaj sekvaj vizitoj tie mi tamen iris rekte al la kaso por aĉeti maĉgumon aŭ ian ĉokoladaĵon. Se ĉeestis Mika, mi salutis ŝin kaj esperis ke ŝi reciprokos aŭ eble donos al mi rideton. Sed ŝi kondutis tre aferece, se ne diri malvarme.

"Ĉu jen ĉio?"

"Jes."

"Dek kvar kronojn."

Do ne facilis komenci interparolon kun ŝi en la butiko, kaj miaj vizitoj tie estis sufiĉe foraj de la seksum-orgioj, kiujn antaŭdiris Linus kaj Kristofer. Kompreneble mi ne malkaŝis al ili ke mi iras tien por aĉeti dolĉaĵojn, kaj mi ĉiam timis kunpuŝiĝi kun Kristofer, kiu loĝis ne tre malproksime. Mi supozis ke li estas tiu, kiu malkovris la butikon kaj ĝian rilaton al nia nova samklasanino.

Cetere mi ne sciis pri kio interparoli, eĉ se ŝi ridetus al mi aŭ alimaniere montrus intereson. Pri kio do eblus babili kun knabino? Mi tute ne povis imagi.

Kvankam estis nur kilometra distanco de mia hejmo en la kvartalo Tegelviken al la lernejo de Falkenberg, kie mi lernis ekde la unua lernojaro, jam delonge mi kutimis bicikli tien kaj reen. Sed nun mi rimarkis ke Mika piediras, do mi lasis la biciklon hejme por povi sekvi ŝin piede je ioma distanco, kiam la lecionoj finiĝis posttagmeze. Senprobleme mi gvatsekvis ŝin laŭ la stratetoj de nia kvartalo kaj vidis ke apenaŭ kvincent metrojn de mia propra hejmo ŝi eniras en unufamilian domon ĉe Svanebergsgatan, tuj apud Södra vägen, la granda strato al la urbocentro. Mi atendis iom kaj poste preteriris la domon, sen montri troan intereson al ĝi. Mi tamen vidis ke ĝi havas alkonstruaĵon kun reklamŝildo de tubista firmao, kio surprizis min, kvankam mi ne vere sciis kial. Do, piedirante plu al mia propra strato, mi konkludis ke ŝia patrino estas butikisto kaj la patro tubisto. Sed kial tio gravus al mi? Mi fajfis pri ŝiaj gepatroj. Ne ilin sed ŝin mi ne povis forviŝi el mia menso.

Kial Mika tuj konkeris tian lokon en mia imago? Kaj kial ŝi poste fiksiĝis tie? Jen nesolvebla enigmo. Mi scias nur ke tio okazis. Pli ol jardekon poste Regina plurfoje proponis ke mi konsultu psikologon, psikoterapiiston aŭ eĉ psikiatron, tamen ne por kompreni sed por seniĝi de tio, kion ŝi ĉiam nomadis mia obsedo. Sed mi tre dubas, ĉu ia cerboĉifisto kapablus plenumi tian mendon. Kaj se tamen jes, ĉu tion mi volus? Ne, certe ne. Forigi Mikan el mia menso ŝajnus al mi pli-malpli lobotomio!

Dum la aŭtuno iom post iom iĝis pli friska kun vesperoj ĉiam pli mallumaj, mi alkutimiĝis iri piede al la lernejo laŭ vojo nur iomete pli longa ol la antaŭa. Mi komprenis ke la strato de Mika iam estis la landvojo de Kalmar okcidenten kaj suden, sed nun la ĉefa vojo al la urbocentro iris paralele kun ĝi, tuj malantaŭ ŝia domo, dum la longdistanca trafiko preteriris la urbon per la aŭtovojo E22 kelkcent metrojn pli fore. De temp' al tempo ŝi vidis min paŝi laŭ la sama strato kiel ŝi, sed ŝi ja ne povis scii ke tio ne estas mia ĉiama vojo al la lernejo.

Unufoje posttagmeze mi vidis kalvan maljunulon reveni al ŝia domo per kamioneto kun tubista reklamo sur la flankoj. Mi ne certis, ĉu li estas ŝia patro, avo aŭ alia persono. Tio tamen ja neniel gravis al mi.

Kiam la vesperoj jam estis sufiĉe mallumaj, mi kelkfoje staris sur la senhoma strateto, gvatante la lumajn fenestrojn de ŝia domo por eble ekvidi ŝin tie ene - aŭ almenaŭ ŝian silueton. Sed tio neniam prosperis al mi. Unufoje la patrino elvenis, kaj mi devis turni min por ke ŝi ne rekonu min. Sed ŝi nur ĵetis ion en la rubujon kaj reiris endomen. Alifoje la patrino kaj la viro elvenis kune kaj forveturis per aŭto, ne la kamioneto sed ordinara personaŭto. Dum momento mi pensis ke mi povus iri ĝis la domo por sonorigi aŭ frapeti sur la pordo, sed kion mi do farus, se malfermus iu alia? Kaj kion, se malfermus ŝi?

Dum la aŭtuno mi cetere alkutimiĝis ankaŭ al la novaj lernofakoj kaj instruistoj. Nur la samklasanoj estis plejparte samaj kiel antaŭe, jen pli altaj, jen pli basvoĉaj, sed esence la samaj buboj kiel en la antaŭa jaro. Eĉ la knabinoj ŝajnis al mi ne multege ŝanĝitaj, kvankam ja pli ol la knaboj, ĉar en tiu aĝo la inoj evoluis pli rapide ol ni. Sed iliaj mensaj karakteroj estis same stultaj kaj malinteresaj kiel antaŭe. Esence nur Mika estis nova kaj mistera.

La unua fojo, kiam ŝi diris ion al mi, se escepti la prezon de dolĉaĵo en "Azia Ĝardeno", verŝajne estis en leciono de desegnado. Aŭ de "bildo", kiel oni oficiale nomis tiun lernofakon. Nu, ne verŝajne sed tute certe, ĉar mi neniam povus forgesi tion. Kio estis la tasko donita de la instruisto, mi tamen ne scias, ĉar kiel kutime mi desegnis domojn duone realismajn, duone fantaziajn. Kion desegnis ŝi, mi ankaŭ ne scias; mi rigardis nur ŝian hararon, ŝian ŝultron kun nigra ŝelko de mamzono sur la hela haŭto, kie la blua T-ĉemizo glitis flanken, kaj eble ŝiajn sveltajn kaj senharajn brakojn, kiam mi preterpasis ŝin kelkfoje por preni pli da akvofarboj por kolorigi miajn domojn. Ŝi sidis en loko pli dekstre kaj pli malantaŭe en la klasĉambro, do mi devis iri laŭ kromvojo. Eble ŝi rimarkis miajn ekskursetojn, ĉar subite mi rimarkis ke ankaŭ ŝi faris tian kaj staris ĉe mia flanko, rigardante mian artaĵon kun scivolemo. Mi ne povis meti la manojn sur ĝin por kaŝi mian mallertecon, ĉar la fasadoj ankoraŭ estis malsekaj de akvofarboj. Dum momento mi kredis flari odoron de frambo. Ĝi venis de ŝi, sed mi ne sciis, ĉu tio estas parfumo aŭ ia bombono, kiun ŝi tenas enbuŝe.

"Diable, kiaj frenezaj domoj", ŝi diris kaj ekridis dum sekundo. "Tio ja estas surrealisma!"

Ne eblis scii, ĉu tio estas moko, laŭdo aŭ arta kritiko. Ŝi jam plupaŝis, kaj mi povis nur gapi al ŝiaj maldikaj dorso kaj postaĵo, kiuj senurĝe moviĝis for.

Dum tagoj poste mi kovis inteligentan respondon, por la okazo ke ŝi iam denove rigardus mian desegnon kaj restus apud mia tablo sufiĉe longe por aŭdi min. Mi eĉ ŝaltis la hejman komputilon de Paĉjo por serĉi la vorton surrealismo. Mi ja povis legi klarigon, sed la bildoj aperis sur la ekrano nur limake kaj pecon post peco pro la malrapida modemo, kaj baldaŭ Panjo bezonis la telefonon por babili kun iu amikino, do mia retkonekto rompiĝis.

Anstataŭe mi iris al la urba biblioteko por trovi artlibrojn, kaj tie mi ekkonis bildojn de Dalí, Magritte kaj iuj pentristoj el

Halmstad. Ĉiuj jam delonge mortintaj, sendube. Mi ne scias, kion mi efektive celis. Ĉu komenci seriozan diskuton kun Mika pri artoĝenroj? Ŝi sendube ridus dum multe pli ol sekundo. Ĉiuokaze mi vidis neniun similecon inter miaj domoj kaj la fantaziaĵoj de Dalí. Dum kelka tempo mi tamen ekzercis min pri bulĉapeloj kaj moliĝintaj horloĝoj, kompreneble nur hejme kaj strikte sekrete. Ĉiutage, kiam mi sola matenmanĝis en la kuirejo kaj ĵetis rigardon al la surmura horloĝo por kontroli, kiam mi devos ekiri al la lernejo, mi pensis pri tiuj horloĝoj de Dalí, sed mi neniam komprenis la sencon de tiaj absurdaĵoj.

Fakte jam de frua aĝo mi kutimis hejme desegni urbojn. Iam miaj fantaziaj urbegoj etendiĝis sur papero post papero, kiujn mi kungluis en longajn vicojn, kun urboplanoj kaj fasadoj de la domoj. Mi eĉ ne scias, en kiu aĝo mi komencis, eble de ses aŭ sep jaroj. Kiam mi estis en la dua aŭ tria lernojaro de la lernejo, do eble naŭjara, mia instruisto en interparolo kun Panjo nomis min eta arkitekto, kaj tiu moknomo poste fiksiĝis. Panjo raportis pri tio al Paĉjo, kiu nur paŭtis, sed krome ŝi menciis tion al sia frato Kent, kaj tiu onklo poste ĉiam nomadis min la eta arkitekto. Nur jarojn poste mi ekdubis, ĉu tio estas moko, komplimento aŭ simple provo amuziĝi je mia kosto.

La sepa lernojaro finiĝis. Paĉjo kiel kutime havis feriojn en julio, sed ĉi-jare Panjo povis ferii nur en aŭgusto, ĉar la malsanuloj ja bezonis flegadon ankaŭ somere. Do ili ne planis ferian vojaĝon, almenaŭ ne por la tuta familio, kaj Panjo tre verŝajne ne bedaŭris tion. Mi atendis ke Paĉjo eble proponos ian vojaĝon kun mi, sendube al Eksjö aŭ Skanio aŭ eble pli malproksimen, ekzemple al Danio, aŭ ekskurson per la muzeo-trajna societo, en kiu li aktivis. Dume mi vagadis laŭ la stratoj de Kalmar, kio estis same enua kiel tio sonas. Foje laŭ Germundsgatan, kie Azia Ĝardeno tamen estis fermita. Ĝia pordo portis slipon kun la informo "Malfermas 17 aŭgusto".

Alifoje mi paŝis sur la strateto Svanebergsgatan, kie la domo de Mika aspektis forlasita. Unufoje mezaĝa virino diketa paŝis ĉe la arbustoj kaj florbedoj de Mika, aŭ pli ĝuste de ŝiaj gepatroj, ŝprucigante akvon per hoso. Apude staris gazontondilo, do mi konkludis ke ŝi krome ĵus tondis la herbon. Ŝi aspektis sufiĉe sendanĝera, do mi haltis ĉe la kradpordo kaj vokis ŝin.

"Pardonu! Ĉu ili ĉiuj estas for?"

Ŝi rigardis konfuzite ĉirkaŭ si kaj malkovris min.

"Kio?"

"Ĉu la tuta familio estas for? Neniu hejme?"

"Kompreneble. Ili ja ĉiam iras al Tajlando. Kiun vi serĉas, ĉu la knabon?"

"Ne, ne. Ne gravas."

Mi turnis min por ekiri for de la barilo, sed ŝi ŝajne babilemis, ĉar de malantaŭ la dorso mi aŭdis:

"Arne tamen revenos post du semajnoj. Sed Phailin kaj la infanoj sendube restos tie ĝis la fino de la somero."

Kompreneble mi tiam ne distingis la nomon, kiun ŝi eble prononcis tute fuŝe, sed hodiaŭ mi scias ke la patrino de Mika nomiĝis Phailin Bunsawat Kronqvist. Nu, mi simple kapjesis nenion dirante kaj paŝis plu. Do mi revidos Mikan nur kiam komenciĝos la aŭtuna semestro, mi konkludis. Subite la somero ekŝajnis al mi eĉ pli enua. Kion mi faru dum du sekaj, polvaj monatoj?

Kompreneble la someraj ferioj estus same sekaj, se ŝi restus en la urbo. Tamen nun eĉ teorie ne eblos renkonti ŝin aŭ almenaŭ vidi ŝin, kaj tiu fakto estis deprima. Mi ne havis multajn amikojn, kaj verŝajne kelkaj el ili estis devige kun siaj gepatroj en somerdomo ie en la kamparo, kaj aliaj en vojaĝo alilande. Mi ankaŭ ne havis multajn hobiojn aŭ ŝatokupojn, kaj inter ili la tablotenisa klubo ne aktivis somere.

Mi tamen ja povis iri kun Kristofer al la strandoj de Stensö kaj Långviken por bani nin kaj vetnaĝi aŭ salti kiel kanonkugloj de la banvarfo, kaŭzante kolerajn riproĉojn de patrinoj kun pli junaj infanoj. Kelkfoje lia pli aĝa frato Jonatan akompanis nin kaj venigis ankaŭ sian koramikinon Amanda. Sed ili ne tre interesis min. Jonatan estis sufiĉe mokema al Kristofer kaj mi, kaj Amanda entute ne atentis nin. Kompreneble Kristofer blagis pri ŝi, kiam la frato kaj ŝi ne aŭdis.

"Milfoje mi vidis ŝin nuda, kiam ili fikas en lia ĉambro", li diris. "Ŝiaj mamoj estas kiel balonoj."

Tio ne tre impresis min, eĉ se tio ja povus esti vera, se oni dividus per kvincent. Ŝiajn mamojn jam sufiĉe montris la eta bikino, kaj balonoj ja povas esti de diversaj grandecoj. Miloble pli mi preferus esplori la malgrandajn mamojn de Mika, kiuj eble estis pli tenispilkaj ol balonaj, kun aŭ sen bikino, sed tio ja ne okazos. Ili videblos nur kelkmil kilometrojn for de Stensö kaj Långviken.

Dum jaroj Regina ne ĉesis ripeti ke mi devus konsulti psikoterapiiston por "liberiĝi de mia obsedo". Kaj tamen mi fine rezignis mencii al ŝi mian iaman samklasaninon. Nu, sendube ŝi rimarkis ke mi serĉas en la reto kaj fojon post fojo spektas la intervjuojn kun Mika kaj Jon Langer en la arkivo de la kvara televidkanalo.

"Ne estas sane konservi tian adoleskan fiksan ideon ĝis la mezaĝo", ŝi multfoje diris.

Mi ne scias, kial ŝi parolis pri fiksa ideo, aŭ eĉ kio estas tio. Verŝajne ŝi mem ŝatus esti terapiisto, almenaŭ amatore kaj private. Ŝi ja havis spertojn esti paciento kaj eble volus interŝanĝi la rolojn.

Laŭ mi mem mia intereso pri la agadoj de Mika ne estas pli malsana ol la fakto ke mi plu desegnas urbojn, kvankam jam profesie kaj en tute alia formo ol en mia infanaĝo. Aŭ tio ke Regina desegnas palacojn, pli-malpli. Nu, mi ne scias, ĉu ŝi faris tion infanaĝe. Princinojn ŝi ja desegnis kaj farbis ilin rozkoloraj kun flavaj haroj. Mi scias tion, ĉar ŝi konservis tiajn bildojn en sia kesteto kun relikvoj el la feliĉa pasinteco en Äppelviken.

Cetere mi nomus nek obsedo nek fiksa ideo mian atenton al la agadoj de Mika kaj ŝia edzo. Mi simple miras ke ilia rilato povas ekzisti kaj plu daŭri, kvankam ŝajnas dube, kiom ĝi fakte daŭras.

Kiam mi estis pli juna mi kelkfoje ja faris feriajn vojaĝojn kun ambaŭ gepatroj. La lastan fojon ni veturis aŭte al Finnlando, kaj en la jaro antaŭ tio ni pasigis kelkajn aŭtunajn tagojn en Londono. En aliaj okazoj mi vojaĝis sola kun Paĉjo en Danio kaj Germanio, dum Panjo laboris. Unufoje dum tia vojaĝo mi petegis lin ke ni iru al la tema parko Legoland, kaj fine li kapitulacis kaj efektive veturis tien. Mi mem hejme havis multe da plastaj briketoj de Lego kaj ŝatis konstrui fantaziajn domojn per ili, kaj mi longe deziris viziti la amuzparkon konstruitan el tiaj briketoj, pri kiu rakontis miaj amikoj. La realo tamen ne estis tiel mirinda, kiel mi antaŭe imagis, kaj la longaj atendovicoj de aliaj vizitantoj ĉe la atrakcioj forigis parton de la ĝuo. Do la vizito estis certagrada elreviĝo, kaj povas esti ke mi jam estis tro aĝa por tiu parko.

Male mi neniam faris ferian vojaĝon sola kun Panjo. Mi fakte ne scias kial. Entute ambaŭ gepatroj ne faris multe da klopodoj por amuzi min, ekzemple vizitante cirkon, kermesan amuzparkon aŭ alian teman parkon. Mi memoras nur unu tian viziton en migranta kermeso, kaj tiu okazis kun Avino. Kun ŝi mi vizitis ankaŭ la etan zoon, kiu situis tuj trans la markolo de Kalmar. Mi ne scias, ĉu miaj gepatroj evitis tiajn aferojn pro tio ke ili mem ege malŝatis ilin, aŭ ĉar ili simple ne atentis, kio povus amuzi min.

Paĉjo anstataŭe kunvenigis min en siaj vojaĝoj per muzeaj trajnoj. Verŝajne mi ŝatis tion, kiam mi estis malgranda, kaj kiam temis pri ne tro longa vojaĝo. La grandaj nigraj lokomotivoj, la fumo kaj vaporo, kiuj ŝvebis supren kiel nuboj, kaj la fajfado kaj tondrado dum la veturo sendube impresis min. Mi memoras ke unufoje, kiam la trajno haltis kaj ni elvagoniĝis por rigardi la komutadon, kiam oni alkuplis la lokomotivon ĉe la alia fino de la vagonaro por la reveturado, Paĉjo metis unukronan moneron sur la relon, sur kiu pasos la giganta kaj pezega lokomotivo. Poste li reprenis ĝin kaj enmanigis ĝin al mi. Ĝi estis varma, jam pli granda ol antaŭe sed pli maldika.

"Ĉu oni povas aĉeti per ĝi?" mi scivolis, eble pensante ke ĝi jam valoras pli multe ol antaŭe.

Sed Paĉjo nur ridis, kaj same kelkaj aliaj viroj starantaj apud ni.

Mi poste konservis tiun dispremitan moneron kiel memoraĵon, sed en iu dompurigado aŭ transloĝiĝo ĝi perdiĝis.

Ial Panjo neniam akompanis nin en tiuj vaporantaj ekskursoj, kaj kiam mi kreskis, mi trovis ilin pli kaj pli malinteresaj. Precipe dum la pli longaj vojaĝoj mi tre enuis. Fakte mi tute ne scias, kiaj aferoj aŭ agadoj amuzis mian patrinon aŭ plaĉis al ŝi. Ŝi kutimis renkonti kolegojn, sed kion ili faris kune, mi tiam ne povis imagi kaj ankoraŭ hodiaŭ ne scias. Eble ili tutsimple babilis pri fieraĉaj kuracistoj kaj plendemaj pacientoj, aŭ pri io ajn kun aŭ sen rilato al la laboro. Iel ŝi ĉiam estadis iomete mistera, dum Paĉjon mi kredis facile kompreni kaj travidi.

Ni ne havis parencojn en la urbo, ĉar ambaŭ miaj gepatroj naskiĝis kaj kreskis aliloke, kvankam ili ja studis kaj poste eklaboris en Kalmar. Kaj ŝajnas al mi ke ili ĉefe societumis kun siaj respektivaj kolegoj de la laborejoj. Mi eĉ supozas ke ili ekkonis unu la alian per du gekolegoj, la geedzoj Rolf kaj Margareta Jansson, sed tion mi eble nur imagis. Malofte ni havis vizitantojn en nia hejmo, krom Avino. Mi ne scias, kial aliaj ne venadis; eble tutsimple pro manko de eksplicita invito.

Ofte mi miris aŭdi la samklasanojn kaj aliajn amikojn rakonti pri ĉio, kion ili faris kun siaj familioj en la ferioj. Povas esti ke kelkaj rakontoj estis troigoj kaj fanfaronoj, sed pri tio mi ne pensis dum la infanaĝo. Iufoje la instruisto taskis al ni verki rakonton pri "miaj ferioj", kaj mi ne sciis kion skribi. Enpense mi ja povis fantazii, sed surpaperigi tion mi ne kuraĝis. Cetere mi neniam ĝuis la lernejajn verkotaskojn, senkonsidere de la proponita temo.

Unufoje Panjo venigis min al ia domo, kie nekonata virino interparolis unue kun ŝi, dum mi devis sola ludi kun diversaj ludiloj en alia ĉambro, kaj poste kun mi. Tiu virino petis min rakonti, kion mi ŝatas kaj ne ŝatas fari. Verŝajne mi estis proksimume sesjara, kaj hodiaŭ mi supozas ke ŝi estis ia psikologo. Supozeble ŝi sukcesis trankviligi Panjon, ĉar tiu vizito ne ripetiĝis, kaj ni neniam poste parolis pri ĝi. Mi tute ne scias, kio kaŭzis ĝin. Ĉu mi faris ion, kio sugestis al mia patrino ke io mankas al mi? Aŭ ĉu ŝi dubis pri sia propra kapablo patrini min? Mi eĉ ne scias, ĉu Paĉjo estis iel envolvita aŭ eĉ informita pri tiu vizito.

La aŭtuna semestro komenciĝis en la sama konata lernejo kun la sama konata "mentoro", tio estas ĉefinstruisto, la proverbema Sara Valtersson, de la sama konata klaso, nun jam en la oka lernojaro, la antaŭlasta. Tamen ŝajne ne tute la sama, ĉar tuj en la unua leciono ŝokis min la vaka seĝo de Mika. Ŝi ne ĉeestas! Ŝi denove ŝanĝis lernejon, eble eĉ urbon! Ŝia patrino decidis remigri kun ŝi al Tajlando! Ŝi... mi elpensis unu katastrofan klarigon post la alia, tiel ke mi preskaŭ malatentis respondi jese, kiam venis mia vico en la alfabeta kontrolado de ĉeesto. Kelkajn sekundojn poste mi tamen ja aŭdis la silenton post la voko "Mikaela Kronqvist", kaj la demandon de nia mentoro:

"Ĉu iu el vi scias ion pri Mikaela? Ĉu ŝi malsanas?"

Neniu sciis, sed Belinda supozis:

"Mika devus jam reveni el Tajlando. Eble la aviadilo malfruas."

"Eble ĝi kraŝis", duonlaŭte murmuris Linus malantaŭ mia dorso.

Sara Valtersson ŝajnigis ne aŭdi lin sed faris ian noton kaj transiris al Robert Larsson, kiu estis la sekva en la listo.

Do la supozo de Belinda vekis en mi etan esperon iam revidi Mikan. Sed la tagoj pasis kun novaj lernolibroj kaj pli fortaj admonoj de la instruistoj, ke la oka jaro estas gravega, kaj ke ni riskos neniam ripari, kion ni maltrafos aŭ neglektos dum la venontaj dek monatoj. Se iu pigros dum ĉi tiu jaro, li verŝajne neeviteble finiĝos kiel almozanta drogulo sur la trotuaro ekster alkoholvendejo. Jen ŝajne la moralaĵo de la predikoj, kvankam oni nur aludis tion.

"Lernu juna, vi scios maljuna", iam proverbe saĝumis Sara Valtersson en leciono de la sveda lingvo, sed tio ne imponis al mi, nek al la samklasanoj, mi supozis. Verŝajne ni ĉiuj jam delonge rimarkis ke maljunuloj scias malmulte da aferoj aplikeblaj al nia nuna vivo, kaj des malpli al la estonta.

Miaflanke mi neniam tre klopodis en la lernejo, sed iel mi senpene enkapigis preskaŭ ĉion. Mi ja multe legis, pruntinte ĉiaspecajn librojn el la urba biblioteko - aventurojn por junuloj, faklibrojn pri preskaŭ ĉio sed precipe pri astronomio kaj geografio. Kiam mi estis pli juna, mi voris librojn pri dinosaŭroj, same kiel multaj samaĝuloj, sed tion mi nun konsideris infanaĵo. Mi eĉ tralegis la lernolibrojn, kutime tuj ricevinte ilin, kaj poste mi apenaŭ plu malfermis ilin. Ne indis ja tro ŝviti super la hejmtaskoj, ĉar mi jam unufoje legis ĉion. Krome mi verŝajne pli atentis la instruistojn dum la lecionoj ol la plej multaj el la samklasanoj. Iele-trapele tio sufiĉis por prosperi en la lernejo sen rompi al mi la kapon, kaj por almenaŭ ne fiaski en la skribaj ekzamenoj.

Iom mi ja lernis ankaŭ el Interreto per la hejma komputilo. Sed tio ĝenerale ne estis lernejaj aferoj. Mi esperis ke Paĉjo neniam kontrolos la serĉohistorion de Internet Explorer, kie li trovus krom ludoj ankaŭ diversajn pornajn retejojn. Do mi estis sufiĉe sperta pri seksaj aferoj, teorie, kompreneble.

Nu, sekvis semajnfino kun pluvo, kaj sekvis nova lernosemajno kun suno, tute kiel oni povus atendi, kiam la someraj ferioj jam estis historio. Iomete malfrue kaj sen granda entuziasmo mi eniris la klasĉambron en nova lunda mateno. Kaj jen ŝi! Reaperis Mika! La vaka seĝo jam estis maksimume malvaka, ĉar sur ĝi troviĝis ŝia postaĵo, kiu ne kreskis dum la somero, kaj sub ĝi ŝiaj kruroj, super ĝi ŝiaj ventro, mamoj, brakoj, vizaĝo, haroj. Eĉ ŝiaj maldikaj ŝultroj denove videblis en la dekoltaĵo de la flava bluzo kun simila ŝelko de mamzono kiel kutime. Kaj kiam Sara Valtersson riproĉis ŝin pro la senpermesa forestado, ŝi levis tiujn ŝultrojn kaj diris per sia kutima trenata soprano:

"Panjo decidis ke ni restu plian semajnon. Estis tro multe por fari en la antaŭa semajno, kaj krome la flugbiletoj estis tro kostaj."

Iam ŝajnis al mi ke ŝi devus paroli kun simile ekzota akĉento kiel sia patrino, sed tute ne. Ŝi parolis la saman lokan dialekton kiel mi mem, kiun aliaj svedoj kutimas moki, ĉar ili ne kapablas distingi niajn diskrete kartavajn r-ojn. Sed eĉ tio ne povis profani mian imagon de ŝi.

Mi kompreneble estis tre senŝarĝigita pro ŝia reveno. Kaj ĝi donis al mi ŝancon unuafoje vere kontakti ŝin. Mi bezonis preskaŭ la tutan lundon por kolekti kuraĝon, sed posttagmeze en la paŭzo antaŭ la lasta leciono mi malhazarde pasumis proksimen al ŝi kaj haltis por diri:

"Do ne sufiĉis du monatoj sur la plaĝo, ĉu?"

Ŝi turnis sin for de siaj ĉiamaj akompanantoj Linda kaj Belinda kaj rigardis min kun ia nedifinebla mieno.

"Plaĝo? Vi scias nenion, idioto."

Ŝi ne sonis kolere sed pli-malpli aferece. Kaj mi tute ne sciis kion diri. Prefere nenion, sendube, ĉar ŝi ne plu atentis min. Sed Belinda turnis sin al mi kun supereca mieno.

"Ĉu vi ne scias ke Mika kaj ŝia patrino laboras dum la tuta somero por helpi ŝian fratinon kaj la avinon?"

Ne, tion mi ne sciis. Kiel mi sciu tion? Mi eĉ ne imagis ke ŝi havas fratinon. Antaŭ nelonge mi eksciis de la akvumanta virino ke ŝi havas fraton, kiun mi ĝis nun ne vidis. Sed krome fratino - jen novaĵo. Aŭ ĉu temas pri onklino? Verŝajne Belinda celis fratinon de la panjo. Evidente neniu el la knabina triopo trovis ke indas klarigi tion, ĉar mi jam estis nura aero por ili. Aŭ eble eĉ senaera vakuo.

Do mi devis akcepti ke mia provo kontakti Mikan malsukcesis. Eble tamen ne, ĉar du tagojn poste okazis io neatendita. Ĉi-semestre mi ial rekomencis bicikli al la lernejo, kvankam daŭre laŭ ŝia strato, por gvati, ĉu videblas iu en la tubista domo. Nu, merkrede matene mi hazarde aŭ malhazarde atingis la lernejon samtempe, kiam ŝi alvenis piede. Mi tamen ja devis meti la biciklon ĉe la biciklorakon kaj eĉ ŝlosfiksi ĝin tie. Dum mi manipulis la seruron, ŝi alpaŝis min, kvankam kiel piediranto ŝi havis neniun aferon tie.

"Aŭskultu", ŝi diris al mia klinita nuko. "Mia avino posedas etan pensionon kun bangaloj en Khao Lak, kiun ŝi prizorgas kun mia pli aĝa duonfratino. Ili ne povas dungi servistojn, sed kiam ni povas, Panjo kaj mi helpas ilin. Ni purigas, aranĝas litojn, lavas kaj kuiras. Do ni ne ferias."

Mi jam staris rekte, rigardante iomete malsupren al ŝiaj nigre-brunaj okuloj, eta nazo kaj ruĝa buŝo, kies brilon mi ĵus vidis ŝin plibonigi survoje al la lernejo, kiam mi preterpasis ŝin.

"Mi ne sciis", mi diris.

"Kompreneble. Kiel vi povus?" ŝi ridis kaj turnis sin por foriri.

Mi alĝustigis mian dorsosaketon kaj postsekvis, forte pensante por trovi ion plian por diri al ŝi, tamen vane. Tiam ŝi diris oblikve trans la ŝultron:

"Fakte ni ja iom naĝas kaj ripozas surstrande. Ĉefe vespere. Kaj Seb, mia stulta frato, faras nenion utilan."

"Bone. En ordo", mi malspritumis.

Sed Mika jam rapidis antaŭen, eble por ne esti vidata kun mi de siaj amikinoj en la ĉiama triopo.

Kompreneble mi estis tute envultita pro la fakto ke ŝi parolis kun mi, kaj eĉ amike. Mi jam imagis la plej aŭdacajn kaj nekonatajn intimaĵojn kun ŝi, inspiritajn de miaj interretaj spertoj. Sed dum la tagoj plu pasis, mi ne trovis manieron por daŭrigi la aferon. Pri kio mi do parolu kun knabino? Krome mi rimarkis ke ŝi evitas rigardi en mia direkto, ne nur en la lecionoj, sed eĉ pli evidente en la paŭzoj, kiam ŝi ĉiam sukcesas turni la dorson al mi. Kaj mi ne pensis ke por fari tion ŝi devas iel scii, kie mi troviĝas en ĉiu momento.

Cetere mi ne estis la sola, kiun ŝi ignoris. Entute la knaboj de nia klaso kiel kolektivo sendube estis indiferentaj nuloj en ŝiaj okuloj. Kaj la fraton, kiu estis lernanto en la dua lernojaro de nia lernejo, ŝi aktive evitis. Jen kial mi antaŭe eĉ ne konsciis ke li ekzistas. Tiuj etuloj havis siajn klasĉambrojn en aliaj konstruaĵoj, sufiĉe malproksime de ni, sed en la lunĉopaŭzo oni povis kunpuŝiĝi kun ili, kaj tiam Mika ŝajnigis ne koni lin.

Nur unufoje mi vidis ŝin fari escepton de tiu konduto. Tio okazis iam en la aŭtuno, kiam nia klaso vicostaris por eniri la manĝejon de la lernejo. Grupo da etuloj elvenis el ĝi, manĝinte la spagetojn aŭ kolbason kun terpomkaĉo aŭ ion ajn, kio estis en la menuo de la tago, kaj du el ili de ambaŭ flankoj puŝetis knabon pli malgrandan en la mezo. Tiu estis Sebastian, la frato de Mika. Kiam ŝi vidis ilin denove puŝi lin, dum unu el ili balbutis ion pri "ĉin ĉin ĉino", ŝi faris du paŝojn el nia vico kaj stariĝis antaŭ la mokanto. Ŝi kaptis lian brakon, turnis ĝin dorsen kaj supren tiel ke li faldiĝis kiel svisa armea tranĉilo kaj falis kun la vizaĝo suben, blekante kiel porko. Ŝi almetis la genuon sur lian dorson kaj premis lin suben sur la grundon el ruĝaj oelandaj kalkŝtonoj. Tuj post tio ŝi alfrontis la duan bubon. Kvankam plurajn jarojn pli aĝa, ŝi estis nur iom pli alta ol li kaj same maldika. Tamen li ne restis longe surloke. Li paŝis flanken kaj time foriris, duonkure.

La tuta afero daŭris eble kvin sekundojn, dum kiuj Mika diris eĉ ne unu vorton. Nun ŝi tamen ekparolis al sia frato en tono preskaŭ malestima:

"Vi devas lerni defendi vin mem, Seb."

Poste ŝi reokupis sian lokon en la vico, dum la aliaj knabinoj de la klaso vigle babilis.

"Kia lertaĵo! Kie vi lernis tion? Ĉu en la ĵudo?"

Ŝi ekridis.

"Tio ne estis ĵudo. Tio estis lernejkorta arto. Sed la bebeto devas mem lerni tion. Mi ne povas ĉiam varti lin."

La knabinoj ridis kaj plu kvivitis pri kia lertulo ŝi estas, kaj ankaŭ mi estis vere impresita.

Mi mem havis nek fraton nek fratinon, do mi ne bone sciis, kia estas tia rilato. Pli frue mi ja deziris fraton, sed poste mi komprenis ke eĉ se naskiĝus dua ido de miaj gepatroj, li aŭ ŝi estus nur bebo kaj la aĝodiferenco restus same granda dum ni kreskus.

Fakte mi tute ne komprenis, kiel ili povus ricevi duan idon. Eĉ ke mi mem naskiĝis estis mistero. Neniam mi povis rimarki ian intimaĵon inter ili. Mi scias ke multaj junaj homoj ne kapablas imagi ke iliaj gepatroj efektive seksumas, sed mi eĉ ne komprenis, *kiam* tio povus okazi. Paĉjo laboris tage en la desegnokontoro de la Mekana Laborejo de Kalmar, kie li desegnis vagonojn kaj mi-ne-scias-kion. Panjo siaflanke laboris kiel nokta flegistino en la urba hospitalo. Ili ja renkontiĝis vespere, kiam Panjo prezentis al ni manĝon, sed dum tiu tempo ili ne povus fari al mi gefraton. Eĉ en la noktoj, kiam Panjo ne deĵoris, ŝi pli-malpli konservis sian kutiman horaron, maldormante almenaŭ dum parto de la nokto por poste dormi matene.

Cetere ŝajnis ke ne nur al miaj gepatroj sufiĉas unu ido. Laŭdire lastatempe la nombro de mortintoj superis tiun de naskitoj en nia lando, do sen la enmigrado la loĝantaro eble baldaŭ malkreskus. Ial oni opiniis ke tio estas problemo, kvankam en Afriko kaj Azio male la kresko estas problemo, se kredi la instruiston pri civitana eduko, kiu ŝajne timis ke milionoj da ĉinoj baldaŭ invados nian kvietan angulon de la terglobo. Sed aliokaze li rakontis ke en

Ĉinio estas malpermesite naski pli ol unu infanon. Do mi trovis liajn zorgojn iom paradoksaj.

Nu, jam delonge mi fajfis pri tio, ĉu la seksa vivo de miaj gepatroj estas aktuala realaĵo aŭ nur historio. Mi multe pli maltrankvilis pri la demando, ĉu mi mem iam spertos ion sur tiu kampo de la vivo. Fakte mi tediĝis de la noktaj malsekaj makuloj en mia piĵamo, kiuj apenaŭ kaŭzis al mi plezuron. Do mi denove provis mem intence estigi tion kaj finfine trovis la ĝustajn manovrojn. Ekde tiu tago en oktobro 1998 mi pasigis duonhoron antaŭ la endormiĝo revante pri Mika - kaj, se esti tute sincera, fojfoje ankaŭ pri unu aŭ du tute fantaziaj knabinoj - dum mi masturbis min ĝis kontentiĝo.

Eble kontentiĝo tamen ne estas la ĝusta vorto. Certe mi ja ĝuis seniĝi de superfluaj ĉuro kaj psika tensio, sed tio tamen ne estis la maniero, pri kiu mi revis kaj fantaziis. Mi volis ne tuŝi min mem, sed ke ŝi tuŝu min. Kaj eble eĉ pli intense mi sopiris tuŝi ŝin. Ĉiuvespere mi imagis tuŝi ŝin en novaj lokoj, en novaj manieroj, jen forte, jen delikate, kaj mi tute intense sentis ŝian glatan haŭton sub miaj polmoj kaj ŝian korpon kun mi en la mallarĝa lito de mia ĉambro.

Kio ja okazis reale, estis ege pli elrevigaj aferoj. Post la interparolo ĉe la biciklorako - se eblas nomi tion interparolo, kiam preskaŭ nur ŝi diris ion - ŝi ne plu atentis min. Mi kovis ideon ke mi ekparolu al ŝi, sed pri kio? Ne eblis trovi ion, pri kio mi povus alparoli knabinon. Do el la ideo rezultis nenio.

Anstataŭe ekaperis en unu posttagmezo ekster nia lernejo pli aĝa knabo sur mopedo. Mi ne sciis lian aĝon, nek de kie li venas, kial li nek studas nek laboras sed povas sidi tie, rajdante diskrure sur sia veturilo, kun la motoro knaranta kaj fetoro disiĝanta de la ellastubo. Li apenaŭ rigardis Mikan, kiam ŝi rapidis al li kaj sidiĝis same diskrure malantaŭ li kun la brakoj ĉirkaŭ lia talio, kaj ili forveturis dum laŭta knarado kaj kun fumnubo el rubgasoj post si.

Mi estis paralizita. Per unu fojo mi refariĝis senpova kaj senvalora knabeto, infano sensperta, dum ŝi malaperis supren en la nubojn. Kaj ili ne estis rubgasaj fumnuboj, sed rozkoloraj nuboj kun ora rando, ŝvebantaj mejlojn super mia griza grundo.

Kompreneble mi devus kompreni jam dekomence ke por dekkvarjarulino neniu dekkvarjarulo valoras ion ajn. Ŝi estis princino, mi paŝtisteto de porkoj, kaj ni ne vivis en tia fabelo, kie li foje ricevas ŝin kaj duonon de la regno. Ĉi tio estis la kruela realo, kie necesas simple atendi ke oni kreskos, pliaĝiĝos. Sed en tiu kruela mondo pliaĝiĝos ankaŭ ŝi laŭ proksimume sama rapideco, se ne plia.

Kien li veturigis ŝin, mi ja ne sciis, sed tute certe al ia kaŝita loko, kie ili havos privatan seksum-orgion. Kien alie? Certe ne al la urba biblioteko, kien mi eskapis por trovi pli da aventuroj pri flugherooj, piratoj aŭ adoleskaj detektivoj, kiuj solvas misterojn kun friponoj ne tre realismaj. Kaj en tiuj libroj okazis eĉ ne surpaperaj orgioj.

Krom legi librojn mi pli ol antaŭe profundiĝis en komputilajn ludojn kaj surfadon en Interreto. Bedaŭrinde la mizera retkonekto tre ĝenis tiujn provojn.

"Paĉjo, ni nepre devas akiri larĝbendan fibrokonekton. Ne eblas ludi sen ĝi."

"Stultaĵo. Ni ja ĵus ricevis ADSL, por ke via patrino povu telefoni dum vi surfas aŭ ludas."

"Tio ne sufiĉas. Ĝi donas nur ok megabitojn; mi bezonus cent."

"Ne eblas. Neniu pretus liveri al nia strato tian fibron. Kaj eĉ se jes, aliĝi al ĝi kostus multajn milojn."

"Sed ĉiuj aliaj jam havas."

Hodiaŭ mi estas patro de duopo, el kiuj unu jam adoleskas, do mi bone konas la kliŝon "ĉiuj aliaj havas/rajtas kaj tiel plu" kaj scias traduki ĝin al "mi aŭdis ke unu en la alia klaso havas". Verŝajne ankaŭ miaj gepatroj tiam delonge lernis ĝin. Do mia provo persvadi Paĉjon restis vana.

La tablotenisa klubo daŭrigis siajn trejnadon kaj konkursojn, kaj mi plu iradis tien, batadis la pilketon kaj malvenkadis, ĉefe pro tio ke mi restis sur la sama nivelo, dum kelkaj el la aliaj knaboj jam montris veran talenton por la fulmrapida ludo. Precipe ĝenis min la diablaj serviroj kun rotacio, post kiuj mi ne povis antaŭvidi, kien resaltos la damna pilko. En la granda mondo plu brilis la svedaj steluloj de la antaŭa generacio, precipe la iama monda kaj olimpika ĉampiono Jan-Ove Waldner, kiun la ĉinoj laŭdire nomis "la eterne verda arbo", kaj ni ĉiuj kompreneble revis pri venontaj sukcesoj. Ĉi-momente la ĉinoj ŝajnis nevenkeblaj, sed ili vidos! Kiam ni atingos la pinton, ili estos nur spektantoj.

Nu, por mia propra parto mi ne plu kredis je tiaj revoj, sed mi plu ludis por pasigi la vesperojn. Apenaŭ indis ja pensi pri eksterdomaj okupoj en la vintra klimato de Kalmar, en kiu nebulo kun blovado estis la ĉefa loka specialaĵo. Vintraj sportoj, kiuj postulas neĝon aŭ glacion, estis nur fabeloj de la olduloj, el la tempo kiam la vintroj estis vintroj.

La jarfinaj ferioj pasis. Mi ne plu scias, kie ni pasigis ilin; la festoj de malsamaj jaroj iel kunfandiĝas en nedistingeblan kungluaĵon. Eble ĉe Avino en Böda. Aŭ ĉu ŝi venis al ni? Eble ĉi tio estis unu el la jaroj, kiam Panjo deĵoris dum la festaj noktoj, kaj Paĉjo kaj mi gastis ĉe miaj geonkloj en Eksjö, kie regis pli vintra vetero ol ĉe ni en Kalmar. Tie mi kutimis gliti per plasta sledeto sur neĝa deklivo kun miaj etaj gekuzoj, sed ankaŭ eblas ke tio okazis en alia jaro.

Kiam rekomenciĝis la lernado, mi trovis min en la sama situacio kiel antaŭe. Mi ne povis elpensi manieron alproksimiĝi al Mika, krom hejme en mia vespera revado. La vera, fizika Mika estis neatingebla. La sola kuraĝiga ŝanĝo estis ke la mopedulo ne plu atendis ŝin post la lernado, sed ne eblis scii, ĉu ŝi entute ne plu renkontas lin, aŭ ili rendevuas aliloke. Ŝi plej multe kunestis kun Linda kaj Belinda, kaj mi kun Linus, Semir kaj Kristofer. Ĉi-sezone ni plej multe sidis endome ludante komputilajn ludojn. Bonŝance Kristofer havis pli rapidan retkonekton ol mi, do kutime ni kolektiĝis ĉe li en la kvartalo Stensberg. En aliaj okazoj mi kaj Semir iris al lia hejmo ĉe Silkeborgsgatan, kie lia patrino kutime igis min gustumi bosnajn dolĉaĵojn kiel lukumo kaj baklavo. Ĉe la familio Bajramović ne ekzistis komputilo, sed Semir kaj lia pli aĝa frato Senad havis la videoludilon Playstation, kiun ni ofte uzis, krom kiam lia patro bezonis la televidilon por spekti iajn balkanajn novaĵelsendojn per la parabola anteno muntita sur la balkono. Tiam ni anstataŭe ludis ŝakon. Mi jam antaŭe lernis la movojn, sed bedaŭrinde Semir estis ege pli lerta kaj ĉiam venkis min, eĉ kiam li oferis al mi handikapon de kuriero aŭ eĉ turo.

Kelkfoje mi plu vizitis la butikon Azia Ĝardeno, sed nun Mika plej ofte ne ĉeestis tie, do mi iom post iom maloftigis kaj fine ĉesigis la vizitojn.

Post kelkaj semajnoj tamen okazis afero, kiu esence estis nur malgrava bagatelo sed malgraŭ tio kreis iasencan ligon inter ni, almenaŭ en mia menso. Denove tio estis en leciono de bildo. La instruisto, Ola Boström, amatora artisto sen granda sukceso, kiu devis vivteni sin per instruado en la elementa lernejo, kaj kiu sendube konsideris la lernantojn plago kaj ĝeno, donis al ni la taskon pentri "mutan naturon" el vazo kun plasta floro kaj bovlo kun du ruĝaj pomoj ne tre freŝaj. Kelkaj en la klaso faris provojn vere bildigi tiujn objektojn, kaj tio pli aŭ malpli prosperis al ili. Plejparte malpli, mi dirus. Aliaj tute fajfis pri la tasko kaj ŝmiris siajn paperojn per io alia, figura aŭ nefigura. Kiam mi iris por preni farbojn kaj kiel kutime preterpasis la tablon de Mika, mi vidis ke ŝi desegnas sian kutiman bildostrion kun homoj interparolantaj, kiujn ŝi nur jen kaj jen kolorigis. Kaj kiam ŝi preterpasis mian tablon, ŝi povis vidi miajn kutimajn domojn. Do nek vazon nek pomojn.

Ankaŭ Ola Boström rondiris en la ĉambro por kvietigi tro viglajn knabojn kaj aktivigi aliajn, tro pigrajn aŭ eĉ preskaŭ dormantajn. Jen kaj jen li aŭdigis kuraĝigan komenton. Preterpasante la desegnaĵon de Mika li suspiris kaj grakis.

"Mikaela, vi ja havas talenton. Kial vi ne kuraĝas provi ion novan, pli defian?"

"Ĉu pomojn? Kia defio."

Li ne komencis diskuton sed plu rondiris kaj baldaŭ haltis ĉe mi.

"Kaj Fredrik vicigas siajn domojn. Kiam ni ekvidos, kio troviĝas ene de tiuj domoj?"

"Ĉu pomoj?" mi tuj ekkriis.

Kelkaj ĉirkaŭ mi ekridis je tio, dum Ola Boström denove suspiris kaj pluiris en sia rondo. Turnante min dekstren mi vidis la gajan rideton de Mika, kaj ia varma likvaĵo disvastiĝis en mia korpo. Ŝi ridetis al mi! Ŝi aŭskultis min kaj trovis min sprita! Nu, eble ne tre sprita, ĉar mi nur ripetis ŝiajn vortojn, sed almenaŭ iomete humura.

Jen ĉio. Mi vere ne scias, kial tia neniaĵo gravuriĝis en mian memoron, sed ial tio ja okazis. Sendube tiu okazaĵo estis ridinda, eĉ ne menciinda, sed tiam mi trovis ĝin atentinda. Ĝi fakte iel origis la grizan tagon iam en la mezo de februaro en la bilda klasĉambro de mia lernejo.

En la antaŭtago de Pasko mi festis mian dekkvinan naskiĝtagon, tamen nur kun Panjo kaj Paĉjo, ĉar mi ne plu toleris la embarason inviti amikojn por tia festeto sub la okuloj de la gepatroj. Normala donaco por tiu tago ja estus mopedo, kiun mi ekde tiu aĝo rajtus stiri, kaj per kiu mi iom malfrue povus imponi al Mika. Ĉe ni io tia tamen estis neimagebla. Mopedoj estis por friponoj kaj stratbuboj, kaj krome signifus teruran malŝparon de mono. Tamen laŭ mia supozo mono ne mankis al ni, kvankam ni ne estis riĉuloj. Malgraŭ tio ankaŭ poŝtelefono estis nepensebla modaĵo. Kaj propran komputilon mi kompreneble ne povis atendi. Ĝi cetere valorus malmulte, se la reta konekto restus same mizera. Anstataŭe mi ricevis nur aron da etaĵoj: librojn, tablotenisan batilon espereble pli altkvalitan ol mia malnova, komputilan ludon Industry Giant, kiun Paĉjo kredeble elektis laŭ la nomo, ĉar mi neniam antaŭe aŭdis pri ĝi, plue naĝilŝuojn kaj maskon kun ŝnorkelo por la somera naĝado. Tute en ordo, kvankam ĉe ni en la markolo de Kalmar ekzistas nenio por admiri dum ŝnorkelado sub la akvosurfaco, krom ŝtonoj kaj vezika fuko, kaj eble unu-du etaj dornfiŝoj.

Iel kelkaj el miaj samklasanoj malgraŭ ĉio eksciis ke mi dekkvinjariĝis, kio cetere estis tute normala. Ni ĉiuj ja ĉi-jare transpaŝos tiun sojlon, kaj la komenco de aprilo estas pinta sezono de naskiĝoj.

"Diable, Fredde", diris Linus en la unua tago post la Paskaj ferioj. "Nun vi rajtas fiki! Kiun vi truos unue? Ĉu Lindan? Ne, certe Mikan, ĉu ne? Tiuj aziaj putinoj ja havas tre malvastan piĉon, kiu pli konvenas al via kaceto."

"Fakte temas ne pri tio, kion li rajtas", korektis Kristofer, "sed ke pliaĝuloj rajtas fiki lin."

"Bone", diris Linus. "Vi devas anonci tion al la inoj. Komencu per la kuiristinoj de la manĝejo."

"Ne zorgu", mi murmuris. "Baldaŭ eĉ vi rajtos fiki. Aŭ bugri, kion vi eble preferas."

Lia sola respondo al tio estis pugna surprizatako kontraŭ mia diafragmo, sed tion mi jam de jaroj sciis eviti per rapida movo. Mi eĉ ne ripostis, ĉar tiaj infanecaj lernejkortaj dueloj jam tedis min.

En la sama tago Lars-Åke Hård, nia instruisto de civitana eduko, komencis informi nin pri la aktuala tiel nomata Kosova konflikto, kiu lastatempe fariĝis vera milito, en kiu aviadiloj de Nato bombadis Serbion. Li parolis pri la amaso da kosovaj albanoj, kiuj fuĝis en Makedonion kaj Albanion pro perforto de la jugoslava armeo, kiun Nato nun volas repuŝi en Serbion, tio estas ekster Kosovon. Mi kompreneble konis tiujn kaj aliajn Balkanajn landojn sur la mapo, sed pri ilia politiko kaj historio mi sciis nenion. Sed la plej multaj en la klaso evidente sciis eĉ malpli, kaj ili ne trovis necese plikleriĝi. Balkanio, kio estas tio? Kie ĝi situas? Sendube tre malproksime.

En la lastaj jaroj tamen ja venis al Svedio multaj kosovaj albanoj, kiuj rifuĝis de la serba subpremado. Mi kredis aŭdi ke kelkaj rajtis resti sed aliaj ne, tamen mi tute ne konis detalojn. Ĉiuokaze estis neniu el tiu grupo en mia klaso, sed kredeble iuj en la klasoj de la etuloj. Inter miaj samklasanoj kelkaj havis gepatrojn el Bosnio, Grekio, Irano kaj kelkaj landoj de Mezoriento, kiujn mi ne konis detale. Kutime ili ne multe parolis pri tiu temo. Nur nun mi eksciis ke la gepatroj de Belinda venis el Jugoslavio. Tio okazis antaŭlonge, kaj ŝi mem naskiĝis en la akuŝejo de Kalmar, same kiel la plimulto de ni. Malgraŭ tio ŝi nun tre indignis pro la bombado de Beogrado kaj aliaj urboj, kie eble loĝis ŝiaj parencoj. Pri ia serba subpremado kaj perforto al albanoj ŝi tute ne volis aŭdi, kaj ŝi rakontis al ni ke Kosovo estas kaj restos la lulilo de Serbio. Do laŭ tio mi konkludis ke ŝiaj gepatroj estas serboj.

Neniu el la aliaj lernantoj kontraŭdiris al ŝi. Nur la instruisto Lars-Åke Hård provis interveni per informoj pri la suferoj de la kosovaj albanoj. Evidente li klopodis paroli tre milde malgraŭ sia familia nomo "Malmola". Interalie li rekomendis al ni legi ĵurnalojn kaj spekti la televidajn novaĵojn, kvankam Belinda asertis ke ili plenas de mensogoj, kaj neniu alia montris grandan intereson pri la konflikto.

Ankaŭ mi esence ne tre interesiĝis pri ĝi, sed malgraŭ tio la temo ricevis signifon por mi. En vendredo meze de aprilo Mika alparolis min post la lasta leciono.

"Fred, ĉu vi konas tiujn landojn, Kosovon kaj Albanion kaj tiel plu?"

Mi ne scias, kial ŝi decidis nomi min Fred. Ĉiuj aliaj diris Fredde. Nu, kiel jam dirite, tiuj landoj estis por mi ĉefe malsamkoloraj areoj sur la mapo, sed mi certe ne intencis maltrafi ĉi tiun ŝancon.

"Jes, certe. Sufiĉe bone."

"Kio do estas la diferenco inter Serbio kaj Jugoslavio? Kaj kial Usono enmiksiĝas tie? Kiam Belinda parolas pri tio, mia kapo turniĝas. Ŝi ne bone klarigas."

Mi klopodis pensi intense, tamen rapide.

"Nuuu... Antaŭe Jugoslavio ja estis pli granda, sed poste diversaj landoj disiĝis de ĝi. Nun mi pensas ke restas preskaŭ nur Serbio, ĉar ankaŭ Kosovo volas esti propra lando. Ni povus rigardi mapon, ĉu ne?"

"Mi jam rigardis en la lerneja atlaso, sed ĝi estas malnova kaj ne plu validas, ŝajne. Laŭ Belinda serboj loĝas ĉie, eĉ kie ne estas Serbio. Plena konfuzo, ĉu ne?"

"Nu, tiuj landoj ja ŝanĝiĝas senĉese. Sed ni povus serĉi en Interreto."

"Mi ne havas tion."

"Sed mi jes."

"Bone. Ĉu vi loĝas proksime?"

Tiel do okazis ke mi tute neatendite venis hejmen de la lernejo en akompano de knabino, kaj ne iu ajn indiferenta stultulino, sed kun *ŝi*, kun *la* knabino, kun Mika! Kompreneble la vizito de Mika estos nur vizito amika, sed malgraŭ tio mi apenaŭ kapablis paroli sen balbuti.

Evidente Panjo estis hejme, sed ŝi espereble estos plene okupata en la kuirejo kaj ne ĝenos nin.

"Ni devas serĉi ion en Interreto", mi anoncis al Panjo, tuj enpaŝinte en nian domon, por ke ŝi ne ekhavu la ideon enmiksiĝi aŭ peti ke mi prezentu al ŝi la amikinon, kiam unuafoje ŝia filo alportas tian. Mi havis sufiĉe grandan esperon ke ŝi lasos nin en paco. Panjo ne estis tre enmiksiĝema patrino. Kaj bonŝance ŝi ne plu povis interrompi la retkonekton per telefonado.

Mi altrenis duan seĝon, kaj ni sidiĝis flanko ĉe flanko antaŭ la ekrano, kiu bezonis eternon por ekvivi kaj montri la simbolojn de Windows kaj poste de Internet Explorer kaj aliaj programoj. Kompreneble Mika jam delonge konis ilin el la lernejaj lecionoj, tamen mi fieris disponi ilin hejme, malgraŭ nia malrapida ADSL. Denove mi flaris de ŝi la sintezan frambodoron, kiu supozeble estis ia parfumo, sapo aŭ ŝampuo.

"Mi ne povos resti longe", ŝi avertis, dum ni atendis plian vivsignon sur la ekrano.

"En ordo. Ni trovos rapide", mi diris, ne vere sciante, kion mi serĉos. Eble mapon de la iama Jugoslavio kun ĉirkaŭaĵo.

Nu, ni ja trovis mapojn kaj povis identigi la diversajn landojn en Balkanio. Ni eĉ trovis ke apud Kosovo situas io simila laŭ formo kaj grandeco nomata Montenegro, kiun mi antaŭe ne rimarkis, verŝajne ĉar ĝi estis nur parto de Jugoslavio kune kun la pli granda Serbio. Sed kial Usono militas tie, la mapo ne povis klarigi al ni. Dum la tuta serĉado mi tamen pli multe konsciis la proksimecon de Mika ol tiujn malproksimajn landojn kaj regionojn. Mi povis eĉ tuŝi ŝian brakon, simple movante la mian iomete flanken. Pli ol tiom mi ne faris, kaj verŝajne ŝi eĉ ne rimarkis la tuŝon. Pro la friska printempa vetero ni ambaŭ surhavis sveterojn kun longaj manikoj, do ŝia haŭto restis nur objekto de revoj, kaj ŝiaj ŝultroj kun ŝelkoj de mamzono estis same bone kovritaj kiel la mamoj mem.

Kiam ni jam sufiĉe studis Balkanion, mi petis ŝin montri la lokon en Tajlando, kien ŝia familio kutimas vojaĝi. Eble ŝi komprenis ke tio estas nur preteksto por plilongigi la tempon apud ŝi, tamen ŝi konsentis, kaj baldaŭ ni trovis mapon de Tajlando. Post iom da zomado ŝi montris lokon ĉe la okcidenta marbordo.

"Ie tie ĝi situas, mi pensas, norde de Phuket. Iam ĝi estis fiŝista vilaĝo, sed nun estas praktike nur turismo tie. Ĝi havas belan plaĝon."

Mi murmuris ion por montri ke mi aŭskultas. Ŝi plu fingromontris iujn insuletojn apude.

"Se vi iros tien, estas bele ŝnorkeli ĉe tiuj insuloj."

Mi pensis pri mia preskaŭ neuzita ŝnorkelo.

"Mi supozas ke tio estus mojosa. Sed mi dubas ke mi povos fari tian vojaĝon tre baldaŭ."

"Kial ne?"

"Nu... la gepatroj ne ŝatus tion. Paĉjo tute ne ŝatas varmon. Kaj Panjo..."

Mi turnis la kapon por certiĝi ke ŝi ne troviĝas en aŭdodistanco.

"Mi ne scias, ĉu eblus persvadi ŝin", mi diris sen plua klarigo.

"Nu", diris Mika post tro mallonga tempo. "Mi devas iri hejmen. Sed dankon pro la helpo, kvankam mi verŝajne ne longe memoros tiun pelmelon de landetoj."

"Ne gravas. Ili sendube baldaŭ ŝanĝiĝos denove."

Tiu komento eĉ igis ŝin mallonge ekridi, sed post momento ŝi jam estis for. Mi restis sidanta antaŭ la ekrano, nenion plu vidante. Nur kiam Panjo aperis, mi rimarkis ke ĝi jam mallumiĝis.

"Ĉu ŝi estas ano de via klaso?" scivolis Panjo.

"Jes."

Ŝi diris ankoraŭ ion, sed mi ne plu aŭskultis ŝin. Mi malŝaltis la komputilon kaj iris en mian ĉambron por pripensi, ĉu mi povus fari ion alimaniere por plilongigi la kunestadon kun Mika. Mi tamen trovis nenion, kio ŝanĝus ion. Ĉi tiu okazo jam pasis kaj ne revenos. Ŝi ne denove petos min trovi Kosovon, sed sendube okazos aliaj militoj aliloke en la mondo. Eble en Mezoriento. Kompreneble estus cinike esperi tion, sed kiam tio okazos, mi pretos denove retumi kun ŝi.

Mika plu pasigis la lernejajn paŭzojn kun Linda kaj Belinda, do la novaĵoj el Balkanio ne ŝanĝis tion. Dume mi plu estis kun Linus kaj Kristofer, kaj kelkfoje kun Semir, kies familio venis el Bosnio antaŭ kelkaj jaroj pro similaj problemoj kiel tiuj en Kosovo, mi supozis. Tiam mi estis tro juna por interesiĝi pri foraj militoj, sed la mapon de Eŭropo mi konis ankaŭ en tiu tempo, ĉar mi ŝatis foliumi la lernejan atlason, vojaĝante en mia fantazio. Kaj ne ĝenis min ke ĝi eble ne estas tute ĝisdatigita. Se mi disponus malnovegan mondomapon kun "blankaj makuloj" - alivorte landoj, "kiujn vizitis neniu blankulo" - mi eble eĉ pli ŝatus vojaĝi en ĝi.

Pli kaj pli ofte mi pasigis mian tempon per la tabloteniso, la biblioteko kaj la hejma komputilo. Fakte mi jam sopiris la finon de la lernejo, kvankam restis ankoraŭ unu plena jaro. Kaj kio sekvos poste? Sendube alia lernejo, sed pri tio mi ne volis pensi.

Tio tamen ne signifas ke mi malŝatis la lernadon. Fakte la lecionoj ofte tedis min malpli ol la paŭzoj. Nu, certe mi enuis ankaŭ dum la lecionoj, pli multe ĉe iuj instruistoj ol ĉe aliaj. La plej ĝena afero estis ke ĉio ŝajnas jam konata kaj okazas nenio nova.

Dum unu lunĉa paŭzo komence de majo mi rimarkis ke Linda, Belinda kaj kelkaj aliaj knabinoj de la klaso gratulas Mikan pro ŝia dekkvinjariĝo. Do, mi konstatis, ŝi estas monaton pli juna ol mi - jen konvena aĝodiferenco! Ni knaboj ne estis informitaj sed povis nur spekti de fore. Kompreneble Linus komentis la aferon en sia ĉiama stilo.

"Do oni rajtas jam laŭleĝe fiki la putinon."

Mi tute ne reagis al lia stultaĵo. Ĝi tuŝis min kiel akvo anseron, kiel dirus nia mentoro Sara Valtersson, kiu ŝatis citi proverbojn. Miaflanke mi estis urba knabo, kiu ne konis anserojn kaj ne sciis, kiel akvo tuŝas aŭ ne tuŝas ilin. Verŝajne mi eĉ ne povus distingi anseron de anaso.

Baldaŭ alproksimiĝis la somero, kaj tiam mi havos nek lecionojn nek paŭzojn. Sed plej aĉe: dum du monatoj mi denove eĉ ne vidos Mikan. Ĉar certe ŝi denove pasigos ilin en Tajlando, ĉe siaj avino kaj duonfratino kaj ties tiel nomataj bangaloj, kio ajn estas tio. Kaj mi eble devos akompani la gepatrojn al ia luata dometo, ĉu en Danio, ĉu en alia seninteresa loko, kondiĉe ke ili ĉi-somere havos feriojn samtempe.

Tiel tamen ne okazis, kaj pri samtempeco de la ferioj oni tute ne parolis. Du tagojn antaŭ la fino de la lerneja semestro miaj gepatroj seriozmiene petis min sidiĝi en la salono por grava informo. Mi tuj komprenis ke temos ne pri la ferioj sed io pli drama. Unu el ili havas kanceron. Ni transloĝiĝos al ia eĉ pli malgranda urbaĉo en Nordlando. Aŭ ili divorcos. Do mi sidiĝis sur la sofon, dum ili okupis du tre disajn seĝojn.

Kompreneble temis pri la tria alternativo.

"Via patro kaj mi decidis ke estos pli bone se ni vivos aparte", diris Panjo, rigardante ian punkton super mia kapo. "Sed vi kompreneble ne disiĝos de ni. Vi perdos neniun el ni. Tion vi komprenas, ĉu ne?"

"Panjo, mi ne estas kvarjarulo. Ĉu vi do edziniĝos al iu nova?"

Ŝi mallevis la rigardon kaj gapis al mi pli-malpli ŝokite.

"Certe ne! Temas ne pri tia afero. Ni simple vivos ĉiu sian vivon."

Ĉu novaĵo? mi volis ekkrii. Kaj kial? Sed mi diris nenion el tio. Anstataŭe mi demandis:

"Ĉe kiu mi do loĝos? Kiu el vi restos ĉi tie en la domo?"

Ili rigardis defie kaj resalte inter si, ŝajne por devigi unu la alian paroli. Paĉjo kompreneble denove venkis. Li povus muti ĝis la tago de l' Sankta Neniamo.

"Bedaŭrinde", finfine plu parolis Panjo, nun jam sufiĉe hezite, "neniu el ni povos resti ĉi tie. Ni devos vendi la domon."

Jen ŝoko pli granda ol la divorco. Mi sciis ke ili aĉetis la domon, kiam mi estis du- aŭ trijara, sed kompreneble mi ne memoris tion. Ĉi tiu eta unufamilia domo ĉe Arendalsgatan estis la sola hejmo, kiun mi iam ajn konis. Se ni ne plu estos unu familio, do eble estos logike forlasi ĝin. Sed kien? Mi rigardis tra la fenestro al la nova verdaĵo en nia ĝardeneto. La vespera suno origis la foliojn de nia hortensio. La pordo al la teraso estis duone malfermita, enlasante odorojn de la printempo, kaj el la apuda arbareto aŭdiĝis trilado de najtingalo.

"Do, kie ni loĝos?"

Panjo iom tordis sin sur la seĝo.

"Mi aĉetis apartamenton tute proksime, ĉe Nyslottsgatan. Do mi restos en Tegelviken. Kaj via patro..."

Jen kiel ŝi provis devigi lin diri ion. Kaj li efektive grakis, sed poste sekvis nenio, nur spirado kaj suspiro. Fine Panjo devis plu paroli, ĉar ŝi evidente ne eltenis la silenton.

"Ne estas decidite, sed via patro sendube trovos ion ie. Ne maltrankvilu."

"Mi devas havi propran ĉambron."

Tio ja estis stulta diraĵo, ĉar kun kiu mi alie dividus ĉambron? Ĉu kun Panjo aŭ Paĉjo? Tio estus neimagebla, eĉ maldeca. Kiel solinfano mi ĉiam havis mian propran ĉambron, kie mi estis reĝo.

"Kompreneble", diris Panjo. "Ni solvos tion. Kaj vi daŭrigos kiel antaŭe ankaŭ dum la naŭa jaro en la sama lernejo. Espereble via patro trovos ion ne tro malproksime. Tamen ja iom urĝas. La domo ankoraŭ ne estas vendita, sed tio devos okazi tre baldaŭ."

Ŝi diris tion kun akra rigardo al Paĉjo. Evidente troviĝis iaj aferoj, pri kiuj ŝi ne volis paroli en mia ĉeesto. Sed kial ili do entute devas divorci? Ĉu iu el ili malfidelis? Mi tute ne povis imagi tion. Fakte mi eĉ ne povis imagi ke ili fidelis, tio estas ke ili havis ian ajn seksan vivon, ĉu inter si, ĉu kun aliaj.

"Kiam ni transloĝiĝos?"

"Iam ĉi-somere. Mi povos ekokupi la apartamenton la unuan de julio. Do restas tempo por paki kaj prepari ĉion."

Sekvis silento. Post minuto mi stariĝis kaj iris en mian ĉambron. Nur poste mi ekkonsciis ke Paĉjo dum la tuta tempo diris eĉ ne unu vorton. Jen lia maniero komenti la aferon. Kaj kiel kutime mi nur kelkan tempon poste elpensis, kio devus esti mia propra demando al Panjo: ĉu tiu apartamento havas larĝbendan fibrokonekton?

Do komenciĝis la someraj ferioj. Mika malaperis en la foran Orienton al la varma akvo de la Hinda oceano, kaj mi vetnaĝadis kun Kristofer en la malvarma akvo de la Balta maro, pli precize en la markolo de Kalmar, ĉe la banejo de Långviken. Jonatan kaj Amanda ne plu venis tien, almenaŭ ne kun ni, sed tio ne estis grava perdo. Se mi volus rigardi mamojn, troviĝis sufiĉe da aliaj. Fojfoje eĉ nudaj, sed bedaŭrinde nur de transvivantaj mezaĝulinoj el antaŭa epoko, kiam laŭdire estis modo de virinoj sunumi sin kun liberaj cicoj. Nun iliaj pufoj ne plu estis tre ekscitaj. Mi eĉ ekpensis, kia embaraso estus, se iu el niaj patrinoj aperus tiel.

La Somermezan feston Paĉjo kaj mi pasigis en luata dometo ĉe la tendumejo de Löderup en Skanio, kie la akvo eĉ pli malvarmis, dum Panjo hejme komencis paki siajn aferojn por migri tricent metrojn orienten. Kaj en la unua semajno de julio transportista firmao portis ŝiajn kaj miajn aferojn al la nova hejmo en la dua etaĝo de verda trietaĝa domo. Mi ne scias, kiel la gepatroj faris por dividi la komunajn posedaĵojn. Verŝajne Paĉjo preferis la metodon resti fore kaj lasi al Panjo elekti por eviti konfliktojn. Mia nova ĉambro estis pli malgranda ol la antaŭa, sed tio ne gravis. Gravegis ĉefe ke tie estis nenia ajn retkonekto, kaj eĉ se ĝi ekzistus, Panjo ne havis komputilon. Laŭ ŝi ĝi estis tute superflua modaĵo. Dume Paĉjo kaj lia komputilo provizore restis en la domo ĉe Arendalsgatan. Do mi pasigis tagojn tie, sed mia malnova ĉambro ne plu havis ajnan meblon, do la noktojn mi pasigis en la apartamento de Panjo. Kaj fine de la somero iris dua transporto, ĉi-foje kvin kilometrojn norden, al la strato Sagovägen en Trollbacken, ĉe la norda ekstremo de la urbo, kie Paĉjo akiris apartamenton. Kaj nia domo ne plu estis nia. Eĉ ne plu ekzistis la antaŭa nio.

Oni atendus ke urbocentro devas situi en la centro de urbo, ĉu ne? Tiel almenaŭ mi kutime desegnis la fantaziajn urbojn. Sed pro historiaj kialoj nia malfantazia urbo estis aliforma, kaj mi kompreneble delonge bone konis ĝian planon kaj kelkajn erojn el ĝia historio. Iam en la dekdua jarcento unu el la plej fruaj reĝoj de la sveda regno - oni ne scias kiu, sed eble iu Knut aŭ Sverker - konstruigis fortikaĵon en formo de turo el ŝtonoj por protekti la regnon kontraŭ atakoj de la fiaj danoj. Oni starigis ĝin en strategian lokon ĉe la markolo de Kalmar inter Smolando kaj la insulo Oelando, ĉe la plej malprofunda parto de la kolo plena de ŝtonriĉaj rifoj, plej sude en la tiama regno, ĉar tio, kio hodiaŭ estas la plej suda Svedio, tiam estis parto de la dana regno. Apud la turo fondiĝis urbo kun ĉirkaŭanta muro, kaj en sekvaj jarcentoj ili ambaŭ kreskis laŭ grandeco kaj graveco kaj fariĝis "la ŝlosilo kaj seruro de la sveda regno", kiujn la danoj senĉese provis malŝlosi. En la deksepa jarcento oni pro milito-strategiaj motivoj translokis la urbon kelkcent metrojn orienten al insulo, kie ĝi ricevis novan urbomuron kun pli modernaj fortikaĵoj. Kaj tie ankoraŭ hodiaŭ situas ĝia urbocentro. Dum postaj jarcentoj la kvartaloj disvastiĝis okcidenten kaj norden en formo de granda litero V, ĉar oriente kaj sude estas akvo, kaj la urbocentra insulo Kvarnholmen situas ĉe la sudorienta pinto de la V. Nun Paĉjo elektiĝis ĉe la norda ekstremo, dum Panjo restis ĉe la okcidenta, kie mi ĝis tiam pasigis mian vivon. La loka bustrafiko estis malofta, do evidente mi devos uzi mian biciklon, se mi volos renkonti ilin ambaŭ. Bonŝance tamen ja temis ne pri urbego, kaj la tereno estas tre ebena, kvazaŭ farita por biciklado.

Malgraŭ la divorco mi fakte pasigis semajnon en somerdomo fine de julio. Okazis tiel ke la geonkloj Magnus kaj Anneli luis domon en Danio, sur la insulo Fanø plej sudokcidente de Jutlando, kaj eble pro kompato ili invitis Paĉjon kaj min por dividi ĝin kun ili. Do ni aŭtis tien, ili el Eksjö kaj ni el Kalmar, suden al Helsingborg, per pramo trans Sundon kaj per la nova pontego trans Grandan Belton. Ni renkontiĝis en Esbjerg por transiri per eta pramo al nia celo. Kial la geonkloj elektis tiun insulon, mi ne scias, sed ili jam antaŭe luis somerdomojn diversloke en Danio, do verŝajne ili volis esplori novan celon. La domo havis salonon kun kuirejo kaj tri etajn dormoĉambrojn. Do ĝi bone sufiĉis, kvankam tio signifis ke mi fakte devis dividi ĉambron kun Paĉjo, ĉar la geonkloj okupis unu kaj la gekuzoj alian el la ĉambretoj. Tio ne estis granda problemo, sed mi devis rezigni vespere revi pri Mika, aŭ almenaŭ ne masturbi min dume.

Ekzistis pli-malpli nenio por fari tie krom bani sin kaj ŝnorkeli en la maro kaj vagi sur la strando. Magnus, la frato de Paĉjo, luis veltabulon, kaj li estis sufiĉe talenta velanto, kvankam la ondoj de la Norda maro ofte ĝenis lian veladon. Ankaŭ mi provis ĝin en pli kvieta tago, sed tio estis damne malfacila. Mi pli multe kuŝis en la akvo aŭ provis restarigi la maston post renversiĝo ol vere staris velante sur la tabulo.

Pli amuze estis vagi sur la fundo de la maro dum malfluso por kolekti konkojn. Ankaŭ la du gekuzoj Viktor kaj Vilda ŝatis tion. Ne estis risko vagi tro foren, ĉar la fluso revenis sufiĉe malrapide, kaj la tajda horaro estis afiŝita ĉe la plaĝo. Por ni la fluso kaj malfluso estis ekscitaj, ĉar en la Balta maro ni ja tute ne havas tajdon, nek en la lagoj de Smolando, kompreneble.

En unu loko onklo Magnus montris al siaj infanoj kaj mi ke la tero estas globo. Tio ja ne estis novaĵo, almenaŭ ne por mi, sed mi trovis amuze sperti tion propraokule. Ni staris sur stranda sabloduno ĉe la orienta bordo de la insulo, rigardante la malaltan jutlandan bordon trans la akvo de la "Vada maro", la malprofunda akvovasto inter la insuloj kaj la ĉeftero. Ĉe indiko de Magnus ni sidiĝis, kaj Jutlando malaperis. Restis nur vasta mara horizonto tute sen videbla tero. Ni restariĝis, kaj Jutlando reaperis, kaj kun ĝi la tuta eŭropa ĉeftero kaj la cetera mondo. Ni ripetis tion kelkfoje, kaj la truko ripetiĝis. Nur Vilda devis stari piedpinte aŭ retroiri dorsen sur pli altan nivelon de la duno por reaperigi Jutlandon.

Sur tiu insulo estis preskaŭ nur germanaj turistoj, kaj eble kelkaj danoj. Aliajn svedojn mi entute ne aŭdis, sed tio ja ne gravis. Ankaŭ la dungitoj en butikoj kaj kafejoj ŝajne kutimis nur je germanoj, ĉar kiam ni parolis al ili svede, ili ĉiam respondis germane. Eble ili pensis ke la sveda estas ia platgermana dialekto.

"Se temas pri la prezoj kaj nombroj, mi eĉ preferas la germanan ol la danan", diris Magnus, kiam ni manĝis frititan kokidaĵon en surstranda restoracieto. "Almenaŭ dum oni ne redonas la apunton en markoj kaj pfenigoj."

"Nu, baldaŭ ni espereble ĉiuj uzos la saman monon", diris Paĉjo.

"Kaj ni ĉiuj parolos germane, ĉu ne? Sed mi dubas, ĉu tiu tiel nomata eŭro estos akceptita."

"Estus racie kaj oportune ne devi ŝanĝi kaj perdi monon ĉe ĉiu landlimo", opiniis Paĉjo.

"Mi tamen ŝatas la danajn monerojn kun truo", intervenis la dekjara Viktor.

Tiam ambaŭ viroj ridis, kaj ridante la du fratoj sonis preskaŭ same, kvankam ordinare ili ne tre similis unu la alian.

Onklino Anneli ne partoprenis en tiaj diskutoj. Sur la restoracia teraso ŝi alterne manĝetis, ĝuis la sunon kaj admonis la filinon ne ludi per la manĝaĵoj. Aliokaze ĉe la domo kaj surstrande ŝi plejparte kuŝis en sia oranĝkolora bikino sur faldseĝo en la suno, legante romanon. Tie mi klopodis ne rigardi ŝin, ĉar la dikaj femuroj, pufa ventro kaj ŝvelaj mamoj estis iom troaj kaj ĝenis mian internan imagon de pli maldika kaj delikata knabino.

Finiĝis la semajno. Survoje hejmen Paĉjo deflankiĝis sur nordan Selandon, kie ni veturis per muzea trajno konsistanta el vaporlokomotivo kaj kelkaj antikvaj vagonoj sufiĉe malkomfortaj. Mi jam kutimis kaj iom tediĝis de lia manio al tiaj historiaĵoj. Laŭ mi estus ege pli interese, se oni ie povus sperti veturilojn de la estonteco. Eble unurelan fervojon, aŭ eĉ magnetan ŝvebotrajnon.

Meze de aŭgusto komenciĝis la naŭa kaj lasta jaro de la elementa lernejo, kaj ĉi-foje Mika estis surloke jam en la unua tago. La instruistoj ripetis siajn admonojn de la antaŭa aŭtuno, asertante ke ĉi tiu estos absolute decida jaro por nia posta vivo. Se ni ne laboros ambicie nun, ni maltrafos la gimnazion, kaj post tio sekvos sorto pli mizera ol la morto. Mi ne scias, ĉu iu en la klaso prenis tion serioze. Mi ja kutimis je tio ke la instruistoj vivas en aparta izolita mondo konsistanta el la lernejo, kaj mi ne atendis ke iliaj informoj tre influos nian realan vivon.

Poste komenciĝis la normalaj lecionoj, kaj ili ne diferencis rimarkeble de tiuj en la antaŭa jaro. Ankaŭ la lernantoj ŝajnis sufiĉe similaj, kvankam kelkaj ja videble pliaĝiĝis fizike dum la somero. Interalie mi trovis ke Mika aspektas pli plenkreska, sed mi ne povus diri, kio efektive ŝanĝiĝis ĉe ŝi. La maldikeco estis sama, la alteco ne kreskis; eble estis io en ŝia maniero moviĝi. Mi imagis ke okazis al ŝi io esenca, post kio ŝi estis alia persono. Tio malkuraĝigis min, ĉar mi mem kompreneble sentis min la sama kiel ĉiam. Verŝajne neniam okazos al mi io ajn. Kaj mi ne povis elpensi, kiel mi mem okazigu ion ekscitan.

Unu afero ja tamen estis nova, kvankam ne plezura. Samtempe kun la aŭtuna semestro de la lernejo mi komencis mian novan vivon de nomado, loĝante po semajnon alterne ĉe Panjo kaj Paĉjo en du ekstremoj de la urbo. De Paĉjo en la nordo mi bezonis preskaŭ dudek kvin minutojn bicikle por atingi la lernejon, kaj dudek al la urbocentro, al la tablotenisa klubejo kaj al la amikoj loĝantaj en la sudaj kvartaloj, kiel Kristofer. De Panjo mi atingis la lernejon en kvin minutoj aŭ iomete pli, se mi elektis la kromvojon preter la domo de Mika. Ŝi daŭre piediris lernejen, krom unu tagon en septembro, kiam ŝi aperis sur nova brila mopedo. Parto de mia klaso kolektiĝis ĉirkaŭ ĝi por admiri aŭ kritiki ĝin. La sola alia samklasano, kiu alvenis mopede, estis Robert, ĉar li loĝis en la kamparo kelkajn kilometrojn ekster la urbo.

"Mi bezonas ĝin por iri al miaj malnovaj amikoj en Lindsdal", ŝi klarigis la aferon. "La busoj iras tro malofte."

Temis pri la antaŭurbo, kie ŝi loĝis ĝis antaŭ du jaroj. Entute ŝi ŝajnis al mi pli fora ol iam ajn antaŭe, kaj mi konsciis ke mi devas ĉesi revadi pri ŝi kaj anstataŭe rigardi aliajn knabinojn. Sed ne eblas ja decidi, pri kio aŭ kiu oni revu. Tio okazas sendepende de la volo, ekster onia rego. Kelkfoje mi vespere decidis pensi pri iu alia, reala aŭ fantazia ino, sed post kelka tempo mi rimarkis ke ŝi jam komencas simili al Mika. Mi simple ne povis eviti tion.

Ion similan mi longe poste dum jaroj klopodis komprenigi al Regina, sed ŝi neniam volis akcepti mian klarigon. Ŝi nomis tion malbona preteksto.

"Jam delonge estas tempo ke vi komencu respondeci pri viaj agoj", ŝi diris. "Ne ŝajnigu ke vi estas ia lanugero, kiun blovas la vento ien ajn."

"Temas ne pri agoj sed pri memoroj el la pasinteco", mi kontestis. "Ne eblas simple estingi ilin."

Sed pri tio ŝi ne konsentis.

"Certe ja eblas. Vi tutsimple devas decidi, kio gravas, kaj elekti ĉu zorgi pri via propra vivo kaj viaj proksimuloj aŭ pri alia nur revata persono."

"Vi tro simpligas", mi kontraŭis. "Ne eblas tiel bridi la menson kaj igi la nunon anstataŭi la memorojn. Estus same neeble kiel elekti inter familio kaj laboro."

Sed tiam ŝi ekkoleris, supozante ke mi atakas ŝin, kvazaŭ mi aludus ke ŝi pro sia laboro tro malmulte atentas niajn filinojn, kvankam mi entute ne celis ŝin. Do, same kiel okazis jam ofte, nia disputo iel devojiĝis, glitante de unu temo al alia.

Fakte, kiam mi nun vere pripensas la aferon, mi certas ke ŝi eraris. Statis male ol ŝi supozis. Almenaŭ por mi. Por bone plenumi la ĉiutagan vivon kun laboro, infanoj, edzino, amikoj kaj ĉio alia, mi bezonis ion plian, kio ne estas ĉiutaga. Iuj homoj havas religion, aŭ fortan konvinkon pri kiel estigi pli bonan mondon ol ĉi tiu. Mi havis mian revadon. Mi timis ke sen ĝi la konkreta vivo kun devoj kaj bezonoj tro premus min. Sed ĉi tion mi neniam diris al Regina. Mi povis jam sen tio imagi ŝian reagon: Ĉu do tiu virino estas via religio? Konsultu psikiatron, mi petas!

Jam kiam komenciĝis la lerneja semestro mi sukcesis persvadi Paĉjon ke mi bezonos poŝtelefonon, se mi loĝos alterne ĉe Panjo kaj li, kaj mi efektive ricevis la mojosan Nokia 3210, tre plaĉan telefoneton kun interna anteno. Kompreneble estis multekostege telefoni per ĝi, do temis ĉefe pri tute mallongaj alvokoj, krom kiam oni telefonis *al* mi. Sed eblis sendi tekstomesaĝojn al tiu, kiu havis same modernan aparaton. Kaj ludi per la enaj ludoj, kiuj tamen estis iom tro simplaj. Sed por distri min dum tedaj lecionoj en la lernejo la serpentoludo ja taŭgis, kaj mia Nokia tre efikis por enviigi tiujn en la klaso, kiuj ankoraŭ restis senaj.

Mika kaj mi ofte ekiris samtempe de la lernejo, mi al la apartamento de Panjo ĉe Nyslottsgatan, ŝi al la familia domo ĉe Svanebergsgatan. Sed ekde nun de temp' al tempo okazis ankaŭ ke ni ekiris paralele norden, mi pedalante bicikle la kvin kilometrojn al la apartamento de Paĉjo ĉe Sagovägen, ŝi komforte rajdante sur sia zumknaranta mopedo la duoblan distancon al siaj malnovaj amikoj en Lindsdal. Kaj nun mi spertis novan mirindaĵon. Jam la duan fojon, kiam ŝi preterpasis min sur la strato tuj apud la lernejo, ŝi bremsis la mopedon tiel ke mi reatingis ŝin, kaj ni ruliĝis unu apud la alia.

"Kien vi iros?" ŝi krietis.

"Al mia patro en Trollbacken."

"Ĉu vi volas treniĝi?"

"Volonte."

"Treniĝi" signifis ke mi fikstenos ŝin, kaj ŝi remorkos aŭ trenos min pli-malpli kiel flankveturilon de motorciklo. Kompreneble tio estis malpermesita, kio alportis plian eksciton, kvankam mi ne vere bezonis tian. Nun mi kaptis ŝian dekstran brakon per mia maldekstra mano kaj preparis min por neniam lasi mian prenon, kiam ŝi akcelos la mopedon. Almenaŭ ne ĝis ni atingos la flankstraton, kiu kondukos min al Sagovägen.

Komence mi devis koncentriĝi por ne lasi ŝian brakon, dum ni preteriris kelkajn aliajn biciklantojn el la lernejo, kiuj supozeble rigardis min envie. Mia mano facile ĉirkaŭprenis ŝian maldikan antaŭbrakon, sed la jako estis el ia glita sinteza materialo. Ĉe la unua ruĝa lumo mi tial ŝanĝis mian prenon, kaptante anstataŭe ŝian pojnon, post kio la irado estis pli facila, kaj ni povis interparoli, kriante por superi la motorbruon.

"Kial vi transloĝiĝis norden?" ŝi demandis.

"La gepatroj divorcis."

"Ha."

Ŝi pripensis dum kelka tempo, dum ni transiris la fervojon.

"Ĉu vi mem elektis loĝi ĉe la patro?"

"Mi loĝas ĉe ambaŭ alterne. Po semajnon."

Ŝia kapo kun la kasko kliniĝis kelkfoje.

"Kaj ĉu via patrino plu loĝas en la antaŭa domo?"

"Ne. En apartamento proksime."

Nun ŝi turnis la kapon kaj rigardis min esplore. Mi ne klarigis pli detale sed klopodis elpensi ion por demandi ŝin.

"Kiel rapide ĝi povas iri?" mi krietis.

Ŝi levis la ŝultrojn, ŝajnis al mi.

"Oni ja ne rajtas iri je pli ol tridek."

Mi kapjesis senvorte.

"Iu konato proponis manipuli ĝin, sed Paĉjo ne permesas tion", ŝi aldonis.

"Ne gravas. Tridek estas bone. Pli rapide ol la biciklo."

Nun ŝi denove rigardis min kaj ridetis. Bone, mi pensis, ke ŝi ne havas tian kaskon, kiu kaŝas ankaŭ la buŝon. Ni jam estis duonvoje, aŭ pli ĝuste: mi estis duonvoje, ŝi kvaronvoje.

"Ĉu vi vizitos amikinon en Lindsdal?"

Ŝi kapjesis.

"Eĉ du aŭ tri. Ni estis en la sama klaso ekde la unua lernojaro."

Kelkaj aŭtistoj jam hupis post ni, sed nun unu ripete sonigis incitan arpeĝon el tri supreniraj tonoj. Mi rekonis ĝin el miaj gitarlecionoj antaŭ tri aŭ kvar jaroj, sed mi ĉesis pri ili tro frue por memori ion pli precize. Eble ĝi estis ia A maĵora aŭ io ajn. Ĉiuokaze ni ambaŭ fajfis pri la muzikema aŭtisto kaj pluiris kiel antaŭe. Kiam li finfine sukcesis preterpasi, li grimacis kaj kriis ion neaŭdeblan tra la mallevita flanka fenestro. Mika ridetis gaje, kaj mi same. Ŝi diris ion, sed mi ne distingis la vortojn.

"Kion?"

Ŝi malfermis la buŝon vaste en mia direkto kaj kriis:

"Mi ŝatas tiajn kolerulojn. Homoj kutime estas tro flegmaj!"

Nu, mi pensas ke tiel ŝi diris. Fakte mi rigardis ŝian buŝon tiel longe ke mi ekŝanceliĝis sur la biciklo kaj perdis ŝian pojnon. Dum momento mi timis ke ŝi pluiros, lasante min tie sub la vojponto de la ŝoseo al Oelando. Sed ne, ŝi bonvole bremsis la mopedon, kaj mi povis denove alhokiĝi.

"Ĉu mi timigis vin?"

Mi kapneis kaj ridetis sen kuraĝi denove rigardi ŝin dum pli ol momento.

Ni preteriris la kvartalon Djurängen kaj baldaŭ disiĝos. Mia maldekstra brako komencis kramfi, sed mi devos nepre elteni. Estus ege humilige, se mi lasus ŝin antaŭtempe.

Tuj antaŭ ol turniĝi dekstren, ŝi diris ion kaj mansignis foren al la eksa fabriko de Volvo.

"Kion?"

"Laŭ Paĉjo oni faros butikaron tie!" ŝi kriis.

"Ĉu vere? Stranga loko!"

"Kun senpagaj parkumejoj. Kaj eble novan futbalejon."

Mi ne sciis kion diri pri tio, kaj tre baldaŭ ni atingis la vojkruciĝon, kie ŝi lasos min.

"Dankon!" mi kriis. "Estis bonega helpo!"

"Ne dankinde."

Mi rigardis ŝian rideton ankoraŭfoje, lasis ŝian maldikan pojnon, kvankam mi tute ne volis tion, kaj turnis la biciklon dekstren.

Ŝi pluiris rekte kaj akceliĝis, kiam ŝi ne plu trenis min, kaj iom post iom malaperis norden. Kaj mi povis ripozigi mian brakon, dum mi pedalis la lastajn metrojn al Sagovägen.

Verŝajne mi supozis aŭ almenaŭ esperis ke la treniĝado ĉe la brako de Mika estos nur komenco de ofta kunveturado, kiu siavice havos eĉ pli mirindajn sekvojn, sed tiel tute ne okazis. Eĉ male, ĉar post tiu fojo ĝi ne ripetiĝis. Ŝi ne plu proponis treni min, eble ĉar ŝi ne vizitis siajn malnovajn amikinojn. Ŝi ja daŭre mopedis, ne ĉiutage sed de temp' al tempo. Sed nun mi vidis ŝin malaperi en alia direkto, pli-malpli orienten. Verŝajne ŝi do havis novan amikinon, aŭ pli probable amikon, ie en la centra aŭ suda parto de la urbo. Eble tiu "konato", kiu volis manipuli ŝian mopedon, por ke ĝi iru pli rapide. Kaj pli malfrue en la aŭtuno tiu amiko eĉ aperis surstrate apud nia lernejo, atendante ŝin. Tamen li ne estis la sama kiel iam, sed pli aĝa, pli alta ulo kun pli potenca mopedo simila al motorciklo. Kiam li staris apud ĝi kaj ŝi aliris lin por brakumi kaj kisi lin, aspektis komike, ĉar li ŝajnis duonmetron pli alta ol ŝi kaj do devis kurbigi la dorson. Tamen mi ne ridis pri tio, kaj cetere ili rapide mopedis for, zumknarante unu apud la alia.

Dume mi plu navedis bicikle inter la nordo kaj okcidento de Kalmar. Unu bona sekvo de la divorco estis ke ekde nun mi disponis larĝbendan konekton ĉe Paĉjo. Panjo kompreneble plu rifuzis akiri komputilon.

"Sufiĉas al vi havi tion ĉe Peter kaj en la lernejo. Ne necesas senĉese algluiĝi al komputila ekrano."

Mi jam rimarkis ke ŝi ĉesis nomi lin Paĉjo, eĉ parolante kun mi, dum li siaflanke ĉiam diradis Panjo. Antaŭe mi neniam trovis strange ke li nomas sian edzinon Panjo, sed nun, kiam ŝi ĉesis reciproki, mi ja trovis tion komika. Cetere lia patrino, mia avino, mortis antaŭ kelkaj jaroj, sed mi ne scias, ĉu tio iel influis. Kredeble ne. La avo plu vivis kaj loĝis en Eksjö, same kiel la geonkloj. Ĉe la flanko de Panjo male vivis la avino sed ne la avo.

Dum tiu aŭtuno oni multe maltrankvilis pro la tiel nomata jarmila cimo, kiu eble paralizos komputilojn kaj diversajn elektronikajn sistemojn, kiam la jaro ŝanĝiĝos de 99 al – kio? Ĉu 00?

Aŭ 100? Aŭ "eraro"? Ankaŭ Paĉjo hezitis, ne pri sia laborejo, kie ekzistis lertaj komputistoj, nek pri aliaj grandaj sistemoj, kiujn oni delonge preparis por la jarmiloŝanĝo, sed pri nia hejma komputilo. Kiam mi proponis ke ni ŝanĝu ĝian internan daton de la jaro 99 al ekzemple 89 por eviti la riskon, li ridis.

"Tio ne helpus, kiam venas datoj de ekstere. Sed problemoj ja povas aperi kiam ajn, ne nur je ĉi tiu Novjaro. De temp' al tempo oni legas pri 101-jarulo, kiu ricevas lokon en infanvartejo."

Ankaŭ mi aŭdis pri tiaj kazoj, sed mi ne pensis ke tio rilatas al la jarmila cimo. Ĉiuokaze mia ĉefa zorgo estis ke miaj ludoj ne ĉesu funkcii.

En decembro kelkaj en la klaso decidis aranĝi festadon de Lucia. Estis pluraj problemoj por solvi: unue trovi lokon, kie la gepatroj ne tro ĝenos, due akiri ian alkoholan trinkaĵon, trie decidi, kiun instruiston ni vizitos frumatene. Iel oni tamen pli-malpli solvis tiujn problemojn, kaj dimanĉe vespere la dekduan de decembro proksimume duono de la klaso kolektiĝis en la hejmo de Linda ĉe Dackegatan. Ŝiaj gepatroj ja estis hejme, sed ili akceptis resti fone, kondiĉe ke ni estos sobraj, tio estas ne videble ebriaj, nek tro bruaj. Ni restadis plejparte en kela sidoĉambro kaj en la kuirejo, kie Linda kaj Madeleine okupiĝis pri bakado de safranbulkoj. Spickuketojn ni aĉetis en butiko. Trinkaĵoj alvenis kontrabande sed ne tre abunde en la kelon per kelkaj kontribuantoj, kiuj havis bonvolajn pli aĝajn liverantojn. Mi mem alportis iom da viskio, kiun mi ŝtelis po iomete el la boteloj en la kolekto de Paĉjo. Baldaŭ montriĝis ke tamen mankas pluraj el la samklasanoj, precipe tiuj kun alilandaj gepatroj, kiuj ne konis svedajn tradiciojn, kaj inter ili ankaŭ Mika, je mia granda bedaŭro. Ŝi tamen ja devus koni la kutimojn de Lucia dank' al sia sveda patro, ŝajnis al mi. Sed eble ŝi preferis pasigi la nokton de Lucia kun sia mopedulo.

Dum la vespero kaj nokto ni do babilis, drinketis, ludis, prove gustumis la kuketojn kaj bulkojn, kaj provkantis tri kantojn de Sankta Lucia kaj Kristnasko. Krome ni muntis tri stelojn el ora papero sur bastonojn kaj zorgis eviti endormiĝi, dum ni atendis. Fine, iom post la kvina horo, Linda kuiris kafon kaj verŝis ĝin en termosojn, kelkaj el ni surmetis blankajn noktoĉemizojn super la ordinaran veston, ĉiuj armis sin per kandeloj, kaj ni ekiris piede la sufiĉe longan vojon al la domo de Jan-Erik Jonsson, nia instruisto de fiziko kaj matematiko. Li loĝis en Stensö, ĉe la strato Ålgatan, en ligna domo ŝajne el la dudekaj jaroj. Pli precize la 1920-aj, por eviti la cimon.

Kompreneble la blonda Linda, kiu ĵus estis nia mastrino, rolis kiel Lucia, kaj alvenante ŝi surkapigis kronon kun elektraj kandeloj, ĉiuj ceteraj alumetis la naturajn kandelojn en la manoj, ni tri stelo-knaboj levis niajn Betleĥemajn stelojn, kaj oni sonorigis ĉe la pordo. Necesis ripeti tion dufoje, ĝis nia instruisto aperis en striita piĵamo, taŭzita hararo kaj hipokrita rideto.

La knabinoj jam ekkantis, kaj ni knaboj laŭkapable kontribuis per niaj rompataj voĉoj. Jan-Erik Jonsson enlasis nin, montris la vojon al la salono kaj iris por surmeti negliĝon kaj venigi sian edzinon. Jam antaŭ ol ili revenis, aperis la vizaĝoj de du infanoj gvatantaj de la ŝtuparo el la supra etaĝo. Madeleine verŝis kafon en plastajn tasojn kaj malpakis la bulkojn kaj kuketojn. Entute ĉio estis granda sukceso, almenaŭ se escepti la forestadon de Mika.

Fakte, krom Niklas neniu estis vere ebria, kvankam mi sentis ioman kapturnon. Sed du horojn poste, kiam la lecionoj komenciĝis en la lernejo, ni ĉiuj estis tre dormemaj, denove krom Niklas, ĉar li entute ne aperis en la lernejo la dektrian de decembro. Cetere ankaŭ Jan-Erik Jonsson aspektis dormema, sed li bonvole ridetis al ni, dum li klopodis klarigi potencojn kaj radikojn, desegnante iom malregulan kvadraton sur la nigra tabulo. Se neniu el ni tre bone lernis tiun branĉon de la matematiko, sendube kulpas Lucia.

Mi pasigis Kristnaskon kun Panjo ĉe Avino en Böda sur norda Oelando kaj Novjaron kun Paĉjo ĉe la geonkloj, gekuzoj kaj Avo en Eksjö. La jarmiloŝanĝo pasis kun piroteknikoj - eĉ en la smolanda urbeto - sed sen problemoj pro la jarmila cimo. Laŭ onklo Magnus tio pruvis ke la maltrankvilo estis pura blago; laŭ Paĉjo tio montris ke oni ĝustatempe solvis la antaŭviditajn problemojn. Kiel kutime mi sledumis kun la gekuzoj, kvankam ili jam aĝis dek unu kaj naŭ jarojn. Kaj poste Paĉjo kaj mi reiris al la senneĝa Kalmar ĉe la nebula marbordo.

En la lernejo komenciĝis nova semestro, la lasta deviga. Mi tamen memoras malmulte de tiu printempo. Mi iĝis deksesjara sed kompreneble restis same virga kiel ĉiam. Kiam estis tempo por aspiri studlokon en la gimnazio, mi elektis la natursciencan programon kaj supozis ke mi estos akceptita, ĉar miaj notoj, kiuj ĉiam estis bonaj, lastatempe eĉ pliboniĝis. Mi ne sciis, kiel tio okazis, ĉar mi ne multe pli penis ol antaŭe. Ĉu mi do estis nature dotita lertulo? Mi pli suspektis ke miaj konkurantoj estas eĉ pli pigraj ol mi.

Dum tiu printempo mi apenaŭ havis kontakton kun Mika. Mi eĉ ne sciis, ĉu ŝi plu umas kun tiu pli aĝa mopedulo. Du- aŭ trifoje, survoje en la klasĉambron por leciono de la hispana lingvo, kiun ni ambaŭ elektis lerni, ŝi demandis min pri ia enigma punkto, kiel la diferenco inter soy kaj estoy. Sed evidente ne povis okazi multe dum la kvin minutoj antaŭ ol aperos la instruisto, señora Lundgren. Klarigi la misterojn de la hispana eble postulus iomete pli da tempo.

Señora Sonya Lundgren estis denaska ĉiliano, kiu venis en Svedion kiel infano kun siaj gepatroj post la puĉo de Pinochet kaj nun evidente havis denaske svedan edzon, kiel indikis ŝia familia nomo. Oficiale ŝi devis instrui al ni ĉefe la hispanian hispanan, sed mi ne scias kiagrade ŝi zorgis aŭ kapablis tion. Poste en la gimnazio la instruisto kelkfoje suspiros pro mia neatento al la ĝusta prononco de C kaj Z.

Mi memoras ke la señora en marto tiujare koleris pro tio ke la maljuna eksa diktatoro Pinochet revenos al Ĉilio el sia ekzilo ĉe Margaret Thatcher en Britio. Ŝi diris ke li certe evitos punon pro siaj krimoj, ĉar la ĉilia armeo plu subtenos lin.

Ĉiel ajn, la unua printempo de la nova jarmilo pasis sen grandaj dramoj en mia vivo. Semir aliĝis al la loka ŝak-klubo kaj volis ke ankaŭ mi aliĝu. Mi ja unufoje iris tien sed tuj rimarkis ke mi ne sufiĉe talentas pri ŝako, kiel mi jam suspektis. Fakte eĉ malpli ol pri la tabloteniso, kiun mi tamen plu praktikis, kvankam ne ĉiusemajne.

En junio finiĝis la lernado en la elementa lernejo, kaj mi forlasis la konstruaĵojn, instruistojn kaj samklasanojn sen granda bedaŭro, kun kelkaj esceptoj. Mi supozis ke mi plu amikumos kun Linus, Semir kaj Kristofer, kvankam ni ne plu estos samklasanoj. Iel la kunestado kaj babilado kun tiuj samaĝuloj tamen komencis tedi min. Mi trovis ilin tro infanecaj, aŭ eble pli ĝuste: mi trovis min mem tro infaneca, estante kun ili. Sed restis sperti, ĉu mi ekhavos novajn amikojn pli maturajn.

Ĉu mi iam plu vidos Mikan, tute ne estis certe. Pli certa estis la fakto ke ŝi malaperis al Tajlando tuj post la fino de la lernado. Por mi restis la demando kion fari somere, atendante la sciigon ke mi aŭtune plu lernados sed jam en la gimnazio. Mi sentis ke mi devus iel labori por gajni iom da propra mono, kvankam mi kutime ne disipis multe. Tio cetere ja ne eblus, ĉar mi ricevis nur ducent kronojn monate kiel poŝmonon, kio estis skandale avare, laŭ mi. Mi tamen ne sciis, kian laboron mi aspiru, kaj finfine mi povis trovi nur la tedan kaj malestimatan taskon rikolti fragojn en Oelando. Dum tri semajnoj fine de junio kaj komence de julio mi do ĉiutage busis trans la ponton por poste sklavi sub senkompata suno sur fragokampo. La dudekan de junio oni mezuris tridek tri gradojn en la ombro, sed sur la kampo tute ne disponiĝis ombro. Laŭdire julio en aliaj partoj de la lando estis sufiĉe pluva, sed en nia sudorienta regiono falis nur kelkaj fulmotondraj pluvegoj kiel plaĉe freŝigaj duŝoj. Tiuj akvofaloj tamen kotigis la kampojn kaj iufoje malpurigis kaj kaĉigis la maturajn fragojn, kiujn ne sufiĉe ŝirmis la foliaro.

Mi perlaboris du kronojn por ĉiu liverita litro, ne kalkulante tiujn fragojn, kiuj trafis en la stomakon, sed mi verŝajne estis la plej malrapida rikoltanto el ĉiuj sur la kampo. Nu, tio ja ne tro gravis, ĉar ĉiu centkrona monbileto, kiun mi povis enpoŝigi, estis bonvena kaj eĉ surpriza gajno.

Ĉi-jare Panjo kaj Paĉjo havis feriojn samtempe, en julio, kion mi trovis iaspeca ironio de la sorto, ĉar ili kompreneble ne plu feriis kune. Panjo iris por du semajnoj al Italio kun kolegino, kiu laŭdire estis "freneza pri Italio". Paĉjo ŝajne ne sciis, kion fari. Fine li proponis ke ni denove iru en Danion.

"Ni provu la novan ponton, ĉu ne?"

"Kiun ponton?" mi demandis konfuzite.

"Trans Sundon. La ponton al Danio kaj la mondo."

"Ha. Ĉu ĝi estas preta?"

"Oni ja raportis amase pri tio."

"Mi ne atentis tion. Sed Danio ne tre logas min."

"Ni povus pluiri suden al Germanio."

"Tio eĉ malpli interesus min."

"Do kion fari, laŭ vi?"

Kion mi respondu al tio? Mi ne sciis, kion mi volas. Ĉiuokaze mi ne povis proponi Tajlandon. Ĝi estus ege tro fora, tro kosta, tro varma, kaj evidente neatingebla per aŭto. Ĝis nun ni nur unufoje flugis, al Britio antaŭ kvin jaroj. Cetere mi tute ne memoris la nomon de la loko, en kiu Mika purigas bangalojn. Ŝi ja diris ĝin antaŭlonge, sed ĝi ne fiksiĝis en mia memoro. Kompreneble mi memoris la aspekton de tiu parto de Tajlando sur la mapo, kaj mi sciis ke la ĉefurbo estas Bangkoko, sed jen ĉio.

"Nenion specifan", mi do diris al Paĉjo kaj iris ŝalti la komputilon por ludi.

Se tamen vojaĝi ien, mi preferus urbon, ju pli grandan, des pli bone. Sed mi sciis ke neniu el miaj gepatroj akceptus ferii en suda urbego fine de julio. Nordaj urbegoj apenaŭ ekzistas, kaj tiuj de la suda hemisfero, kie nun estis vintro, situas tro malproksime, eĉ pli ol Tajlando. Mi tamen memoris la vojaĝon, kiam mi estis dekunujara, kaj la familio pasigis kelkajn aŭtunajn tagojn en Londono. Nun mi proponis al Paĉjo ke ni revizitu ĝin.

"En julio?" li diris, kiel mi atendis. "Tio ne estus agrabla."

Do mi restis hejme ĉe Paĉjo en Trollbacken, kaj poste ĉe Panjo en Tegelviken, kiam ŝi revenis el Italio, pli brunhaŭta kaj gaja ol kutime. Mi mem kelkfoje iris naĝi kun Kristofer ĉe Långviken, aŭ sola en alia loko pli proksima al la apartamento de Paĉjo. Linus estis kun siaj gepatroj en ilia somerdomo sur la insulo Runnö pli norde en la markolo de Kalmar, kaj de tie ne eblis foriri sen boato. Kaj la familio de Semir estis en Bosnio. Li antaŭe diris al mi ke lia patrino tute ne volas vojaĝi tien, sed la patro insistis ke ili vizitu sian hejman urbeton por klopodi ricevi la domon, kiun iliaj serbaj najbaroj okupis aŭ ruinigis.

"Ĉu vi do remigros tien?" mi demandis.

"Certe ne. Paĉjo tamen ne volas cedi sian posedaĵon, se eblas malhelpi tion. Sed tie oni proklamis la Serban respublikon, do mi dubas ke ni reakiros ĝin."

Do denove aperis balkanaj misteroj, sed mi fajfis pri ili. Se ĉeestus Mika, ni ja povus serĉi tiun respublikon sur la mapo, sed nun mi lasis ĝin kuŝi, kie ajn ĝi kuŝas.

La mono, kiun mi perlaboris sur la fragokampo, plejparte restis ŝparita, krom tiu sumo, kiun mi uzis por du novaj komputilaj ludoj. Paĉjo kiel kutime faris muzean trajnovojaĝon, sed ĉi-jare mi ne akompanis lin. Mi simple nenifaris, sciante ke baldaŭ finiĝos la longa somero, kaj mi ekstudos en la gimnazio de Stagnelius lokita ĉe la urbocentro.

La lastajn liberajn tagojn mi pasigis sola, vagante tra la urbo bonege konata sed malgraŭ tio iel nekaptebla per mia menso. Mi ekpensis ke ĝuste ĉar mi loĝas en ĝi de ĉiam, ĝi fariĝis nevidebla al mi. La kastelo, la katedralo, la fortikaĵoj kaj la severmienaj ŝtonaj domoj el la deksepa jarcento estis tiel banalaj ke mi ne rimarkis ilin. La samo validis pri la modernaj kvartaloj, kie mi ĉiam loĝadis, sed tio ŝajnis al mi pli natura. Tiel same ja aspektas ĉiuj svedaj urboj kaj urbetoj. Eĉ Eksjö, kiu havas pitoreskan malnovan urbocentron el lignaj dometoj, kie promenas turistoj kun levitaj fotiloj, tamen plejparte estas tute anonima mezuma urbeto, kaj la domo de la geonkloj estas unu el dudeko da identaj skatoletoj ĉe sakstrato. Ial tio deprimis min, sed mi ne sciis, kion mi preferus anstataŭ tio, kaj mi ne komprenis, kial eĉ la pli unikaj medioj en la centro de mia hejmurbo ne vekis en mi pli fortan senton. La sola escepto estis la Malgranda placo situanta je kelkaj domblokoj for de la ĉefaj stratoj, inter la urbomuro kaj du malnovaj domoj kun propraj karakteroj. Tamen eĉ tie mi sentis min pli multe kiel turisto ol plenrajta loĝanto. Mankis preskaŭ nur fotilo kaj mapo en la manoj. Fakte, kiam mi pasumis tie fine de la somero, laŭ la muro, sur la kajo, tra la urba parko kaj la Malnova urbo ĝis la kastelo kaj tiel plu, mi enpense imagis ke mi ĉiĉeronas fremdan vizitanton, knabinon kun iom aziaj trajtoj. Jen stultaĵo, evidente, ĉar ŝi sendube konis tiujn lokojn same bone kiel mi, aŭ eble eĉ pli bone. Malgraŭ sia aspekto ŝi ja tute ne estis fremdulo.

Dua parto

Lunde la dudekunuan de aŭgusto mi unuafoje biciklis al la nova lernejo. Iel mi trovis signifoplene ke ĝi estas nomita laŭ la poeto Stagnelius, kiu famas plej multe ĉar li estis tiel malbela ke li ne sukcesis gajni amatinon. Tio ŝajnis al mi malbonaŭgura. Kial oni do nomis lernejon por gejunuloj laŭ tia mizerulo? Mi konis neniun poemon de li kaj ne sciis, kiel li rilatis al la gimnazio de Kalmar, se tiu entute ekzistis, kiam li vivis iam en la nebula historio. Cetere mi konis neniun ajn poemon de iu ajn poeto, krom se oni konsiderus la furoran kanton "Neniam zorgu pro mi, Gotenburgo" de Håkan Hellström kiel poemon kaj tiun kantiston kiel poeton, kio tamen eble estus troigo.

Tiusemajne mi loĝis ĉe Panjo, kaj la vojo estis ege konata, almenaŭ ĝis la ponto Malmbron, kie mi ne iris dekstren sur la urbocentran insulon Kvarnholmen, sed rekte antaŭen. Mi trovis la biciklorakojn, ŝlosis kaj fiksis la biciklon kaj paŝis sur la lernejan korton kun la fama kaŝtanarbo inter svarmo el nekonatoj. Jen kaj jen mi rekonis vizaĝon, sed mankis pli proksimaj amikoj. El mia eksa klaso videblis nur du knabinoj, Molly kaj Emma, kiuj neniam interesis min, kaj kiuj sendube kore reciprokis tiun mankon de intereso.

La matena suno heligis la grizan fasadon de la konstruaĵo eble okdekjara, kiun mi jam konis de ekstere. Kiam mi nun alproksimiĝis al la ĉefpordo, mi legis la superan skribon: "La vero liberigos vin". Ŝajnis al mi ke mi vidis bildon de simila devizo ankaŭ aliloke, almenaŭ en fotoj. Ĉu sur la Supera Kortumo? Aŭ super la pordego de Aŭŝvico? Nu, tio ja estis stulta penso. Ĉi tiun pordon mi estos libera trapasi enen kaj elen, negrave ĉu mi diros la veron aŭ mensogos kiel funebra parolo.

Mi supreniris kelkajn ŝtupojn kaj eniris unuafoje en mian lernejon por la venontaj tri jaroj. La ŝtuparejo vere ŝajnis trivita de piedoj dum multaj jardekoj. Mi serĉis la ĉambron 214, en kiu devis kolektiĝi mia klaso laŭ la ricevita mesaĝo. Mankis tre klaraj indikoj, aŭ mi ne vidis ilin, do mi vagis tien-reen kaj kunpuŝiĝis kun aliaj, jen same konfuzitaj kiel mi, jen pli celkonsciaj. Kaj jen, meze de la centra ŝtuparego, mi subite trovis min antaŭ Mika. Ŝi venis de supre, mi de malsupre. Ŝia mieno ege gajiĝis, kiam ŝi ekvidis min, ŝi kaptis mian brakon, kaj dum momento mi preskaŭ pensis ke ŝi brakumos min. Tio tamen ne okazis, kompreneble.

"Fred! Bonege! Mi ĝojas vidi vin! Kiun programon?"

Mi enspiris kaj dum du sekundoj ne kapablis paroli. Poste mi klarigis:

"La naturan. Kaj vi?"

"La socian, nature. Ĉu vi scias, kie estas cent dudek? Ni ne trovas ĝin."

Ŝi turnis la kapon kaj ĵetis rigardon al iu staranta oblikve malantaŭ ŝi, sufiĉe granda nigrahara knabino, kiun mi ne rekonis.

"Elvira kaj mi estos en la sama klaso", aldonis Mika.

"Saluton", mi diris al la nekonata ino. "Ne, mi eĉ ne trovas mian propran. Sed mi esperas ke ducent signifas la duan etaĝon, do eble cent estas la unua."

"Ni jam provis tie, sed do ni reprovos en alia direkto. Ĝis!"

Ili ambaŭ preterpasis min malsupren, kaj post kelka tempo mi pluiris supren. Iele-trapele mi fine trovis mian klasĉambron, kie aro da aliaj junuloj atendis ke oni enlasos nin. Mi rekonis la vizaĝon de Daniel el alia klaso en la lernejo de Falkenberg kaj kapsalutis lin. Poste mi rimarkis ke inter la knaboj estas ankaŭ kelkaj knabinoj, sed mi ne multe atentis ilin. Fakte mi konsideris, ĉu mi faris bone, kiam mi elektis la natursciencan programon. Sed verŝajne estus malfacile nun ŝanĝi tion.

Alvenis la mentoro, kiu estos nia instruisto de la sveda kaj angla. Ŝi enlasis nin kaj petis nin sidiĝi laŭvole. Hazarde aŭ malhazarde mi trafis sur lokon apud Daniel. La ejo estis tute normala klasĉambro, kiu ne diferencis de tiuj en mia elementa lernejo, krom eble ke la fenestroj estis videble malnovaj. Tra unu el ili mi vidis la turopinton de la fajrobrigadejo kaj malantaŭ tiu la bluan ĉielon.

"Bonvenon al ĉiuj. Mi estas Barbro Söderman", diris la instruisto, kiu estis virino ne tro maljuna en pantalono kaj strikta palblua bluzo, kun duonlonga hararo mezblonda.

"Esperеble vi baldaŭ sentos vin hejme en la gimnazio de Stagnelius kaj en via klaso", ŝi daŭrigis kaj poste komencis voki nin en alfabeta ordo laŭ listo, kiun ŝi metis sur la tablon antaŭ si.

Eldirinte ĉiun nomon ŝi paŭzetis, rigardis la lernanton kaj ŝajne envicigis lin aŭ ŝin en ian cerban arkivon. Post tiu tradicia kontrolo, ŝi disdonis kelkajn paperojn kun regularo, nian horaron de lecionoj kaj eble ankoraŭ ion. Krome ŝi memorigis al ni ke la gimnazio estas nedeviga lernejo, en kiu ni mem elektis studi, do se ni ne laboros ambicie, ni prefere lasu la lokon al iu alia. Poste ŝi citis pecon el poemo de Erik Johan Stagnelius, "Mistero de l' suspiroj":

Homo! lernu saĝon de la vivo,
jen aŭskultu: leĝoparo regas
nian vivon. La unua estas
la deziropovo. Kaj la dua
la rezignodevo.

Ŝi ne analizis la poemfragmenton, kies senco tamen ŝajnis al mi evidenta. Sed kiel do elturniĝi, kiam unu homo deziras, kaj la alia devigas lin rezigni? Tiun demandon kredeble Erik Johan mem ne sciis respondi. Nek mi.

Baldaŭ post tio Barbro Söderman liberigis nin, do ŝi evidente reprezentis la veron. La vera instruado tamen komenciĝos nur en la sekva tago. Forlasinte la konstruaĵon mi paŝis tre malrapide sur la korto, por la okazo ke ankaŭ Mika aperos tie, sed ŝia mentoro eble estis pli rapida ol la mia, aŭ male, do mi maltrafis ŝin.

Mi nun tute ne scias, kial mi elektis la natursciencan programon. Certe mi ja trovis matematikon kaj fizikon interesaj, sed la samo validis pri sociaj kaj humanistikaj fakoj. Mi tamen havis ian nebulan ideon ke en ĉi tiu programo mi evitos la plej ĝenajn stultulojn, ĉar laŭ ili ĝi estas la plej malfacila. Miaj amikoj Linus, Semir kaj Kristofer elektis programojn kun pli praktikaj profesiaj edukoj, do ili eĉ ne lernos en la sama gimnazio kiel mi. Linus kaj Semir ambaŭ aspiris la programon de transportoj kaj estis akceptitaj tie. Kristofer estos elektromuntisto, se li ne ŝanĝos programon, ĉar li iom konsideris ankaŭ la teorian teknikan programon, en kiu iam studis mia patro. Miaflanke mi verŝajne ne multe pensis pri onta profesio sed simple volis havi tolereblan tempon dum la tri jaroj de la gimnazio. Almenaŭ tiel mi nun supozas, pli ol du jardekojn poste.

En mia programo oni ne studis fremdajn lingvojn devige, kun escepto de la angla. Sed eblis elekti aldonan studfakon, kaj mi decidis daŭrigi pri la hispana. Ne pro tio ke mi vere atendis ian utilon de ĝi, sed simple por ne ĉesi pri io, kion mi jam komencis. Mi antaŭe ne pensis pri tio ke tre malmultaj aliaj "naturistoj" - jen la ĉarma karesnomo, kiun oni donis al ni en la naturscienca programo - faros la saman elekton, se entute iu ajn krom mi. Do, kiam mi unuafoje eniris en la klasĉambron por la unua hispana leciono, mi trovis min inter lernantoj el aliaj studprogramoj, kaj meze de la ĉambro sidis Mika kaj ŝia amikino Elvira. Mi elektis lokon kiel eble plej proksime apud ili, kaj ni gaje salutis unu la alian. Tio estis plaĉa surprizo, kaj eĉ pli bone: dank' al tio mi povis tute nature pasigi kun ili la sekvan paŭzon sur la lerneja korto, antaŭ ol ni disiris ĉiu al sia sekva leciono.

"Bonege ke vi decidis daŭrigi", diris Mika en tiu paŭzo. "Do mi povos peti helpon ankaŭ de vi, ne nur de Elvira, kiam mi ne komprenas ion."

"Certe. Se mi kapablos."

Ŝi turnis sin al Elvira por klarigi.

"Fred estas supera pri diversaj fakoj, ne nur la hispana."

Mi ne protestis, kvankam tio estis surpriza flato. Elvira cetere ne komentis tion, eble ĉar ŝi konsciis ke ŝi mem tre lertas pri lingvoj. Ŝi estis pli alta ol Mika kaj ne same maldika. Ŝia hararo estis tute nigra sed la haŭto tre pala, kaj ŝi ŝminkis sin sufiĉe forte malhele ĉirkaŭ la okuloj. Kredeble ŝi estas blondulino, kiu nigrigas la harojn kaj opinias ke ne eblas uzi tro da palpebra ŝminko, mi pensis.

"Ĉu vi estis en Tajlando ankaŭ ĉi-somere?" mi demandis Mikan.

Jen ne tre inteligenta demando, sed mi devis diri ion kaj trovis nenion pli taŭgan. Ŝi grimacetis kaj kapjesis.

"Certe. Ĉu vi iam iris tien?"

Mi memoris ke ŝi proponis al mi tian vojaĝon, kiam ni sidis antaŭ la interreta mapo de Tajlando en la domo ĉe Arendalsgatan. Sed kiel mi do povus realigi tion?

"Neniam. Mi ja ŝatus, sed mi entute ne multe vojaĝis."

"Kaj mi preskaŭ neniam estis aliloke."

Mi kapjesis miavice, serĉante ion pli bonan por diri, ĝis la sonorilo anoncis novajn lecionojn. Ĉi tio tamen estis la komenco de kutimo pasigi la paŭzojn kune post la hispanaj lecionoj. Mi baldaŭ iĝis malpli streĉita, kaj ni interparolis pri niaj eksaj instruistoj kaj diversaj okazaĵoj en la elementa lernejo. Sed eĉ pli multe ŝi parolis kun Elvira pri iliaj komunaj infanaĝaj memoroj el Lindsdal, kaj pri la nuna lernado. Mi kompreneble scivolis, ĉu ŝi plu renkontas la mopedulon, sed pri tiaj aferoj ili neniam parolis en mia ĉeesto, kaj ne eblis ja demandi pri tio.

Nun Mika mem mopedis ĉiutage al la lernejo, dum mi plu biciklis. Mi kelkfoje pensis ke mi petos ŝin treni min, ĉar kiam mi loĝis ĉe Panjo, nia vojo hejmen estis plejparte sama, sed ŝi ĉiam preterzumis min tiel rapide ke mi ne povis demandi ŝin. Elvira siaflanke veturis buse inter sia hejmo kaj la lernejo.

Nu, en la hispanaj lecionoj kaj parte ankaŭ en la sekvaj paŭzoj Mika kaj mi baldaŭ amikumis, kun Elvira inter ni. Malgraŭ ilia delonga amikeco mi ne sentis min kiel kvina rado ĉe veturado. Ni interflustris kaj ŝercis pri amuzaj hispanaj vortoj, kiel "media hora" aŭ duonhoro, kiu asociigas ion tute alian al svedoj. Kompreneble ni rikoltis sufiĉe da riproĉoj de la instruisto Louise Lagergren, populare konata kiel Lola, pro nia flustrado kaj pro la latinamerika prononco de Mika kaj mi. Elvira male prononcis ĉion tre bone kaj imitinde, laŭ Lola.

"Ŝi ja estas naturdotita pri lingvoj", diris Mika al mi en iu paŭzo. "Fakte ŝi kulpas ke mi dekomence elektis la hispanan kaj ne la francan."

"Ne kulpigu sed danku", intervenis Elvira. "Via eta nazo neniam tralasus la francajn nazalojn."

"Ni tamen devos pli ekzerci la langojn por kontentigi Lolan", mi aldonis kaj rikoltis ridegon de Mika kaj grimacon de Elvira. Nur poste mi komprenis kial, ĉar mi tute ne planis eldiri ion tiklan.

Iom post iom mi rimarkis ke Elvira havas ian sekan sed trafan humuron, kelkfoje absurdetan. Laŭ Mika ili estis amikinoj ekde la unua jaro en la lernejo de Lindsdal norde de la urbo, kaj Elvira restis tie, kiam la familio de Mika ekloĝis en mia parto de la urbo, kiam ŝi aĝis dek tri jarojn.

"Kial vi transloĝiĝis for de Lindsdal?" mi foje demandis.

Fakte mi ŝatus diri ke mi feliĉas pro tiu ŝanĝo de loĝejo, sed tio ja estis nedirebla.

"Paĉjo bezonis pli bonan ejon por sia firmao, kaj Panjo volis loĝi pli proksime al la butiko."

"Aha. Ĉu ŝi plu havas tiun Azian Ĝardenon?"

"Jes ja, sed ĝi ne plu donas grandan profiton, ĉar nun la superbazaroj havas sekciojn kun tiel nomataj ekzotaj manĝaĵoj. Do ni ekzotuloj iĝis nebezonataj."

Mi murmuris ion malklaran, ĉar tio estis tute ekster miaj spertoj. Jam delonge mi ne vizitis ilian butikon, kaj mi ankaŭ ne kutimis butikumi en superbazaroj.

"Nun mi rememoras ke vi kutimis aĉeti dolĉaĵojn ĉe ni", diris Mika, kvazaŭ leginte miajn pensojn. "Ĉu vi tiam loĝis pli proksime de ĝi?"

"Tute ne."

Mi pensis intense.

"Mi simple preterpasis tie, survoje al mia tablotenisa klubo", mi improvizis.

Ŝi ridetis. Ĉu ŝi travidis min kaj sciis la veron? Mi eĉ ne certis, ĉu mi deziras ke ŝi sciu, aŭ ĉu mi timas tion.

"Fakte la lernantoj de Vasa estas sufiĉe grava fonto de enspezoj, sed necesas gardi ilin, ĉar ili ŝtelas kiel pigoj."

Mi ekridis, kontenta ke ŝi ne demandas pli multe pri miaj vizitoj, kaj ke nia interparolo povas vagi plu al aliaj temoj, kiel la vanaj klopodoj de nia Lola por memorigi al ni ke necesas levi la langon por lispi ĉe "hacer zarzuela".

Mi ĝojis konstati ke la instruado en la gimnazio plejparte estas sur pli alta nivelo ol en la elementa lernejo, kaj ke la infanecaj kondutoj de la lernantoj reduktiĝis. Ĉar kompreneble mi mem konsideris min preskaŭ plenkreska. Nu, ne sur ĉiuj kampoj de la vivo, evidente, sed almenaŭ en la lecionoj. Kelkaj el la instruistoj tamen plu traktis nin kiel infanojn, kaj ili ne iĝis ŝatataj.

Mi ne plu kunestadis kun Linus, kaj nur dufoje en tiu aŭtuno mi renkontiĝis kun Kristofer. Tiam ni ludis la malnovan bone konatan ludon *CounterStrike* per lia komputilo, kaj krome unu novan, *Shogun Total War*, en kiu li facile venkis min. Sed mi sentis ĉion iom embarasa, kvazaŭ ni ne plu havus ion komunan. Ne eblas ja tiom ŝanĝiĝi en du monatoj, sed mi ne plu same ĝuis la kunestadon. Poste ni biciklis laŭ kutimaj vojoj, eĉ preter la strando de Långviken, sed kompreneble ni ne povis bani nin tiusezone. Disiĝante la duan fojon ni interkonsentis baldaŭ renkontiĝi denove, sed ial tio ne okazis. Neniu el ni rekontaktis la alian, do supozeble ni ambaŭ trovis la kunestadon embarasa.

Kun Semir estis pli facile; ni plu ludis per lia Playstation, kvankam tio jam ŝajnis iomete infaneca. Sed ankaŭ lin mi renkontis pli kaj pli malofte. Anstataŭe mi komencis rendevui kun mia nuna samklasano Daniel, aŭ Danne, kiel ĉiuj nomis lin. Ni ludis komputilajn ludojn kaj diskutis ĉefe temojn de la lernejo, kiel ĝenajn instruistojn, stultajn sed allogajn knabinojn, kiuj devigis nin rezigni niajn dezirojn, kiel dirus Stagnelius, kaj malfacilaĵojn en la lernolibroj. Krome Danne entuziasmis pri la ĉiujara konkurado kontraŭ la alia granda gimnazio de la urbo, tiu de Lars Kagg. Tiu antagonismo prenis plurajn diversajn formojn kaj kulminis ĉiun aŭtunon en matĉo de rugbeo. Mi ne bone komprenis tiun rivalecon, des pli ĉar estis nura hazardo ke ni trafis en la gimnazion de Stagnelius kaj ne en tiun de Kagg. La rilato de la historia persono Lars Kagg al gimnazia instruado ŝajnis eĉ pli duba ol tiu de nia Stagnelius; li estis ne poeto sed feldmarŝalo en la tridekjara milito.

Fine de oktobro tamen okazis alia afero, kiu alportis grandan ŝanĝon en mia vivo. Iasence ĝi eĉ komencis mian junaĝon kaj finis la infanaĝon. En paŭzo post hispana leciono Mika kaj Elvira turnis sin al mi kun demando, aŭ pli ĝuste invito.

"Ĉu vi ŝatus veni al festo ĉe Elvira venontan sabaton?" diris Mika. "Nenio granda, nur kelkaj amikoj. Mi esperas ke Linda kaj Belinda venos, kaj du-tri malnovaj amikinoj el Lindsdal."

"Estos halovena temo", aldonis Elvira.

"Sed tio ne gravas", rapide enŝovis Mika. "Ne necesos maski aŭ ŝminki vin, se vi ne volos."

"Miaj gepatroj forvojaĝos, do la domo estos nia. Mi casa será tu casa."

Ili ŝajnis tiel urĝataj ke mi apenaŭ povis respondi.

"Dankon, certe mi ŝatus. Sed Halovenon mi neniam antaŭe festis. Mi ne bone konas ĝin."

"Ne gravas", diris Mika denove. "Ĝi estas nur preteksto. Ĉiu faru laŭplaĉe. Sed ĉu vi povus alporti ion por trinki?"

"Nu, mi provos."

"Mia frato promesis aĉeti por mi", intervenis Elvira. "Do, se vi ne povos akiri ion, tamen venu. Kaj se vi volos alivesti kaj ŝminki vin, des pli bone. Sed ne timu, ni ne rondiros kiel infanoj, petante regalon de la najbaroj."

Ili donis al mi la adreson kaj siajn telefonnumerojn.

"Se vi iros buse, estas la numero unu ĝis Garvarevägen kaj poste tricent metrojn piede", diris Elvira.

"Bone. Povas esti ke mi biciklos, ĉar mi loĝos ĉe mia patro tiusemajne, kaj la buso eble ne iros tre malfrue vespere, ĉu?"

"Sabate ĝi funkcias ĝis noktomezo. Tamen la domo estos malplena, do eblos tranokti, se vi volos. Ankaŭ Mika tranoktos."

Post tio la paŭzo finiĝis, kaj mi iris al mia kemia leciono, mirante pro la invito. Mi jam ekscitiĝis, imagante ke absolute ĉio ajn povos okazi tie. "Ankaŭ Mika tranoktos." Ĉu tio aludas ion? Mi apenaŭ kuraĝis eĉ pensi tion.

Pasis kelkaj tagoj ĉe Paĉjo, dum kiuj mi interrete serĉis informojn pri Haloveno, kiu ŝajne populariĝis lastatempe ĉe ni. Mi ja trovis multon, sed ne vere klarigon, kio okazos ĉe Elvira. Cetere ŝajnis ke la vera Haloveno estos nur marde en la sekva semajno, kiam ni havos aŭtunajn feriojn. Ĉiuokaze mi ne volis ŝminki min, sed en superbazaro mi trovis nigran T-ĉemizon kun blanka skeleto. Tio devos sufiĉi. Ili almenaŭ vidos ke mi faris ian klopodon.

Paĉjo delonge havis ŝrankon kun kolekto da viskiboteloj de diversaj markoj kaj aĝoj. Proksimume unufoje jare li aranĝis viskiprovadon kun kelkaj kolegoj el sia laborejo, sed intertempe li nur malofte trinketis kelkajn centilitrojn. Mi jam pli frue ŝteletis el pluraj boteloj kaj kompensis tion per akvo, kaj nun mi ripetis tion. Do mi ne certis ke la venonta viskiprovado estos granda sukceso, sed venos tempo, venos konsilo, kiel dirus Sara Valtersson, mia eksa instruisto. Krome mi sciis ke li havas botelon da vodko en alia loko, kaj tiun mi sukcesis malkovri. Iam li planis fari el ĝi somermezan spicbrandon per floroj de johanoherbo, sed tio neniam realiĝis. Nun mi do prenis iom ankaŭ el la vodko kaj miksis ĉion en iaman kolaobotelon. Sendube estis sakrilegio tiel miksi la fajnajn viskiojn, kaj eĉ pli se ni poste trinkos ilin en koktelaĉo kun ia fruktosuko aŭ limonado. Sed tio ne malhelpis min.

La tagoj de tiu semajno pasis tre malrapide. Estis normala oktobra vetero, do griza kaj malvarmeta sed senpluva. Ni havis hispanan lecionon ankaŭ ĵaŭde, kaj poste Mika donis al mi pliajn informojn pri la festo:

"Belinda ne venos, sed Linda promesis veni kun sia koramiko Panagiotis. Kaj ankaŭ mia koramiko Erik venos, do ne timu. Ne ĉeestos nur knabinoj."

Mi ne sukcesis diri ion responde. Tio cetere ne necesis, ĉar Mika kaj Elvira interŝanĝis mallongajn sed entuziasmajn diraĵojn pri la planata festo:

"Estos supere!"

"Ege mojose, ĉu ne?"

"Mi scivolas, kiel Jonna maskos sin."

"Jes, kaj Alexandra."

Ŝia koramiko Erik. Dum la tuta aŭtuno neniu mopedulo atendis ŝin post la lecionoj. Kompreneble tiu Erik povus esti tute nova ulo; mi neniam eksciis la nomon de la altulo sur la mopedo. Eble li laboras kaj ne povas renkonti ŝin ĉe la lernejo. Dum la vendredo mi pli-malpli certis ke mi ne iros al tiu festo. Kion mi do havas kun tiuj knabinoj en Lindsdal, kion kun Elvira, kion kun Mika kaj ŝia koramiko? Vespere mi eĉ pensis ke mi mem eltrinkos la viskiomiksaĵon.

Tamen ne okazis tiel. Mi ja promesis veni, kaj mi jam aĉetis T-ĉemizon aparte por la okazo. Do sabate mi malgraŭ ĉio surmetis ĝin, prenis la kolaobotelon kaj ekbiciklis norden. La festo devis komenciĝi je la oka, sed mi ne volis alveni inter la unuaj, do mi ekiris nur kelkajn minutojn antaŭe. La distanco estis kvin kilometroj, kaj la eksa nacia ŝoseo norden en ĉi tiu sabata vespero etendiĝis kiel rekte streĉita bendo malluma kaj preskaŭ sentrafika. Kiel kutime blovis vigla vento, sed bonŝance el okcidento, do deflanke. Mi antaŭe avertis Paĉjon ke mi eble tranoktos fore, sed nun biciklante al la norda antaŭurbo mi dubis ke mi fakte restos tie ĝis morgaŭ, rigardante kiel Mika kondutas kun sia koramiko.

Per iom da serĉado mi trovis la straton Kastrullvägen kun ambaŭflankaj vicoj da identaj unufamiliaj domoj preskaŭ kunkonstruitaj sur etaj parceloj. Trovi la numeron 21 estis facile; ambaŭflanke de la pordo lumis du rikanantaj kukurbolanternoj. Ekstere sur la strato staris aŭto, kvankam la gepatroj ja devus ne esti hejme. Iu najbaro misparkumis, mi supozis. Interne ĉeestis kelkaj homoj. Elvira kaj Mika, Linda kaj maldika junulo kun lipharoj, kiu nomiĝis Panagiotis sed parolis tute normalan kalmaran dialekton. Plue unu knabino, kiu prezentis sin kiel Sabina, kaj krome diketa junulo kun rufa hararo, kiu estis Erik. Li ŝajnis kelkajn jarojn pli aĝa ol ni, kaj mi baldaŭ komprenis ke li kaj Mika alvenis tien per la aŭto staranta ekstere. Elvira kaj Sabina estis timige ŝminkitaj kun imitaĵoj de vundoj kaj sango, kaj ili ambaŭ surmetis ŝiritajn retoŝtrumpojn sub mallongegaj tulaj jupoj, rozkolora sur Sabina, nigra sur Elvira. Linda estis normale vestita sed surhavis timigan maskon, kiun ŝi baldaŭ demetis por povi manĝi kaj trinki. Ankaŭ la knaboj kaj Mika estis normale vestitaj.

Baldaŭ post mi alvenis du pliaj knabinoj, Jonna kaj Alexandra, ambaŭ ŝminkitaj sed ne tiel draste kiel Elvira kaj Sabina.

"La plej proksime loĝantaj kompreneble alvenas laste", diris Mika.

"La plej altrangaj ĉiam venas laste", replikis Jonna.

Elvira estis okupata en la kuirejo, kaj mi portis tien mian botelon da drinkaĵo.

"Dankon, bone", ŝi diris. "Fakte ni havas sufiĉe, mi pensas. Christian aĉetis por mi. Mia frato. Li studas en la altlernejo kaj normale loĝas ĉi tie, sed nun li tranoktos ĉe sia koramikino. Li opinias ke Haloveno estas infanaĵo. Domaĝe por li, bone por ni."

Ŝi kirlis ian raguon en granda poto.

"Ni manĝos fabojn kun kukurboj, tomatoj kaj kapsiketoj, kaj trinkos varman arakpunĉon."

"Hm. Interese."

"Oni kutime trinkas tion kun flava pizosupo, sed neniu ŝatas tian supon, do ni anstataŭigis ĝin."

Ni ĉiuj sidiĝis ĉirkaŭ longan manĝotablon en la salono apud la kuirejo. Ses knabinoj kaj tri knaboj, se nomi Erikon knabo. Li ne diris tre multe, sidante apud Mika ĉe unu fino de la tablo. Ĉe la alia sidis la dua paro, Linda kaj Panagiotis. Ni ceteraj sidiĝis spontane senplane, kaj mi trafis apud la mastrinon Elvira.

"Je via sano!"

La varma arakpunĉo estis dolĉa, forta kaj sufiĉe strangagusta. Mi unuafoje gustumis ĝin. La fabaĵo estis akre spicita, sed krom la punĉo troviĝis ankaŭ biero por malsoifiĝi.

"Manĝu panon, se ĝi estas tro akra", diris Panagiotis, kaj mi obeis.

Dum la manĝo la knabinoj el Lindsdal babilis vigle pri komunaj malnovaj memoroj. Linda kaj ŝia koramiko parolis inter si. Erik silentis, ludante ion per sia poŝtelefono, kaj de temp' al tempo eligis mallongan ridon. Do mi plejparte nur aŭskultis la knabinojn. Denove mi rimarkis ke Elvira havas sufiĉe trafan specon de humuro, kvankam mi plej ofte ne sciis, kion ŝi aludas.

Post la fabaĵo kun punĉo Elvira kaj Mika surtabligis pleton, sur kiu kuŝis ĉokolada kuko kun kranioforma blanka glazuro, kiun ili bakis pli frue, kaj aldone al ĝi batitan kremon, kafon, du botelojn da dana ĉerizvino, dolĉa kaj sufiĉe forta, kaj fine mian viskiomiksaĵon. Ĉio estis bongusta, sed la kombino de malsamaj gustoj impresis kaose. Dume la babilado daŭris proksimume kiel antaŭe. Nun mi tamen sukcesis pli ofte enmiksiĝi kaj interveni kun komentoj kaj komparoj, eble ne perfekte trafaj, ĉar mi ja ne konis la homojn kaj okazaĵojn, pri kiuj parolis la knabinoj. Sed tion mi trovis pli kaj pli malgrava. Fakte mi tre ĝuis kaj bonfartis. La dolĉa ĉerizvino post kelka tempo ja lasis sufiĉe gluan senton en la buŝo, sed eblis forigi tion per viskio. Krome aperis de ie plia botelo da io. Mi provis legi ĝian etikedon sed rezignis kaj anstataŭe gustumis ĝin.

"Tio estas konjako", diris Erik, kaj jen mi unuafoje aŭdis lian voĉon surprize altan.

Mi volis demandi, ĉu li mem aĉetis ĝin, sed mi rezignis tion por ne ŝajni tro naiva. Sendube li ja estis malpli ol dudekjara kaj do ne rajtis tion.

"Ĉu ni tamen iru por timigi la najbarojn?" proponis Jonna.

Sed Elvira petis ŝin resti endome.

"Mi ne volus ke oni alvoku la policon."

Do ĉio estis ĝuo kaj plezuro. Dum kelka tempo ni ludis "veron aŭ faron". Kiel kutime estiĝis iom da disputoj, ĉu la persono, kiu elektis veron, efektive respondis vere. Ankaŭ tiuj, kiuj elektis faron, iufoje rifuzis plenumi la donitan tiklan taskon tute fidele. Ni tamen evitis veran malpaciĝon. Kiam mi mem devis elekti, mi diris "veron" kaj ricevis la demandon, kun kiom da inoj mi jam seksumis.

"Atendu iomete", mi diris. "Mi devas kalkuli."

Kaj mi ŝajnigis kalkuli sur la fingroj de la maldekstra mano, poste de la dekstra, dum oni krietis ambaŭflanke ke mi blufas. Poste mi diris:

"Nul, se mi bone kalkulis."

Per tiu truko mi almenaŭ gajnis ridojn, kaj eble eĉ respekton pro mia sincereco. Erik tamen rikanis kaj verŝis al si pli da konjako. Sendube li trovis la kompanion tro infaneca. Poste, kiam la rotacianta botelo haltis montrante al Jonna, kaj ŝi elektis "faron", ŝi kompreneble ricevis la taskon kisi min, la virgulon. Kaj kiam ŝi nur kisetis mian vangon, oni kriis "langokisu lin, diable!" Sed tio ne okazis, kaj mi eĉ ne havis tempon turni la kapon por ke ŝi almenaŭ trafu la lipojn.

Sed meze de ĉio Linda kaj Panagiotis decidis ke jam sufiĉas, eble timante pli aŭdacajn defiojn, kaj la ludo ĉesis. Ili dankis kaj ĝisis kaj foriris al la bushaltejo. Post ankoraŭ kelka tempo ankaŭ Jonna kaj Alexandra foriris, supozeble reen al siaj hejmoj ie en Lindsdal. Kaj Erik baldaŭ trenis Mikan kun si en iun el la dormoĉambroj en la supra etaĝo. La festo iel mortiĝis. Restis Elvira, Sabina kaj mi. Elvira evidente decidis ke ne indas ŝpari ion el la konjako, Sabina klopodis persvadi ŝin ne drinki pli multe, kaj mi trovis min kun brako ĉirkaŭ la talio de Elvira, dum mi rakontis longan anekdoton, kies finan spritaĵon mi bedaŭrinde ne povis memori, do mi anstataŭe rekomencis de la komenco. Kiam mi eĉ duafoje ne memoris la finon, mi decidis fini kisante Elviran, ĉar tiel ŝi eble ne rimarkos ke mankas la spritaĵo. Ŝia buŝo gustis de konjako, kaj fakte niaj kisoj daŭris tre longe, alterne kun la drinkado. Kiam la konjako malgraŭ ĉio elĉerpiĝis, kaj Sabina surmetis jakon super la tulan jupeton kaj paŭte foriris, mi akompanis Elviran en ŝian dormoĉambron. Ni falis sur la liton kaj pene liberigis nin de kelkaj vestaĵoj, tamen ne de ĉiuj. Mi trovis ŝiajn mamojn en la mamzono, sufiĉe logike, do mi liberigis kaj karesis ilin kelkan tempon dum nova kisado, nun jam sen konjako. Ili estis pli molaj ol mi atendis, sed tio estis tre plaĉa moleco, mi trovis. Poste mia mano esplorvojaĝis plu suden, ej, mi volis diri suben. Mi rimarkis ke ŝia kalsoneto havas malsekan lokon inter la ingvenoj, sed mi supozis ke tio estas normala, do mi ŝovis la manon en la kalsoneton. Dume ŝi trovis kaj kaptis mian malmolan kacon kaj knedis ĝin sufiĉe forte, ĝis mi tute neatendite kaj subite ejakulis sur ŝian manon en la kalsono, preskaŭ kiel iama nokta polucio.

Kiam ŝi rimarkis tion, ŝi balbutis:

"Ĉ-ĉu vi jam finis?"

"Ŝajne jes", mi konfesis.

Ŝi eligis sian manon kaj viŝis ĝin per la littuko, dum mi plu fosis en ŝia kalsoneto. Mi surpriziĝis trovi kvazaŭ taseton da varma kaj glitiga ĵeleo aŭ sapo. Ĉe la supra rando ŝajne situis la fama klitoro, ĉar ŝi tre aŭdeble ĝuis, kiam mi karesis tiun punkton. Ie mi iam legis ke viroj malfacile trovas ĝin, do mi fieris pro mia lerta orientiĝado, eĉ sen mapo kaj kompaso, kvankam mi verdire trafis tien nur hazarde. Tamen mi decidis plu esplori la ĵeleon por eble trovi lokon, kie mi povos ŝovi fingron en ŝin, sed tiam ŝi protestis:

"N-ne, Fredde. Tie ne!"

Kaj ŝi ĉiĉeronis mian fingron denove supren al la ĝusta loko, kie mi plu masaĝis, dum ŝi anhelis kaj ĝemetis. Supozeble ŝi tamen ne spertis orgasmon, kaj mi ne kuraĝis demandi pri tio. Tamen mi tute ne dubis ke ŝi ĝuas. Malgraŭ tio ŝi verŝajne endormiĝis la unua, kaj mi nur kelkan tempon post ŝi. Dum momenteto mi konfuzite scivolis, ĉu Mika troviĝas en la apuda ĉambro trans la vando, kaj se jes, kial nenio aŭdiĝas de tie, sed tio estis tre svaga penso, aŭ eble sonĝo.

Mi vekiĝis frumatene post nur mallonga dormo, ŝajnis al mi. Tamen mi tuj sentis ke mi ne povos reendormiĝi. Mia kapo doloris, kaj kiam mi eksidis en la lito, la ĉambro de Elvira cirkulis ĉirkaŭ mi. Ekster la fenestro estis same mallume kiel endome.

Kion fari? Ĉu ŝteliri el la ĉambro, eldomiĝi kaj bicikli hejmen? Ne, tio estus fia konduto. Sed mi ne sciis, kiel konduti en tia situacio, kiu estis nova por mi. Ni ne seksumis, do mi restis virgulo, kaj Elvira eble ankoraŭ estis virgulino. Tamen mi ne sentis min virgulo. Ŝajnis al mi ke okazis io decida. Sed verŝajne ŝi ne konsentus. Mi sidis dum kelka tempo, provante pensi, ne tre prospere.

Poste mi aŭdis ĝemon. Ĝi ne venis de mi, do de ŝi.

"Kioma?" ŝi murmuris.

Mi rigardis la brakhorloĝon.

"Sepa kaj kvarono."

Ŝi denove ĝemis. Dum momento mi pensis ke necesas iri al la lernejo, sed tuj mi memoris ke estas dimanĉo kaj krome komenco de feria semajno.

"Mi malbonfartas", ŝi pene prononcis.

"Ĉu vi bezonas vomi?"

"Eble."

"Mi helpos vin al la necesejo."

Mi provis stariĝi sed ne sukcesis.

"Atendu..." ŝi murmuris. "Pli bone k-kuŝi senmove."

Ŝi obeis sian propran konsilon, kaj post kelka tempo mi imitis ŝin. Poste ni kuŝis dense kune, mi malantaŭ ŝia dorso, dum longa tempo. Mi flaris de ŝi ŝvitodoron, kiu tamen ne estis malplaĉa. Dum momento mi scivolis, ĉu ankaŭ mi odoras je ŝvito, kaj ĉu ŝi trovas tion malagrabla. Poste la pensoj nebuliĝis. Eble ni fakte denove dormis, eble ne. Mi tiam ne sciis, kaj nun, post jardekoj, tio tute ne gravas.

Vekiĝinte, kiam jam regis taglumo ekstere, ŝi proponis matenmanĝon. Ŝia vizaĝo estis malfacile rekonebla, tute ŝmirita per miksita halovena ŝminko, kiu krome farbis la kapkusenon per abstrakta artaĵo. Fakte ŝi aspektis pli timige ol hieraŭ vespere. Nur poste mi ekkonsciis ke eble ankaŭ mia vizaĝo estas ŝmirita per ŝia ruĝa kaj nigra ŝminko.

"Dankon sed mi ne povos manĝi ion. Prefere mi reiru hejmen. Ĉu en ordo?"

"Jes, certe."

Mi surmetis la pantalonon. La skeletan T-ĉemizon mi neniam demetis. Sube, ĉe la dompordo, mi surmetis ankaŭ la ŝuojn kaj la jakon. Antaŭ ol foriri mi demandis:

"Ĉu mi povos telefoni al vi post... nu, iam?"

"Kompreneble."

Do mi eliris. Antaŭ la domo plu staris la aŭto de Erik. Nur malŝlosante mian biciklon mi ekpensis ke mi ankoraŭ ne scias, en kiu ĉambro kuŝas li kaj Mika. Poste, biciklante suden, mi ne plu certis, kial mi devis tiel rapide forlasi la domon. Ĉu mi timis la momenton, kiam Mika komprenos ke mi pasigis la nokton kun Elvira? Ĉiuokaze nun jam tro malfruis por ŝanĝi ion ajn.

La dimanĉon mi bezonis por resobriĝi kaj reakiri mian normalan animstaton, dum mi evitis societumi kun Paĉjo, kio ne estis malfacila tasko. Mi ne vere sentis ke mi estas la sama persono kiel antaŭe, sed mi almenaŭ iom trankviliĝis. Fakte mi ja havos plenan semajnon da ferioj por regajni la ekvilibron. Lunde mi cerbumis, kiel entute okazis la afero kun Elvira, tute neplanite, kaj kion mi efektive sentas pri ŝi. Ĉu mi enamiĝis? Mi ne sciis, sed mi certis ke mi volas denove paroli kun ŝi kaj renkonti ŝin duope.

Marde mi telefonis al ŝi. Temis pri ŝia hejma telefono; respondis iu, kiu supozeble estas ŝia frato, kaj li venigis ŝin.

"Parolas Elvira."

"Saluton. Jen Fredde. Ĉu ĉio en ordo?"

Mi preskaŭ atendis ke ŝi diros ion ironian pri la stato de la mondo, kiel ŝi eble farus sur la lerneja korto, sed ŝi estis nekutime milda aŭ sordinita. Eble la frato ŝtelaŭskultis.

"Normale. Kiel vi?"

"Nu... bone. Mi devas pardonpeti, ĉar mi ne restis por ordigi post la festo."

"Ne necesis. Mika kaj mi faris tion. Neniu ja detruis la meblaron, do ne estis katastrofo."

Nun mi jam pli rekonis ŝian sintenon.

"Eeh... Mi pensis... aŭ mi scivolas, ĉu vi ŝatus renkontiĝi?"

"Eble jes. Kion vi proponas?"

Mi devis pensi rapide. Antaŭe mi estis tro okupata de nervozeco pro la nura interparolo kaj ne elpensis konkretan planon. Ne eblis inviti ŝin al sovaĝa seksum-orgio, kvankam - se pensi pri la nokto en ŝia lito - tiu eble jam okazis. Mi ne certis, kio precize difinas orgion.

"Nu, mi ne scias. Eble iri al kafejo... aŭ al kinejo...?"

Sekvis paŭzo.

"Ĉu oni prezentas ian bonan filmon?"

"Mi fakte ne scias. Ni esploru."

Do mia telefonvoko estis ĉiel malbone preparita, sed tio eble ne gravis. Poste, kiam ni sidis en la kafejo de Kulzén ĉe Kaggensgatan en la urbocentro, mi pensis ke mi devus proponi rendevuon en la apartamento de Paĉjo. Ĉi-semajne mi loĝis ĉe Panjo, sed tien ne eblis venigi knabinon, ĉar post la nokta laboro en la hospitalo Panjo ĉiam dormis kelkajn horojn, kaj ankaŭ vekiĝinte ŝi povus esti hejme. La buso de Lindsdal havis haltejon nomatan Skogsrået, "Arbara nimfo", nur tricent metrojn for de Sagovägen kaj la apartamento de Paĉjo. Hodiaŭ li havis ordinaran labortagon, do mi povus renkontiĝi kun Elvira tie sen esti ĝenata. Sed eble ŝi trovus min tro altrudiĝema, kaj ĉiuokaze nun jam estis tro malfrue por tio. Oni forĝu feron dum ĝi estas varmega, dirus Sara Valtersson.

Elvira kunportis la hieraŭan lokan ĵurnalon Barometern, en kiu aperis anoncoj de la du kinejoj, kaj ŝi etendis ĝin inter ni por studi ilin.

"Ha! Tion mi ne atendus", ŝi ekkriis. "Ĝi jam alvenis ĉi tien!"

"Kio?"

"*Kantoj el la dua etaĝo.*"

Mi ne sciis, kion diri al tio. Ne eblus ŝajnigi ke mi scias, pri kio ŝi parolas. Entute mi ne estis granda konanto de kinofilmoj, sed ŝajnis ke ŝi estas tio, do mi povis nur konfesi mian mankon de scio. Ŝi tamen antaŭis min.

"La filmo de Roy Andersson. Vi ja aŭdis pri ĝi, ĉu ne?"

"Nu... verŝajne jes, sed..."

"Roy Andersson! Kiu faris tiajn mojosajn reklamfilmojn!"

"Ha, jes, eble."

"Mi ĉiuokaze spektos ĝin. Laŭdire ĝi estas la plej stranga filmo iam ajn kreita. Mi timis ke pasos eterno ĝis ĝi venos al nia pugotruo, sed ĝi jam venis. Tamen mi timas ke oni eble prezentos ĝin nur dum unu semajno. Tiel ofte okazas al bonaj filmoj. Ĉu vi kuniros?"

"Certe. Tio sonas interese."

Ŝi ridetis al mi, eble iom superece, aŭ kompate. Mi antaŭe tute ne sciis ke ŝi estas tia kino-fakulo, kvankam povas esti ke ŝi kaj Mika iam menciis filmojn, babilante sur la lerneja korto.

"Krom tiu oni prezentas nur holivudan merdon", ŝi diris. "*Misio al Marso* kaj similajn."

Ŝi faris forpuŝan geston super la ĵurnalpaĝo, kvazaŭ forigante sterkon el la planko de bovinstalo.

Ni restis sufiĉe longe en la kafejo, dum ŝi plu babilis pri tiu Andersson kaj aliaj reĝisoroj. Mi povis nur de temp' al tempo enŝovi ian komenton sen tre profunda senco. Poste ni promenis tien-reen tra la urbocentro, malgraŭ la aŭtuna vetero kaj la alvenanta krepusko.

"Ne indas reiri hejmen antaŭ la filmo", ŝi rimarkigis.

Mi ja povus malgraŭ tio proponi ke ni iru al unu el miaj hejmoj, kiuj estis pli proksimaj ol la ŝia, sed mi antaŭvidis ke ĉiuokaze interesus ŝin nur babili pri filmoj, do mi rezignis proponi tion.

Anstataŭe ni haltis en McDonald's, kie mi manĝis hamburgeron kaj ŝi terpomfritojn.

Fine estis tempo por la unua el du vesperaj prezentadoj en la plurekrana kinejo Biostaden situanta en eksa magazeno de la haveno. Kaj la filmo efektive estis la plej stranga, kiun mi iam ajn spektis. Du personoj forlasis la kinejon meze de la prezentado, sed Elvira plurfoje ridis laŭte. Laŭ la larĝaj ridetoj, kiam ni eliris post la fino, ŝajnis ke la plej multaj spektintoj ĝuis ĝin. Mi mem ne sciis kion pensi, nek kion diri, dum ni pasumis de la kinejo ĝis la bushaltejo ĉe la stacidomo. Tio tamen ne gravis, ĉar Elvira povis sen mia helpo babili pri ĝi.

"Kiaj historioj! Kiaj homoj! Kiaj medioj! Ĉu vi rimarkis ke ĉiu sceno estas kontinue filmita sen tranĉoj?"

Tion mi ne rimarkis.

"Kaj neniaj proksimaj bildoj, nek moviĝado de la kamerao. Mirinde!"

Mi ne komprenis, kio do mirindas en tio. Tamen mi sentis ke mi devas diri ion.

"Ĉu vi ne trovis ĝin iomete deprima?"

"Ege! Ege!" ŝi ekkriis kun feliĉa mieno.

"Nu", mi diris, "mi trovis la magiiston, kiu malsukcesis dissegi homon, sufiĉe amuza."

Elvira kapjesis bonvole. Eble mi ne estis absoluta idioto.

"Ni devus spekti ĝin duan fojon. Mi pensas ke oni ekvidus amason da novaj aferoj, se oni spektus ĝin denove."

Mi ne certis, ĉu ŝi diras tion serioze aŭ nur ironie por provoki min.

"Eble vi povos spekti ĝin duafoje kun Mika", mi proponis. "Por mi verŝajne sufiĉas unufoje."

"Povas esti. Mi demandos ŝin, sed ŝi nuntempe spektas plej multe usonajn agadfilmojn kaj zombiaĵojn kun Erik. Mi ne komprenas, kial inoj tute ŝanĝas guston pro sia ulo."

Tiu diraĵo komprenigis al mi ke ŝi neniam adaptiĝus al mia gusto. Tio cetere ne gravis, ĉar mi apenaŭ havis guston, almenaŭ pri filmoj. Dume ni jam atingis la bushaltejon, kie mi antaŭe lasis mian biciklon, kaj de kie ekiros ŝia buso. Atendante tiun mi brakumis ŝin, kaj ŝi ĉesis paroli sufiĉe longe por ebligi kison. Sed bedaŭrinde la buso alvenis tro baldaŭ.

"Ni telefonos, ĉu ne?" mi kriis, kiam ŝi jam eniris ĝin.

Ŝi mansignis al mi trans la busfenestro. Mi supozis ke ŝi konsentas.

Dum la sekvaj tagoj mi atendis ke Elvira telefonos. La unuan fojon ja telefonis mi, do nun estis ŝia vico, laŭ ia stulta principo de justeco. Aŭ eble malpli stulte: por ke mi eksciu, ĉu ŝi efektive volas havi kontakton aŭ ne.

Verŝajne mi devus prefere demandi min, ĉu tion volas mi. Ĉu mi enamiĝis al ŝi? Mi ankoraŭ ne povus diri. Ĉu indis daŭrigi ion, kio komenciĝis tute hazarde en ebrio kaŭzita de terura miksaĵo el arakpunĉo, biero, ĉerizvino, viskio kaj konjako? Ŝia seka humuro ja plaĉis al mi. Mi ĝuis palpi ŝiajn mamojn kaj la taseton da ĵeleo inter ŝiaj femuroj. Mi ĝuis - kvankam tro efemere - kiam ŝi knedis min. Kaj plaĉis al mi spekti tiun absurdan filmon kun ŝi, aŭdi ŝiajn laŭtajn ekridojn dume kaj ŝiajn entuziasmajn komentojn poste. Mi ja ŝatus ripeti tion, se ni trovos filmon pli kompreneblan. Kaj mi volis daŭrigi tion, kion ni komencis en ŝia lito por finfine malvirgiĝi. Do, kial ŝi ne telefonas, damne?!

Vendrede antaŭtagmeze telefonis mi.

"Ha", ŝi diris. "Mi pli-malpli kredis ke mi tute fortimigis vin per mia babilado, aŭ per tiu filmo."

"Tute ne. Cetere, ĉu vi jam spektis ĝin duafoje?"

"Ankoraŭ ne. Tamen, bone ke vi eltenis."

Mi ne komprenis, kion mi do eltenis, sed mi ne demandis.

"Elvira, mi ŝatus scii, ĉu ni povus renkontiĝi denove?"

"Certe. Eble sabate. Aŭ ĉu dimanĉe?"

"Aŭ tuj hodiaŭ en mia hejmo. Tio estas en la apartamento de mia patro. Dumtage li forestas, do ni estus gesolaj tie."

Ŝi silentis dum momento, kaj mi atendis.

"Nu, hodiaŭ mi ne povas. Sed... ĉu ni ne povus sabate viziti kafejon?"

"Jes, certe. Eble tiun Siesta aŭ Fiesta ĉe Larmgatan."

"Bona propono. Siempre de fiesta! Aŭ de siesta, ha ha."

Do sabate posttagmeze mi sidis tie apud ŝi kun kafo kaj ĉokolada kuko, babilante, dum ekster la fenestroj preterpasis senurĝa karavano el aŭtoj, jen normalaj, jen malnovaj usonaj kabrioletoj, sed ĉiuj kun laŭta muziko disaŭdigata tra la strato en ia miksaĵo el roko kaj kontreo. Verŝajne ĉiu sveda urbeto havas straton, kie junaj aŭ eksjunaj uloj kaj inoj tiel veturadas en rondo per malnovaj aŭtoj por amuziĝi kaj inciti la filistrojn, kaj ĉe ni tio estis precipe Larmgatan. Mi ne scias, ĉu pro la nomo Alarma strato, aŭ ĉar ĝi konvene trapasas la urbocentran insulon, tiel ke eblis iri ripete rondon post rondo. Tute ne surprizus min, se tio daŭrus eĉ hodiaŭ.

"Stranguloj", komentis Elvira. "Ĉu ankaŭ vi irados tiel post kelkaj jaroj?"

Mi ridis.

"Certe ne. Mi ne komprenas, kio estas mojosa en tia veturado. Sed eble ni vidos Mikan kaj Erikon tie."

Ŝi mienis malkontente sed ne respondis, eble ĉar de ekstere aŭdiĝis surdige brua muziko. Poste ŝi eĉ pli sulkis la frunton.

"Fakte mi devus pardonpeti, ĉar mi tro ebriiĝis en la festo", ŝi diris mallaŭte kaj grimacetis per la nigre ŝminkita buŝo.

"Tute ne. Aŭ... nu, mi same, ĉu ne?"

"Jes, sed mi devus ne drinki tiom. Mi fakte abomenas ebriulojn."

Mi devis pripensi. Do ŝi abomenas min, ĉu?

"Ordinare, kompreneble", ŝi aldonis. "Mi ne celas dum la festo. Aĉ, mi ne scias kion diri."

Mi rigardis ŝin kaj provis okulfiksi ŝiajn okulojn.

"Ĉu vi do bedaŭras, kio okazis?"

Ŝi cedis per la rigardo.

"Ne, sed... vi eble ekhavis malĝustan opinion pri mi."

"Tute ne! Aŭ... tio estas, mi pensas ke ne. Cetere vi povus havi malbonan opinion pri mi."

Ŝi levis la ŝultrojn.

"Mi scias ke la plej multaj uloj trovas min stranga."

"Tute ne", mi diris triafoje. "Almenaŭ mi ne."

Ŝi alĝustigis la bluzon ĉe la dekstra ŝultro.

"Fakte mi neniam... havis koramikon."

Ŝi parolis mallaŭte sed iel bruske, rigardante foren tra la fenestro, dum tie ekstere tondris la motoro de preterpasanta aŭto, kies dampilo ŝajne paneis.

"Ankaŭ mi ne."

Mi ne menciis mian konfeson dum la ludado de "veron aŭ faron" en la festo, kaj eble ŝi ne memoris ĝin. Sed nun ŝi rigardis min, kaj estis mia vico turni la okulojn flanken. Dum kelka tempo ni ambaŭ silentis. Ŝi levis la tason sed remetis ĝin, rimarkinte ke ĝi malplenas. Mi tuj stariĝis.

"Ĉu vi volas pli? Mi alportos."

Bonŝance ne necesis pagi por replenigo de la kafotasoj. Do mi verŝis en ambaŭ, kvankam mi mem ne vere deziris pli multe. Poste ni ne daŭrigis la paroltemon, sed Elvira ekrakontis pri alia sveda filmo, kiun ŝi spektis antaŭ kelka tempo. Tiun oni tamen ne plu prezentis en Kalmar.

"Mi trovis ĝin ege komika. La filmo estas tute nova sed temas pri homoj en loĝkomunumo en la sepdekaj jaroj. Ili estis iaj hipioj aŭ mi-ne-scias-kio, kiuj kondutis strange. Ili ludis futbalon en neĝo, kaj unu viro kikis la pilkon en la propran golejon, ĉar laŭ li ne gravas, kiu venkas, se ĉiuj estas feliĉaj. Tamen la filmo estas bona. Temas ankaŭ pri du infanoj, kiuj estas sufiĉe neglektataj."

"Vi ne estas stranga, Elvira, sed vi ŝatas diable strangajn filmojn!"

Pri tio ŝi ridis tre gaje. Ni restis sufiĉe longe, eĉ tro longe, laŭ la oblikva rigardo de la kelnerino, kaj mi ŝatis aŭskulti Elviran. Nun mi sentis ke ŝi estas mia koramikino, kvankam ni ne diris tion klare inter ni. Mi tamen ne certis, ĉu ŝi sentas la samon.

Lunde la lernado rekomenciĝis. Matene, kiam mi biciklis al la lernejo, mi ankoraŭ sentis ke mia tuta vivo ŝanĝiĝis. Sed en la lecionoj kaj paŭzoj ĉio estis kiel kutime. Ĉi-semajne tamen komencîĝis la preparoj por la tradicia matĉo de mat-rugbeo, kiu okazadis ĉiun aŭtunon jam de dudek kvin jaroj. Teamoj de la du grandaj gimnazioj de la urbo, Lars Kagg kaj Stagnelius, kiun oni pro rimaj celoj mallongigis al Stagg, renkontiĝis en duelo de rugbeo en la sport-halo. Speco de rugbeo, mi eble diru, ĉar ne certas ke la veraj rugbeistoj rekonus ĝin. Anstataŭ normala rugbea pilko oni uzis medicinan pilkon, kiun oni devis meti sur la maton de la kontraŭa teamo. Sed la lukto ĉiam estis sufiĉe perforta. Laŭdire okazis iam ke oni devis alvoki ambulancon. Nuntempe jam temis eĉ pri du matĉoj, de knaboj kaj de knabinoj, kaj la eta gimnazio de Jenny Nyström aliĝis al Stagnelius por kontraŭstari al Lars Kagg. Dum la matĉo la spektantoj, kiuj estis gimnazianoj el la tri lernejoj, duelis voĉe per mokoj kaj kriado de sloganoj kiel ekzemple

Staggoj venkos ja sen dubo,
Kaggoj fiku ellastubon!

Kaj simile frapaj spritaĵoj.

Sed jam antaŭ la matĉo okazis praktikaj ŝercoj kaj defioj de diversaj specoj inter la antagonistoj de la du ĉefaj lernejoj. Oni kaŝe dumnokte muntis slogantukojn sur la malamikan lernejon por moki tiun kaj glori sin mem. En tiu parto de la konkurado tamen plej elstaris Lars Kagg, ĉar tiu lernejo havis multajn studprogramojn de praktikaj profesioj, interalie tiun de transportoj, kie lernis miaj eksaj samklasanoj Linus kaj Semir. Do la "Kaggoj" lertis pri aferoj, kiujn la "Staggoj" ne kapablus realigi. Precipe oni ŝatis kontrabandi aŭtovrakojn uzitajn por lerni riparadon, en diversajn lokojn ĉe la lernejo de Stagnelius. Sendube ĝuste tion aludis la moka slogano pri fikado de ellastubo. Plej famis la okazo iam en la frua tagiĝo de l' historio, verŝajne en la sepdekaj jaroj, kiam oni nokte alportis pecojn de aŭto kaj sur la korto de Stagnelius kunveldis ilin en integran aŭton ĉirkaŭ la trunko de la fama kaŝtanarbo. Alia ofta ŝerco estis vesti la statuon de nuda plonĝanto ĉe la akvo antaŭ nia sporta konstruaĵo per ia vestaĵo aŭ tabulo kun fieraj vortoj pri Kagg.

Ĉi-jare la ŝercoj estis malpli originalaj. Krom iaj slogantukoj oni ornamis nian kaŝtanarbon per aro da necesej-paperaj rulaĵoj, kiujn oni ĵete disvolvis sur la frondaron. Mi mem ne multe interesiĝis pri tiuj rivalaĵoj, sed Danne en mia klaso estis tre ekscitita.

"Ni devos akiri biletojn por la matĉo", li diris kun fervora mieno.

"Nu, mi fakte fajfas pri rugbeo."

"Sed ni montru al la Kaggoj, kiuj regas!"

Mi tamen ne lasis min konvinki. Por mi tute alia afero ŝajnis plenuminda. Sed mi ne sciis, kiel mi povos okazigi ĝin.

Marde en la hispana leciono Mika, Elvira kaj mi sidis unu apud la alia kiel ĉiam. Eble ni malpli ol kutime interflustris, sed tio povus dependi de la instruado pri imperfekta subjunktivo kaj aliaj intaj verbotempoj, kiuj ne invitis al flustrado. Sed en la sekva paŭzo mi sentis min sufiĉe embarasita. Nek Elvira nek Mika diris ion ajn pri la festo aŭ tio, kio okazis dume kaj poste, kio fakte estis iom stranga. Sed eble ili jam babilis multe pri tio inter si dum la pasinta semajno. Mi ekhavis ian bizaran senton ke mi iel malfidelis kontraŭ Mika. Absurde, kompreneble. Do mi apenaŭ kapablis diri ion, dum ili babilis pri ĉiaj aferoj: malnovaj memoroj, konatoj, samklasanoj, instruistoj kaj furorkantoj de Coldplay, Hives, Smashing Pumpkins kaj aliaj. Krome Mika menciis ke Erik volas spekti kun ŝi la rugbeon, ĉar li lernas en la tria studjaro de Lars Kagg. Sed ŝi rifuzis lian inviton.

"Mi volonte spektus la batalon", ŝi diris, "sed mi ne volas sidi inter la blekantaj Kaggoj."

"Laŭdire nia teamo ludas tre elegante, ĉar ni kutimas je manpilkado, sed la teamo de Kagg estas nur perfortemaj brutoj", diris Elvira.

Mika nur ridegis pri tio, kaj mi miris, ĉar mi tute ne supozus ke Elvira interesiĝus pri tia afero. Ĉiuokaze mi povis nek partopreni en la diskuto, nek forlasi la knabinojn, sed finfine interleciona paŭzo ja ne daŭras dum eterno.

Poste la tagoj pasis. Estis jam novembro, kaj tiu monato neniam ĝojigis iun ajn homon, laŭ mia scio. Mi ne telefonis al Elvira, nek parolis al ŝi private en la lernejo. Mi pensis ke post la du fojoj, kiam mi telefonis al ŝi, nun nepre devas esti ŝia vico. Kaj cetere mi havis nenion por proponi. Kion do fari en novembro? La kinejoj montris nenion novan, kio povus interesi ŝin, sed nur usonajn distraĵojn. Triafoje sidi en kafejo ŝajnis al mi sensence. Ekskursoj apenaŭ estis aktualaj. Kaj inviti ŝin hejmen vespere, kiam ĉeestus iu el la gepatroj, tute ne plaĉus al mi. Do mi atendis, prokrastis kaj cerbumis, kiel daŭrigi la rilaton. Kaj la semajno finiĝis - kiel oni povus antaŭvidi - per semajnfino.

Sabate posttagmeze Elvira finfine telefonis al mi.

"Kion vi faras?" ŝi scivolis.

"Nenion. Mi nur ludas ion. Komputile, tio estas. Kaj vi?"

"Nu, mi enuas hejme. Sed ĉu vi ŝatus morgaŭ iri al Växjö kun Mika kaj Erik?"

Mi saltetis. Kia stranga propono!

"Al Växjö? Kiel?"

"Per lia aŭto, tio estas la aŭto de liaj gepatroj."

"Bone, sed kial? Kion fari tie?"

"Simple rigardi la urbon. Erik planas ekstudi tie, kaj li menciis iun mojosan bierejon."

"Bierejon? Ĉu li bierumos kaj stiros aŭton?"

Ŝi ekridis.

"Espereble ne. Estas nur por fari ion. Sed se vi ne volas, ne gravas."

"Bone do, mi venos. Kie kiam?"

"Ili venos ĉi tien je la deka, do poste ni povos kolekti vin."

"Ha. Mi estos en unu peco, do facilos kolekti. Nu, bone do. Mi estos ĉe Paĉjo, Sagovägen 19. Ĉu vi trovos?"

"Espereble. Do ĝis morgaŭ!"

"Ĝis!"

Mi konsultis mapon kaj konstatis ke temos pri 110 kilometroj tien, do pli ol horo, krom se li akcelos kiel frenezulo. Cetere mi ne sciis, kia estas la vojo. Tiun al Eksjö mi bone konis, sed tiun al Växjö ne. Mi neniam havis parencon tie, nek alian kialon iri tien.

Bedaŭrinde Kalmar ne estas granda urbo, kaj alia manko estas ke ĝi situas malproksime de ĉio. Ne ekzistas pli grandaj urboj en la regiono. Eĉ Växjö nur iomete pli grandas, sed kiel scias ĉiuj kalmaranoj, ĝi ludis ege malpli gravan rolon tra la historio ol nia urbo. Do mi ne sciis, kial indas viziti ĝin, sed ĉiuokaze mi pasigos kelkajn horojn kun Elvira kaj Mika. Kaj kun tiu enigma Erik, kies konjako eble kunigis min kun Elvira.

Ili aperis malfrue, do ni forlasis Kalmaron nur iom post la dekunua. Mika sidis antaŭe apud Erik; Elvira kaj mi sidis malantaŭe, komence tute rekte kaj dece. Post deko da minutoj la malnova Volvo 850 portis nin en la smolandan arbaron. Jam antaŭ ol mi aliĝis, oni ŝaltis la radion, kiu prezentis popularajn kantojn de diversaj artistoj, ekde Enya kaj Oasis ĝis Lisa Nilsson kaj Olsen Brothers. Elvira kaj mi faris ironiajn mienojn inter ni ĉe ĉiu nova muzikaĵo, kio distris nin dum la seneventa veturado. Erik kaj Mika interparolis, sed ne eblis bone aŭdi ilin pro la motoro kaj la muziko. Kion pensis Mika pri tiuj kantoj, mi ne sciis. Eble ŝi ĝuis ilin. Fakte mi ne konis ŝin.

De temp' al tempo Erik elĵetis ian pli laŭtan sakraĵon pri aliaj trafikantoj, kiuj baris al ni la vojon. La ŝoseo plejparte havis nur po unu koridoron en ĉiu direkto, plus flankan kromkoridoron, kaj laŭ Erik ĉiuj vojlimakoj devus cedi spacon al ni, deflankiĝante sur tiun kromkoridoron por preterlasi nin. Kiam li finfine sukcesis devanci nekutime malrapidan aŭton, li longe hupis, kaj Mika ridis. Tiam mi rememoris la okazon, kiam ŝi trenis min mopede kaj iuj hupis malantaŭ ni, sed mi nenion diris. Eble ŝi ne ŝatus, se mi mencius tion antaŭ ŝia koramiko. Aŭ pli ĝuste malantaŭ li.

Krome li laŭte sciigis ke Lars Kagg hieraŭ gajnis la matĉon kontraŭ Stagnelius kaj Jenny Nyström.

"La Staggoj estis moluloj kaj ludis kiel knabinoj", li rimarkigis.

"Sed en la ina matĉo venkis Stagg!" diris Mika.

"Jes, sed ili verŝajne estas lesbaninoj. Normalaj inoj ne ludas rugbeon."

Mika ridis kaj ŝajne volis diri ion, sed ial ŝi rezignis kaj anstataŭe plilaŭtigis la muzikon.

Post Nybro ni eniris pluvon, kiu daŭris dum duonhoro. Elvira volis ke Erik malrapidigu la veturadon pro la pluvo, sed tion li rifuzis, kaj ŝi iom acidis ĝis Lessebo, kie la pluvo ĉesis. Tiam ŝi klinis sin maldekstren al mi, kaj mi metis unu brakon ĉirkaŭ ŝin kaj la alian manon sur ŝian femuron, kiu estis kovrita de sufiĉe dika nigra streĉpantalono eble lana.

En Växjö ni unue rondveturis, dum Erik ĉiĉeronis nin inter indiferentaj aferoj, kiel ia mezepokeca kastelo el la 19-a jarcento, la ĉefa konstruaĵo de la universitato, la halnaĝejo kaj la katedralo, kiu tute ne imponis kompare kun tiu de Kalmar. Poste li kondukis nin al bierejo ĉe Sandgärdsgatan, kie ni trinkis kolaon, dum li faris reklamparoladon pri la urbo.

"Ĉu vi do naskiĝis ĉi tie?" demandis Elvira.

"Ne, mi devenas el Åseda. Sed ni ĉiam iradis ĉi tien por butikumi kaj por spekti futbalon kaj alion."

Tio ne surprizis min, ĉar vojaĝante kun Paĉjo al Eksjö mi kelkfoje vidis ke ni preterpasas vojindikojn al Åseda, kiu ŝajnis apenaŭ rimarkinda vilaĝo aŭ urbeto.

Post la kolao en la bierejo ni haltis ĉe kiosko por manĝi kolbasbulkojn, aŭ en la kazo de Elvira falaflojn. Nur nun mi komprenis ke ŝi estas vegetarano. Ankaŭ tio ne surprizis min, kvankam iel mi hontis, ĉar mi devus jam pli frue kompreni tion.

La posttagmeza reirado similis la antaŭtagmezan veturadon. La sama radiokanalo kun eble ne la samaj sed similaj kantoj, jam pli da vojlimakoj, sed neniu pluvo. Kaj nun Elvira eĉ pli klinis sin al mi, tiel ke ni povis brakumi kaj kisadi, malgraŭ la ĝeno de la sekurzonoj. Mi ja sentis embarason kisi ŝin en la ĉeesto de Mika, sed tio ne malhelpis min, kaj cetere neniu ĵetis rigardon malantaŭen. Iuloke survoje Erik haltis ĉe benzinvendejo, kaj ni ĉiuj kontribuis per kelkaj kronoj por aĉeti sufiĉe da benzino por la restanta vojo.

"La oldulo grumblos, se li ne povos atingi la laborejon morgaŭ matene sen halti en benzinejo survoje", klarigis Erik. "Tamen ne necesas plenigi la benzinujon. Sufiĉas kelkaj litroj."

Dum la resto de novembro kaj decembro ĉio fariĝis rutino: la lecionoj en la lernejo, miaj ĉiusemajnaj transloĝiĝoj inter Panjo kaj Paĉjo, kaj la kelkfojaj rendevuoj kun Elvira. Unu plian fojon ni iris al kinejo por spekti *Kaŭranta tigro, kaŝita drako,* kiu plaĉis al ni ambaŭ. Alifoje ŝi venigis min al la artmuzeo por aparta ekspozicio de la pentristo Marianne Lindberg De Geer, kiu ial interesis ŝin sed ne min. Kaj poste komenciĝis la jarfinaj ferioj, kvar tagojn antaŭ Kristnasko.

Tiusemajne mi loĝis ĉe Paĉjo, kaj sabate ni aŭtos al Eksjö por pasigi Kristnaskon kun la parencoj tie. Jam merkrede vespere, tuj antaŭ la unua ferio, mi telefonis al Elvira. Ŝi ankoraŭ ne ricevis poŝtelefonon, do temis pri la hejma telefono de la familio. Respondis denove ŝia frato Christian, kiu sonis iom ironie, kiam mi petis paroli kun Elvira, sed ŝi tuj kaptis la aŭskultilon kaj forpuŝis lin, se juĝi laŭ la bruetoj.

"Saluton! Ne atentu mian stultan fraton."

Mi ja ne havis sperton de gefrata vivo sed supozis ke tio estas ĉiutaga rutino inter ili. Mi memoris ke Jonatan ĉiam provis provoki Kristoferon al interbatalo, kaj ankaŭ Semir kaj Senad kelkfoje duelis pri sia Playstation.

"Ne gravas. Aŭskultu, mi bedaŭrinde forestos dum la festoj, sed mi ŝatus renkonti vin antaŭe. Ĉu vi povus morgaŭ viziti min hejme?"

Ŝi evidente pripensis dum kelka tempo, aŭ eble ŝi atendis ĝis la frato ne plu subaŭskultos ŝin.

"Jes, en ordo. Ĉu vespere?"

"Ne, prefere dum la tago. Ni povus kune fari lunĉon, ĉu ne? Vegetaran."

"Bone, kial ne? En kiu hejmo? Ĉe Sagovägen?"

"Jes, ĉi-semajne mi estas tie, kaj Paĉjo laboros dumtage."

Mi supozis ke tio estas konvene klara aludo ke ni estos gesolaj. Kaj ŝi respondis post nura momento:

"Bone. Do, ĉu... tagmeze?"

"Perfekte! Vi povus veni eĉ pli frue, se vi volus."

"Nu, matene mi longe dormos. Estos la unua ferio, ĉu ne?"

"Prave. Ankaŭ mi. Do je la dekdua."

Dum la nokto mi havis strangan sonĝon. Mi estis en la lernejo, tamen ne la gimnazio sed la iama elementa lernejo, aŭ almenaŭ sur ties korto. Mi malfruis al la leciono sed ne sciis de kiu lernofako, nek en kiu klasĉambro mi devus esti. La korto estis plena de homoj, sed mi konis neniun. Fine aperis nekonata ulo sur mopedo, kaj malantaŭ lia dorso sidis Mika, brakumante lin, dum ili forveturis. Nu, mi supozis ke tio estas Mika pro la maldika talio kaj la nigraj haroj, kvankam ankaŭ Elvira ja kutimis nigrigi siajn. Mi vekiĝis kun forta erekto, sed mi ne volis masturbi min, ĉar hodiaŭ espereble okazos la afero. Stulta sonĝo, mi pensis, kvankam mi opiniis ke ne indas atenti sonĝojn.

Ŝi alvenis tagmeze, kiel ni interkonsentis, kaj mi montris al ŝi la kuirejon, salonon kaj mian ĉambron.

"Ne estas granda apartamento, sed ĝi sufiĉas por ni. Mia ĉambro ĉe Panjo estas eĉ pli malgranda."

"Nu, aspektas bone."

"Espereble mi baldaŭ havos propran porteblan komputilon. Nun mi uzas tiun de Paĉjo en lia ĉambro. Kiam li estas hejme, li plej ofte sidas en la salono, antaŭ la televidilo. Ĉu vi malsatas?"

"Ne tre. Mi matenmanĝis antaŭ horo, pli-malpli."

"Do ni sidiĝu sur la liton, ĉu ne?"

Tiel okazis, kaj post kisoj kaj sida karesado ni daŭrigis kuŝe dum kelka tempo, ĝis mi proponis:

"Ni senvestiĝu, ĉu ne?"

"Jes, sed... ĉu vi havas...?"

"Jam delonge."

Ŝi ekridis.

"Kiel longe? Ĉu ili ne estas tro malnovaj? Vi devos rigardi la daton."

Nun estis mia vico ridi.

"Ne tiel longe. Mi aĉetis tuj post Haloveno."

"Bone. Ĉu ni povas meti ion suben? Bantukon, eble."

"Mi alportos."

Mi prenis unu el la plej grandaj kaj sternis ĝin sur la liton. Poste mi metis du kondomojn sur la litotablon. Ŝi rigardis ilin kaj ridis.

"Eĉ du? Ĉu tio ne estas troigo?"

"Estas bone havi rezervon, mi pensas."

Do ni komencis malvesti nin, alterne po unu vestaĵo. Elvira estis embarasita kaj demetis la kalsoneton nur kuŝante sub la litkovrilo. Poste ankaŭ mi enlitiĝis apud ŝi, kaj ni komencis karesi unu la alian. Komence ŝi ne estis tiel malseka kiel en la halovena nokto, sed post iom da palpado mi jam rekonis la senton. Mi pripensis, ĉu mi devus ankaŭ leki ŝin, sed mi hezitis. Estus embarase, se tio naŭzus min.

"Mi ne enbuŝigos ĝin", ŝi deklaris, tenante mian malmolan kacon per forta manpremo, kvazaŭ ŝi legis mian penson.

"En ordo. Ĉu mi nun surmetu la kondomon?"

"Atendu."

Mi atendis, sed post ankoraŭ iom da karesado kaj kisado, mi surmetis ĝin laŭ la uzindikoj sur la paketo, dum ŝi scivole rigardis. Kaj poste ni faris la aferon. Mi antaŭe atendis ian reziston, kiun mi devos trapuŝi, sed ĉio iris glate kaj glite. Ŝi ĝemetis; mi ne sciis, ĉu pro doloro aŭ ĝuo.

"Ĉu en ordo?" mi anhelis.

"Ne ĉesu! Daŭrigu!"

Mi certe ne intencis ĉesi, do mi daŭrigis. Tamen ne tre longe, ĉar neeviteble mi ĉuris, kaj poste necesis retiriĝi, denove laŭ la uzindiko. Tamen mi plu karesis ŝin mane dum kelka tempo, pensante ke se mi matene ja masturbus min, eble mi ĵus eltenus pli longe. Ŝajne restis al mi iom por lerni.

Fine ni simple kuŝis unu apud la alia, ŝvitaj kaj lacaj.

"Vi ne orgasmis, ĉu?" mi supozis.

"Ne, sed ne gravas. Estis proksime."

Mi kompatis ŝin. Se mi mem estus proksime sed ial ne povus fini, mi suferus. Sed kompreneble mi ne sciis, kiel estas por knabino. Mi eĉ ne komprenis precize, kion signifas ina orgasmo. Mi memoris ian idiotan diraĵon de Linus, laŭ kiu inoj pisetas, kiam ili finas, sed kion do tiu stultulo povus scii pri tiaj aferoj?

"Ĉu doloris?" mi demandis.

"Preskaŭ ne. Nur iomete komence."

"Bone. Mi supozas ke vi povos pli ĝui alifoje, ĉu ne?"

"Eble. Sed nun mi volonte manĝus ion."

"Ĉu vi volas unue duŝi vin?"

Ŝi pripensis.

"Mi pensas ke ne. Mi faros hejme."

"Do ek al la kuirejo."

Ni revestis nin, kaj mi metis la bantukon, kiu ekhavis nur malklaran sangomakulon, en la lavmaŝinon kaj ekigis tiun. Poste ni kuiris spagetojn kun saŭco el karotoj, cepoj kaj tomatoj, kiu estis surprize bongusta, kvankam sen viando. Ni ne multe parolis, krom pri la kuirado. Kaj iom antaŭ la kvara ŝi ekiris hejmen, por la okazo ke Paĉjo havos la ideon forlasi la laborejon pli frue ol ordinare. Mi akompanis ŝin al la bushaltejo kaj vidis ŝin eniri la buson. Poste mi reiris hejmen. Mi provis pensi ke mi jam estas alia persono, ne plu virgulo, sed iel mi sentis min tute sama kiel antaŭe.

Kristnaskon mi pasigis kun la geonkloj kaj gekuzoj en Eksjö. La avo estis pli laca kaj forgesema ol lastjare. Ĉi-jare mankis neĝo eĉ tie, kaj ni restadis plejparte endome ĝis la 28-a. Kiam ni reaŭtis hejmen, Paĉjo klopodis amuziĝi, dirante ke hodiaŭ estas mia tago.

"Kial do?"

"Estas la Tago de l' senkulpaj infanoj."

Tiam mi rememoris ke li jam antaŭe diris la saman humuraĵon, eble eĉ ĉiujare, almenaŭ dum mi estis pli juna. Mi ne komentis ĝin sed rigardis dekstren al la vintre deprimaj piceoj, kiuj milope, eble milionope, postenis laŭ nia vojo. Verŝajne Paĉjo neniam komprenos ke mi estas nek infano nek senkulpa, mi pensis. Aŭ ĉu li tamen iel pravis? Mi decidis ignori lian stultan ŝercon.

Vespere mi transloĝiĝis al Panjo, kiu laboris dum la Kristnaskaj noktoj kaj same du noktojn antaŭ la jarfino. Mi provis telefoni al Elvira, sed neniu respondis. Tiam mi ekkonsciis ke mi eĉ ne demandis ŝin, kion ŝi faros dum la jarfinaj festoj.

Panjo planis ke ni estos ĉe Avino dum Novjaro. Mi faris provon eviti tion sen vere kredi ke tio prosperos al mi.

"Ĉu resti en la urbo? Certe ne! Mi ne lasos vin sola ĉi tie dum la Silvestra vespero."

"Sed kion fari en Böda? Tie okazos absolute nenio."

"Kion vi do farus en la urbo? Povus okazi ĉio ajn. Mi ne permesos tion. Ĉiujare en la Silvestra nokto ni devas flegi gejunulojn, kiuj senkonsciiĝis pro alkoholo, kaj en la kirurgia kliniko oni flegas tiujn, kiuj vundiĝis de piroteknikaĵoj aŭ perfortaj kvereloj."

Jen la malavantaĝo de patrino, kiu estas nokta flegistino en la urba hospitalo. Ŝi neniam vidas normalajn gejunulojn, sed nur malsanajn, venenitajn kaj vunditajn. Sed fakte mi ne sciis, kun kiuj mi povus pasigi la Silvestran vesperon, se mi rajtus resti en la urbo. Do, la 30-an ni tute laŭ ŝia plano iris trans la markolon kaj plu norden, ĝis la fino de l' mondo, aŭ almenaŭ de Oelando, kio estas la sama afero.

Male al la patra avo en Eksjö, la patrina avino estis kristale klara en la kapo kaj same en siaj diraĵoj. Ŝi ne estis tiel maljuna kiel la avo; verŝajne ŝi nur antaŭ deko da jaroj emeritiĝis de sia laboro kiel instruisto en la elementa lernejo de Löttorp. Ŝi eĉ havis hejman komputilon, kiun ŝi apenaŭ plu uzis, sed la malrapida modemo signifis ke ĝi preskaŭ ne estis uzebla por retumi, kaj ludojn ŝi kompreneble ne havis. Tamen mi sidis ĉe ĝi dum granda parto de la tempo ĉe Avino, ĉar ekzistis nenio alia por fari.

"Vi devus havi propran, modernan aparaton", ŝi diris al mi. "Laŭdire la prezoj ege malaltiĝis."

"Mi scias. Sed nek Panjo nek Paĉjo bone komprenas tion, kaj mia propra mono ne sufiĉas."

"Do vi devas akrigi viajn argumentojn. Gravas lerni tiun arton."

Panjo nur elsnufis, kiam ŝi aŭdis tion.

"Li disponas komputilojn ĉe Peter kaj en la lernejo", ŝi diris al Avino. "Prefere li pasigu pli da tempo en la naturo. Lastatempe li eĉ malzorgas la tablotenison."

Tio estis vera, kvankam oni ja ne tablotenisas en la naturo, sed la kialo estis ke mi finfine komprenis miajn limojn. Mi ne havis veran talenton por tiu ludo. Necesus pli granda rapideco en la reagoj kaj moviĝoj.

Reveninte hejmen mi telefonis al Elvira, kaj nun ŝi respondis.

"Ni forestis en la montaro", ŝi diris. "En Sälen."

Mi tre surpriziĝis.

"Kion vi faris tie?"

"Skiis, kompreneble. Slalomis."

"Ha. Mi ne imagis ke vi kapablas tion. Ĉi-hejme ja estas nek neĝo nek deklivoj."

"Ni kutimas iri dum unu semajno ĉiujare. Estas amuze. Sed mi preferus iri dum la vintraj ferioj en februaro aŭ je Pasko, ĉar je Novjaro la tagoj mallongegas, kaj kelkfoje estas tro forta frosto."

"Mi eĉ neniam provis skiadon kaj ne havas skiojn."

"Oni povas lui. Vi devus provi iam."

"Eble. Ĉu ni povos renkontiĝi antaŭ la komenco de la nova semestro?"

"Volonte. Ĉu denove ĉe vi?"

Do ni ripetis la aferon en mia ĉambro ĉe Paĉjo. Ĉio pasis glate, kaj eble ŝi ĝuis pli multe ol la unuan fojon. Por mi mem la sento estis pli-malpli sama, sed ĉi-foje mi verŝajne kapablis pli longe. Poste ni kuiris kaj manĝis terpompatkukojn kun vakcinia konfitaĵo, kaj ankaŭ tio estis en ordo. Mi tre ŝatis kuiri kun ŝi, kaj la rezulto estis sufiĉe bongusta, kvankam mi normale manĝus frititan lardon kun la terpompatkukoj.

Mi iam menciis al Regina mian rilaton kun Elvira. Ŝi ne tre interesiĝis pri ĝi sed demandis, kial ĝi finiĝis. Mi ne povis tre klare respondi.

"Nu, rilatoj komenciĝas kaj finiĝas neeviteble, ĉu ne? Ankaŭ vi havis rilatojn, kiuj finiĝis. Se ne, ni ne sidus ĉi tie kune."

"Certe, sed mi scias, kial miaj amrilatoj ĉesis."

"Do kial finiĝis via rilato kun Kasper, ekzemple?"

"Nun temas ne pri mi sed pri vi. Mi simple supozis ke tiu alia knabino eble iel rolis."

"Se vi parolas pri Mika, diru ŝian nomon, mi petas. Sed ŝi neniel rolis. Elvira kaj mi simple glitis disen. Ni estis dekses- kaj deksepjaraj, damne! Kiom da homoj vi konas, kiuj konservis sian koramikon de la adolesko?"

"Ne necesas incitiĝi."

"Mi ne incitiĝas sed tediĝas. Ŝajne ne mi sed vi estas obsedata de Mika."

Ŝi ne komentis tion, do nia diskuto ĉesis. Malgraŭ tio ŝi igis min pensi pli multe pri mia iama rilato al Elvira, kiel ĝi komenciĝis kaj kiel ĝi finiĝis. Fakte ne plaĉis al mi ke ŝi intuis la signifon de Mika en tiu situacio. La vorto *kial* tamen estas absurda. Mi ne vere scias, kial ĝi ekzistas. Laŭ mia sperto, neniam eblas diri kial aferoj okazas, sed maksimume kiel.

En la gimnazio de Stagnelius ekzistis lerneja gazeto kreata de lernantoj. Dum la aŭtuno la eldonado paŭzis, verŝajne ĉar la ĉefaj aktivuloj jam abituris kaj forlasis la lernejon. Sed nun en la printempa semestro oni provis reaktivigi ĝin, kaj Mika aliĝis al la redakcio. Tio havis surprizajn sekvojn ankaŭ por mi.

"Fred, ĉu vi ne povus kontribui per desegnoj?" ŝi proponis unu tagon en la komenco de februaro.

Mi dubis, ĉu miaj desegnoj de domoj interesus iun el la legantoj de tiu gazeto, sed mi ne volis rifuzi la proponon de Mika.

"Bone, sed kion mi desegnu?"

"Ion ajn. Simple venu al la redakcia kunveno ĵaŭde tuj post la lasta leciono."

Do mi iris al tiu kunveno. Dum preskaŭ du horoj mi aŭskultadis diskuton inter kvar aliaj gimnazianoj, plejparte pri temoj tute sen ligo al la celo de la kunveno, ŝajnis al mi. Mika tre aktivis, dum mi trovis nenion por diri. Fine ŝi tamen turnis sin rekte al mi:

"Fred, vi faros desegnon de la lernejo en via absurda stilo, ĉu ne? Kaj eble de aliaj konataj konstruaĵoj."

"Bone, mi provos."

"Mi mem faros bildostrion kun figuroj, kiuj espereble similos kelkajn el la instruistoj. Kelkaj el ili ja vere aspektas sufiĉe kurioze. Do mi provos karikaturi ilin."

La diskuto plu daŭris kelkan tempon, sed mi pensis plej multe pri tio, kion ŝi taskis al mi. Kiujn konstruaĵojn mi do desegnu?

Du semajnojn poste mi liveris faskon da desegnoj. Unue de la lernejo, kies du aloj kliniĝis mezen, kvazaŭ pretaj por fali, dum la ĉefa parto leviĝis supren en la nubojn. Poste detala bildo pri la enirejo, kies devizon mi anstataŭigis per tiu koncentreja "Arbeit macht frei", kiun mi trovis interrete. Krome mi desegnis la barokan katedralon, situantan je tricent metroj de la lernejo, sed mi donis al ĝi enorman kupolon, kiun ĝi ial malhavis, en formo de granda sorĉistina ĉapelo. Plue la eksan akvoturon, same proksiman, en formo de raketo, kaj la Okcidentan pordegon en la urba muro kun grimacanta buŝo, eligita lango kaj strabaj okuloj.

La redakcianoj foliumis, rigardis kaj ridis. Mika mienis tiel fiere, kiel se ŝi mem farus la desegnojn.

"Mi ja diris ke li estas surrealisma geniulo, ĉu ne?" ŝi deklaris al la redakcio.

Oni tuj akceptis la tutan kvinopon. La ĉefa problemo estis ke mankas tekstoj. Neniu el la ceteraj redakcianoj produktis ion ajn. Sed ĝis la venonta kunveno oni promesis liveri.

Mi partoprenis en ankoraŭ unu kunveno. Fakte aperis kelkaj kontribuaĵoj, interalie bildostrio de Mika.

"Mi ne sukcesis pri la instruistoj, do mi faris fantaziajn figurojn", ŝi pardonpetis. "Sed mi klopodis enmeti mesaĝon feminisman kaj antirasisman."

La bildostrio vekis laŭdojn de la aliaj redakcianoj. Sed ankoraŭ mankis sufiĉe multe por plenigi numeron de la gazeto. Kaj la diskuto pli similis babiladon dum interleciona paŭzo ol redakcian kunvenon, almenaŭ laŭ mia opinio. Same kiel antaŭe Mika tre vigle babilis kun la aliaj, dum mi trovis nenion por diri. Mi tamen ne volis foriri, ĉar ĉi tio estis okazo por fari ion komunan kun ŝi. La aliajn redakcianojn mi ne multe atentis.

Elvira miris ke mi aliĝis al tiu rondo.

"Ĉu vi ankaŭ verkos artikolojn?" ŝi scivolis.

"Ne, tion mi ne kapablas. Mi ne ŝatas la lernejajn verkotaskojn kaj tute ne imagas, kion mi skribus en tiu gazeto. Sed eble oni deziros pli da desegnoj, se finfine aperos tekstoj."

Kaj ĝuste tion proponis Mika.

"Vi povus fari karikaturojn de instruistoj, pri kio mi ne sukcesis."

"Tion mi ne kapablas. Homoj estas tro malfacilaj."

Sed fakte la apero de la gazeto prokrastiĝis pli kaj pli, pro la pigreco de la redakcianoj, mi supozis.

Alvenis la printempo. Jam de longa tempo nek Mika nek Elvira menciis Erikon, la koramikon de Mika. Kiam ni kunestis en la Paskaj ferioj, mi foje demandis Elviran:

"Ĉu Mika rompis kun tiu Erik?"

"Mi ne certas, kiu el ili rompis la rilaton, sed ĝi ja finiĝis."

"Ne surprize. Ili ŝajnis al mi sufiĉe malsimilaj. Ĉu vi scias, ĉu ŝi renkontis iun novan?"

Tio eble estis stulta demando, sed antaŭe ŝi ja rapide trovis novajn ulojn. Sed Elvira ekkoleris.

"Kial vi demandas min pri tio? Se tio interesas vin tiel multe, demandu ŝin mem!"

"Nu, ne gravas. Mi simple pensis ke ŝi eble diris ion al vi."

"Mi ne devas raporti al vi, kion ni diras inter ni."

"Kompreneble ne. Tion mi tute ne celis."

Fakte tiu demando venenis nian tutan rendevuon, sed mi supozis ke Elvira baldaŭ forgesos tion. La ferioj tamen baldaŭ finiĝis, kaj en ordinaraj semajnoj ni ne havis grandan ŝancon duope kunestadi hejme. Mi planis aranĝi ke ŝi povu tranokti ĉe mi, kiam Panjo laboros, sed por tio necesus iom da persvado. Eble ŝi devus prezenti min al siaj gepatroj, kaj pri tio ni ambaŭ hezitis. Aŭ ŝi povus diri al ili ke ŝi tranoktos ĉe Mika. Dume la plano estis ŝovita antaŭen en la estontecon.

Antaŭ kelka tempo mi definitive ĉesis pri la tabloteniso. Panjo ripete admonis min ke necesas iel moviĝi, kaj mi longe cerbumis, kion mi povus fari, kio ne ĝismorte tedus min. Ĉar mi ŝatis mapojn, ŝi proponis orientiĝadon. Do mi aliĝis al la loka orientiĝa klubo, kiu havis dometon kaj arbarajn kur-padojn apud Smedby, okcidente de la urbo.

Mi kuris en tiu arbaro kaj lernis kurante legi la detalegan orientiĝan mapon por trovi la kontrolpunktojn. Krome mi ekkonis kelkajn aliajn gejunulojn en la klubo, sed la plej multaj estis tro konkuremaj por mia gusto. Verŝajne ili reciproke trovis ke mi prenas la aferon tro leĝere.

"Vi ne povas simple preterlasi kontrolpunkton!" indignis Oskar. "En vera konkurso vi estus ekskludita."

"Sed nun estas nur ekzerco, kaj mi ja trovis ĉiujn ceterajn, ĉu ne?"

La plej multaj junaj orientiĝantoj veturis aŭte kun iu el siaj gepatroj al kaj de la kluba dometo, sed nek Panjo nek Paĉjo pretis helpi min pri tio. Kelkfoje mi veturis kun knabo nomata Leo, kiam lia patro veturigis lin. Sed mi rimarkis ke oni atendas similan servon de miaj gepatroj. Do mi rekomencis iri buse.

Post iom da tempo mi tamen tediĝis busi al Smedby kaj paŝi aŭ kuri kilometron por atingi la arbarajn padojn. Precipe post la kurado mi ne ŝatis sidi tute ŝvita en la du busoj inter aliaj homoj kaj stari atendante ĉe la ŝanĝo de linio. Kaj reiri bicikle estus eĉ pli malagrable. Do mi komencis unu aŭ du vesperojn ĉiusemajne kuri sur padoj pli proksimaj. De ambaŭ hejmoj mi povis ekkuri senpere de la dompordo laŭ variaj itineroj depende de la humoro, forto kaj vetero. Kaj dum tia kurado mi ne devis trovi kontrolpunktojn, nek timi ne trovi ilin. Mi proponis al Leo akompani min, sed tia nura kurado ne interesis lin.

"La mojosa afero ja estas ĝuste la kombino de kurado kaj uzado de mapo kaj kompaso. Decidi, kiu vojo plej rapidas, kaj poste laŭiri tiun optimume."

"Mi scias, sed por mi la kurado plej gravas."

Do mi alkutimiĝis kuradi sola.

En la komenco mi kuris maksimume kvin kilometrojn ĉiufoje, kaj ofte malpli. Sed iom post iom mi plilongigis la kuradon, kaj fine de majo mi jam kuris po dekon da kilometroj dufoje semajne. Fakte mi sentis ke mi povus eĉ daŭrigi pli longe, sed la tempo simple ne sufiĉis. Nun mi devis kelkfoje labori pri hejmtaskoj, ĉar ne sufiĉis unufoje tralegi la lernolibrojn. Kaj mi ja volis ankaŭ de temp' al tempo renkonti Elviran, aŭ almenaŭ paroli telefone kun ŝi.

Unufoje Danne akceptis kuri kun mi sur la padoj de Stensö, sed ni devis interrompi la kuradon por ke li ripozu, kaj poste ni nur paŝis.

"Vi baldaŭ plibonigos la persistan kapablon, se vi plu kurados", mi instigis lin.

Sed li neniam ripetis la aferon, almenaŭ ne kun mi. Ĝi estis tro peniga.

Mi menciis mian kuradon ankaŭ al la knabinoj en iu lerneja paŭzo. Eble mi havis stultan ideon ke iu el ili, verŝajne ne Elvira, sed Mika, povus interesiĝi por prove akompani min. Ekirante de Nyslottsgatan, mi povus facile preterkuri ŝian domon, kie ŝi povus aliĝi. Mi tamen ne proponis tion eksplicite, ĉefe pro la ĉeesto de Elvira.

"Vi freneziĝis", diris Mika. "Kurado ja estas enuega."

"Jam pli ol sufiĉas la rondiro de Ängö, kiun oni devigas nin kuri en la sportaj lecionoj", diris Elvira.

"Vi tamen ne kuras tie sed nur promenas", ridis Mika, celante Elviran.

"Mi devas, ĉar mi ne volas ŝviti. La tempo ne sufiĉas por poste duŝi min."

"Se vi kurus, ĝi ja sufiĉus", mi diris.

La nomita rondiro mezuris malpli ol tri kilometrojn kaj pasis sur pontoj tra tri insuloj, do ne eblis ŝparvoji, krom se oni naĝus tra la akvovasto de Malmfjärden.

"Estas tute alia afero, kiam oni kuras arbare en sia propra preferata rapideco", mi klarigis. "Oni eniras en ian trancon."

Mika denove ridis.

"Tio sonas diable tede", ŝi diris. "De kelkaj jaroj mi ĵudas. Sed krom tio mi ŝatus komenci tajan boksadon."

"Ĉu tio ne estas luktado kun piedbatoj kaj ĉio ajn?" mi demandis ŝokite.

"Prave. Profesie oni uzas eĉ ok membrojn, la manojn, kubutojn, genuojn kaj piedojn. Sed bedaŭrinde neniu klubo en Kalmar praktikas ĝin. Do mi devos atendi, ĝis mi transloĝiĝos al Stokholmo."

"Vi estas eĉ pli freneza ol Fredde", diris Elvira.

Mi unuafoje aŭdis Mikan mencii Stokholmon, do mi demandis: "Ĉu via familio transloĝiĝos?"

"La familio? Certe ne. Paĉjo ne povus forlasi siajn klientojn tie ĉi. Kaj Panjo irus nenien, krom reen al Tajlando. Sed post la abituro mi restos eĉ ne unu tagon."

Mi mem ankoraŭ dediĉis neniun penson al la demando, kion fari post la abituro. Restis du jaroj, kio estis eterno.

"Kion vi do faros en Stokholmo?"

"Studos, kompreneble. Kaj taj-boksos, ha ha!"

"Kion vi volas studi?"

"Nu, ni vidu. Eble arton. Aŭ ĵurnalismon. Kaj vi?"

Mi provis pensi, sed la kapo estis vakua.

"Mi tute ne scias. Ne urĝas."

Elvira ŝajnis ĵaluza pro nia interparolo, aŭ almenaŭ senpacienca.

"Mi ŝatus studi lingvojn", ŝi diris, "sed mi ne volos esti instruisto. Estus terure neniam forlasi la lernejojn."

"Vi povos esti interpretisto", proponis Mika. "Servi ĉe la intertraktadoj de Clinton kaj tiu nova ruso, kiel li nomiĝas? Ĉu Puĉin?"

"Putin", mi aŭtomate korektis.

"Mi dubas, ĉu ili bezonos svedan interpretiston", diris Elvira. "Do pli kredeble inter Göran Persson kaj iuj hispanoj, kiel ajn ili nomiĝas. Aŭ eble Fidel Castro."

Tiu antaŭdiro ridigis Mikan, eĉ ĝis la lerneja sonorilo anoncis novajn lecionojn, eble de fiziko por mi kaj psikologio por la knabinoj.

Elvira kaj mi denove rendevuis ĉe Sagovägen, sed ĉar Paĉjo kutime estis hejme en vesperoj kaj semajnfinoj, ni nur dufoje dum la printempo havis okazon seksumi. Anstataŭ tio ŝi alportis filmojn per DVD-oj. Interalie ni spektis *La sepa sigelo* de Bergman, kiun ŝi adoris, dum mi trovis ĝin terure eksmoda. Sed evidente ŝi aprezis ĝuste tiujn teatrecajn trajtojn, kiuj incitis min. Mi tamen tre ĝuis niajn postajn diskutojn, dum kiuj ni provis konvinki unu la alian pri niaj respektivaj opinioj. Estis bone ke malgraŭ niaj diversaj vidpunktoj ni ne malamikiĝis. Nur unufoje ŝi malkontentis, kaj tio okazis kiam mi demandis, ĉu ŝi spektis kaj diskutis filmojn ankaŭ kun Mika.

"Kial tio gravas al vi?" ŝi paŭte grumblis.

"Mi nur scivolas. Ne gravas."

Ŝi levis la ŝultrojn kaj dum kelka tempo malgajis, ĝis ŝi ekpensis pri alia absurdaĵo en la ĵus spektita filmo.

Finiĝis la eventoriĉa unua jaro de la gimnazio, kaj Mika malaperis al Tajlando. Meze de junio oni multege raportis pri tio ke Svedio aranĝas pintan kunvenon de la Eŭropa Konsilio. Ĝi okazis en Gotenburgo, kaj krom ŝtatestroj kaj ĉefministroj el la nunaj kaj ontaj landoj de la Eŭropa Unio ĉeestis ankaŭ la prezidento de Usono, George W. Bush. Mi apenaŭ atentus tian sekan novaĵon, sed sur la stratoj de Gotenburgo evidente okazis tumulto neniam antaŭe spertita en Svedio. Oni amase manifestaciis kontraŭ la kunveno, kelkaj homoj protestis per difektado de butikoj kaj alio, kaj la polico aplikis plej ekstremajn metodojn por malhelpi la manifestaciojn. Oni malliberigis centojn da gejunuloj en lernejo sen kialo, oni pafis kontraŭ manifestaciantoj, trafante unu junulon, kiu tamen transvivis, kaj oni arestis multajn centojn da homoj. Plej multe mi miris pro tio ke ŝajne la tuta socio subtenas la perforton de la polico kaj tute forgesis la bazan rajton esprimi aliajn opiniojn. Ne pro tio ke mi mem aliĝus al io tia, sed laŭ mi estis honto ke tiu rajto valoras neniom, kiam Bush, Blair, Berlusconi kaj kelkaj centoj da aliaj potenculoj renkontiĝas por mi-ne-scias-kia intertraktado. Nun ne nur la politikistoj sed ankaŭ la ĵurnalistoj preskaŭ unuanime indignis kontraŭ la manifestaciantoj sed ŝajne akceptis la metodojn de la polico.

Mi mem tamen havis aliajn problemojn. Ankaŭ ĉi-jare mi ne trovis bonan someran laboron sed devis denove rikolti fragojn en Oelando. Elvira laboris kiel ĉiĉerono en la kulturhistoria muzeo de Krusenstierna, situanta en la Malnova urbo. Tio signifis ke ŝi laboris ĉiutage krom lunde kaj mi ĉiutage krom sabate. Ni tamen renkontiĝis kelkfoje en la vesperoj, kiam ni iris al strando, kie mi rapide enakviĝis, dum ŝi sidis sur plejdo kun libro enmane. Mi tamen same rapide eliĝis el la malvarma akvo de la Balta maro kaj sidiĝis apud ŝin.

"Ĉu vi neniam banos vin?" mi scivolis.

"Eble, se la akvo iam varmiĝos. Sed mi ne tre ŝatas bani min en la maro."

"Vi tamen scias naĝi, ĉu ne?"

"Kompreneble. Mi kelkfoje naĝas en la halnaĝejo, sed cetere mi preferas la teron. La maro ĉi tie estas tro malvarma kaj krome malpura."

"Ĉu? Kie do estus pli pure?"

"Antaŭ du jaroj ni estis en Grekio, sur la insulo Kos, kaj tie la akvo estis tute klara kaj varma."

Mi ne povis komenti tion. Miaj strangaj gepatroj neniam venigis min al Mediteraneo. Entute mi trovis min malsperta pri multaj aferoj, kiuj ŝajnis ĉiutagaj al aliaj homoj. Slaloma skiado. Greka plaĝo. Kio ankoraŭ?

Kiam la oelanda fragosezono finiĝis, mi havis nenion specifan por fari dum la tagoj. Mi rekomencis kuradi, sed tagmeze en julio ofte estis tro varme por vere ĝui tion.

Nun mi jam havis sufiĉe da mono por aĉeti mian propran porteblan komputilon – ne la plej potencan sed sufiĉe bonan. Kaj dank' al la larĝbenda retkonekto en la apartamento de Paĉjo mi povis libere retumi kaj ludi. Do mi pasigis multajn sunajn somerajn tagojn malantaŭ fermitaj latkurtenoj antaŭ la ekrano de tiu aparato. La fakton ke ĝi estas portebla mi ne tre utiligis, ĉar la retkonekto ja estis fiksloka. Nun dum la somero mi plejparte mem decidis, en kiu el miaj du hejmoj mi loĝu, kaj pro la retkonekto kaj la buso de Lindsdal, per kiu kelkfoje alvenis Elvira, mi plej ofte restis ĉe Sagovägen. De temp' al tempo ankaŭ mia samklasano Danne venis tien por ludi komputilajn ludojn kun mi. Li tamen ne povis koncentriĝi ĉe la ludado sed ofte forgesis ĝin por babili pri la lernejo, futbalo, muziko kaj knabinoj, do mi devis memorigi al li ke ni ludas. Eble li tediĝis de tio, ĉar li venis pli kaj pli malofte.

En junio Panjo denove pasigis du semajnojn en Italio, kaj en julio Paĉjo planis vojaĝon al ia renkontiĝo de vaportrajnoj en Germanio. Kompreneble li volis ke mi akompanu lin.

"Ni povos rigardi ankaŭ aliajn aferojn. Estas multaj interesaj malnovaj urboj en Germanio kun mezepokaj muroj kaj trabfakaj domoj."

Verŝajne li supozis ke mi ŝatus tion, ĉar mi kutimis desegni domojn kaj urbojn. Sed liaj proponoj ne allogis min.

"Neniam! Germanio ne interesas min. Se vi irus al Hispanio aŭ Latinameriko, mi povus ekzerci min pri la lingvo. Sed ili eble ne havas vaporlokomotivojn."

"Tion mi ne scias. Sed somere estus tro varme en tiuj landoj."

Evidente li ne pensis pri tio ke en partoj de Sudameriko male estas vintro, sed mi ne atentigis lin pri tio. Mi menciis Amerikon ĉefe por aludi ke lia vojaĝo al Germanio ne imponas al mi.

"Aŭ se ni irus al Tajlando", mi sugestis. "Tio povus esti interesa. Oraj budhostatuoj kaj mi-ne-scias-kio."

"Vi estas freneza. Tie sendube estas eĉ pli varme."

Mia patro entute ne ŝatis varman veteron. Eble mi atendu duonjaron por tiam sekvi la sugeston de Elvira, proponante vintran vojaĝon al la sveda montaro okaze de la jarfinaj festoj. Sed laŭ mia scio neniu el miaj gepatroj iam ajn skiis, kvankam en ilia junaĝo oni eble havis neĝon eĉ en Kalmar. Panjo cetere naskiĝis en Oelando, kiu fifamas pro neĝoŝtormoj, sed pro la vento tie la neĝo amasiĝas en iuj lokoj kaj tute mankas en aliaj, kio verŝajne ne estas oportuna por skiado.

Dum Paĉjo estis for en Germanio, Elvira kaj mi pasigis plurajn vesperojn kune en la apartamento ĉe Sagovägen. Nun nia seksumado jam estis sufiĉe rutina. Ŝi tamen neniam spertis orgasmon – tio estas, ne kun mi.

"Sed ĉu vi mem povas fari tion?" mi demandis.

"Kompreneble."

"Do vi povas fari nun, kaj mi observos, kiel vi faras."

"Fi! Absolute ne! Mi ne povus, se vi rigardus."

Mi ne komprenis, kial ŝi rifuzas tion. Mi mem ja povus masturbi min, dum ŝi rigardas, sed tio neniam estis bezonata, kiam ni estis kune. Mi ĉiufoje ejakulis post ne tre longa seksumado. La sola ĝeno estis la neceso aĉeti kaj uzi kondomojn.

"Eble vi povus akiri pilolojn", mi foje sugestis.

"Neniam! Mi ne glutos tian kemiaĵon, kiu povus ŝanĝi amason da aferoj en la korpo. Se vi ne ŝatas kondomon, do entute ne enigu ĝin."

Mi ridis.

"Ĉu ne plaĉas al vi, kiam mi enigas ĝin?"

Nun estis ŝia vico ridi.

"Nu, en ordo. Sed se vi jam enigas, provu iom persisti por ne eligi ĝin tiel frue."

Finiĝis la somero. Komenciĝis nova studjaro, la dua de la gimnazio. Mi daŭrigis pri la nedevigaj hispanaj lecionoj kaj ĝojis revidi Mikan, kiu revenis el Tajlando pli bruna ol printempe. Dum iu el la unuaj lernejkortaj diskutoj mi menciis la tumultojn en

Gotenburgo. Mika ja tiam estis en Tajlando kaj entute ne aŭdis pri ili, sed ŝi tuj havis pretan komenton.

"La policistoj ĉiam estas faŝistoj", ŝi elsputis. "Kaj la svedaj politikistoj konkuras pri leki la pugon de Bush."

Unue mi nur ridis pro ŝiaj vortoj, sed poste mi pripensis ilin kaj ne povis kontraŭdiri al ŝi, konkludante ke la fama sveda neŭtraleco estas nur kuliso.

Sed la tagoj konsistis pli multe el lecionoj ol paŭzoj. En la fizika lernofako oni komencis mencii nepalpeblajn aferojn kiel la ekvacion de Schrödinger kaj la necertecan principon de Heisenberg. Ankaŭ la matematiko iĝis pli komplika ol antaŭe kaj pli fora de ĉiutaga kalkulado kun derivaĵo, integralo, asimptoto kaj aliaj strangaĵoj.

Marde posttagmeze ni havis du sinsekvajn lecionojn de matematiko, plenajn de tiaj kaprompiloj, kiuj igis min denove ekdubi, ĉu mi elektis la ĝustan programon. En unu mardo, kiam nia instruisto revenis post la paŭzo inter tiuj lecionoj, li sciigis al ni novaĵon, kiu estis same malfacile komprenebla kiel la integraloj. En Novjorko granda pasaĝera aviadilo flugis rekte en turon de World Trade Center, kaj oni timis ke mortis miloj da homoj. Li proponis ke kiam ni venos hejmen, ni spektu novaĵojn televide aŭ alie. Poste li transiris al siaj integraloj, kiuj tiumomente fariĝis eĉ pli malrealaj ol antaŭe.

Do, kiam mi eniris la apartamenton de Paĉjo, mi tuj ŝaltis mian komputilon kaj komencis spekti. En diversaj novaĵ-retejoj jam aperis aro da filmoj, kiuj montris la trafojn de du aviadiloj, la kolapsojn de ambaŭ turoj kaj la panikan fuĝadon de homoj sur la stratoj de Manhattan. Mi restis sidanta tie dum almenaŭ horo sen povo malŝalti.

Dum la sekvaj tagoj la teroraj atakoj en Usono estis temo de multaj diskutoj en la lernejo kaj aliloke. Por la plej multaj homoj estis simple nekompreneble ke oni sukcesis plenumi tiujn agojn. Sed Mika havis surprizan vidpunkton.

"Eble estas bone ke ankaŭ la usonanoj spertas perforton. Normale ili militas kaj mortigas ĉie en la mondo sed neniam suferas agojn kontraŭ la propra lando."

"Sed la mortintoj ja estis senkulpaj civiluloj", mi diris.

"Mi dubas ke ĉiuj estis senkulpaj. Ĉiuokaze ankaŭ la plej multaj, kiujn Usono mortigas en aliaj landoj, estas senkulpaj. Sed ili ne estas okcidentaj blankuloj, do neniu atentas tion."

Mi devis rekoni ke ŝi eble pravas pri tio, sed ĉu unu teroro pravigas alian?

"Mi timas ke la sekvo estos nur pli da perforto, kiu trafos civilulojn, kiam Bush realigos sian militon kontraŭ la teroro", mi diris.

Ŝi ne respondis sed nur levis la ŝultrojn.

Ĉi tio ne estis la unua fojo, kiam mi aŭdis ŝin esprimi opinion draste devian de la ĝenerale regantaj ideoj, tamen mi konsterniĝis. Mi tute ne konsentis kun ŝi, sed plej multe mi surpriziĝis ke ŝi entute havas opinion, ĉar ordinare ni ne diskutis politikon, se ne konsideri la ĵusan okazon, kiam mi menciis la tumultojn en Gotenburgo.

Elvira ne komentis nian diskuton pri la teroro kaj perforto, sed poste ŝi diris al Mika:

"Mi memoras ke vi iam parolis pri malbona konduto de usonanoj en Tajlando. Sed mi ne kredas ke ĉiuj estas same fiaj."

Mika elsnufis.

"Temas ne pri tio. Ili ne kondutas pli fie ol aliaj farangoj."

"Ol kio?"

"Ol aliaj tiel nomataj blankuloj. Eŭropanoj kaj amerikanoj. Kelkaj estas veraj porkoj; aliaj nur sensciaj."

Kiel kutime la lerneja sonorilo vokis nin al novaj lecionoj, do tiufoje mi ne eksciis pli multe pri ŝiaj spertoj en Tajlando, kaj en sekvaj paŭzoj ŝi ne plu volis paroli pri tiu temo.

La aŭtuna semestro tamen plu trenis sin antaŭen malrapide kiel limako. Necesis lerni la nomon de Al-Qaida, la organizaĵo kiu plenumis la grandajn terorajn atakojn en Usono. Kaj ankaŭ en la lernejo aperis novaĵoj. En mia horaro de lecionoj troviĝis la studfako biologio kun novaj defioj, kiel la fotosintezo, la Krebsa aŭ citrata ciklo kaj la duobla DNA-spiralo. Kaj finfine aperis la lerneja gazeto, kies eldonado prokrastiĝis tiel longe. Dum unu aŭ du semajnoj mi estis famulo en mia klaso dank' al miaj desegnoj en ĝi, kaj ankaŭ kelkaj aliaj gimnazianoj komplimentis min pro ili. Sed kiam mi demandis Mikan, ĉu oni preparos novan numeron ĉi-jare, ŝi ne sciis.

Nun dum la semestro mi ne plu renkontis Elviran duope same ofte kiel somere. Kaj kiam ni rendevuis, ŝi kelkfoje ŝajnis nekontenta. Mi ektimis ke ŝi enuas pro nia kunestado, do mi klopodis elpensi novajn aferojn por fari kune, sed tio ne tre facilis. Nek kurado nek komputilaj ludoj logis ŝin. Eble ni tutsimple ne havis sufiĉe da komunaj interesoj.

Dumlonge neniu filmo prezentata en la lokaj kinejoj interesis nin, sed ni kelkfoje luis ion kaj spektis ĝin hejme. Post kiam ni spektis ian burleskaĵon de Almodóvar - verŝajne ne *Ĉion pri mia patrino*, ĉar tiun ni spektis jam printempe, sed eble la malnovan *Virinoj rande de nerva kolapso* - mi demandis ŝin:

"Iam vi diris ke Mika havis malbonan sperton kun usonanoj en Tajlando. Ĉu vi scias, kio do okazis?"

Bedaŭrinde mi forgesis ke ŝi jam antaŭe ekkoleris, kiam mi demandis ŝin pri Mika. Sed ĉi-foje ŝi reagis eĉ pli forte. Mi ne dirus ke ŝi randas de nerva kolapso, sed ŝi paŭtis, deŝovis mian manon, kiun mi tenis sur ŝia femuro, kaj movis sin for de mi sur la sofo.

"Ĉu vi do estas kun mi nur por ekscii aferojn pri ŝi?"

"Kompreneble ne. Pardonu! Vi mem ja menciis tion pri la usonanoj en la lernejo, do mi simple scivolas, pri kio temas."

"Se vi interesiĝas pli multe pri ŝi ol pri mi, do prefere estu kun ŝi. Vi ne devos plu renkonti min."

"Ne stultumu! Forgesu tiun aferon. Ĝi ne gravas."

"Mi ne forgesos. Estas pli bone ke ni ĉesu rendevui."

Mi klopodis pensi, sed tio ne tre prosperis al mi.

"Pardonu min", mi balbutis. "Tio ja tute ne gravas."

"Tio ja gravas! Ŝajne vi enamiĝis al ŝi, ne al mi. Vi estas kun mi nur ĉar mi estas ŝia amikino."

Dum kelkaj sekundoj mi ne trovis, kion diri.

"Kompreneble ne", mi poste provis konvinki ŝin. "Vi miskomprenas ĉion."

"Do, kial vi estas kun mi? Diru!"

Jen necesis rapida respondo.

"Ĉar... ĉar plaĉas al mi kunesti kun vi."

Stulta respondo. Se mi tiam kapablus elbuŝigi la tri vortojn, kiujn oni aŭdas milfoje en ĉiu usona filmo, ĉu eblus ke nia amrilato plu daŭrus? Kaj kiel longe plu? Sed ni neniam spektis usonajn filmojn kune. Ŝi ne ŝatis ilin. Ĉe Almodóvar tiuj tri vortoj, aŭ pli ĝuste la du hispanaj vortoj, kredeble ne same oftas. Kaj en la sveda lingvo ili ege malpli glate glitas el la buŝo.

Ĉiuokaze ŝi ne respondis sed stariĝis kaj ĝustigis sian veston. Poste ŝi fiksrigardis min dum kelka tempo. Mi ne plu kapablis paroli, do estis sufiĉe prema silento en la ĉambro. Ŝi rigardis la horloĝon.

"Mi iros al la bushaltejo."

Mi jam parkerigis ŝian bushoraron kaj nun vidis ke restas duonhoro ĝis la sekva buso.

"Ja ne urĝas. Restu ankoraŭ iom."

"Ne. Mi iros hejmen."

"Do mi akompanos vin al la haltejo."

"Ne. Mi ne volas tion."

Kaj ŝi eliris el la ĉambro, surmetis siajn jakon kaj ŝuojn kaj forlasis la apartamenton en silento.

Tio okazis en la fino de septembro, dek unu monatojn post la halovena festo ĉe Elvira en Lindsdal. Unue mi pensis ke eble temas nur pri antaŭmenstrua mishumoro, sed rememorante ke ŝi sangis antaŭ semajno, mi supozis ke ŝi ĉagreniĝos dum kelka tempo kaj poste forgesos la aferon. Tiel tamen ne okazis. Evidente ŝi jam de kelka tempo malkontentis, kvankam mi ne prenis tion sufiĉe serioze. Kaj nun unu guto plenigis la glason, kiel dirus mia iama instruisto Sara Valtersson.

Mi komprenis ke estas definitive, kiam en la hispanaj lecionoj Elvira kaj Mika interkonsentis kun du aliaj knabinoj, Gosia kaj Emelie, ke ili interŝanĝu lokojn en la klasĉambro. Mi ne certis, ĉu ili klarigis precize kial, sed verŝajne ili diris almenaŭ ke tio estas pro mi, ĉar precipe Emelie rigardis min sufiĉe malbonvole. Plej aĉe tamen estis ke ekde tiam Elvira kaj Mika evitis min ankaŭ en la sekvaj paŭzoj. Evidente mi fariĝis *persona non grata.*

Mi kompensis per plia kurado. Sed baldaŭ la vesperoj jam estis tiel mallumaj ke malfacilis kuri sur arbaraj padoj kaj vojetoj sen lampoj, do mi plejparte kuris laŭ stratoj kaj sur la apartaj lumigataj kur-padoj. Jen limigo ĝena sed neevitebla. Mi provis kuri ankaŭ arbare kun frunta lampo, sed tio estis malagrabla. La lampo lumigis nur etan spacon antaŭ mi, kiu ĵetiĝis tien-reen pro la kurado, kaj ĉio cetera fariĝis absolute nigra, do eĉ pli malluma ol se mi ne uzus lampon.

Tamen la restanta parto de la aŭtuno iel pasis. Okazis la ĉiujara duelo inter la gimnazioj kun mokaj bubaĵoj kaj rugbea batalo, kaj fine alvenis iaspeca vintro kun Kristnasko kaj Novjaro, sed mi memoras nenion el tio. Kiuj venkis en la rugbeo? Ĉu ŝtormis en novembro? Ĉu neĝis en decembro? Mi ne scias. Kie mi pasigis la jarfinajn festojn? Ili malaperis en grandan nebulon en miaj memoroj. Ĉio en la vivo dronis en densa griza nubo, tra kiu mi kuris, kuradis sencele.

Kiam komenciĝis la nova lerneja semestro, mi en la unua lundo ellitiĝis, matenmanĝis kaj ekiris bicikle de la apartamento de Panjo ĉe Nyslottsgatan. Pro malnova kutimo mi biciklis la vojon preter la domo de Mika. Mi vidis lumon en du-tri fenestroj, sed mi ankoraŭ ne sciis, kiu el ili estas ŝia. Mi preterpasis la malnovan Popolan Parkon kaj la dancejon Sandra. Baldaŭ mi venis al la dekliveto de Sandås, kiu altiĝas kelkajn metrojn en nia ekstreme ebena urbo. Sed tie elĉerpiĝis mia energio, kvazaŭ mi havus sekan benzinujon.

Mi elseliĝis, kuŝigis la biciklon sur pecon da tero kun malnova flavbruna herbo – do ŝajne ne estis neĝo, almenaŭ ne tiuloke. Mi mem sidiĝis sur la rando de la trotuaro.

Mi ne scias, kiel longe mi sidis tie, dum aŭtoj veturis tien kaj reen antaŭ mi kiel ombroj en nebulo. Post nedifinita tempopaso mi kvazaŭ en sonĝo aŭdis zumknarantan mopedon kaj vidis homon preterpasi min. Ŝajnis al mi ke tio estas Mika en vintra mantelo, ŝalo kaj lana ĉapo, sed eble mi halucinis. Dum sekundo mi atendis ke ŝi bremsos la mopedon, haltos kaj proponos ke ŝi trenu min. Sed tio kompreneble ne okazis, kaj cetere tiu figuro supozeble estis tute alia mopedisto. Post ankoraŭ tempo necerta mi restariĝis, levis la biciklon, turnis ĝin kaj komencis malrapide paŝi retro hejmen, kondukante la biciklon mane apud mi. Sendube ja estis pli pene piediri ol bicikli, sed mi ne havis energion por surseliĝi, kaj mi timis perdi la ekvilibron biciklante.

Panjo ne vekiĝis, kiam mi eniris mian ĉambron kaj kuŝiĝis plene vestite sur la lito. Poste mi kuŝis tie, cerbumante pri la vivo kaj kion mi faru el ĝi, kiam mi ne plu povos iri al la lernejo. Mi ne trovis respondon.

Posttagmeze Panjo kontrolis miajn pulson, sangopremon kaj temperaturon.

"Laŭ mi vi estas en bona fizika stato. Kaj antaŭ du tagoj vi ja kuradis dum horo, ĉu ne?"

"Eble. Mi ne memoras."

"Se vi kurus nur duonhoron, la energio sendube sufiĉus ankaŭ por la lernado", ŝi seke diagnozis.

Mi ne respondis. Mi jam sciis ke Panjo ne estas tre dorlotema patrino.

"Sed kompreneble vi povus anstataŭe serĉi laboron. Eble kiel purigisto en la hospitalo. Aŭ distribuisto de ĵurnaloj kaj reklamaĵoj."

Nenio el tio ŝajnis al mi tre alloga, kaj ŝi ne insistis sed lasis min en paco. Mi restis kuŝanta ankaŭ marde, sed vespere mi eliris kaj kuretis etan rondon en la proksimaĵo dum kvaronhoro. Kaj merkrede mi iris al la lernejo, kie ĉio estis kiel antaŭe. La principo de Heisenberg restis same necerta kiel kutime, kaj la integraloj same nepalpeblaj. En la oficejo de la lernejestro mi anoncis ke mi ĉesas pri la nedeviga hispana kaj anstataŭe elektas la bildo-fakon.

Do, kvankam mi daŭre sentis min senenergia, iele-trapele mi denove iradis ĉiutage al la lernejo kaj hejmen, faris miajn hejmtaskojn kaj de temp' al tempo kuris sur mallumaj kotaj padoj tra vintra nebulo kaj vento je la melankolia akompano de nebulsireno en la haveno. Pli ol tiom mi ne povis fari. Nur malofte mi renkontiĝis kun Danne aŭ iu alia el miaj samklasanoj ekster la lernejo, kaj kun la malnovaj amikoj tute ne plu. Nek kun la iamaj amikinoj.

Kiam alproksimiĝis la printempo kaj la vesperoj iĝis pli helaj, mi iom post iom plilongigis mian kuradon. De Panjo mi kuris ĝis la terpinto de Stensö kaj reen, sume dek kilometrojn. De Paĉjo ĝis Värsnäs kaj Björkenäs laŭ variaj vojoj inter dek kaj dek kvin kilometrojn. Dum mi kuris, la kapo iĝis plaĉe malplena je pensoj, kaj poste la korpo estis agrable lacigita.

En la dua semajno de marto Mika tamen surprizis min, ekparolante al mi sub la nuda kaŝtanarbo sur la lerneja korto.

"Ni faros provon denove eldoni numeron de la gazeto. Ĉu vi volas kunlabori?"

Mi gapis al ŝi dum kelkaj sekundoj. Baldaŭ mi komprenis ke ŝi ne mokas min sed estas sincera.

"Se mi povos elpensi ion. Temos pri desegnoj, evidente."

"Bonege. La antaŭaj ja iĝis furoraj. Do ĵaŭde post la lasta leciono."

Ŝi turnis sin kaj foriris sen atendi reagon. Kompreneble ŝi fajfas pri tio, ĉu mi mem alvenos, kondiĉe ke mi liveros desegnojn, mi pensis.

Mi havis neniun ajn ideon, kion mi desegnu ĉi-foje. Ĉu la samajn konstruaĵojn sed kun novaj modifoj? Mi decidis atendi por ekscii, ĉu la aliaj redakcianoj havas ideojn.

La kunveno similis tiujn de la antaŭa jaro, sed nun Mika mem pli firme gvidis la diskutojn. Ni interkonsentis peti kontribuaĵojn de ĉiuj lernejanoj, metante afiŝon kun invito al kunlaboro. Krom tio Mika kreos bildostrion, la nova ulo William promesis rakonton, kaj rufa maldikulino el la unua lernojaro nomata Jennifer aperigos kelkajn poemojn. Kaj mi faros iajn desegnojn. Mika proponis la renesancan kastelon de Kalmar.

"Bone", mi diris. "Sed mi ne scias kiel modifi ĝin."

"Eble vi povus desegni ĝian aspekton dum militoj en diversaj jarcentoj", sugestis William.

"Nu, verŝajne mi povus, se mi iom esplorus, sed la rezulto eble iĝus tro teda. Kiel ia historilibro."

"Tute ne, tio ja estus interesa. Kaj ĉu vi povus krome fari ilustraĵojn de mia rakonto?"

"Mi ne scias. Dependas de la enhavo. Homojn mi tute ne regas."

Mi aŭdis ke Mika ekridas mallonge je tiu diraĵo, sed ŝi nenion diris. Tamen mi ĝojis ke ŝi invitis min al la kunveno kaj ŝajne ne plu koleras, se ŝi entute iam koleris. Verŝajne ŝi simple estis lojala al Elvira.

Mi tuj komencis esplori pri nia kastelo. Mi memoris ke ie en ĝi oni montras etmodelojn de ĝia aspekto en diversaj epokoj, do mi vizitis ĝin kaj faris kelkajn skizojn. Poste mi hejme guglis pri malnovaj armiloj kaj kopiis muskedojn, kanonojn, arbalestojn kaj eĉ katapultojn. Precipe tiuj lastaj imponis al mi, kaj mi ripete desegnis ilin sur mia papero, kvankam mi ne sciis, ĉu la danoj efektive uzis tiajn kontraŭ nia fortikaĵo. Sed tio ja ne gravis. Mi ne celis esti historiisto.

Post du semajnoj ni havis novan kunvenon. Mika ankoraŭ ne pretigis sian bildostrion, Jennifer ne estis kontenta pri siaj poemoj kaj rifuzis montri ilin, kaj la alvoko al la lernejanoj ĝis tiam donis nenian uzeblan rezulton. Sed mi faris kelkajn provajn desegnojn de la kastelo kun sieĝantoj, kaj William liveris sian rakonton. Mi fluglegis en ĝi kaj vidis ke ĝi temas interalie pri aŭtovojaĝo, do mi anoncis ke mi provos desegni vojon kun aŭtoj, kaj eble iajn dometojn laŭ la vojo.

Post la kunveno nia kvaropo iris al la kafejo Fiesta por pli senstreĉa kunestado, kaj tie precipe William kaj Jennifer diskutis literaturajn demandojn, kiujn mi ne tre bone komprenis. Verŝajne temis pri la rilato inter vero kaj fikcio aŭ io simila. Laŭ mia vidpunkto vero estas vero kaj malvero malvero, sed tion mi ne diris. Mi ne volis ke oni nomu min naivulo. Ankaŭ Mika estis nekutime silentema. Kiam ni forlasis la kafejon kaj mi malŝlosis mian biciklon, ŝi demandis min, kie mi loĝas ĉi-semajne.

"En Tegelviken, ĉe Panjo", mi respondis.

"Bone. Ĉu mi trenu vin?"

"Eeh... Nu, volonte, se vi volas."

Dirinte tion mi dum momento pensis ke ŝi nur mokas min, sed ne, ŝi efektive startigis la motoron kaj lokis sin apud min por ke mi alhokiĝu. Do ni rapide preterzumis la placon Larmtorget, transiris la ponton Tullbron kaj veturis pluen sur Södra vägen, la ĉefstrato okcidenten. Baldaŭ ni preterpasis la lokon Sandås, kie mi antaŭ pli ol du monatoj sidis sur la rando de la trotuaro, imagante ke ŝi preterzumas min. Momenton poste ŝi malrapidigis la mopedon apud la dancejo Sandra. Ĝi ŝajnis senhoma; estis tro frue vespere.

"Ĉu vi kutimas iri tien ĉi?"

Ĉi-foje mi preskaŭ certis ke ŝi mokas min.

"Tio estas por pliaĝuloj, ĉu ne?"

"Oni aranĝas ankaŭ diskotekon por gejunuloj."

"Ha. Mi ne sciis."

Ŝi diris nenion plu sed akcelis la mopedon, kaj baldaŭ ni haltis apud ŝia domo. Mi preskaŭ atendis ke ŝi invitos min enveni, sed tio kompreneble ne okazis.

"Ĝis venontfoje!" ŝi diris, stirante la mopedon en la aŭtejon.

"Ĝis!"

En la paskaj ferioj mi festis mian dekokan naskiĝtagon. Nu, temis ne pri granda festado, tamen ja gravis ke mi iĝas plenaĝa kaj preskaŭ plenrajta. Aŭtune mi rajtos voĉdoni, kaj jam nun mi povos mendi alkoholaĵon en restoracio aŭ trinkejo, kvankam dum ankoraŭ du jaroj mi ne rajtos aĉeti ĝin en la alkoholbutiko. Krome mi povus akiri konduklicencon de aŭto, sed mankis al mi la mono necesa por la lecionoj en aŭtolernejo.

Tiusemajne mi loĝis ĉe Panjo, kaj ŝi atendis ĝis la sekva tago, kiu estis ĵaŭdo, por sciigi al mi grandan ŝanĝon.

"Mi provizore liberigis min de la deĵorado en la hospitalo de Kalmar kaj anstataŭe laboros en Norvegio, en Hamar. Do plej bone estus, se vi povus loĝi ĉe Peter ĉiusemajne, ĉu ne? Vi jam pasigas la plej multajn liberajn horojn antaŭ la komputilo tie. Se jes, mi povus luigi ĉi tiun apartamenton."

"Kial?"

"Estos pli bone tiel, laŭ mi. Vi ne povos loĝi ĉi tie sola."

Ŝajne ŝi ne vere komprenis ke mi jam estas dekokjara plenkreskulo, kiu tute bone povus loĝi sola. Nu, se ŝi plu pagus la luon kaj sendus monon por manĝo kaj alio. Mi tamen rezignis diri tion. Ŝi ne prenus tian proponon serioze. Anstataŭe mi denove demandis:

"Sed kial Norvegio?"

"Pli alta salajro kaj pli bonaj laborkondiĉoj. Kaj mi devas fari ian ŝanĝon, antaŭ ol mi estos tro maljuna."

Mi cerbumis. Devas esti io, kion ŝi ne diras. Ĉu nova viro? Norvego? Eble iu, kiun ŝi ekkonis sur plaĝo en Italio.

"Kiel longe vi restos tie?"

"Provizore duonjaron, sed se ĉio estos bona, eble pli longe."

"Kie vi loĝos?"

"Komence la hospitalo de Hamar peros ĉambron. Poste ni vidos."

Ni vidos. Kiuj ni? Mi tre dubis, ĉu mi estas unu el tiuj vidontoj. Ĉi-okaze mi ne plu trovis ion por demandi aŭ komenti, do mi pravigis ŝin biciklante kvin kilometrojn nordorienten, de Tegelviken al Trollbacken, por serĉi en Interreto, kie do situas tiu diabla Hamar, kie oni pagas flegistinon pli multe ol ĉi tie. Mi volis studi ĝiajn urboplanon kaj ĉirkaŭaĵon. Esplori, ĉu ĝi estas pli granda ol Kalmar aŭ havas alian videblan avantaĝon. Mi ja bone konis la konturon de nia okcidenta najbara lando sur la mapo, sed mi apenaŭ sciis, kio troviĝas ene de tiu konturo, krom montoj kaj fjordoj.

Fakte mi trovis malmulton. Hamar estis eĉ pli malgranda ol Kalmar kaj havis lagon anstataŭ maro. Montetojn anstataŭ ebeno. Fervojon inter Oslo kaj Trondheim anstataŭ fina sakstacio, kaj flughavenon, sed kiel vojaĝi inter la du lokoj, mi ne certis. Cetere ŝi ne invitis min viziti ŝin tie. Evidente ŝi komencos novan vivon sen la eksaj edzo kaj filo.

Vespere mi rakontis al Paĉjo, kion ŝi anoncis. Montriĝis ke ŝi jam antaŭ kelka tempo informis lin sed petis lin diri nenion al mi, ĝis post mia naskiĝtago. Kaj laŭ malnova kutimo li obeis ŝin. Supozeble ili eĉ interkonsentis pri la ekonomio. Sed mi ne demandis, ĉu ŝi pagos al li alimenton por mi. Tio estis afero inter ili, pri kiu mi fajfis.

Mi rebiciklis en la urbocentron kaj sidiĝis en la picejo "Venezia", kie mi mendis bieron. Mi eĉ ne devis montri mian identigilon por pruvi ke mi jam rajtas bierumi.

En la sekva redakcia kunveno de la gimnazia gazeto la etoso estis sufiĉe optimisma. Mika liveris sian bildostrion pri usona militado diverslande, kaj ŝi estis en bonega humoro. Jennifer finfine kuraĝis montri siajn poemojn, kaj ni ĉiuj laŭdis ilin. Ne tre surprize ili temis pri la neeblo de amo. Kaj mi transdonis pliajn desegnojn kun danaj atakoj kontraŭ "la seruro de la sveda regno". Krome ni ricevis du satirajn desegnojn de anonima kontribuanto. Ili prezentis lernantojn de Lars Kagg kiel simiojn en konvene insulta maniero. Ĝis nun la materialo eble sufiĉis por duono de la gazetnumero. Do necesis kolekti plu.

Post la kunveno mi proponis ke ni iru al Venezia, kaj oni akceptis tion. Mi denove mendis bieron, la ceteraj kolaon aŭ alian limonadon. Dum ni sidis babilante tie, Mika kelkfoje prenis buŝplenon el mia biero.

"Mi povas mendi duan bieron por vi", mi proponis.

"Ne, dankon. Mi mopedos", ŝi diris kun gaja rideto.

Mi tamen baldaŭ mendis duan bieron por mi mem, kaj ŝi plu trinketis el ĝi. La picobakisto - kiu venis ne el Venecio sed el Sarajevo, li klarigis post demando de Mika - ne multe atentis tion. Cetere, post kelkaj semajnoj ŝi mem povos laŭleĝe mendi kion ajn ŝi volas. William kaj Jennifer foriris, kaj mi restis tie kun Mika. Estis tute neatendita situacio, kaj mi iom embarasiĝis, sed ŝi plu babilis gaje kaj spite kiel kutime.

"Mi ege bedaŭras ke Elvira kaj vi ne povis daŭrigi. Vi estis tute perfekta paro!"

Mi ne sciis kiel komenti tion. Mi ŝatus diri ion pri ŝi kaj Erik, sed kion? Ke ili estis malperfekta paro? Prefere eviti tiun temon, kiu ja estis malaktuala jam de jaro.

"Sed vi ambaŭ certe trovos novajn koramikojn", ŝi aŭguris.

"Ankaŭ vi, mi supozas."

Ŝi ekridis.

"Fakte mi pripensas, ĉu prefere iĝi monaĥino."

Jen mia vico por ridi, dum mi cerbumis, kion ŝi efektive celas per tiu paroltemo. Sed antaŭ ol mi trovis solvon, ŝi ŝanĝis temon al la lernejo, poste al la gazeto, miaj desegnoj kaj la usona militado en Afganio. Ne facilis al mi sekvi ŝian zigzagan pensofadenon. Do mi kapjesis kaj eltrinkis mian bieron.

"Ĉu mi trenu vin?" ŝi demandis, kiam ni fine eliris.

Mi loĝis ĉe Paĉjo, sed tion mi ne malkaŝis. Se ŝi trenos min al Tegelviken, mi volonte biciklos de tie al Trollbacken, kvankam tio estos pli longa vojo ol de la picejo. Paŝante kun leĝera kapturno al la mopedo kaj biciklo, kiujn ni parkumis en la meza parkostrio de la strato Esplanaden, mi metis la brakon ĉirkaŭ ŝian talion kaj tiris ŝin al mi, provante trafi ŝian buŝon per la mia. Tio tute ne estis planita sed okazis kvazaŭ per si mem. Eble mi sentis ke ĉi tion ŝi celis per sia babilado pri paroj kaj monaĥino.

Ŝi haltis, evitis la kisoprovon kaj kaptis mian brakon ambaŭmane.

"Ĉu vi volas lerni ĵudon?"

Kaj jen mi kuŝis surtere, ne sciante kio okazis. Ŝi mallonge ridis, plupaŝis ĝis sia mopedo, turnis sin al mi kaj aldonis:

"Aŭ eble vi preferus taj-boksadon?"

Ŝi startigis la mopedon, dum mi kolektis la krurojn kaj brakojn, stariĝis kaj forviŝis gruzon kaj malnovajn foliojn de la dorso. Ŝi veturis kelkajn metrojn, haltis denove kaj rigardis min, dum mi malŝlosis la biciklon. Mi ne povis elpensi ion por diri sed nur atendis ke ŝi foriros, por ke mi povu turni la biciklon kaj ekpedali en la mala direkto.

"Venu do", ŝi kriis por superi la mopedmotoron. "Mi trenos vin."

Kaj kvazaŭ nenio okazis, ni veturis unu apud la alia tra la aprila vespero, trans la fervojon, preter la altaĵeto de Sandås kaj la dancejo Sandra, ĝis ŝia hejmo, kie ni disiĝis tute same kiel lastfoje. La sola diferenco estis ke nun restis al mi dekobla distanco ol tiufoje por mediti pri tio, kio okazis, kaj por ellasi iom da vaporo el la kapo. Ne pro tio ke Paĉjo rimarkus ke mi odoras je biero, revenante malfruege de la lernejo. Cetere, kiel dekokjarulo mi ja rajtis odori je biero.

Fakte antaŭ nelonge li eble finfine rimarkis ke liaj fajnaj viskioj iĝas pli kaj pli akvozaj; tamen li ne komentis la aferon. Sed li aĉetis belan vitro-ŝrankon, kiun li ŝlosis per ŝlosilo tenata en nekonata loko. Do nun jam necesus rompi la vitron por atingi la botelojn, kaj tia bruto mi tamen ne estis.

La unuan de majo Panjo eklaboris en Hamar. Ŝi ankoraŭ ne trovis subluanton de la apartamento, do mi povus ankoraŭ loĝi tie sola, se mi mem mastrumus, kvankam mi oficiale loĝis la tutan tempon ĉe Paĉjo. Estus perfekta okazo por venigi tien knabinon, eĉ ĉiunokte alian, sed mi havis neniun. Do mi dormis tie nur esceptokaze. Cetere Panjo supozis ke post la somero pli facilos trovi luanton.

Al la lerneja gazeto okazis same kiel lastjare: ĝia eldono prokrastiĝis, dum ni atendis plian materialon. La redakcio tamen plu kunvenis ankaŭ dum majo, kaj ni alkutimiĝis fini la kunvenojn en Venezia. Mika ŝajne ne koleris pro mia plumpa provo, nek pardonpetis pro la ĵudoleciono, sed restis en bona humoro. Jennifer verkis du novajn deprimajn poemojn pri amo, kaj mi reviziis miajn desegnojn de la kastelo, sed cetere ni babilis pri ĉio kaj nenio sen rilato al la gazeto. Nu, mi mem ne tro babilemis, sed mi ja ŝatis aŭskulti la aliajn. Tio kreis ian iluzion, ke mi havas geamikojn.

Nur unufoje Mika menciis Elviran, kaj tio estis ĝenerala komento pri ŝia talento pri lingvoj, tute ne direktata specife al mi. Do mi ne sciis, kiel ŝi fartas, kaj mi ne multe pensis pri tio. Elvira jam estis pasintulino.

Ekde mia januara krizeto mi ja partoprenis en ekstraj lecionoj de bildo anstataŭ la hispana. Ankaŭ tiu studgrupo konsistis el lernantoj de diversaj programoj, plejparte knabinoj. La instruisto estis bohemi-aspekta artisto - eble ĉiuj instruistoj de bildo estas tiaj. Proksimume duonon de la tempo li dediĉis al prelegoj kun ilustraĵoj pri artaj ĝenroj aŭ epokoj, duonon al nia libera kreado inspirata de tio, kion li montris. Kelkfoje li aŭdigis klasikan muzikon kaj petis nin pentri, kion ni aŭdas.

"Prefere ludu nuntempaĵojn", petis knabino nomata Isabella. "Rokon aŭ punkon aŭ hiphopon."

Sed li nur ridetis kapneante.

"Tio jam plenigas al vi la kapojn. Vi eĉ ne plu aŭdas, kion vi aŭskultas. Necesas ia nova influo aŭ enfluo. Sed mi ja povus ludi ĵazon, se vi volus."

"Aĉ!" ekkriis Isabella kun malbela grimaco. "Tion ludadas mia avo."

De temp' al tempo mi interparolis kun ŝi, tamen nur sur bazo de amikeco. Ŝi ofte menciis sian koramikon, kiu ĵus ekstudis muzikproduktadon - kio ajn tio estis - en Norrköping. Ŝi mem ŝanceliĝis inter arto kaj muziko, se temis pri ŝiaj planoj por la estonteco. Mi mem eĉ ne ŝanceliĝis; fakte mi tute ne havis planon, nek eĉ revon pri la vivo kiel plenkreskulo.

Por la plej proksima estonteco, la somero, Paĉjo tute neatendite proponis al mi planon. Unu el liaj pli junaj kolegoj en la desegnokontoro de la Mekana Laborejo planis renovigi sian somerdomon por eble iam povi loĝi tie tutjare, kaj li intencis fari grandan parton de la laboro propramane dum siaj someraj ferioj. Li tamen bezonis helpanton, kaj ĉar liaj propraj infanoj estis tro junaj, Paĉjo proponis min. La salajro ne estos alta, sed eble mi perlaboros pli multe ol en antaŭaj someroj sur la oelandaj fragokampoj. Do mi akceptis la taskon. La somerdomo staris sur la duoninsulo Dunö kelkajn kilometrojn sudokcidente de la urbo, do mi povos bicikli tien.

Kaj Paĉjo ne estis la sola, kiu sugestis al mi planon por la somero. En la lasta bildofaka leciono antaŭ la fino de la semestro, Isabella alparolis min:

"Mi kaj Simon, mia koramiko, iros al la festivalo de Hultsfred. Ĉu ankaŭ vi iros tien?"

De pluraj jaroj oni multe babilis pri tiu muzikfestivalo, la plej granda en Svedio, okazanta ĉiujare centon da kilometroj norde de Kalmar. Sed mi neniam ĉeestis en festivalo, eĉ ne en tiu de Emmaboda. En la du antaŭaj jaroj mi estis okupata de fragorikoltado, dum oni festivalis en Hultsfred.

"Eble", mi tamen diris. "Mi fakte ne pensis pri ĝi. Ĉu estos iuj bonaj bandoj?"

Mi tute ne sciis, kion ŝi trovas bona, kaj apenaŭ eĉ kion mi mem ŝatas.

"Amason da diversaj. New Order kaj Suede el Britio. Slayer el Usono. Kaj Rammstein el Germanio, kiu eble plaĉos al vi. Sed krome estos mojose aŭskulti nekonatajn bandojn kaj renkonti aliajn homojn el diversaj lokoj. Ĉu vi havas tendon?"

"Jes, certe."

Fakte ne mi sed Paĉjo havis tendon, sed tiun mi senprobleme povus uzi. Ĝis tiam tiu tendo estis precipe temo de malkonsentoj inter li kaj Panjo, ĉar ŝi rifuzadis tendumi en la ferioj.

"Ĉu vi aŭtos tien?" mi demandis.

"Ne, ni ne havas aŭton. Ni veturos per la trajno, kiu iros ĝis la festivalejo. Venu kun ni! Kaj venigu iun plian, se vi volas."

Certe mi volis, sed kiun do? Pro subita impulso mi decidis fari provon. La redakcio jam havis sian lastan kunvenon sen pretigi la gazeton, sed ni interkonsentis renkontiĝi ankoraŭfoje en Venezia tuj antaŭ ol Mika foriros al Tajlando. Kaj tie mi menciis ke mi verŝajne iros al Hultsfred. Mika ja estos milojn da kilometroj fore, kaj William jam antaŭe rakontis ke li vojaĝos al Irlando kun amiko. Li aspektis embarasite, parolante pri tiu ulo, do mi eĉ eksuspektis ke ili eble estas koramikoj. Sed tiam Jennifer diris ke ŝi eble povos akompani min al la festivalo. Ŝi tamen bezonis permeson de siaj zorgemaj gepatroj, kaj por tio ili devos inspekti min.

Ŝi loĝis en vicdomo en Norrliden. La patrino prezentis teon kaj bulkojn sur la teraso, kaj la patro demandis pri miaj studoj. Ŝajne mia aspekto kaj konduto trankviligis ilin, sed ili menciis kelkajn punktojn de pripensado.

"Restu senĉese kune, mi petas", diris la patrino. "Se oni disiĝas, povos okazi malagrablaĵoj. Kaj klopodu eviti alkoholon."

Jennifer suspiris kaj aspektis ĝenata. Ŝi videble hontis pri siaj gepatroj.

"Kaj se Jenni revenos graveda, vi devos geedziĝi!" deklaris la patro kun minaca mieno kaj leĝere skania akĉento.

"Paĉjo! Fermu la buŝon! Neniu trovas vin amuza. Mi jam klarigis ke ni estas nur amikoj."

La mieno de la patro ŝanĝiĝis en ridegon.

"Ha ha! Ĉu vi ne komprenas ŝercon?"

Nun ankaŭ la patrino mienis kiel se ŝi hontus pri sia edzo. Mi supozis ke lia diraĵo estus normala antaŭ jarcento, sed hodiaŭ ĝi ŝajnis nur stranga, precipe ĉar li parolis pri sia propra filino. Do mi ne komentis ĝin.

"Mi kredas ke oni ne vendas alkoholon tie", mi diris. "Kaj mi ne kunportos tion."

Ni interparolis ankoraŭ pri bezonataj aferoj kiel dormsako kaj dormomato.

"Kaj domaĝu la orelojn", admonis la patrino. "Ne staru tro proksime al la laŭtparoliloj."

Kiam mi forlasis la vicdomon, Jennifer akompanis min ĝis ludejo ĉe la fino de ŝia strateto.

"Ne atentu ilin", ŝi petis min. "Ili estas absolute netolereblaj."

Mi ridetis.

"Tute ne. Ili estas normalaj. Ne indas ekscitiĝi."

Sed mi fakte ne sciis, kio estas normala, kaj mi surpriziĝis pro ilia zorgemo. Ĝi ege diferencis de la sinteno de miaj gepatroj, kiuj malofte demandis, kie mi estis, aŭ admonis, kion mi faru kaj ne faru. Precipe nun, kiam Panjo forestis en Norvegio.

La festivalo okazis de ĵaŭdo ĝis sabato unu semajnon antaŭ Somermezo. Isabella, Jennifer kaj mi renkontiĝis en la stacidomo kaj sukcesis trovi sidlokojn en la trajno dank' al tio ke Isabella admonis nin frui. Poste ĝi plenŝtopiĝis de gejunuloj starantaj kaj sidantaj sur sia pakaĵo.

"Simon venos per simila trajno de norde", diris Isabella. "Se li sukcesos eniri ĝin."

Dek du minutojn post la laŭhorara ekirotempo la trajno fine ekmoviĝis. Ial ĝi nomiĝis *Marborda sago,* kvankam ĝi nek sagis nek laŭiris la marbordon. La biletkontrolisto montris sin en la fino de la vagono sed tuj rezignis eniri. Ne eblis trapuŝi sin tra la homamaso. Post kelka tempo ŝi anstataŭe alparolis nin per la laŭtparoliloj.

"Bonvolu ne bloki la pasejojn per pakaĵo. Pro sekureco la pasejoj devas esti liberaj."

Kelkaj ridis, aliaj levis la ŝultrojn. Neniu moviĝis, nek forigis sian pakaĵon. Kien do transloki ĝin?

Post haltoj en Blomstermåla kaj kelkaj aliaj etaj stacioj, kie pli da homoj klopodis penetri en la plenplenan trajnon, ni finfine alvenis preskaŭ horon malfrue. Sed tio ja ne gravis. De la stacidomo iris etŝpura relbuso kiel navedo tien-reen al la festivalejo kaj tendumejo ĉe la lago Hulingen, kaj ni sukcesis enpremi nin en tiun ĉe la dua provo, dum aliaj preferis piediri. Do baldaŭ nia tuta triopo kun festivalaj brakrubandoj ĉirkaŭ la pojnoj povis serĉi lokon por niaj du etaj tendoj. Oni admonis nin lasi dumetran distancon inter la tendoj por sekureco okaze de fajro, sed finfine neniu atentis tion, kaj la tereno baldaŭ iĝis labirinto el diverskoloraj tendetoj.

Mi antaŭe aŭdis multajn rakontojn pri festivaloj kun pluvo, en kiuj ĉio transformiĝas en unu grandan kotoflakon. La komenco de junio ja estis varma, suna kaj seka, sed dum la lasta semajno fakte pluvis kelkfoje en Kalmar. Ĉi tie la tendumejo tamen ŝajnis seka kaj herbokovrita, kiam ni alvenis, sed ne eblis antaŭdiri, kiel ĝi aspektos sabate post tretado de kelkaj dekmiloj da piedoj. Nun tamen pli gravis esplori la programon, trovi la diversajn scenejojn Saharo, Havajo, Teatra Fojnejo kaj aliajn, kaj akiri ion por manĝi. Krome Isabella devos trovi sian Simon en ilia interkonsentita loko kaj tempo.

Sekvis du tagnoktoj da muziko, spontana dancado, pasumado tien-reen inter la scenejoj, manĝado kaj trinkado, tamen apenaŭ de alkoholaĵoj krom malforta biero, kaj serĉado unu de la alia. Mi pli-malpli promesis al la gepatroj de Jenni ke mi neniam disiĝos de ŝi, sed ne facilis plenumi tion. Sufiĉis turni sin, kaj jen staris dudeko da aliaj, kie ŝi ĵus troviĝis. Feliĉe ni ĉiuj kvar havis poŝtelefonojn, per kiuj ni senĉese mesaĝis, kie kiam retrovi nin, sed jam sabate matene mia Nokia estis tute senŝarga. Kaj ĉie miksiĝis laŭtega muziko el du aŭ tri direktoj kaj de du aŭ tri malsamaj muzikĝenroj. Vendrede vespere, kiam ekludis Rammstein, ne eblis eĉ aŭdi siajn proprajn pensojn. Entute ĉio estis mojosega.

Do mia festivala sperto estis tre plezura. Kaj laciga. Dum la noktaj-matenaj horoj mi kuŝis preskaŭ morta apud Jenni, ĉiu en sia dormsako. Krom iom da distrita palpado sur kaj en tiuj sakoj, ŝia diraĵo ke ni estas nur amikoj restis tute vera, kaj ni certe ne devos geedziĝi.

Bonŝance ne pluvis dum la du tagnoktoj, tamen la herbo de la tendumejo sabate estis transformita en polvan teron, kaj la seka polvo penetris en ĉion, verŝajne same efike kiel farus la koto ĉe pli malseka vetero. Sed tio tute ne gravis. Ni estis lacegaj kaj malpuraj sed tre kontentaj, kiam la sabatvespera trajno portis nin ree suden.

Mi interkonsentis kun Jenni renkontiĝi en Venezia por memorigi al ni la ĵusajn spertojn en Hultsfred. Ŝi venis buse, mi bicikle, do post respektivaj biero kaj kolao dum babilado iom embarasa, ŝi sidiĝis diskrure sur mian pakaĵportilon, kaj mi veturigis ŝin al Tegelviken, en la malplenan loĝejon ĉe Nyslottsgatan. Ŝi fariĝis mia dua amatino, kaj verŝajne ŝi jam antaŭe estis ege pli sperta ol imagis ŝia zorgema patrino. Ŝiaj deprimaj ampoemoj sendube havis realan bazon, kaj eble ŝi baldaŭ verkos pliajn, en kiuj la kaŭzo de deprimo estos mi.

Mi scivolas, kie ŝi estas nun, kion ŝi faras, kio fariĝis el tiu knabino. Ĉu ŝi estas sana? Kiel longe ŝi restis en Usono? Ĉu ŝi jam estas verkisto, kvankam nekonata al mi, eble sub pseŭdonimo? Ŝi aĝis nur unu jaron malpli ol mi, aŭ jaron kaj duonon, sed mi imagis ŝin pli juna, eble ĉar ŝi estis ege gracia, svelta, nealta, kun lentugoj kaj nelongaj rufaj haroj. Mi memoras ŝin kuŝantan en la tendo en Hultsfred, lacegan kaj malpuran, kiam ni ankoraŭ ne estis geamantoj. Tiam mi sentis senpeziĝon, ĉar mi ne perdis ŝin en la homamaso. Ial mi poste ne plu iris al festivaloj, almenaŭ ne de tiu speco, kun tendumejoj plenplenaj, kotaj aŭ polvaj, depende de la vetero.

Laŭdire Regina dufoje vizitis festivalojn de Hultsfred, sed tio okazis pli malfrue, do ni ne povus renkontiĝi tie en 2002. Cetere ŝi tute ne aprezus la koncerton de Rammstein. Ŝi preferis pli malpezan muzikon, almenaŭ kiam mi ekkonis ŝin, kaj mi kredas ke ankaŭ pli frue. Sendube ŝi ĉiam estadis bone edukita, celkonscia, etburĝa. Sed kiom mi scias? Eble ŝi estis ribelulo, aŭ miskonduta bubino, kvankam ŝi poste strebis forgesi tion. Kiam ŝi vizitis la festivalojn de Hultsfred, ŝi tamen laŭdire kondutis tre ordeme, se kredi ŝiajn magrajn raportojn.

Post Somermezo komenciĝis la domrekonstrua laboro sur Dunö, kie mi devis iele-trapele disvolvi metiajn kapablojn, kiujn mi ĝis tiam tute ne havis. Tamen Stefan Lindgren ne multe plendis; li estis sufiĉe pacienca mastro. Cetere, parto de la laboro estis malhelpi al la du infanoj, la sesjara Liam kaj la naŭjara Alice, vundiĝi de ia perdita konstrumaterialo aŭ laborilo. Ilia patrino Johanna plejparte etendis sian sveltan korpon sur faldseĝo en bikino, legante krimromanon, krom kiam ŝi preparis por ni ĉiuj ian pretmanĝaĵon, kiun ŝi varmigis per mikroondilo aŭ botelgasa kuirilo kaj prezentis al ni sur unu-uzaj teleroj. Estis la plej varma somero de multaj jaroj; oni eĉ diris de post 1959, sed pri tio mi sciis nenion, kaj mi dubis ke Stefan kaj Johanna spertis tiun mitan someron eĉ kiel beboj.

En la nuna somero Johanna kelkfoje eĉ sunumis sin kun liberaj cicoj, sed tiam Stefan montris malkontentan mienon. Evidente li ne volis ke lia edzino aperu kiel ia leĝera ino antaŭ la okuloj de junulo, kiu povus klaĉi al sia patro, lia kolego. Kompreneble tio estis absolute senmotiva zorgo. Mi neniam babilus kun Paĉjo pri iaj ajn nudaj mamoj, eĉ ne pri tiuj iom lacaj de la eble kvardekjara sunbrunigita virino. Cetere ankaŭ Alice malkontentis kaj flustris al sia panjo, verŝajne admonante ŝin surmeti mamzonon. Ŝi mem neniam nudigus sian platan bruston. Necesis surhavi bikinan mamzonon aŭ miniĉemizon, por ke videblu ke ŝi estas knabino.

En tiu somero mi lernis multajn utilajn aferojn pri drenado, izolmaterialoj, senfrosta profundo, stabiligo de fostaro, trusoj kaj ĉevronoj, cemento kaj betono, ŝtala armaturo kaj tegoloj, ŝtupoj, slaboj kaj multaj aliaj aferoj. Stefan ja ne estis profesiulo pri ĉio, sed li ŝatis impresi kiel tia.

Dum julio Jenni laboris en la maljunulejo de Oxhagen, tamen nur dumtage, ĉar ŝi estis malpli ol dekokjara kaj ne rajtis labori nokte. Vespere ni ofte renkontiĝis sur la strandoj de Jutnabben, Bergaudd aŭ Långviken, en Venezia aŭ en la apartamento de Panjo. Kelkfoje ŝi babilis pri siaj maljunuloj kaj mi pri miaj konstrudetaloj, sed pli ofte ni interparolis pri la bandoj, kiujn ni aŭdis en la festivalo, aŭ pri aliaj muzikaĵoj. Krome ŝi menciis poetojn, kiuj signifis al ŝi multe, kiel Edith Södergran aŭ Sylvia Plath. De tiu lasta ŝi eĉ citis fragmenton:

Mi fermas la okulojn, kaj la tuta mondo mortas; mi levas la palpebrojn, kaj ĉio renaskiĝas.

Mi tute ne sciis, kion diri pri tiu strofo, kiu ŝajnis al mi iom egocentra.

"Ĉu vi havas ŝatatan poeton?" demandis Jenni.

Mi cerbumis tre intense por trovi iun nomon, sed aperis en mia menso neniu krom Stagnelius, kaj tiun mi ne povis elekti. Mi konis neniun poemon, nek de li nek de iu ajn alia. Nur nebule mi memoris liajn vortojn pri deziro kaj rezigno, kiujn citis Barbro Söderman, kiam mi komencis la gimnazian studadon. Fine mi eltrovis solvon.

"Mi ne legas tre multe da poezio. Sed mia plej preferata poeto estas Jennifer Davidsson."

Ŝi ridetis.

"Dankon, sed vi nur ŝercas. Do, se vi ne legas poezion, kion vi legas?"

Mi devis denove pripensi. Kion mi do legas?

"Fakte, iam mi legis multe kaj tre diversajn aferojn. Eble ne valoran literaturon, sed aventurojn, faktojn, japanajn bild-rakontojn. Sed lastatempe mi iel forgesas legi. Mi ne vizitis la bibliotekon de monatoj. Verŝajne mi estas senkultura azeno."

"Ha ha. Do ni venontfoje renkontiĝu tie, ĉu ne? Necesos kulturi vin."

"Nu, vi ja povus provi."

Kaj ni fakte rendevuis unufoje en la urba biblioteko, kie ŝi igis min prunti romanojn de Mare Kandre, Bodil Malmsten kaj Kerstin Ekman, kaj poemaron de iu polino, kies nomon mi baldaŭ forgesis. El la romanoj mi ja legis iomete, sed verŝajne mi sukcesis finlegi neniun el ili antaŭ ol estis tempo redoni ilin.

Mia avino kontaktis min kun demando, ĉu mi ne ŝatus viziti ŝin en iu semajnfino, kiam mi estos libera. Kiam Jenni aŭdis tion, ŝi petis permeson akompani min.

"Mi vere ŝatus renkonti vian avinon. Kaj la plaĝo de Böda ja estas fama."

"Fifama pro la malvarma akvo", mi diris. "Oni havas la tutan Baltan maron antaŭ si, kaj la ventoj el okcidento kutime forblovas la varman akvon de la supra tavolo foren ĝis Gotlando kaj pluen al Latvio, aŭ kio ajn situas transe."

Malgraŭ tio ni busis tien, kaj Avino ŝajnis tute kontenta renkonti min kaj mian koramikinon. Ŝi eĉ entuziasme diskutis poetojn kun Jenni kaj rekomendis al ŝi klasikaĵojn, tamen ne de Stagnelius, laŭ tio, kion mi aŭdis, sed iujn el la dudeka jarcento. Al mi ŝi direktis admonon:

"Ĉi tiun knabinon vi devos trakti bone, Fredrik. Ŝi estas tre ĉarma sed eble facile vundebla."

Matene ŝi prezentis al ni kafon kaj buterpanojn ĉe la lito, jam antaŭ ol ni eĉ ellitiĝis.

"Mi ege ĝojas denove havi gejunulojn en la domo", ŝi diris. "Cetere, ĉu vi lastatempe aŭdis ion de via patrino?"

"Malofte", mi murmuris. "Sed tio ne gravas."

"Al mi ŝi ne plu telefonas, post kiam mi riproĉis ŝin pro la freneza decido forlasi vin. Ŝi estas obstina kiel kapro, same kiel estis ŝia patro."

Kiel mi antaŭdiris, la akvo en la golfo de Böda estis tro malvarma, malgraŭ la longdaŭra somera varmo. Laŭ mia sperto ĝi varmiĝas nur ĉe orienta vento. Tamen Jenni rapide banis sin antaŭ ol ni reiris hejmen.

"Kian ĉarman avinon vi havas!" ŝi diris en la buso suden. "Kaj ŝi vere komprenas poezion. Kial vi ne heredis tiun flankon?"

Kion do respondi al tio?

"Verŝajne eĉ Panjo ne heredis ĝin. Mi neniam vidis ŝin legi poemaron. Nek Paĉjon, kompreneble."

"Ankaŭ mi ne. La miajn, mi celas. Mi devis malkovri tion sen helpo de ili. Sed mi havis bonan instruiston en la elementa lernejo."

"Nu, ankaŭ Avino ja estis instruisto."

Dum la buso plu veturis suden, Jenni provis konverti min en poeziamanton, citante parkere versojn de Edith Södergran:

Piede mi travagis la sunsistemojn,
ĝis troveblis l' unua fadeno de mia ruĝa rob'.

Kaj:

Eros', vi plej kruela el ĉiuj dioj:
mi nek fuĝas nek atendas,
mi nur suferas kiel besto.

Kaj fine tiun, kiun mi rekonis, kvankam mi ne memoris la nomon de la poetino:

Vi serĉis floron
kaj trovis frukton.
Vi serĉis fonton,
kaj trovis maron.
Vi serĉis virinon
kaj trovis animon –
vi elreviĝis.

Jenni ofte impresis timida kaj introverta, kaj ŝia korpo estis maldika kaj eta. La mamoj estis blankaj kaj malgrandegaj, sed mi ege preferis ilin al la sakoj el ĉifita bruna ledo de Johanna Lindgren ĉe la konstruejo sur Dunö. Kiam ni seksumis, ŝi tamen kondutis pli aŭdace kaj sovaĝe ol Elvira, kaj verŝajne ol mi mem. Kelkfoje mi sentis min sufiĉe plena je inhibicioj, kiam ŝi volis provi ion novan. Ŝi instruis al mi sesdeknaŭi, kio por mi estis surpriza sperto. Poste ŝi ŝatis rajdi min en la larĝa lito de mia patrino, pinĉante kaj mordante miajn cicojn, aŭ stari en nura T-ĉemizo sen kalsoneto sur la eta balkono, kliniĝante al la parapeto, dum mi fingrumis ŝin, kio estis sufiĉe tikla, kiam sur alia balkono najbaroj sidis kafumante kaj babilante. Meze de julio la vesperoj ja ankoraŭ estis helaj. Unufoje ŝi eĉ volis ke mi strangolu ŝin, dum ŝi kuŝis sub mi en la lito, sed tion mi rifuzis. Mi ne volis riski finfine trovi ke mi seksumas kun kadavro, sed kiam mi diris tion, ŝi nur gaje ridis. Alifoje ni eliris meze de la nokto por seksumi inter juniperoj sur la strando de Stensö, kie nokta brizo el la maro bonŝance forblovis la kulojn, kiuj alie festenus sur niaj nudaj haŭtoj.

Unu tagon kuŝis sur la pordomato papero enigita de iu najbaro tra la leterfendo, kun minaco ke oni plendos ĉe la estraro de la loĝeja kooperativo pro ĝenaj sonoj el nia apartamento. Supozeble tio aludis la amorblekojn de Jenni, kiuj fojfoje estis sufiĉe laŭtaj. Sed pri tio mi plene fajfis. Tio estos problemo de Panjo, se ŝi iam revenos.

En mia nuna memoro tiu rekorde varma somero estis tempo de ĉarpentado, fosado kaj cementmuldado, same kiel de ŝvito, salivo, vagina humido kaj spermo, kvankam tiu lasta devis trafi en la kondomojn - aŭ en la buŝon de Jenni. Sed la someraj ferioj pasis tro rapide. Meze de aŭgusto Panjo telefone petis min montri la apartamenton al skania ĵurnalisto, kiu studos en Kalmar dum semestro kaj bezonos lui provizoran loĝejon. Do necesis iom da purigado kaj forigado de personaj aferoj kaj spuroj. Poste mi adiaŭis la apartamenton ĉe Nyslottsgatan kaj entute la kvartalon de Tegelviken, kie mi pasigis mian infanaĝon kaj adoleskon. Ekde nun nenia surbalkona fingrumado. Mi eĉ ne sciis, ĉu eblos seksumi ie ajn. La rilato al Jenni ja povus esti nura dumsomera amafero. Kaj estonte mi havos nenian motivon por bicikli preter la domo de tubisto sur Svanebergsgatan, nek okazon treniĝi tien per mopedo el la urbocentro. Mia vivo koncentriĝos al la nordaj kvartaloj de la urbo, kie loĝis ankaŭ Jenni.

Komenciĝis por mi la tria kaj lasta lernojaro de la gimnazio. Por Jenni temis pri la dua jaro. Ĉiutage mi biciklis de la apartamento de Paĉjo, kiu nun estis mia sola hejmo, ĝis la lernejo. Ne, tamen ne ĉiutage, ĉar kelkfoje mi tranoktis ĉe Jenni kaj do matene biciklis de tie. Ŝiaj gepatroj tute ne oponis tion sed ŝajnis aprezi mian ĉeeston en la vivo de ilia filino. Ŝi estis solinfano same kiel mi, sed kun gepatroj pli zorgemaj ol la miaj. Precipe la patrino Birgitta ŝajnis sufiĉe maltrankvila.

Post semajno mi kaptis Mikan sur la lerneja korto.

"Ĉu vi kunvokos nin al redakcia kunveno?"

Ŝi paŭtis.

"Mi dubas. Ĉu indas? Tio ja estas nura infanaĵo."

"Tamen ni devus pretigi la komencitan numeron, ĉu ne?"

"Eble. Do vi mem kunvoku. Vi povos transpreni la ĉefredaktoran seĝon."

Do mi kolektis la kvaropon, tamen ne en la lernejo sed en la picejo Venezia. Mi supozis ke ni ĉiuokaze trafos tien pli-malpli frue. Tamen mi ne plu estos trenata hejmen de tie per mopedo.

"Mi eble povus verki ion pri mia vojaĝo en Irlando", diris William. "Mi spertis kelkajn amuzajn aferojn, sed mi ne scias, ĉu tio interesus iun ĉi tie."

"Bonege!" mi diris. "Tio certe interesos ĉiujn. Kaj Mika, eble vi povus verki ion pri Tajlando?"

"Absolute ne."

"Aŭ fari bildostrion pri tio. Eble satiron pri la konduto de la turistoj."

Ŝi rigardis min sub levitaj brovoj.

"Neniu el la lernejanoj de Stagnelius komprenus tion. Ankaŭ vi nenion komprenas."

Mi volis diri ke ŝi do klarigu, pri kio temas. Sed tiam Jenni ekparolis.

"Fredde, vi ja povus verki ion pri la festivalo de Hultsfred. Tio estas temo pli proksima al la lernantoj. Certe kelkaj aliaj ĉeestis aŭ iros venontfoje."

"Bone", mi diris, "sed mi ne povas verki. Prefere vi mem verku pri ĝi. Poemon aŭ prozon."

"Nu, mi ne scias..."

"Mi havas ideon", tiam intervenis Mika, jam kun pli da energio. "Mi intervjuos vin ambaŭ pri la festivalo. Tio estos plileginda ol simpla raporto."

Kaj tiel okazis. Ni renkontiĝis ankoraŭ dufoje en Venezia, dum ŝi demandis kaj notis. Poste ŝi fotis nin sur la ponto de Ängö kun la akvo kiel fono, kaj per Photoshop Jenni muntis niajn figurojn sur foton de la rokbando Suede, kiu ludis en la festivalo. Kaj kun la vojaĝrakonto de William ni jam havis sufiĉe por pretigi kaj presi tion, kio supozeble estos la lasta numero de la lerneja gazeto, almenaŭ dum mi restos en ties redakcio.

Dum la somero mi ne multe kuris, sed nun mi rekomencis tiun kutimon. Kelkfoje mi eĉ provis aranĝi ke Jenni venu kun mi en la kurado. Mi kuris al ŝia hejmo ĉe Halva Månens gränd en la kvartalo Norrliden, kaj de tie ni kuretis sur la tute apuda rondira pado de Bergaudd, kiu mezuris nur du kilometrojn. Ŝi tamen trovis tion tro laciga, do mi sola faris unu plian rondiron kaj poste rekuris hejmen. Evidente ŝi ne komprenis la plezuron de tia ekzerco.

Kelkfoje, kiam mi volis renkonti ŝin, ŝi rifuzis.

"Hodiaŭ mi ne emas. Mi ne estas en bona humoro."

"Sed se ni kunestos, vi eble fartos pli bone."

"Ne, mi devas esti sola."

Aliokaze tamen ĉio estis bona, ni renkontiĝis ĉe ŝi kaj mi eĉ povis tranokti tie. Ni ja seksumis, kvankam ne ĉiufoje, kaj certe ne en la senbrida kaj laŭta maniero kiel somere en la apartamento de Panjo kaj sur la strando de Stensö.

La aŭtuno tamen pluis kun lecionoj pli-malpli tedaj kaj la kutima rivaleco inter la gimnazioj. La tagoj iom post iom mallongiĝis. Unu vendredan vesperon en novembro mi sidis babilante kun Jenni en ŝia ĉambro. Fakte ni ne multe parolis, ĉar ŝi estis iom malgaja kaj silentema. Kiam mi provis brakumi kaj karesi ŝin, ŝi buliĝis kaj ne allasis min. Fine ŝi diris:

"Vi certe ne volos plu esti kun mi."

Mi konsterniĝis.

"Kompreneble mi volas!"

"Sed vi ne vere konas min. Vi ne scias..."

"Kion do?"

Ŝi rigardis min en stranga maniero; mi ne povis konstati, ĉu time aŭ spite.

"Mi kunestis kun iu alia", ŝi murmuris.

Mi ne komprenis.

"Kio? Kiel do?"

"Ni seksumis."

Estiĝis silento. Mi tute ne sciis, kion diri aŭ eĉ pensi.

"Kun kiu?" mi demandis.

Tamen verŝajne ne tion mi volis ekscii, sed kio igis ŝin fari tion.

"Ne gravas. Vi ne konas lin."

"Kiam okazis tio?"

Ŝi levis la ŝultrojn.

"Antaŭ semajno. Fakte mi ne volis, sed..."

"Vi ne volis? Ĉu li perfortis vin?"

"Ne. Ne tiel. Mi ne povas klarigi. Li volis, kaj ni faris tion. Tio simple okazis."

"Ĉu vi estis ebria?"

"Ne. Mi ne, sed li ja iomete."

Mi ne povis rigardi ŝin sed turnis la okulojn flanken al la lito.

"Ĉu ĉi tie?"

"Ne, tute ne."

Evidente ŝi ne volis klarigi, aŭ ne povis. Kial ŝi entute rakontis tion al mi?

"Ĉu vi do... ĉu tio signifas ke vi rompas kun mi?"

"Ne, sed vi certe ne plu volas esti kun mi."

"Kompreneble mi volas. Sed ĉu vi renkontos lin denove?"

"Absolute ne. Neniam."

"Kion vi mem do volas? Ĉu daŭrigi kun mi?"

"Se vi povos."

Mi pripensis. Certe mi volis daŭrigi la rilaton. La ĉefa problemo eble estis ne tio, kion ŝi faris, sed la necerteco pri tio, kion ŝi faros. Ĉu ŝi eble denove havos alian ulon? Mi ne sciis, ĉu mi eltenos tian suspektadon.

"Mi volas ke ni daŭrigu", mi diris, kvankam mi dubis.

Dum ŝi mutis, mi kolektis forton kaj finfine eldiris:

"Mi amas vin, Jenni!"

Ŝi daŭre ne respondis sed skuis la kapon, kaj subite mi ekvidis ke larmoj abunde fluas laŭ ŝiaj vangoj. Mi kisis ambaŭ malsekajn vangojn kaj poste la buŝon, dum ŝi sidis senmova, rigardante suben. Mi trovis paperan naztukon en paketo sur ŝia litotablo kaj dabis ŝiajn vangojn.

Poste ni ambaŭ silentis. Mi scivolis, kion ŝi pensas, kaj eble ŝi scivolis pri mi. Tiuvespere mi tamen ne restis tie sed reiris hejmen, kaj en la sekva semajnfino mi plilongigis miajn kuradojn al dudek kilometroj ĉiutage.

Lunde mi ne povis kuri, ĉar la maldekstra genuo doloris. Mi telefonis al Jenni, kaj poste mi biciklis tien kaj pasigis la nokton kun ŝi.

Tiam mi ne eksciis, kun kiu ŝi faris tion, nek kial. Laŭ mia scio ŝi ne ripetis la aferon, kvankam ja eblas ke ŝi tutsimple ne plu trovis necese malkaŝi tion al mi. Tian neceson ŝi sentis nur pli malfrue, kiam ni ne plu estis paro.

Kelkfoje mi demandis min, ĉu mi estas normala, ĉar mi volas daŭrigi la amrilaton kun Jenni, kvankam ŝi malfidelis. Sed plej ofte mi trovis ke necesas pardoni tion. Mi ne sciis, kiel reagus ŝi, se mi seksumus kun iu alia. Eble denove kun Elvira. Aŭ kun Isabella. Aŭ iu ajn knabino. Kun Mika. Ĉu Jenni pardonus tion? Ĉu ŝi volus daŭrigi malgraŭ tio? Mi tute ne povis imagi ŝian reagon. Eble ŝi atakus min perforte malgraŭ sia malfortika staturo. Aŭ la alian inon. Aŭ eble ŝi male proponus triopan rilaton. Ŝi, mi kaj Mika. La penso dum kelka tempo jukigis al mi la korpon de la kapo ĝis la pubo. Sed tio ja estis nur stulta fantazio. Kaj poste mi ekpensis ke se ŝi dezirus amori triope, ŝi verŝajne preferus fari tion kun mi kaj tiu alia ulo, kies nomon ŝi ne malkaŝis.

Dum la aŭtuno mi ne nur kuradis kaj fantaziis, sed krome mi uzis la monon perlaboritan somere por lerni stiri aŭton. Kelkfoje mi ekzercis min kun Paĉjo en nia malnova Saab 9000, sed plejparte mi devis pagi por lecionoj de profesia instruisto en aŭtolernejo. Kaj en decembro mi sukcese trapasis la stiran ekzamenon kaj ricevis la licencon.

El la lasta parto de tiu aŭtuno mi apenaŭ memoras aliajn detalojn. Panjo sciigis ke ŝi decidis resti en Hamar kaj taskis al makleristo vendi la apartamenton. La jarfinajn festojn Paĉjo kaj mi kiel kutime pasigis ĉe la parencoj en Eksjö, kaj Jenni vojaĝis kun sia familio al la geavoj en Skanio.

Ni provis daŭrigi aŭ rekomenci nian rilaton post Novjaro, kaj mi plurfoje vizitis ŝin en la vicdomo ĉe Halva Månens gränd kaj eĉ denove tranoktis tie. Tamen ŝi ĉiam ŝajnis malgaja aŭ mense forestanta. La patrino estis eĉ pli zorgema ol antaŭe. La patro malmulte parolis kaj ne plu ŝercis pri gravediĝo kaj geedziĝo, nek pri aliaj temoj. Ankaŭ Jenni estis silentema, kaj mi mem ja neniam tre talentis por estigi viglajn interparolojn. Do la kunestado ne estis gajega. Mi eĉ komencis pensi ke ni ne havas tre multe da komunaj interesoj aŭ kutimoj. Ni luis filmojn kaj spektis ilin plej ofte ĉe mi, sed ne facilis trovi ion, kio plaĉis al ŝi. Ankaŭ nia seksumado iĝis malofta kaj tute ne pasia. Kaj pri amora triopo mi ne plu povis eĉ fantazii.

Krome en la printempa semestro aliaj aferoj postulis mian pripensadon. Unue oni vokos min al rekruta ekzamenado, kaj mi devos agi prudente por eviti la riskon ke oni efektive devigos min soldatservi. Due, se mi sukcese evitos tion, kion do fari post la abituro?

Dum la vintro la lernejo aranĝis por ni studvizitojn en diversaj laborejoj por helpi aŭ inspiri nin pri nia elekto de onta profesio. Ekzemple iuj vizitis la laborejon de mia patro, kie li kaj liaj kolegoj desegnis diversajn mekanajn konstrudetalojn de vagonoj kaj alio. Mi mem vizitis interalie la gubernian muzeon kaj la lernejon de telefoniaj laboroj. Sed la vizito, kiu plej impresis min, estis en la oficejo de urba planado. Tie iel renaskiĝis mia infana intereso pri urboj, kaj mi rememoris la iaman moknomon - ĉar tiel mi komprenis ĝin - "la eta arkitekto". Sendube ankaŭ mia dumsomera laboro pri rekonstruado de somerdomo kontribuis, kaj en tre mallonga tempo mi konkludis ke mi devos fariĝi arkitekto. Restis nur esplori, kiel kaj kie oni lernas tiun profesion, kaj ĉu mi havos ŝancon kvalifikiĝi por tia studado.

Proksimume samtempe Jenni ne plu venadis al la lernejo, almenaŭ ne ĉiutage. Ŝi restis hejme en sia ĉambro, sur sia lito. Evidente ŝi estis deprimita. Mi kelkfoje vizitis ŝin vespere, la patrino enlasis min, kaj mi sidis apud ŝi, glatumante ŝian dorson, klopodante elpensi ion por diri aŭ fari, kio povos instigi kaj vigligi ŝin. Ŝi ja ĉiam estadis svelta sed nun ege malgrasa. La skapoloj elstaris, kaj kiam mi sukcesis igi ŝin turni sin surdorsen, la ripoj videblis pli klare ol la mamoj tra la maldika T-ĉemizo, kaj la koksostoj estis akraj kiel eĝoj. Mi apenaŭ kuraĝis karesi ŝin pro timo rompi ion. Kaj kion diri al ŝi?

"Ĉu vi volas ke ni legu ion kune? Iujn poemojn? Aŭ ĉu mi alportu ion? Ĉipsojn kaj kolaon? Ĉu ludi ian muzikon?"

Ŝi ne respondis. Mi parolis kun ŝia patrino, kiu rakontis ke oni volas sendi ŝin al specialista kliniko en Lund, sed ŝi mem ne volas tion.

"Ĉu al psikiatria kliniko?"

"Jes, sed specifa por anoreksiuloj."

Mi reiris al Jenni kaj denove glatumis ŝin. Ŝajnis al mi ke ŝi ne plu estas mia amatino sed nur ia malsana besto. Kiel longe ŝi povos vivi tiel? Mi tute ne sciis.

"Pri kio vi pensas, Jenni?"

Ŝi rigardis min per grandaj okuloj.

"Mi frostas. Mi esperas ke baldaŭ estos somero. Kuŝi en la suno sur strando. Kaj naĝi foren tra la varma akvo."

"Jes, tio estos bona. Sed unue vi devos plifortiĝi kaj reveni al la lernejo."

"Somere ne estos lernejo."

Mi pensis ke ŝi ne vivos ĝis la somero, se ŝi ne manĝos.

"Vi devas akcepti helpon, Jenni. Ni ĉiuj volas helpi vin. Certe tiu kliniko en Lund efektive kuracos vin."

"Neniu helpos min."

La patrino portis al ni teon kaj buterpanojn en etaj pecoj, kaj mi manĝis. Jenni trinkis teon sen io.

"Ĉi tiuj tre bongustas, Jenni", mi provis logi kaj instigi ŝin.

Fine ŝi prenis laktukan folieton de unu buterpano, zorge ekzamenis ĝin, eble por eviti ian ajn grason, kaj enbuŝigis ĝin.

En marto kaj aprilo okazis la usona militado en Irako. Kelkaj centoj da homoj manifestaciis en la centro de la urbo kontraŭ tiu milito. Mi staris trotuare ĉe la stratkruciĝo de Tullslätten, rigardante la homojn preterpasi kun afiŝtabuloj kaj slogantukoj. La plej multaj estis en la aĝo de miaj gepatroj, sed mi vidis ankaŭ kelkajn gejunulojn, kaj inter ili marŝis Mika apud iu junulo. Mi sekvis ilin per la okuloj, sed kompreneble mi ne povis distingi, ĉu ili estas paro aŭ nur amikoj. Aŭ eble ili simple trafis unu apud la alian pro hazardo. Dum sekundo mi sentis impulson aliĝi al la manifestacio, sed tio ja estus stranga, ĉar mi vere sciis preskaŭ nenion pri la afero. Nu, mi aŭdis ke laŭ Bush necesas elimini la irakan reĝimon, kiu havas amasdetruajn armilojn, sed aliaj pridubis tiun motivon, nomante ĝin preteksto por konkeri la irakan nafton. Ĉiuokaze Usono baldaŭ okupis la tutan landon, sed la diktatoron Saddam Hussein oni ne trovis.

En majo Jenni finfine foriris al la kliniko en Lund, kaj mi ne plu renkontis ŝin. Fakte mi ĉiam malpli ofte pensis pri ŝi. Estis tiom da aliaj aferoj en la lasta semestro: la abituro, la estonteco kaj la kurado.

Fine de majo Mika alparolis min sur la lerneja korto, demandante kion mi faros post la abituro.

"Nu, mi intencas plu studi, se mi evitos la militistojn."

"Kion vi studos?"

"Verŝajne arkitekturon. Kaj vi?"

"Ĵurnalismon, se la notoj sufiĉos."

Mi memoris ke ŝiaj notoj estis mezaj en la elementa lernejo, sed pri la nunaj mi sciis nenion.

"En kiu urbo?" mi demandis.

"Espereble en Stokholmo. Ĉu ankaŭ vi?"

"Nu, mi akceptus ĉiun ajn el la eblaj urboj, sed prefere Stokholmon."

Ŝi faris geston kun ambaŭ dikfingroj supren.

"Ni devos renkontiĝi tie."

"Jes, certe, se oni akceptos nin."

Ŝi ridetis larĝe.

"Oni devos akcepti nin, damne! Nepre! Nur idiotoj rifuzus nin."

Tria parto

Mi alvenis en Stokholmon sen havi loĝejon tie. Por almenaŭ scii, kie mi dormos en la unuaj noktoj, mi rezervis liton en hostelo sur la urbocentra insulo Skeppsholmen. Nun ŝajnas al mi tute nekredeble ke mi neniam antaŭe vizitis Stokholmon, krom unufoje, kiam la gepatroj kaj mi rapide aŭtis tra ĝi survoje al la pramo, kiu portos nin al Helsinko. Kopenhagon, Berlinon kaj Londonon mi vizitis, sed ne la propran ĉefurbon. Iel ĝi situis en la malĝusta direkto, fore de la mondo. Kaj irante al Helsinko, kiu estis eĉ pli mislokita, mi trovis ke Stokholmo reprezentas nur obstaklon, kiun ni devas plej facile trapasi. Mi ne scias, kial la gepatroj ne volis halti por rigardi nian ĉefurbon. Eble ili tiam motivis tion, sed mi ne konservis ilian klarigon en la memoro.

Mi lasis mian pakaĵon en la hostelo, mirante pri ties bela situo ĉe la akvo, kun vidaĵo al la Malnova urbo, la Suda kvartalo, la Reĝa kastelo kaj diversaj nekonataj konstruaĵoj trans la akvo, kaj kun impona velŝipo, kiu estis parto de la hostelo, kuŝanta ĉe la kajo. Poste mi piediris la tutan vojon al la lernejo ĉe Danderydsplan. Mi jam trovis ĝin sur la mapo, apud la preĝejo de Engelbrekt, en la altklasa kvartalo Östermalm. Alvenante mi tamen ne tuj trovis ĝin en la realo. La placon dominis ia timiga fortikaĵo aŭ forlasita fabriko, kiu atendis malkonstruadon. Mi preterpasis, turnis min, reiris, serĉis. Fine mi alpaŝis la forpuŝan betonan fasadon de la fortikaĵo kaj trovis ŝildon informantan ke ĉi tio estas la Arkitektura lernejo.

Nekredeme mi eniris por serĉi iun homon, kiu povos konfirmi aŭ malkonfirmi ke mi malgraŭ ĉio trovis la ĝustan lokon. Kaj duonhoron poste mi sidis sur ŝtala kaj plasta seĝo en ia fabrika halo inter tuboj kaj feraj kradoj, trinkante malbonan kafon en unu-uza taso, parolante kun ontaj samklasanoj aŭ kolegoj en la lernejo.

Post semajno mi sukcesis elekti en la unua el vico da provizoraj loĝejoj aŭ tranoktejoj, ĉambroj subluataj de iu, kiu mem estis subluanto de la apartamento, aŭ eble subsubluanto. La unua troviĝis en Alby je 45-minuta metroveturo de la lernejo, kaj ĝi ne estis la plej malproksima el miaj loĝlokoj dum la unua kaj dua jaroj.

La instruado komenciĝis per praktika tasko komune farata de grupo: ni devis mezuri kaj desegni la fasadojn kaj internan ŝtuparejon de granda loĝdomo ĉe Floragatan kelkcent metrojn de la lernejo. Jen tasko kvazaŭ destinita por mi; tamen mi baldaŭ rimarkis ke aliaj eĉ pli talentas pri ĝi. Poste komenciĝis prelegoj pri arkitektura historio, loĝejfunkcio, konstruaj tekniko kaj materialoj. Krome praktikaj ekzercoj, de krokiza desegnado ĝis et-modela konstruado.

Iom post iom mi ekkonis kelkajn el la aliaj studentoj. Ŝajnis al mi ke ili ĉiuj venas el tute alia mondo ol mi: altkulturaj kaj artismaj familioj en la supera meza klaso. Kelkaj havis gepatrojn, kiuj estis arkitektoj, kvazaŭ tio estus ne profesio sed ia heredata nobeleco aŭ membreco de gildo. Malgraŭ tio, pluraj el la gejunuloj estis ege simpatiaj, kaj mi plejparte ĝuis la kunestadon kun ili. Cetere, ne ĉiuj estis same junaj kiel mi; kelkaj jam de jaroj laboris aŭ studis aliajn fakojn. Ankaŭ la profesoroj kaj aliaj instruistoj, kiujn mi renkontis, ŝajnis simpatiaj kaj kondutis simple, amikeme kaj tute ne superece. Entute la etoso de la lernejo plaĉis al mi sed ankaŭ impresis min kiel io malfacile alirebla, preskaŭ esotera.

Baldaŭ mi eĉ alkutimiĝis al la konstruaĵo de la lernejo kaj ne plu pensis pri ĝia aspekto, enirante tra la pordo. Mi lernis ke ĝia arkitektura stilo estas nomata brutalismo, kio tute ne surprizis min. Pli konsterne estis ke la plej multaj el la studentoj kaj instruistoj taksis ĝin tre alte, almenaŭ se temis pri la stilo mem, dum oni plendis pri kelkaj maloportunaĵoj de la konkretaj lokaloj. Oni tamen ja ne nomis ĝin bela, sed mi lernis ke beleco estas tute ne valida prijuĝa kriterio. Kompreneble nek malbeleco estas uzebla vorto. Pli grava estas sincereco, kaj ĉi tio estis konstruaĵo ege sincera.

En referendumo antaŭ naŭ jaroj oni sukcesis konvinki la svedan popolon akcepti aliĝon al la Eŭropa Unio. Nun denove okazos referendumo, ĉi-foje pri eventuala anstataŭigo de la sveda krono per la eŭro. La politikaj gvidantoj kampanjis por la eŭro. Interalie la ministro pri eksteraj aferoj Anna Lindh tre aktivis en la kampanjo, kaj ŝia vizaĝo videblis sur multaj afiŝoj. Ŝi estis nekutime populara politikisto, kaj oni supozis ke ŝi estos nova ĉefministro, se Göran Persson iam demisios. Nun, kvar tagojn antaŭ la referendumo, ŝi butikumis kun amikino en la magazeno NK en la centro de Stokholmo, tute sen korpogardisto, kaj tie iu viro atakis kaj ponardis ŝin. Ŝi mortis en la sekva nokto.

Dek sep jarojn antaŭe la ĉefministro Olof Palme estis murdita en iel simila situacio, promenante kun sia edzino sen korpogardisto laŭ centra strato, survoje hejmen de vespera vizito en kinejo. Oni ĉiam diradis ke post tio Svedio ŝanĝiĝis, perdante sian naivecon. Sed nun ŝajnis al mi ke oni lernis nenion.

La murdo kompreneble ombris la referendumon. Mi mem jam donis mian voĉon kontraŭ la eŭro per antaŭtempa baloto. Okazis tiel ke antaŭ jaro mi unuafoje voĉdonis en nacia parlamenta elekto. Tiam Paĉjo ege surprizis min, rekomendante al mi la dekstran partion. Mi tute ne sciis ke li estas dekstrulo, sed li klarigis sian opinion per la bezonoj de la ekonomio, pli precize tiu de la kompanioj. Eble li timis pri sia propra ofico, ĉar la Mekana Laborejo de Kalmar riskis esti fermita pro la internacia konkurado. Sed pro konsterniĝo mi tiam male voĉdonis por la maldekstra partio. Mi ne sciis multe pri tiu, sed mi sentis ke la grandaj kompanioj eble jam havas sufiĉe da forto sen plia helpo de politikistoj, kiuj prefere zorgu pri la bezonoj de ordinaraj neriĉaj homoj, precipe gejunuloj kiel mi. Kaj nun, kiam Paĉjo asertis ke la sveda industrio kaj eksporto bezonas la eŭron, mi voĉdonis kontraŭ ĝi. Mi ĉiuokaze ne multe vojaĝis kaj ne spertis problemojn pro diversaj valutoj. Mi memoris ke la danaj kronoj kun truoj plaĉis al mia kuzo Viktor. La svedaj estis sentruaj, sed malgraŭ tio mi trovis ilin tute en ordo.

Evidente tio estis sufiĉe infaneca maniero elekti tion, kion la patro malfavoras, sed mi ne havis tempon aŭ forton por vere informiĝi pri la aferoj. Nun mi tamen bedaŭris mian decidon pro la sorto de Anna Lindh, sed jam tro malfruis por ŝanĝi opinion.

Ĉi-foje mi ĉiuokaze ne estis sola. Montriĝis ke sufiĉe klara plimulto preferis konservi la kronon. La referendumo estis nur konsila, sed la politikistoj promesis obei la volon de la popolo. Normale tia promeso ja signifus tre malmulte, sed ĉi-okaze ili verŝajne devos almenaŭ iom prokrasti la ŝanĝon de valuto.

Post monato en Stokholmo kontaktis min Mika per koncizega tekstomesaĝo: "Kie vi?" Mi respondis, kaj ni rendevuis laŭ ŝia propono en la Kulturdomo ĉe la placo de Sergel en la pleja centro de la urbo.

"Oni ne akceptis min en la Ĵurnalisman altlernejon", ŝi rakontis. "Mi provos denove venontjare. Dume mi studas en la universitato. La svedan lingvon. Ĝis nun temas ĉefe pri la praskandinava. Mi ne scias, kiel mi uzos tiun, krom se mi decidos starigi runŝtonon ie."

Mi rakontis iom pri la Arkitektura lernejo kaj plendis pri la malfacilo trovi loĝejon.

"Mi scias. Kie vi nun loĝas?"

"En Alby, sed mi baldaŭ perdos tiun ĉambron. Kaj vi?"

"Tiun ĉi semestron mi subluas studentan ĉambron en Lappis de iu ulo, kiu gaste studas eksterlande. Sed kiam li revenos, mi devos forlasi ĝin. Dume vi povus viziti min, ĉu ne?"

Ŝia propono surprizis min, sed mi certe ne volis rifuzi. Mi ne sciis, kie situas tiu Lappis, do ŝi klarigis. Kaj post semajno mi efektive iris tien. Ŝi renkontis min ĉe la metrostacio kaj unue montris al mi la konstruaĵojn de la universitato, kie ŝi studas. Ankaŭ tiuj aspektis iomete kiel fabrikoj, sed tute ne tiel fortimigaj kiel la mia. Poste ni promenis al ŝia studenta ĉambro. Ŝi babilis tre amike pri ĉio kaj nenio, pri la studado, pri sia ĝojo finfine migri de Kalmar kaj trovi sin en Stokholmo, pri diversaj komunaj memoroj. Ŝi eĉ menciis Elviran.

"Ŝi studas lingvojn en Lund", ŝi rakontis. "Sendube ŝi iĝos instruisto, kvankam ŝi ne volis tion. Eble ŝi eĉ revenos al Kalmar. Ĉu vi scias ion pri via Jenni?"

"Nu, jes... Oni ellasis ŝin el la kliniko, do ŝi revenis hejmen. Sed mi ne scias, ĉu ŝi kapablas frekventi la lernejon."

Mi hontis, ĉar mi ankoraŭ ne renkontis ŝin, nek eĉ interparolis kun ŝi, nur telefone kun ŝia patrino, kiu volis ke mi atendu antaŭ ol paroli aŭ rendevui kun Jenni. Kaj poste mi estis tro okupata de mia nova vivo.

"Ĉu ŝi jam estas malpli magra?"

"Mi supozas ke jes."

La mencio de Jenni dampis la etoson inter Mika kaj mi. Ni plu dividis niajn impresojn de la ĉefurbo, kaj mi tuj rimarkis ke ŝi jam konas ĝin ege pli bone ol mi. Tio cetere ne surprizis min. Eble ŝi konis ĝin jam antaŭ ol elekti tie.

"Ĉu vi povis komenci pri la taj-boksado?" mi demandis.

Ŝi paŭtis.

"Mi ne aliĝis al tia klubo. Tio jam ŝajnas al mi stulta ideo. Fakte mi eĉ ne plu ĵudas, sed eble mi iam rekomencos tion. Ne por konkursi sed por moviĝi iomete kaj ne tro grasiĝi."

Mi ridis.

"Mi ne kredas ke vi povos iam ajn grasiĝi, Mika."

Mi etendis la manon por karesi ŝian nudan brakon aŭ almenaŭ leĝere tuŝi ĝin. Sed ŝi rapide forpuŝis mian manon, kiel mi ja devus antaŭvidi. Ŝi sulkis la brovojn sed ne komentis mian plumpan provon.

"Ne estu tro certa", ŝi diris. "Se ni revidos nin post dudek jaroj, eble ni ambaŭ estos dikuloj. Tio estas, se ni plu vivos."

"Ni certe ne dikiĝos. Sed espereble ni revidos nin pli baldaŭ ol post dudek jaroj."

Ŝi tamen ne retrovis sian bonan humoron, kaj post kelka tempo ŝi montris al mi la bushaltejon por reveni al la metrostacio, kaj ni disiĝis.

Mi ne povis reciproke inviti ŝin al mia ĉambro, kaj post du semajnoj mi transloĝiĝis al same fora apartamento en Märsta, kie mi okupis parton de la salono, provizore apartigitan de la komuna spaco per librobretaro. La du aliaj loĝantoj estis studentoj de la Teknika altlernejo, al kiu oficiale apartenis ankaŭ la Arkitektura lernejo. Mika kaj mi tamen plu renkontiĝis de temp' al tempo, plej ofte en la kafejo de la Kulturdomo. Sed ŝi ne plu invitis min al sia ĉambro en Lappis.

Mi ŝatis la instruadon en la lernejo, la prelegojn de la profesoroj kaj aliaj kleruloj, parte ankaŭ la ekzercojn. En la konstruteknika fako mi eĉ aprezis la poligonon de Cremona por kalkuli la fortojn en latisa strukturo, kiu igis aliajn studentojn suspiri kaj rompi al si la kapon. Mi imagis Gustave Eiffel fari tiajn kalkulojn tiel zorge ke lia turo ĝis nun ne falis en Sejnon, sed plu staras eĉ hodiaŭ. Krome mi devis studi aliajn fakojn, kiel matematikon kaj statistikon, kiujn mi trovis sufiĉe vanaj, sed ili ne kaŭzis al mi tro da malfacilaĵoj. Ĉi tie mi almenaŭ evitis derivaĵojn kaj integralojn.

En la artaj ekzercoj miaj spertoj estis malpli pozitivaj. La samklasanoj - almenaŭ kelkaj el ili - estis ege lertaj artistoj, dum mi sentis ke mi havas nenian talenton por arto. Se temis pri etmodeloj de domoj, mi ja havis ioman memfidon. Sed la krokizo! Kial do arkitekto bezonas desegni nudulojn? Plej ofte temis pri inoj sufiĉe grasaj, kaj mi ne sciis, kiel krajoni tiujn pufojn kaj ŝvelojn. Mi scivolis, ĉu la instruistoj havas sekretan preferon al dikulinoj, aŭ ĉu tiaj inoj pli ŝatas nudigi sin ol la sveltulinoj. Mi eĉ fantaziis ke mi proponos al Mika gajni iom da mono, pozante en niaj krokizaj ekzercoj, sed kompreneble mi neniam kuraĝus sugesti al ŝi ion tian, eĉ se ŝi malgraŭ ĉio fariĝus dikulino. Cetere pozis ankaŭ viroj, kio certe ne faciligis la desegnan taskon. Sed kial ni entute bezonis lerni tion?

Kompreneble ni desegnis ankaŭ domojn. Jen tasko pli konvena al mi, kvankam mi ne plu povis fari absurdajn aŭ surrealismajn modifojn sed devis kopii ilin tute realisme. Mi ŝatis la lecionojn, dum kiuj ni vagis en la ĉirkaŭaĵo de la lernejo, farante rapidajn skizojn de domoj ĉe la diversaj stratoj. Eĉ pli plaĉis al mi, kiam mi havis okazon pli zorge kaj detale reprodukti fasadon sur mia desegnopapero. Krome mi lernis krei izometrajn perspektivajn ilustraĵojn de domoj surbaze de la planoj kaj fasadoj, kio por mi estis tute nova maniero desegni. Mi ŝatis tiujn ekzercojn, kvankam kelkaj el la samklasanoj plendis ke tion jam ege pli rapide faras komputila programo.

El la arkitektura historio mi lernis aron da terminoj. Ankaŭ pri ili mi dubis, kiom ili utilos al mi en la estonteco. Ĉu hodiaŭ oni desegnos akropolojn, korintikajn kapitelojn, volutojn, bulbokupolojn, absidojn, kariatidojn, peristilojn? Certe ne, kvankam iuj homoj sendube aprezus, se oni denove kopius la klasikan stilon, kiel okazis ripete dum la paso de jarcentoj. Malgraŭ tio la historio ja interesis min, kaj des pli, ju pli oni traktis la modernajn stilojn, kiuj ne nur kopiis sed proponis ion novan kaj senbalastan. Mi tamen ankoraŭ ne kapablis admiri la brutalismon.

Ekster la Arkitektura lernejo la mondo plu restis sama kiel antaŭe, se juĝi laŭ la novaĵoj, kiujn mi tamen ne tre ofte legis aŭ spektis. Sed de temp' al tempo ja okazis io neatendita. En decembro la usonaj okupantoj en Irako finfine trovis la eksan diktatoron Saddam Hussein. Kaj kie? Oni elfosis lin el truo en la tero! En holivuda filmo oni konsiderus tion tro malrealisma, sed kredeble la novaĵo kaj la fotoj estis veraj.

Komenciĝis nova jaro, la 2004-a. Dum la jarfinaj festoj mi restis en Kalmar ĉe Paĉjo, en la apartamenta domo ĉe Sagovägen, kiu jam ŝajnis al mi tipa ekzemplo de la sveda amasa konstruado de loĝejoj fine de la 1960-aj jaroj kun sia fasado el flavaj brikoj. Inter la festoj mi vizitis ankaŭ la hejmon de Jenni, kies patrino akceptis min sufiĉe amike.

"Jennifer, ĉu vi volas paroli kun Fredrik?" ŝi demandis laŭte.

Post momento Jenni aperis en grizaj pulovero kaj mola pantalono. Ŝi aspektis kiel antaŭ sia deprimo, do svelta sed ne malsane magra, kaj kun pli longaj haroj ol antaŭe.

"Kial ne?" ŝi diris mallaŭte.

Ni tamen ne iris al ŝia ĉambro sed sidiĝis ambaŭflanke de la kuireja tablo, dum la patrino funkciigis la elektran akvoboligilon por kuiri teon, ŝajnigante ne aŭskulti nin.

"Kiel vi fartas nuntempe? Vi aspektas sana."

Tio ne estis centprocente vera, sed mi trovis necese diri ion kuraĝigan.

"Sufiĉe bone. Baldaŭ mi rekomencos la duan jaron de la gimnazio."

"Ha, bonege. Mi ĝojas. Kaj ĉu vi denove verkas ion?"

Ŝi ne respondis voĉe sed kapneis, rigardante suben.

"Kiel estas en Stokholmo?" ŝi poste demandis.

"Tre bone. La instruado estas interesa. Plej malfacilas trovi loĝejon."

"Aha."

Ŝi ne demandis pri Mika, kaj mi ne menciis ŝin. Eble Jenni ne sciis ke ankaŭ ŝi studas en Stokholmo. Ni trinketis la teon, kiun verŝis la patrino, kaj mi klopodis elpensi ion por diri. Mi menciis niajn komunajn memorojn, la festivalon de Hultsfred, la lernejan gazeton, mian avinon. La apartamenton de Panjo mi ne menciis pro la ĉeesto de ŝia patrino. Tamen Jenni respondis nur malmulte, kaj mia vizito baldaŭ finiĝis pro manko de komunaj paroltemoj.

"Mi ĝojas ke vi jam fartas pli bone", mi diris stariĝante. "Vi aspektas sana, Jenni. Estas bone revidi vin."

Ŝi kapjesis sed diris nenion.

"Do, ĝis revido kaj bonan sukceson pri la lernado! Se vi iam venos al Stokholmo, vi devos kontakti min."

Ŝi denove kapjesis, sed iom forestante. Do mi ne certis, ĉu ŝi efektive distingis, kion mi diris. Poste mi forlasis ŝin, kaj mi suspektis ke tio estas nia lasta disiĝo.

Forirante de la vicdomo ĉe la strateto Halva Månens gränd, mi sentis ian korpremon. Mi ne certis, ĉu mi iam vere amis ŝin, kvankam mi unufoje diris tion al ŝi, sed ĉiuokaze mi sentis ion tre forte kaj nun bedaŭris ke ŝi devis tiom suferi. Ĉu tio okazis pro mi? Mi ne sciis. Sed turmentis min ke mi ne kapablas helpi ŝin. Eble mi eĉ malhelpis. Mi demandis min, kial do homaj interrilatoj estas tiel malfacilaj? Ĉu tiel estas por ĉiuj aŭ nur por mi?

Antaŭ ol revojaĝi al Stokholmo mi faris longan kuradon laŭ la konataj padoj, sur la terpinton Värsnäs, ĝis la marbordo. Mi paŭzis dum momento ĉe la ŝtona akvorando kun nigriĝinta fuko por rigardi trans la markolon al la bordo de Oelando. Kial mi ne kontaktis Avinon, kiam mi estis ĉi tie? Mi eĉ ne sciis, ĉu ŝi plu sanas. Kaj Panjon? Mi parolis kun ŝi telefone dufoje dum la aŭtuno, sed tiuj interparoloj estis preskaŭ same embarasaj kiel tiu kun Jenni. Nun tamen ne eblis fari ion pri tiuj aferoj. Mi devis reiri al mia propra vivo. Do mi ĵetis lastan rigardon al la malhelgriza akvo kaj la longa ponto, kiu transiris la markolon pli sude, kaj rekomencis mian kuradon.

Jam dum la aŭtuno mi kelkfoje interparolis kun simpatia samklasano nomata Axel Montelius, kaj nun mi faris sufiĉe ampleksan grupan taskon kun li kaj du aliaj, Evelina kaj Mauro. La tasko signifis desegni tiel nomatan densigon de specifa kvartalo, tio estas aldoni novajn loĝdomojn inter la jam ekzistantaj. Tio iĝis interesa kunlaboro, kiu vekis diskutojn pri temoj kiel ĉu oni stile adaptu aŭ diferencigu la novajn konstruaĵojn kompare kun la malnovaj, kaj kiom oni efektive povas densigi loĝkvartalon sen krei tro malbonajn kondiĉojn por la loĝantoj.

Ankaŭ post tiu tasko mi ofte kunestis kun Axel kaj diskutis kun li pri diversaj aferoj. Li aĝis du jarojn pli ol mi kaj antaŭe studis ekonomikon kaj arton en la universitato. Li loĝis en eta apartamento ne malproksime de la lernejo en la riĉula kvartalo Östermalm, ĉe Sibyllegatan, kvankam en postkorta domo.

"Diable, kiel vi povis trovi ĉi tian loĝejon?" mi ekkriis, unuafoje akompaninte lin tien.

Li levis la ŝultrojn.

"Miaj gepatroj aĉetis ĝin por mi", li murmuris.

"Supere! Tiajn gepatrojn ankaŭ mi ŝatus havi."

Tion li ne komentis sed prezentis al mi tason da verda teo. Ni trinketis tiun, kaj poste li aldonis:

"Fakte Paĉjo trovis ĝin bona investo, kaj li sendube pravas. Ĉiuokaze mi ja devas loĝi ie."

Mi ne demandis, kiom la patro do investis, nek kiom li ĝis nun gajnis pro la kreskanta valoro de la apartamento. Anstataŭe mi suspiris.

"La loĝmerkato ŝajnas damna ĝangalo. Post nelonge mi devos denove ŝanĝi adreson, sed feliĉe mi trovis novan. Ĉi-foje en Tensta. Baldaŭ mi konos la tutan ĉefurban regionon. Sed vi estas denaska stokholmano, ĉu ne?"

Mi juĝis laŭ lia akĉento, kiu tamen ne estis tre forta, kaj krome laŭ tio ke li konas ĉion en la ĉefurbo, ŝajnis al mi.

"Nu, pli-malpli. La gepatroj loĝas en Lidingö, kaj tie mi kreskis."

"Aha. Ĉu en propra domo?"

"Jes, certe."

Mi ankoraŭ ne vizitis tiun antaŭurbon sur insulo oriente de Stokholmo, sed mi jam aŭdis ke ĝi estas riĉula urbo. Iel mi volis diri ke ankaŭ mi kreskis en unufamilia domo ĝis la divorco de miaj gepatroj, sed tio ja sonus ridinde. Cetere mi suspektis ke la domo de lia familio eble estas kelkoble pli granda ol tiu, kie mi pasigis la infanaĝon.

Foje komence de marto mi menciis al Axel mian iaman someran laboron pri rekonstruado de somerdomo, kaj tio tuj interesis lin.

"Fakte Paĉjo planas ĉi-somere ampleksigi nian somerdomon sur Rindö. Li jam ricevis konstrupermeson de la municipo de Vaxholm, kaj mi promesis helpi labori pri tio. Eble vi ŝatus kunlabori?"

La demando tiel surprizis min ke mi ne povis paroli, kaj li ŝajne miskomprenis tion.

"Kompreneble li devus pagi salajrojn al ni ambaŭ. Li mem desegnis la alkonstruon, kaj cetere la tutan somerdomon antaŭ pli ol dudek jaroj. Sed vi eble jam aranĝis ion alian por la somero?"

"Ne, tute ne. Mi certe ŝatus labori tie, laŭ kapablo. Ĉu vi diris ke en Vaxholm?"

"Jes, jen la municipo. Rindö estas apuda insulo. Fakte mi suspektas ke li volos tute translоĝiĝi tien kaj ankaŭ aranĝi sian atelieron tie. Sed Panjo ne konsentus. Ŝi laboras en la hospitalo Karolinska."

Mi jam sciis ke lia patro estas arkitekto kaj la patrino kuracisto, kaj ke li havas pli aĝan fraton Anton, kiu estas arkitekto en Britio.

"Nu, tio sonas interese. Ĉu eblas iri buse tien? Aŭ ĉu per pasaĝera ŝipo?"

"Aŭtobuse tra Vaxholm aŭ per nia propra boato de Lidingö. Tamen mi pensas ke dum ni laboros, estos plej oportune tranoktadi tie. Sed unue venu kun mi por diskuti kun Paĉjo, ĉu ne?"

Do ni iris per antaŭurba trajneto trans la ponton al Lidingö kaj plu ankoraŭ dekon da minutoj. Ni eliris ĉe haltejo inter arbaro kaj kvartalo kun malnovaj unufamiliaj domoj sufiĉe grandaj, kaj mi jam imagis la specon de hejmo, kie kreskis Axel.

"Ni promenu", li diris. "Estas sepcent metroj sed kvietaj stratoj."

Kiam ni alvenis, li diris "jen la nia", kaj ni eniris en bone flegitan ĝardenon similan al la najbaraj. La domo tamen estis tute alia ol la apudaj domoj el malhelruĝaj brikoj kun altaj tegolaj tegmentoj. Ĉi tiu estis senornama kubo el blanka stukaĵo kun verdaj fenestrokadroj kaj plata tegmento. Evidente modernisma domo el la 1930-aj jaroj, eble inspirita de Bauhaus; tamen mi iom stulte demandis:

"Ĉu via patro desegnis ĝin?"

"La domon? Tute ne. Ĝi ne estas de Montelius sed de Markelius."

Li diris tion kun eta ekrido. Ĝuste tiel, tute simple. Kvazaŭ li dirus "tiun bildon pentris ne mi sed Leonardo". Li pluiris ĝis la dompordo, sonorigis kaj poste mem malfermis ĝin sen atendi. Mi kompreneble sciis ke Sven Markelius estis unu el la grandaj korifeoj de la sveda modernismo aŭ funkciismo, kiel oni nomas ĝin ekde la Stokholma arta kaj arkitektura ekspozicio de 1930, kaj ke li kunlaboris kun Gunnar Asplund kaj aliaj.

Ni eniris en la vestiblon. Neniu plia homo videblis. Mi preparis min por demeti la ŝuojn, kiel en ĉiu sveda hejmo, sed li haltigis min kaj gestis ke ni pluiru ŝue en la domon. Nu, mi pensis, la stratoj ja estas nekutime puraj malgraŭ la sezono, do eble ne gravas. Ni subeniris laŭ kelkaj ŝtupoj en tre helan salonon kun fenestro de la planko ĝis la plafono. Ekstere videblis la ĝardeno kun arbetoj kaj arbustoj, ĉi-sezone kompreneble senfoliaj.

"Sidiĝu, mi petas. Mi venigos Paĉjon."

Mi sidiĝis sur seĝon, kiu eble estis dezajnita de Carl Malmsten, esperante ke tio ne estas sakrilegio. Pasis kvin minutoj, ĝis Axel reaperis kun sunbrunigita, svelta kaj iom osteca sesdekjarulo, proksimume.

"Bonvenon! Mi ĝojas ekkoni vin! Fredrik, ĉu ne? Mi estas Arvid. Sed ne sidu sur tiu torturilo! Jen, sur la sofon! Ĉu martinion?"

Jen la unua martinio en mia vivo, kaj ĝi estis en ordo. Eble ĝi eĉ helpis interparoli kun ĉi tiu energia viro. Mi rakontis, kion mi faris dum la pasintsomera konstrulaboro, kaj li aŭskultis atente, ŝajnis.

"Vi sendube utilos ankaŭ al ni, se vi akceptos labori sur Rindö. Sed eble ne la tutan someron. Kredeble vi volos ankaŭ pasigi iom da tempo kun via familio - cetere, ĉu mi pravas dirante ke vi devenas el la regiono de Kalmar, laŭ la akĉento?"

Mi surprizite konfirmis tion, dum Axel faris malkontentan mienon.

"Paĉjo ŝatas aperi kiel ia dialekta fakulo", li diris. "Kelkfoje li eĉ trafas. Sed ne atentu tion."

La patro dume nur ridis. Post ankoraŭ kelkaj energiaj komentoj de lia flanko ni interkonsentis ke Axel kaj mi laboros pri la somerdomo dum ses semajnoj en junio kaj julio.

Tuj post tiu vizito mi aŭdis novaĵon pri terora ago en Madrido, pro kiu mortis ducent homoj kaj vundiĝis eĉ miloj. Oni eksplodigis plurajn antaŭurbajn trajnojn plenajn de homoj en la matena pinta horo. Verŝajne la motivo de la atako estis la partoprenado de Hispanio en la milito kaj okupado de Irako. La konservativa registaro provis tute false kulpigi la eŭskajn teroristojn de ETA, por gajni subtenon en la sekva parlamenta elekto. En tiu tamen venkis la socialistoj, kiuj tuj retiris la hispanajn trupojn el Irako.

Mi ja veturis ĉiutage per simila antaŭurba trajno plena de homoj. Kaj post nelonge mi devos iri metroe el Tensta, ŝanĝi trajnon en la subtera centra stacio, kiu ĉiam estas homplena. Tie mi devos piediri sufiĉe longe inter la blua kaj ruĝa linioj. Mi komencis pensi pri tiu veturado, kie mi estos enfermita subgrunde dum pli ol duonhoro, kaj fine mi aĉetis biciklon brokante. En Kalmar mi ja kutimis bicikli, sed ĉi tie la distancoj estis ege pli grandaj kaj la aŭtotrafiko ege pli densa, kaj krome pli senrespekta. Mi tamen studis la mapon zorge kaj trovis plurajn eblajn vojojn, parte tra naturaj zonoj kun arbaro kaj lagetoj, parte sur biciklovojoj laŭlonge de la ĉefstratoj. Kaj kiam mi ekloĝis en la apartamento, kiun mi kundividis kun tri aliaj studentoj en la okcidenta antaŭurbo Tensta, mi tuj elprovis tiujn vojojn. Unuafoje mi bezonis plenan horon por la biciklado, sed ĉar la metroa veturo kun ŝanĝo de trajno daŭrus 30 ĝis 40 minutojn, mi trovis tion akceptebla tempo.

Krome mi rekomencis pli ofte kuri. Ankaŭ en la antaŭaj loĝlokoj ja ekzistis kur-padoj, sed ili estis iom malfacile atingeblaj. El la nova loĝejo mi povis ekkuri tuj de la dompordo kaj facile atingi la vastan terenon de Järva kun pluraj padoj pli kaj malpli longaj eĉ tra eta naturrezervejo.

Nur unufoje dum ĉi tiu printempo Mika kaj mi renkontiĝis. Ŝi venigis min al la eta kela teatro "Brunnsgatan 4", kie ni spektis teatraĵon pri teatraĵo kun du maljunaj aktoroj agantaj sur la scenejo. Ili ja estis lertaj, sed mi ne bone komprenis, kial Mika tiel videble kaj aŭdeble amuziĝas. Tamen ja estis plezuro rigardi ŝin, eble eĉ pli ol sekvi la aktoradon.

Kaj eĉ pli plaĉe estis poste sidi kun ŝi en trinkejo ĉe Stureplan kun koktelo - de speco kiun ŝi rekomendis - babilante pri ĉio kaj nenio. Mika denove menciis la militajn agadojn de Usono dise en la tuta mondo. Krome ŝi plendis pri la raportado de novaĵoj en la svedaj televido kaj ĵurnaloj.

"Se iu svedo tordas la piedon, tio estas grava novaĵo. Aŭ se mortas kelkaj aliaj eŭropanoj aŭ usonanoj. Sed kiam inundoj en Azio dronigas milojn kaj senhejmigas centmilojn, rezultas maksimume notico."

"Tamen ja ne eblas raporti same detale pri ĉio."

"Sed la elekto kaj prijuĝado malkaŝas la mondrigardon. Se mi estos ĵurnalisto, mi ne akceptos tion."

Plej multe ni tamen interparolis pri niaj komunaj memoroj. Mi tiel ĝuis la kunestadon ke dua drinkaĵo sekvis la unuan kaj tria la duan. Bonŝance mi ĉi-okaze ne biciklis al la urbocentro, do kiam ni finfine forlasis la trinkejon, ni paŝis flanko ĉe flanko la mallongan vojon ĝis la metrostacio de Östermalmstorg kaj poste sidis same flanko ĉe flanko en la trajno. Sed jam ĉe la unua halto mi devis ŝanĝi al mia blua linio, dum ŝi pluiros ĝis Hornstull, kie ŝi laŭdire dormos sur ies sofolito. Mi faris plumpan provon ĉirkaŭpreni ŝin por venigi ŝin kun mi, sed ŝi krude kaj ride puŝis min el la trajno tuj antaŭ ol la pordoj fermiĝis. Kiam ŝia trajno rapidis for, mi povis nur esti kontenta ke ĉi-foje ŝi ne ĵetis min sur la grundon. Sed mi ne sciis, ĉu tio estas favoro de ŝia flanko, aŭ ŝi tutsimple ne plu trovas tion necesa. Eble ŝi jam komencas forgesi sian ĵudon, mi pensis nebule, dum mi ne tute stabile paŝis direkte al la eskalatoro kaj plu al la blua linio.

En ĉi tiu printempo aro da novaj landoj fariĝis membroj de la Eŭropa Unio. Kaj kiam finiĝis la studjaro de mia lernejo kaj mi iris al Kalmar por mallonga restado tie, okazis elekto de la Eŭropa parlamento, unuafoje por mi. Mi tamen rezignis voĉdoni en tiu elekto. Mi simple ne komprenis, kian celon havas la Eŭropa parlamento, nek kiom povus signifi manpleno da svedoj tie. Ili estos tro malmultaj por influi, kaj cetere la decidoj ŝajne okazas ne en la parlamento sed per intertraktadoj de la naciaj registaroj. Iuj diris ke se mi ne voĉdonas, mi ne rajtos poste plendi pri la decidoj. Stultaĵo! Oni ĉiam rajtas plendi pri ĉio, eĉ la vetero. Sed tia plendado ja estos vana, tute sendepende de tio, ĉu mi voĉdonis aŭ ne.

Ĉi-foje mi memoris kontakti Avinon por eble viziti ŝin. Bedaŭrinde ĝuste tiam ŝi atendis iri al la hospitalo de Kalmar por ricevi novan koksan artikon, aŭ pli ĝuste protezon, do ŝi petis min prokrasti la vojaĝon.

Krome mi telefonis al Jenni por ekscii, kiel ŝi fartas kaj ĉu ŝi sukcese finis la duan jaron de la gimnazio. Je mia surprizo ŝi proponis rendevuon sur la strando de Bergaudd. Laŭ mi estis tro frue por bani sin, tamen mi akceptis, kaj ni kune biciklis tien de ŝia hejmo. Dum mi ŝanĝis al banŝorto, mi diris skeptike:

"Supozeble la akvo tro malvarmas. Mi malofte banas min antaŭ Somermezo."

Ŝi nur ridis kaj demetis la pantalonon kaj T-ĉemizon. La bikinon ŝi jam surhavis sub tiuj, kaj ŝi paŝis sur la banvarfon sen atendi aŭ eĉ atenti min. Ŝi estis svelta kiel ĉiam sed ne tiel skeleta kiel antaŭ jaro. Mi memoris ke kiam ŝi estis deprimita, ŝi revis pri somera naĝado en varma akvo, sed nun mi taksis la akvotemperaturon je maksimume dek ok gradoj, kaj mi nervozis ke ŝi eble naĝos tro foren de la tero. Bonŝance tio tamen ne okazis.

Post ŝia naĝado kaj mia rapida trempiĝo, ŝi havis seriozan paroltemon.

"Mi devas peti vian pardonon", ŝi diris kun evidenta embarasiĝo, envolvite en sia bantuko.

Mi surpriziĝis.

"Pro kio?"

"Vi ja scias. Pro tio ke mi kuŝis kun tiu viro."

Mi ne sciis kion diri, do mi plu frotis la ŝultrojn kaj dorson per la bantuko. Mian propran dorson, kompreneble, ne ŝian.

"Tio estis ege stulta ago", ŝi aldonis.

"Nu, tio estas pasintaĵo. Tio ne plu gravas, almenaŭ se vi jam fartas bone."

"Tamen estis tiel stulte. Li estis multe pli aĝa. Mi renkontis lin en la kafejo de Holmgren, kie mi sidis kun du samklasanoj. Sed kiam ili foriris, mi restis interparolante kun li, interalie pri verkado, kaj poste..."

Mi klopodis gesti al ŝi ke ne necesas detalumi, sed ŝi eble eĉ ne vidis min. Ŝi estis ene de sia memoro.

"Nu, li regalis min per vespermanĝo en la restoracio Kronan, kaj poste mi akompanis lin al lia hotelo. Li estis ĵurnalisto el Gotenburgo kun edzino kaj infanoj. En Kalmar li estis pro ia profesia kurso. Mi ne scias, kial mi seksumis kun li. Tiel stulte!"

Mi tute ne volis aŭdi ĉi tion, kaj ĉiuokaze nun estis tro malfrue por konfesoj.

"Verŝajne tio okazis pro mia malalta memestimo", ŝi daŭrigis sen atendi respondon de mi. "Iel li igis min senti ke mi iom valoras kaj estas dezirinda. Li instigis min plu verki. Li ne precize flatis min, sed mi rimarkis ke li aprezas mian kompanion. Vi verŝajne ne povas kompreni tion."

Mi ja kredis kompreni. Evidente mi ne sukcesis montri al ŝi ke mi admiras ŝin kaj trovas ŝin valora. Do ŝi bezonis ian vizitantan donjuanon por senti tion.

"Ne gravas", mi murmuris. "Mi ne plu pensas pri tio."

"Tamen ja gravas", ŝi insistis. "Mi bedaŭras ke mi vundis vin. Sed nia rilato jam estis pli-malpli morta. Ĝi ĉiuokaze ne povus daŭri longe."

"Eble."

Mi sentis min kiel aŭtenta stultulo. Ĉu mi do ne rimarkis ke nia rilato "estas morta"?

"Vi sendube konscias tion, ĉu ne?" ŝi diris, rigardante min kun necerta mieno.

"Nu... Fakte mi ne plu memoras, kion mi pensis tiufoje. Kaj poste mi nur volis ke vi fartu pli bone."

"Mi scias. Sed tio estas tute alia afero."

"Ĉu?"

"Jes. Tio ne rilatas al tiu viro. Nek al vi. Nur al mi mem kaj mia..."

Ŝi interrompis sin. Post eta paŭzo, dum kiu mi vane cerbumis kion diri, ŝi denove ekparolis.

"Sed prefere rakontu, kion vi faras en Stokholmo."

Do mi klarigis iomete pri la studado kaj pri la labortasko, kiu atendas min. Ŝi aŭskultis, ŝajne interesite.

"Vi prosperas tre bone, ĉu ne?" ŝi diris kaj kuŝiĝis surdorse sur sian bantukon, ĝuante la junian sunon.

Mi rigardis ŝin, la rufan hararon, kiun malheligis la akvo, la ŝultrojn, kiuj ŝajnis al mi ege fragilaj, la etajn mamojn en la blua bikino, la platan ventron, la faldeton en la ŝtofo ĉe la pubo, la blankajn maldikajn femurojn kun lentugoj, kiuj memorigis al mi niajn erotikajn ekzercojn en la apartamento de Panjo. Mi faris provon eksenti ian seksan deziron, sed ŝi estis kvazaŭ fratino. La pli juna fratino, kiun mi neniam havis, kaj kiun mi malsukcesis protekti kontraŭ vundoj de la vivo.

"Mi supozas ke jes", mi diris, ne vere sciante, pri kio ni parolas.

Mi tiklis ŝian kolon per paniklo de kano el la pasinta jaro. Ial mi menciis Avinon kaj ŝian kokson, kiu malhelpis al mi viziti ŝin.

"Ho, mi ŝatus denove renkonti vian avinon", ekkriis Jenni. "Ŝi estis tiel simpatia, kiam ni gastis ĉe ŝi. Mi memoras ke ŝi citis poemojn de Szymborska."

"Bone, eble ni revizitu ŝin iam en la venonta somero. Aŭ jam jarfine, se mi venos ĉi tien."

Ni interŝanĝis ankaŭ kelkajn komunajn memorojn pri la lerneja gazeto kaj poste disiĝis kiel amikoj. Mi tre senŝarĝiĝis, vidante ke ŝia deprimo ŝajne pasis. Ŝia detala klarigo pri la gotenburga ĵurnalisto ja iom vundis min, sed supozeble ŝi mem bezonis senŝarĝigi sin por farti pli bone. Do mi simple devis toleri tion. Kaj ĉiuokaze tio ja estis pasintaĵo, kiel mi diris al ŝi.

Semajnon antaŭ Somermezo mi veturis kun Axel al la somerdomo de liaj gepatroj, kie ni laboros. Ni iris buse al la urbeto Vaxholm ĉe la maro, kaj post tre mallonga pramveturo alia buso portis nin tra la insulo Rindö. Piede ni poste atingis la sudan bordon, kaj tie sur grundo parte roka, parte verda, staris konstruaĵo tute alia ol mi atendis. Mi memoris la ruĝan lignan dometon, kiun mi helpis plibonigi antaŭ du jaroj. Ĉi tio estis ia longa, malalta kaj neregula kreaĵo el betono kun malhelgriza lada tegmento, tute sen fenestroj al la vojo. Se ĉi tio estis domo brutalisma, ĝi almenaŭ estis ege pli diskreta ol la konstruaĵo de la Arkitektura lernejo. La domo iel sekvis la rokan terenon sur diversaj niveloj, kaj mi ne povis tuj koncepti ĝian amplekson.

Ni eniris aŭ pli ĝuste trairis la domon, ĉar el la vestiblo ni tuj venis sur terason kun la maro antaŭ ni, dekon da metroj sube, kun roka kaj ŝtona bordo. Malantaŭ ni kaj ĉe ambaŭ flankoj la domo etendiĝis kiel kaprice disĵetitaj skatoloj, kiuj intertuŝis unu la alian. Ĉi-flanke la fasado konsistis el ligno farbita diafane blanka kun multaj fenestroj kaj fenestropordoj, kiuj rigardis suden al la maro. Dekstre kaj tuj antaŭ la fino de la domo videblis kvarangula kavo en la roka grundo.

"Jen la loko, kie ni starigos novan atelieron de Paĉjo", diris Axel. "Krome estos interliga parto kun la nuna domo, sed tiu staros sur cementblokaj plintoj."

Ĉio ege impresis min, kaj krome iom timigis, ĉar kiel mi do povos konstrui ion similan al ĉi tio? Sed poste mi memoris ke mi estos nur helplaboristo, do espereble sufiĉos agi laŭ la donataj indikoj.

"Ni metu nian pakaĵon en la gastoĉambron", diris Axel. "Espereble ne ĝenos vin dividi ĉambron kun mi? La iama ĉambro de Anton kaj mi ne plu disponeblas, ĉar Panjo transprenis ĝin kun la preteksto ke Paĉjo tro laŭte ronkas. Ŝi ne pasigas multe da tempo ĉi tie, sed ni prefere ne uzu ŝian ĉambron."

"Tute en ordo."

Ni paŝis maldekstren, eniris tra la lasta el la fenestropordoj kaj venis rekte en ĉambron. Ĉi-dome ŝajne ĉiu ĉambro havis enirejon senpere de la teraso. Tre agrable somere en bona vetero, mi pensis. Sed kiom oni aprezus tion en pluvego aŭ neĝoŝtormo? Axel ja aludis ke lia patro ŝatus loĝi ĉi tie tutjare. Tamen mi ne povis imagi ke la geedzoj forlasos la modernisman domon en Lidingö.

"Paĉjo venos nur morgaŭ", diris Axel. "Do intertempe ni studu la desegnon kaj la akiritan konstrumaterialon. Kaj la grundkavon. Paĉjo volis mem krevigi ĝin, sed Panjo devigis lin taski tion al profesiulo pri eksplodoj. Sed unue ni prenu iom da lunĉo, ĉu ne?"

Ni eliris kaj paŝis al la kuirejo, kie li esploris la enhavon de la fridujo, la frostujo kaj alia ŝranko.

"Hm. Troviĝas frostigita raguo, kiun ni povos mikrumi, ĉu ne? Kun iaj pastaĵoj."

Do ni preparis kaj manĝis tion.

"Kiom aĝas ĉi tiu domo?" mi demandis dum la manĝo.

"Nu, proksimume dudek kvin jarojn. Almenaŭ de antaŭ mia naskiĝo. Laŭdire li devis longe argumenti por ricevi konstrupermeson. La najbaroj nomas ĝin la bunkro. Sed ili ja plejparte vidas nur la nordan fasadon."

"Nu, ĝi similas nenion, kion mi vidis antaŭe."

Li ridis.

"Ĉu tio estas laŭdo aŭ kritiko?"

Mi embarasiĝis.

"Laŭdo, mi pensas. Kaj miro."

Postmanĝe ni studis la desegnon kuŝantan sur tablo en la salono. Temis pri konstruaĵo preskaŭ kuba el lignaj fostoj kaj traboj sur fundamento el cementblokoj kun unuklina tegmento, plus la eta koridoro, kiu interligos ĝin kun la ekzistanta domo. Se juĝi pli proksime, ĝi estos fakte nur pavilono.

"Ĉu ĝi ne havos akvotubaron kaj defluilon?" mi demandis, ne vidante tion sur la desegno.

"Ne, tio ne necesos."

"Kaj la hejtado?"

"Kiel en la nuna domo, do aera varmopumpilo plus elektraj radiatoroj."

Ni inspektis ankaŭ la stakojn da segita ligno, cemento, gruzo, armaturo, vitrofibro, plasto kaj alio, kio kuŝis sur angulo de la parcelo. Ĉio ŝajnis zorge preparita.

Vespere preterpasis pluraj enormaj pramoj sur la maro laŭ la orienta parto de la insulo.

"Jen tiuj al Helsinko", komentis Axel, kiam unu ruĝa kaj unu blanka ŝipo, altaj kiel domturoj, malrapide glitis tra la vidaĵo. "Poste sekvos tiuj al Turku."

Mi ekpensis pri la vojaĝo antaŭ jaroj, kiam mi kaj la gepatroj pramis al Finnlando. Laŭ mia memoro la navigado tra la insularo daŭris dum multaj horoj, ĝis ni enlitiĝis en nia eta kajuto. Dum momento mi imagis min mem dekdujara en tiu pramego, tute ne konscia ke mi iam staros ĉi tie. Stulta penso, evidente. Neniu ja iam ajn scias, kio okazos post jaroj.

Arvid, la patro, alvenis en la sekva mateno per sufiĉe granda motorboato, kiun li albordigis en eta haveno kelkcent metrojn de la domo.

"Li volis konstrui varfon ĉi-sube", menciis Axel, kiam ni de supre rigardis lian alvenon, "sed oni ne permesis tion. Kaj cetere la postondoj de la pramoj eble damaĝus ĝin."

Kiel konfirmo pri liaj vortoj ekvideblis la unua pramo venanta el Finnlando survoje al Stokholmo.

Arvid tuj laborigis nin pri la fundamenta plato. Unue ni sternis izolaĵon kaj muntis armaturan reton el ŝtalvergoj. En la sekva tago ni miksis betonon kaj muldis la platon. Li luis betonmiksilon kaj vibratoron por la laboro. Ankaŭ li mem partoprenis kun granda energio kaj lerto, ŝajnis al mi. Post kelka tempo ni ĉiuj tri demetis la ĉemizojn kaj plu laboris sub la brilanta suno en nuraj ŝortoj, ŝuoj kaj cementa polvo, nenio plia. En la tria tago ni portis cementblokojn kaj lokis ilin zorge en du vicojn, kie poste staros la interliga konstruaĵo. Evidente Arvid jam mezuris la ĝustajn lokojn, sed necesis fosi por loki la plintojn en precize egala alteco. En unu loko, kie estis roka grundo, ni devis dividi blokon por alĝustigi ĝin. Jen la bobelnivelilo estis esenca kaj konstante uzata.

En la posttagmezoj Arvid transformis sin en kuiriston, kiam li rostis kotletojn, bifstekojn aŭ sandro-fileojn sur la eksterdoma masonita rostilo ĉe la teraso. Postmanĝe ni iom ripozis, sed vespere ni denove eklaboris, ĉar la taglumo ĉi-sezone ja daŭris preskaŭ ĝis la noktomezo.

Vendrede, tio estas en la Somermeza antaŭtago, alvenis Antoinette, la patrino de Axel, per nigra BMW. Mi miris, unuafoje aŭdante ŝian nomon, sed laŭ la mienoj de Axel kaj Arvid mi komprenis ke ŝi efektive nomiĝas tiel. Ŝi estis same svelta kiel sia edzo sed aspektis multe pli juna. Tio tamen ja povus esti rezulto de zorga flegado kaj eble iuj etaj operacioj. Se konsideri ŝiajn du filojn, ŝi supozeble almenaŭ proksimiĝis al kvindek jaroj, krom se ŝi gravediĝis tre juna, sed tio ŝajnus al mi ne laŭ la stilo de ilia socia klaso.

Antoinette, aŭ Nettan, kiel ŝia edzo nomis ŝin post la unua formala prezentado, kondutis tre ĝentile. Ŝi tamen ne interesiĝis pri la konstrulaboro, krom paŭtante pro la cementa polvo, kiun la vento el la maro portis ĉien sur la terason, kaj kiu baldaŭ komencis penetri ankaŭ en la domon.

Tiuvespere ni ĉesis labori, kaj Arvid bolkuiris terpomojn el ĵusa rikolto kaj ni kune surtabligis marinitajn haringaĵojn de pluraj specoj, viandbulojn el la frostujo, bieron kaj spicitan vodkon el la fridujo kaj diversajn aliajn aferojn necesajn por la sveda Somermezo.

"Kie la fragoj?" subite diris Axel.

Neniu alportis fragojn.

"Mi reveturos por alporti el Vaxholm", diris Nettan, kvankam ne tre entuziasme.

Ni ĉiuj kune konvinkis ŝin ke Somermezo estas Somermezo eĉ sen fragoj, kaj post la unuaj drinko kaj drinkokanto mi prezentis iomete plibonigitan rakonton pri miaj iamaj fragorikoltadoj en Oelando, kiam mi laŭdire plenŝtopiĝis per fragoj por multaj jaroj.

"Sed vi eble preferus iri al festejo por danci ĉirkaŭ somermeza stango?" supozis Arvid.

"Tute ne. Mi jam dancis sufiĉe kun la fostoj kaj traboj ĉi tie."

Do tio estis tre agrabla vespero, kaj mi tute ne sentis min kiel kvina rado ĉe veturado, eble dank' al la spicita vodko.

En la sekvaj semajnoj ni laboris plu tagon post tago: masonis, segis, boris, ŝraŭbfiksis kaj mi ne plu memoras ĉion. Kelkaj taskoj similis tion, pri kio mi helpis antaŭ du someroj, sed aliaj estis tute novaj. Arvid tamen mastris ĉion. Kelkfoje Axel sulkis la brovojn kaj murmuris malkonsente, sed ĉefe kiam lia patro ne tuj apudis. Evidente li plejparte fidis la kompetenton de la patro, kaj ankaŭ mi havis nenian kialon por pridubi ĝin.

De temp' al tempo ni tamen paŭzis por iri al strando ĉe la alia flanko de la insulo, kaj por butikumi kaj viziti restoracion aŭ bierejon en la urbeto Vaxholm, kiu plenplenis je turistoj, dum ni prave-malprave konsideris nin lokanoj.

Dum kelkaj tagoj en julio ni devis sterni baŝon super la tutan konstruejon pro fulmotondro kun torenta pluvado. Kaj post pluraj atentigoj finfine alvenis elektristo por fari la necesajn instalaĵojn. Fakte Arvid asertis ke li mem povus fari tion same lerte, sed Nettan acide diris:

"Se la tuto forbrulos, la asekura kompanio sendube scivolos, kiu muntis la kablojn."

Arvid nur ridis je tio, tamen li cedis.

Kiam la skeleto el fostoj kaj traboj estis preta, ni tranĉis kaj muntis platojn el vitra fibro - jen damne malagrabla laboro, ĉar tiu jukiga fibro eniĝis ĉien sub la vestaĵojn - kaj plastfolion kontraŭ humido. Poste ni alnajlis gipsoplatojn interne. La plej malfacila konstrulaboro eble estis la tegmento el ĉevronoj kaj trusoj. Mi supozis ke ĝia desegno fidelas al la poligono de Cremona, kaj cetere ĝi devos porti nur sin mem kaj eble iom da neĝo. Post tio ni komencis alnajli la lignajn panelojn de la fasado kaj munti la fenestrojn. Fine de julio la alkonstruaĵo estis plejparte preta, se temis pri la eksteraĵo. Interne ankoraŭ restis sufiĉe multe por fari, kaj al la tegmento mankis la tegaĵo el lado, pri kiu oni konsultos profesian ladiston, kaj la pluvtubaro. Do provizore la baŝo denove devis ŝirmi la konstruaĵon.

Mi enkasigis la promesitan salajron kaj sentis min riĉulo, kiam mi disiĝis de la familio, kiu eble ne nur sentis sin sed efektive estis riĉuloj, almenaŭ relative. Ĉar mi ne sciis kion fari en Stokholmo, nek en Kalmar, mi spontane aĉetis vojaĝon al Romo kaj pasigis ŝvitan kaj preman semajnon paŝante inter ruinoj, palacoj, preĝejoj kaj ordinaraj domoj, same kiel miloj da aliaj ŝvitaj turistoj. Mi sentis ke ja estus pli plaĉe kaj romantike, kvankam kredeble same ŝvite, se mi povus fari tion kun amikino, sed mi havis neniun. Kaj reveninte en Svedion mi baldaŭ komencis la duan jaron de la Arkitektura lernejo.

Nur kelkajn tagojn post la komenco de la semestro mi ricevis gajan tekstomesaĝon de Mika: "Gratulu min. Mi iĝos ĵurnalisto." Mi tuj telefonis al ŝi kaj eksciis ke oni akceptis ŝin en la Ĵurnalisman altlernejon kaj ŝi jam komencis tie. Ni rendevuis kelkajn tagojn poste en la Kulturdomo.

"Mi jam preskaŭ malesperis", ŝi diris, "sed iu stultulo rezignis sian lokon, do mi ricevis ĝin kiel rezervulo."

"Vi estas bonŝanca", mi diris. "Sed vi ja meritas tion."

"Kompreneble!"

Ni ambaŭ ridis, kaj ŝi faris venkogestojn ambaŭmane. Mi komprenis ke ĉi tio signifas al ŝi multe.

"Do mi verŝajne ne plu havos tempon por sidi kun vi en drinkejoj dum la vesperoj", ŝi aldonis.

"Nu, unufoje jare eble ne ruinigus vian studadon."

Ŝi ridetis.

"Eble ne. Ni vidu."

"Vi eble povus kombini plezuron kun utilo, denove intervjuante min", mi sugestis.

"Ĉu? Pri kio do?"

Sed mi ne povis elpensi ion, pri kio mi estus intervjuinda, do mi nur levis la ŝultrojn. Mika babilis ankoraŭ iom pri siaj unuaj impresoj de la studoj, kaj mi rakontis pri mia somera domkonstruado kaj pri la ŝvita vizito en Romo.

"Ha, mi ŝatus iri tien. Kaj al multaj aliaj lokoj. Sed vi ja scias... Tamen mi pensas ke mi rifuzos akompani Panjon al Tajlando la venontan someron. Espereble mi estos somera anstataŭanto en ia loka ĵurnaleto ie kaj verkos noticojn pri bovino, kiu eskapis, kunveno de la loka esperantista societo, aŭ pri aliaj mondoskuaj okazaĵoj."

Ni disiĝis, kaj dum la pluaj semajnoj kaj monatoj mi aŭdis nenion de ŝi. Mi kelkfoje telefonis aŭ mesaĝis al ŝi, kaj iufoje ŝi efektive ja respondis, sed kutime ŝi estis tre okupata. Kaj ankaŭ mi devis dediĉi pli kaj pli da atento al la studado.

En la fino de septembro Axel peris inviton reveni vizite al la somerdomo de liaj gepatroj. Ni veturis tien kune en sabato. Kelkaj foliarboj jam ekhavis la unuajn aŭtunajn kolorojn kaj lumis kiel flavaj kaj oranĝaj makuloj en la malhelverdaj koniferaj arbaroj laŭ la vojo. Alvenante ni trairis la domon same kiel somere, kaj jen la teraso, jen la suda flanko de la domo, kaj jen nia alkonstruaĵo. La fasado nun estis farbita per la sama diafana blanko kiel partoj de la malnova domo, la tegmenton kovris lada tegaĵo - ĉio estis preta, kaj la pliparton mi helpis konstrui! Mi sentis fieron.

Arvid ekbruligis karbojn sur la rostilo kaj alportis bovaĵojn por rosti bifstekojn, Nettan surtabligis salaton kaj vinon, kaj malgraŭ la malvarmeta vento ni vespermanĝis surterase sub infraruĝa radiatoro, dum la pramoj al Finnlando preterglitis sur la maro. Postmanĝe Nettan retiriĝis en sian ĉambron, dum ni viroj sidis longe en la salono, diskutante la someran laboron super kelkaj drinkaĵoj.

Dum du semajnoj en oktobro mi tranoktis sur matraco en la apartamento de Axel, kaj dum novembro en la loĝejo de Mauro, alia samklasano. Sed ekde decembro mi jam havis mian unuan propran loĝejon, studentan ĉambron en tiu kvartalo apud la universitato, kie loĝis Mika antaŭ jaro. Mi kompreneble invitis ŝin tien, sed ŝi ne havis tempon veni. Ankaŭ povus esti ke ŝi ne plu volis renkontiĝi en tia privata loko, kvankam ŝi ne diris tion eksplicite.

Malgraŭ tio mi estis ege kontenta. Finiĝis la ĉiamaj transloĝiĝadoj, ŝanĝadoj de adreso, maltrankvilo kaj klopodoj por trovi novan loĝlokon. Mi jam povis inviti amikojn en mian hejmon. Ĉi tie mi povos loĝi trankvile ĝis mi finos la studadon kaj eklaboros. Kaj tiam mi tre probable devos transloĝiĝi al alia parto de Svedio, kie mi trovos oficon.

La jarfinajn festojn mi pasigis ĉe la geonkloj en Eksjö. Ankaŭ Paĉjo estis tie dum Kristnasko. Poste li malaperis por pasigi Novjaron sur Kanarioj kun iu Annika, pri kiu mi neniam antaŭe aŭdis ion ajn. Ĉu nova virino? Nekredeble. Tio ŝajnis al mi same malverŝajna kiel la ideo ke li flugos al Kanarioj. Des pli ĉar li ege malŝatas varmon. Nu, Kanarioj je Novjaro eble ne tro varmos eĉ por li. Mi jam antaŭlonge komprenis ke Panjo kunvivas kun nova viro en Hamar, sed Paĉjo ĝis tiam ŝajnis al mi senespera fraŭlo. Same kiel mi, almenaŭ lastatempe.

Mi mem restis ĉe la parencoj ankaŭ dum Novjaro. Ni vizitis Avon en lia demenculejo, sed li kredeble ne konsciis, kiu mi estas. Mankis neĝo, sed la gekuzoj jam estis adoleskuloj, do eĉ kun neĝo ili kredeble ne ŝatus gliti per plasta sledeto. Vespere la 28-an de decembro mi estis kontenta ke Paĉjo jam forestas kaj ne povas ŝerci pri la Tago de l' senkulpaj infanoj. La televidaj novaĵoj raportis pri katastrofo ie en sudorienta Azio. Komence mi ne multe atentis tion, ĉar ŝajnis al mi ke senĉese okazadas naturkatastrofoj dise en la mondo, krom ĉe ni. Ĉi-okaze submara tertremo estigis grandan ondon, kiu dronigis homojn sur la marbordoj. Parolante pri tiu ondo oni ekuzis la novan vorton cunamo. Sed plej terure estis – almenaŭ tiel ŝajnis laŭ la raporto – ke dronis ne nur azianoj sed ankaŭ eŭropaj turistoj en Tajlando, kaj eble eĉ svedoj!

Mi eksentis ian frostan bulon en mia interno. Ĉu Tajlando? Mi memoris ke Mika kaj ŝia patrino kelkfoje vojaĝis tien ne nur somere sed ankaŭ en la jarfinaj ferioj. Ĉu povas esti ke ŝi eĉ nun estas tie? Ĉu tiu cunamo eble kaptis kaj dronigis ŝin?

Post momento mi ekkonsciis ke tio estas tute stulta penso. Kial ŝi ĉeestus tie nun? Ŝi ja diris al mi ke ŝi eble ne plu akompanos sian patrinon somere, do ŝi certe ankaŭ ne iris tien jarfine. Sendube ŝi sidas antaŭ la sama sveda televidprogramo kiel mi, kvankam ie en Stokholmo aŭ Kalmar. Certe ŝi koleras, ĉar oni ne atentas la milojn da mortintaj azianoj same multe kiel la kelkajn eŭropanojn. Kaj eĉ se ŝi vojaĝus tien, kial ŝi estus sur la plaĝo? Ŝi flugus tien ne por sunumi kaj bani sin sed por labori.

En la sekva vespero mi ricevis pli da informoj. Oni supozis ke okdek mil homoj mortis. Okdek mil! Mi ŝokiĝis. Tio estis duoble tiom, kiom loĝas en la urbo Kalmar, kaj okoble tiom, kiom en Eksjö. Kaj nun oni timis ke multaj svedaj turistoj estas trafitaj, precipe en marbordaj lokoj kiel Phuket kaj Khao Lak.

Mi saltetis, aŭdante tion. Kiam ni kune rigardis la interretan mapon en mia tiama hejmo ĉe Arendalsgatan, Mika menciis al mi la nomon de la loko, kien ili iradas, kaj kie loĝas ŝiaj avino kaj duonfratino. Sed kiel mi povus memori tian tajan nomon?

Post iom da cerbumado mi provis telefoni al ŝi. Ŝia numero estis "neatingebla por la momento", do mi tekstomesaĝis: "Mi esperas ke via familio ne estas trafita de la ondo." Neniu respondo. Verŝajne ŝi trovis mian demandon stulta aŭ tro persona. Aŭ ĉu ŝi eble ne sukcesas kontakti siajn avinon kaj fratinon kaj tial maltrankvilas eĉ pli ol mi?

Pasis la Silvestra vespero kaj Novjaro. Oni jam raportis pri 120 000 mortintoj, kaj la nombro eble plu kreskos. Nun oni diris ke Sumatro en Indonezio estas plej trafita de la cunamo, sed tie troviĝas nek turistoj nek ĵurnalistoj el Eŭropo. Ankoraŭfoje mi provis telefoni kaj sendis duan mesaĝon al Mika, denove sen ricevi respondon.

Antaŭ ol reiri al mia studenta ĉambro en Stokholmo mi telefonis ankaŭ al Jenni por demandi, ĉu ŝi scias ion pri Mika kaj la azia cunamo.

"Ne, nenion. Ĉu ŝi estis tie?"

"Mi esperas ke ne, sed ŝi ne respondas. Ŝia numero ne estas atingebla."

"Verŝajne ŝi nur perdis la telefonon."

"Povas esti."

Parolante kun Jenni mi ja devus demandi, kiel ŝi fartas, ĉu ŝi frekventas la trian jaron de la gimnazio kiel ŝi devas, sed mi ne havis paciencon por tio. Do ni finis la interparolon iom tro abrupte. Poste mi eĉ trovis la malnovan hejman numeron de la gepatroj de Elvira kaj provis ĝin. Jam de eterno mi ne parolis kun ŝi, sed mi pensis ke ŝi devas scii, kie estas Mika, kvankam ŝi supozeble koleros, ĉar mi demandos pri tio. Tamen la numero estis ne plu aktiva. Certe Elvira jam delonge akiris poŝtelefonon, sed ŝi ne aperis en la reta telefonlibro. La aliajn malnovajn amikinojn de Mika kaj Elvira el Lindsdal mi tute ne povus trovi, ĉar mi ne konis iliajn familiajn nomojn.

Do mi devis reiri al Stokholmo, sciante nenion ajn pri Mika. En la studenta ĉambro mi ne havis okazon spekti televidajn novaĵojn, sed per la reto ja facilis trovi aktualajn informojn. Krome mi aĉetis vesperan ĵurnalon de temp' al tempo. La nombro de mortintoj daŭre kreskis, precipe en Indonezio. Kaj nun oni sciis ke multaj svedaj turistoj mortis aŭ malaperis en la cunamo - pli ol kvincento, oni supozis, kaj la malfacila laboro por identigi la kadavrojn plu daŭris. Krome oni kolektis vunditojn kaj transvivintojn por transporti ilin hejmen al Svedio. La ĵurnalistoj kaj opoziciaj politikistoj akre kritikis la registaron, kiu laŭdire reagis tro malrapide al la unuaj raportoj pri la katastrofo. Fakte neniu reagis rapide, almenaŭ en Svedio, sed laŭ iuj kritikantoj la registaro kaj la ministrejo de eksteraj aferoj ja respondecas pri la bonfarto de svedoj ĉie en la mondo.

Du tagojn post mia reveno en Stokholmon Svedio estis trafita de nekutime forta ŝtormo, eĉ uragano, kiun oni nomis Gudrun. Mi legis en la ĵurnaloj ke precipe en la suda parto de la lando amaso da arboj falis, blokis vojojn kaj fervojojn, trafis elektrolineojn kaj kaŭzis rompon de la kurento multloke en la kamparo. La falantaj arboj eĉ mortigis kelkajn homojn. Enmense mi notis la novaĵojn pri tio, dum mi plu serĉis informojn pri la azia cunamo, kaj mi mem rimarkis ke ankaŭ en Stokholmo ja blovas, sed mi ne povis vere atenti la hejman veteron. Ĉefe ĝenis min ke dum kelkaj tagoj tiu Gudrun forblovis ankaŭ la novaĵojn el sudorienta Azio el la ĵurnaloj. Ŝajne Mika pravis en sia iama kritiko, laŭ kiu oni atentas kelkajn problemetojn ĉi-lande pli ol grandan katastrofon en Azio. Sed kiam la laboro pri identigado de mortintoj sur la tajlandaj plaĝoj iom prosperis, la noticoj revenis.

Kaj jen iutage, kiam mi legis raporton pri malaperintaj svedoj, mi memoris ke iam antaŭ jaroj Mika sendis al mi ion retpoŝte, kiam ni okupiĝis pri la lerneja gazeto. Do mi ie havis ŝian tiaman retpoŝtan adreson. Necesis serĉadi en mia retpoŝtujo, sed fine mi retrovis tiun mesaĝon, kiun mi bonŝance ne forviŝis. Tuj mi sendis novan mesaĝon kun simila demando kiel antaŭe. Sed ankaŭ retpoŝte venis neniu respondo.

Post ankoraŭ semajno mi telefonis al la Ĵurnalisma altlernejo, petante informon pri Mikaela Kronqvist. Sed kompreneble la sola respondo estis ke oni ne povas ellasi informojn pri siaj studentoj, nek eĉ pri tio, ĉu specifa persono studas tie aŭ ne. Kaj nun mi ne trovis alian serĉvojon. Mi devis simple rezigni. Verŝajne Mika malaperis senspure en la Hindan oceanon.

Tiam la plej malprobabla persono helpis solvi la misteron, aŭ almenaŭ parton de ĝi. Telefonis Paĉjo. Li legis en la loka ĵurnalo Barometern pri familio en Kalmar, kiun trafis tragedio en la azia cunamo. La tajlanda edzino kaj la filo malaperis aŭ mortis, la filino estis grave vundita. Nur la sveda edzo, kiu ne povis akompani ilin al Tajlando pro sia firmao, estis sana kaj netuŝita, almenaŭ fizike. Je mia surprizo Paĉjo kredis memori ke mi iam havis tajlandan samklasanon, do li decidis demandi min, ĉu povas temi pri ties familio.

Mi konfirmis lian supozon kaj petis lin fari viziton en la tubista hejmo ĉe Svanebergsgatan, se la familio plu loĝas tie, por ekscii, kie troviĝas Mika. Sed li rifuzis.

"Oni ne povas tiel entrudiĝi en fremdan familion dum profunda funebro", li diris.

Do mi faris ion, kion mi neniam imagus ke mi entreprenos. Mi tajpis leteron, printis ĝin sur paperon en la lernejo, ĉar mi mem ne havis printilon, enkovertigis ĝin, aĉetis poŝtmarkon, skribis la nomon kaj iaman adreson de Mika, kaj enkestigis la leteron, por ke la poŝto liveru ĝin tien. Poste la tubisto espereble plusendos ĝin, se Mika ne estas ĉe li. Mi imagis la procedon kvazaŭ mi liberigus leterkolombon por ke ĝi flugu al ŝi.

Post kvar tagoj nekonata numero anonciĝis, kiam mia telefono eksonoris. Mi sidis en mia ĉambro manĝante buterpanon kaj rapidis gluti la panpecon en mia buŝo.

"Parolas Fredrik Haldin."

"Saluton. Jen Mika."

Mi saltetis kaj kaptis la telefonon pli firme per la dekstra mano.

"Ho! Jen vi! Do vi vivas!"

Jen eble ne la plej inteligenta reago, sed tio ja ne gravis.

"Nu, partoj de mi. Dankon pro la letero."

"Mi provis ĉiel kontakti vin. Tio estis la lasta rimedo."

Estiĝis paŭzo. Mi ne sciis kion diri.

"Sed..." mi provis. "Via patrino... Ĉu ŝi do mortis?"

"Supozeble. Ankaŭ Seb kaj Avino. Lin oni ĵus identigis, sed ankoraŭ ne Panjon kaj Avinon."

"Terure! Mi tre bedaŭras, Mika. Tio ja estas neimagebla!"

Nova paŭzo, dum kiu ŝi spiris aŭdeble.

"Mi tamen tre ĝojas ke vi mem vivas", mi diris kun ŝancela voĉo.

Ŝi suspiris aŭ eble nur forte spiris.

"Dankon."

"Kaj via fratino?"

"Ŝi transvivis sen grava vundo. Sed la pensiono estas neniigita. Restas nenio."

"Ha. Mi bedaŭras. Mika, ĉu mi povas renkonti vin? Kie vi estas nun?"

"Post la transporto al Svedio oni deponis min en Kalmar. Mi estas en la domo tie. Ĉe Paĉjo."

"Ĉu vi venos al Stokholmo?"

"Ĉi-momente ne. Mi perdis la dekstran kruron. Ĝuste nun mi sidas en rulseĝo."

"Ho, ĉu vere? Terure!"

"Nu, sufiĉe. Do neniu plua ĵudo por mi. Nek taj-boksado. Malfacilus piedbati sen la piedo."

"Damne, Mika! Mi ne scias kion diri."

"Nek mi."

"Sed ĉu mi povas viziti vin?"

"Se vi venos al Kalmar, jes."

"Do mi provos aranĝi tion. Eble mi tamen devos atendi ĝis la vintraj ferioj."

"Ne gravas. Mi sidadas tie ĉi, krom kelkfoje, kiam oni veturigas min al la hospitalo. La damna kruro plu doloras, kvankam ĝi ne plu ekzistas. Kaj la stumpo rifuzas plene kuraciĝi. Krome la pulmoj duone kolapsis."

"Ha. Terure! Mi bedaŭras. Ĉu mi atingos vin per ĉi tiu numero?"

"Ĉiam."

"Do la malnova ne plu validas?"

"Nur se vi volos paroli kun iaj tropikaj fiŝoj."

Mi ne povis tuj liberigi min de la studado por vojaĝi al Kalmar, sed fine de februaro kaj komence de marto ni havis unusemajnan libertempon, same kiel aliaj lernejoj. Do, dum kelkaj el miaj samklasanoj vojaĝis norden por slalomi en la montaro, mi trajnis suden. Estis vere stranga sento kvazaŭ de sonĝo sidi en la vagono, rigardante la vintran pejzaĝon kun arbaroj, glacikovritaj lagoj kaj preterflugantaj domoj, atendante ke mi renkontiĝos kun Mika, aŭ kun partoj de ŝi, kiel ŝi diris telefone kun grajno da nigra humuro.

La dua parto de la vojaĝo, tra suda Smolando, estis konsterna pro alia kialo. La fervojo inter Alvesta kaj Kalmar pasis tra la regiono plej trafita de la ŝtormo Gudrun. La smolanda arbaro grandparte kuŝis pelmele kiel bastonet-pluka ludo, parte kovrita de neĝotavolo restanta post granda neĝado antaŭ du semajnoj. Kaj tamen la sveda naturkatastrofo ja estis bagatelo eĉ ne menciinda, kompare kun tio, kion spertis Mika. Miaj sentoj, dum mi rigardis el la vagono al la kaoso de kuŝantaj trunkoj, estis ege ambiguaj.

Mika telefone demandis min, ĉu mi povos uzi aŭton por promenigi ŝin en la urbo kun ĉirkaŭaĵoj. Necesis iom da argumentado kun Paĉjo por atingi tion. En sia laborejo li de jaroj desegnis partojn de fervojaj vagonoj, kaj en la libertempo li tre ŝatis veturi per muzea trajno tirata de vaporlokomotivo. Sed li neniam akceptus iri buse al la laborejo. Li eĉ ne scius kiel pagi por veturo kun loka buslinio. Kaj male al multaj kalmaranoj li ne ŝatis bicikli, precipe ne vintre. Por li la aŭto estis la sola imagebla maniero atingi la laborejon. Do en la sekva tago, marde la unuan de marto, mi devis ellitiĝi samhore kiel li kaj je kvarono antaŭ la oka veturi kun li al la Mekana Laborejo. Poste mi povis uzi lian aŭton ĝis la fino de liaj laborhoroj, kondiĉe ke nenio damaĝos ĝin.

Lastatempe li ŝanĝis de Saab al Volvo, kaj nun li havis sufiĉe novan modelon V40. Mi trovis ĝin tre luksa, stirante unue hejmen por ne veki Mikan tro frue. Poste, je la deka horo mi haltigis ĝin sur la strateto antaŭ la domo de la tubisto Arne Kronqvist. Unuafoje mi eniros en la iaman hejmon de Mika tiel bone konatan de ekstere.

Ŝi malfermis la pordon kaj ruliĝis malantaŭen per sia rulseĝo. Unu piedo skutis sur la planko, la alia ne ekzistis. Unu krurumo de la pantalono estis detondita kaj fiksita per sendanĝera pinglo. Mi fermis la pordon malantaŭ mi, paŝis al ŝi, klinis min kaj brakumis ŝin longe. Se konsideri zorge, tio estis mia unua brakumo kun ŝi, sed tiumomente mi ne pensis pri tio.

"He! Ĉesu! Vi sufokos min. Baldaŭ vi eble eĉ komencos kisi."

"Ĉu vi preferus tion?"

"Nur provu, kaj mi montros al vi iom da ĵudo, eĉ per unu kruro."

Por defii ŝin mi tute leĝere kisetis ŝian vangon, sed ŝi nur gestis forpuŝe.

"Kiel bone vidi vin, Mika! Ĉu vi volas tuj aŭti?"

"Jes! Mi ŝimas tie ĉi."

"Kiel fari pri la rulseĝo?"

"Tiun ni lasos."

Ŝi ruliĝis flanken, kaptis du lambastonojn kaj stariĝis iom nestabile sur unu piedo per helpo de tiuj. Kaj poste ni eliris. Mi pretis kapti ŝin, kiam ŝi subeniris la du ŝtupojn, sed ŝi solvis tion senprobleme, kaj poste ni enaŭtiĝis kaj ekveturis.

"Do kien?"

"Ien ajn."

Mi stiris unue al la elementa lernejo de Falkenberg.

"Jen mi gvatsekvis vin en la sepa lernojaro", mi nostalgiis.

"Ne kredu ke mi ne rimarkis tion. Mi tre fieris pro via stalkado."

"Ĉu?"

"Kompreneble. Vi estis unu el miaj ĉefaj predoj. Des pli, kiam mi vendis al vi maĉgumon en la butiko de Panjo."

La mencio de ŝia patrino enkondukis temon pli seriozan. Provizore mi tamen atentis pli multe kiel stiri ĝis nia iama lernejo, kie svarmis infanoj, ĉar ĉi-sude la vintraj ferioj jam okazis en la pasinta semajno. Dum mallonga halto tie mi vidis ke kelkaj bicikloj staras ĉe la rako, kie ŝi iam klarigis al mi, kion ŝi faras somere en Tajlando. Subite frapis min la penso ke ŝia frato Sebastian devus esti inter la bruantaj infanoj sur la lerneja korto. Mi memoris la okazon, kiam ŝi defendis lin ekster la manĝejo. Sed el la cunamo ŝi ne povis savi lin, kaj eĉ apenaŭ sin mem. Mi tamen nun diris nenion pri tio. Anstataŭe mi pripensis kien pluiri.

"Ĉu al Stagg?" mi demandis.

"En ordo."

Ni baldaŭ alvenis ĉe nia iama gimnazio, sed ni ne eniris sur ĝian korton, kie ni eble eĉ povus kunpuŝiĝi kun iu konato. Precipe kun Jenni, mi subite ekpensis. Anstataŭe mi stiris trans la ponton kaj malrapide ruliĝis laŭ la akvo, rigardante transen al la sporteja konstruaĵo de la gimnazio kaj al la statuo de plonĝanto, kiu staras antaŭ ĝi. Estis populara ŝerco ornami tiun per banŝorto aŭ alia vestaĵo, ĉapo, kondomo aŭ io ajn, sed hodiaŭ ĝi estis nuda, kiel la skulptisto Carl Eldh intencis.

Mi senvorte plu stiris la Volvon de Paĉjo ĝis la orienta fino de la urbocentra insulo Kvarnholmen, loko nomata Kata vosto.

"Ĉu vi povos iom paŝi per tiuj?" mi demandis, kapsignante al la lambastonoj sur la postaj sidlokoj.

"Iomete."

"Ĉu tie?"

"Se vi volas. Tie ĉi la strandoj estas sendanĝeraj, espereble."

Efektive ŝajnis tiel. Kelkaj blankvangaj anseroj evidente profitis de la klimatŝanĝo por resti ĉe la baltmara bordo, kaj ili malvolonte paŝis flanken por lasi spacon al ni. Do ni iris kelkajn paŝojn sed baldaŭ sidiĝis sur benko. La akvo de la markolo estis griza kaj krispa. Videblis nek neĝo nek glacio.

"Ĉu oni jam trovis ankaŭ viajn patrinon kaj avinon?" mi demandis, ne povante plu eviti la temon.

"Ne. Kredeble oni enterigis ilin en amastombon inter aro da aliaj kadavroj tajaj. Krom se la ondo portis ilin foren en la vastan maron. Mi supozas ke la identigantoj okupiĝas unuarange pri la farangoj. La eŭropanoj kaj amerikanoj."

"Oni tamen identigis vian fraton, ĉu ne?"

"Jes. Sed li ja estas farango."

"Ĉu?"

"Evidente. Ĉu vi ne komprenis tion? Tie ĉi Seb kaj mi ĉiam estis azianoj. Sed en Tajlando ni estas farangoj."

Mi pripensis ŝiajn vortojn. Ili ja estis iasence logikaj, tamen mi ne povis vere enkapigi ilin.

"Aŭskultu", ŝi daŭrigis kun sia kutima loka akĉento de Kalmar. "Mi naskiĝis tie ĉi, mi kreskis tie ĉi, mi estas svedino. Mia patro estas ĝisosta smolandano kun flartabako sub la supra lipo kaj kelkaj restantaj eksblondaj haroj, nun delonge grizaj, ambaŭflanke de la kalva verto. Tamen ĉi-lande lia filino ĉiam ĝismorte restos la tajlanda putino."

Mi saltetis ĉe ŝiaj vortoj. Subite mi rememoris la stultaĵojn de Linus kaj Kristofer antaŭ sep jaroj. Sed mi antaŭe neniam pensis pri tio ke ankaŭ Mika mem konis iliajn fantaziojn. Dum ĉiuj jaroj, kiam mi konis ŝin, ni neniam interparolis pri tiu kliŝo, kaj ŝi neniam antaŭe aludis ĝin.

"Sed tio ja estas nur idiotaj antaŭjuĝoj de adoleskaj stultuloj", mi diris. "Mi ne kredus ke vi atentas tion."

"Tiuokaze multaj viroj restas eternaj adoleskuloj."

Mi ekridis, sed ŝi restis seriozmiena.

"Imagu tiujn bubojn, miajn iamajn tiel nomatajn koramikojn. Mi faris ĉion, por ke ili ŝatu min kaj akceptu min kiel egalulon. Ĉu vi komprenas? Ĉion! Sed ju pli mi komplezis ilin kaj humiligis min, des malpli ili respektis min."

Ŝi kraĉis sur la teron apud sia piedo. Poste ŝi levis la rigardon kaj skuis la ŝultrojn. Eble ŝi frostis. Mi pensis ke al mi ŝi neniam humiligis sin. Jen eble kial mi respektas ŝin.

"Nu, ne plu gravas", ŝi daŭrigis. "Ili pensu, kion ili volas, kaj restu adoleskaj, se plaĉas al ili. Kun tiu ĉi stumpo mi verŝajne ne plu..."

Ŝi silentiĝis sen fini la frazon kaj turnis la rigardon al la markolo. Mi rigardis ŝian vizaĝon. Ŝia mieno estis tute neŭtrala, kiam ŝi rigardis la maron kaj la foran bordon de Oelando. Dum kelka tempo ankaŭ mi direktis la rigardon orienten.

"Mika", mi poste diris, "ĉu vi volus rakonti pri la katastrofo? Mi celas kiel vi mem spertis ĝin."

"Se vi volas. Sed ne tie ĉi. Prefere ni iru ien, kie estas pli varme. Kaj eble ni manĝu ion, ĉu ne?"

Fakte estis malvarma humido ĉi tie ĉe la akvo. Do ni reenaŭtiĝis kaj ekveturis.

"Ĉu al Venezia, se ĝi plu ekzistas?" mi sugestis.

"Mi ne tre ŝatus la ŝtupojn tie. Ĉu vi trovas la Havenan tavernon tro multekosta?"

"Certe ne. Ni iru tien."

Mi parkumis sur la kajo. Ni enpaŝis en la restoracion per niaj tri piedoj kaj du lambastonoj kaj ricevis bonan tablon kun vidaĵo al la havenaj basenoj, kie laŭdire iam estis tre vigla navigado de pramoj al kaj de Oelando. Mi kompreneble ne spertis tion, ĉar la ponto ekzistas jam de antaŭ mia naskiĝo.

Je ĉi tiu tagmeza horo regis memserva bufeda sistemo, do mi alportis al Mika plenajn telerojn da salato, aneta bovidaĵo kun terpomoj, marinitaj ruĝaj betoj, pano, butero, kaj krome mi mendis malfortan bieron. Poste mi alportis la samon al mi mem.

"Vi grasigos min. Mi ĉiam supozis ke vi preferas maldikulinojn", ŝi diris pale ridetante.

"Nu..." mi diris sed haltigis min.

Mi intencis diri ke Jenni ja estis maldika, eĉ tro, sed Elvira ne. Tamen estus embarase mencii tion al Mika. Ne por tio ni sidis ĉi tie. Do, dum kelnerino alportis niajn bierojn, mi provis konversacii pli neŭtrale pri la manĝo, la restoracio, la vetero kaj la vidaĵo, kaj inter la vortoj mi maĉis la bovidaĵon. Mika malmulte respondis sed dediĉis sin al la manĝado, kaj post kelka tempo sonis ĉefe la tintetado de niaj manĝiloj. Ĉirkaŭe aliaj tagmanĝantoj diskutis siajn aferojn profesiajn aŭ privatajn.

"Kiel komenciĝis la afero?" mi fine diris, manĝinte la plejparton de mia porcio. "Tio estas, kiel vi spertis ĝin?"

Ŝi demetis la tranĉilon kaj prenis gluton da biero.

"Mi devus ne trinki bieron", ŝi diris. "Mi ankoraŭ prenas antibiotikon. Sed mi fajfas pri tio. Kaj cetere tiu ĉi biereto ne enhavas multe da alkoholo."

Mi plu atendis. Ŝi rigardis foren tra la fenestro al la havenaj basenoj, aŭ eble nur en sian memoron. Dum momento mi supozis ke ŝi ne sukcesos rakonti. Verŝajne pensi pri la travivaĵo tro dolorigas ŝin.

"Matene mi iris kun Sue al la vendoplaco", ŝi tamen komencis sen plia enkonduko.

"Pardonu, kun kiu?"

"Kun Sue. Mia fratino. Ŝi nomiĝas Suniporn, sed angle ni diras Sue. Mi parolas kun ŝi jen taje, jen angle. Ŝi estas tridekjara."

"Bone, mi komprenas. Do daŭrigu, mi petas. Mi ne plu interrompos."

"Do ni iris por aĉeti legomojn kaj fruktojn. La pensiono havas sufiĉe da gastoj ankaŭ tiusezone, eĉ dum Kristnasko. Havis, mi volas diri. Avino estis en la kuirejo, kiel ĉiam. Kaj ankaŭ Panjo kaj Seb restis hejme en la pensiono, kiu situas tuj ĉe la plaĝo."

Ŝi paŭzis por trinki, do mi diris nenion. Mi supozis ke ŝi denove korektos sin, dirante ke la pensiono ja situis tie sed ne plu ekzistas. Kiam tio ne okazis, mi simple atendis ke ŝi glutos kaj daŭrigos.

"Iom post la deka horo mi rimarkis malkvieton inter la homoj sur la placo. Kelkaj kuris, aliaj babilis laŭte kaj ekscitite. Mi demandis, pri kio temas, ĉar mi malbone komprenis, kion oni krias. Ankaŭ Sue ne komprenis precize. Laŭdire la maro retiriĝis, ŝi diris. Sed kelkajn minutojn poste ĝi ja revenis. Jes. Ĝi damne revenis."

Ŝi glutis pli da biero kaj movis la restantan terpomon tienreen sur la telero per la forko. Ankaŭ mi trinkis. Ĉirkaŭ ni la plej multaj aliaj gastoj finis sian tagmanĝon kaj preparis sin por foriri al siaj laboroj aŭ aliaj taskoj.

"Estis muro el akvo. Oni diras ke dek aŭ dudek metrojn alta. Mi mem tute ne scias. Ni ambaŭ kuris kelkajn metrojn kaj kaptis la parapeton de ia eksterdoma ŝtuparo aŭ verando. Mi ne certas, kio ĝi estis. Kaj poste la akvo trafis nin per enorma forto. Ĉio estis akvo. Ne, ne ĉio, ĉar la akvo kunportis amason da rubo. Trunkojn, tabulojn, pecojn el ĉio ajn. Boatojn, skoterojn, homojn. Mi klopodis fiksteni la parapeton, sed la damna ondo tute ruinigis la konstruaĵon kiel domon el ludkartoj. Io peza, muro de la domo, oni poste diris al mi, falis sur min, kaj mi fiksiĝis sub ĝi. Kaj ĉio estis sub la akvo. Mi glutis akvon, mi spiris akvon. Kaj poste mi svenis."

Ŝi malplenigis sian glason kaj rigardis min.

"Ĉu vi povus alporti kafon?" ŝi diris per alia tono, pli ĉiutageca.

"Kompreneble. Ĉu kun lakto?"

Ŝi kapneis senvorte. Fakte mi devus memori ke ŝi preferas ĝin nigra. Do mi alportis du tasojn da kafo kaj kelkajn kuketojn el la bufedo. Mika trinkis avide kaj poste daŭrigis sian rakonton.

"Kiam mi rekonsciiĝis, mi kuŝis sub amaso da rubo. La akvo jam retiriĝis, sed ĉio estis malsekega kaj kota. Mia dekstra kruro terurege doloris kaj estis fiksita. Mi ne povis eliĝi. Sue malaperis, entute mi ne vidis homojn, kie ĵus estis amaso. Nu, mi pensis ke ĵus, sed eĉ nun mi ne scias, kiom da tempo pasis. Mi volis krii, sed mia voĉo preskaŭ malaperis. Mi havis brulan, raspan senton en la brusto, kiam mi spiris. Tio estis la akvo, sendube. Mi provis ŝovi pecojn da rubo for de mi. Mi timis ke Sue kuŝas sub la amaso da traboj, tabuloj, lado, koto, ĉiaspeca rubaĵo. Mi pensas ke mi vomis. Kredeble mi denove svenis kaj rekonsciiĝis kelkfoje. Mi memoras ke mi miris, ĉar la suno plu brilas sur mian kapon, kvankam la mondo pereis. Mia kruro doloregis. Nu, post longa tempo, tio estas, mi kredas ke pluraj horoj, sed mi ne vere scias, aperis viro inter la rubo, kiu ĉirkaŭis kaj parte kovris min. Li ekvidis min kaj demandis, ĉu mi vivas. Mi pensas ke mi sukcesis flustri ke jes. Li provis eltiri min, sed tute vane. La sola efiko estis pli da doloro. Do li foriris. Mi supozis ke li rezignis kaj lasis min morti, ĉar ne eblis savi min. Post ankoraŭ kelka tempo li tamen revenis kun aliaj viroj. Ili komencis forigi rubon, kaj mane iuj el ili levis la pezan muron el brikoj kaj traboj, kiu kaĉigis kaj fiksis mian kruron, kaj du aliaj eltiris min. Tiam mi denove svenis pro la dolorego. Mi rekonsciiĝis, kuŝante sur la ŝarĝoplato de kamiono, kies skuado kaŭzis tiel inferan doloron en la kruro ke mi saltus de la aŭto, se mi povus stariĝi."

Ŝi malplenigis la kafotason, kaj mi iris replenigi ĝin. Mi mem ankoraŭ ne tuŝis mian kafon.

"Kuŝis eble ok aŭ dek homoj sur tiu plato. Oni portis nin al hospitalo en Phuket, kie estis multaj centoj da vunditoj. Tamen la flegado funkciis bone, mi pensas. Sed mian kruron oni ne povis savi. Tiam mi supozis ke la terura doloro ĉesos, post kiam oni amputos la kruron, sed tio tute ne okazis. Mi sentas ĝin ankoraŭ nun, sed pli malforte. Intertempe mi malsaniĝis de pulma inflamo, verŝajne pro la malpura akvo, kiun mi enspiris. La pulmoj ankoraŭ ne resaniĝis. Do ne petu min kuri kun vi."

Ŝi silentiĝis, faris grimaceton, kiu eble estis ironia rideto, kaj rigardis sian novan tason da kafo preskaŭ surprizite antaŭ ol trinketi el ĝi.

"Mi supozas ke vi tiam sciis nenion pri viaj familianoj", mi diris.

"Nenion. Mi sciis nenion pri io ajn. Kiam mi estis konscia, mi aŭdis interparolojn pri la katastrofo, sed mi komprenis malmulte. Ke trafis min ondego, mi jam sciis proprasperte. Iel mi sukcesis klarigi ke mi estas svedo, kvankam la pasporto ne plu restis, kaj post eble du semajnoj aperis iu viro el la ambasado. Li rakontis ke oni transportos min al Svedio. Mi demandis lin pri Panjo, Avino kaj la gefratoj, sed li kompreneble sciis nenion. Panjo kaj Seb ja estis svedaj civitanoj, sed Avino kaj Sue evidente ne. Cetere mi estis malsana kaj apenaŭ distingis realon de halucinoj. La dudekan de januaro mi flugis al Stokholmo, kaj la dudektrian tien ĉi. La tridekan mi parolis unuafoje kun Sue. Bonŝance ŝi povis konservi sian telefonnumeron per nova telefono. Ŝi rakontis ke la cunamo portis ŝin sur arbon, kie ŝi sukcesis fiksteni sin ĉe la branĉoj kaj saviĝi kun cerba komocio kaj aro da bluaĵoj. Sed el la pensiono kaj la bangaloj restas eĉ ne splito. Kaj la kvinan de februaro, mi pensas, oni sciigis ke la korpo de Seb estas identigita."

Ŝia rigardo iel mallumiĝis, kiam ŝi menciis sian fraton.

"Mi memoras, kiam vi defendis lin ekster la manĝejo", mi diris. "Tio estis ege bona ago. Mi pensas ke ni ĉiuj en la klaso admiris vin tiumomente."

"Baf!" ŝi diris. "Mi mem apenaŭ memoras tion. Li estis ĝenulo, sed vi ne povas kompreni. Ni estis iel la solaj, kiuj similis unu la alian. Panjon mi neniam vere komprenis. Paĉjo estas tute propra speco de homo. Estas enigmo, kiel li iam sukcesis alhoki Panjon. Kredeble li promesis al ŝi luksan vivon. Avino kaj Sue pensis en sia maniero, ĉefe pri sia entrepreno. Sed Seb estis sama kiel mi, kvankam molulo."

Ŝi denove paŭzis kaj rigardis ĉirkaŭ si, kvazaŭ demandante sin, kie ŝi estas, aŭ kiel ŝi trafis ĉi tien. La tagmanĝa horo pasis, kaj la restoracio jam estis preskaŭ malplena. Du kelnerinoj rondiris ordigante kaj viŝante la tablojn. Ankaŭ ekstere en la haveno ĉio estis kvieta; tie okazis nenio. Sufiĉe pala vintra suno provis trapenetri la nubaron.

"Antaŭ du semajnoj lia korpo venis al Svedio en zinka ĉerko. Paĉjo veturis al flughaveno ĉe Upsalo por ĉeesti, kiam oni akceptis la ĉerkon. Mi ne povis akompani lin, ĉar mia pulminflamo ĵus recidivis. Poste oni faris novan identigon por certigi ke tio estas li. Sed la entombigo okazos nur post dek tagoj tie ĉi, en la Suda tombejo apud la kastelo."

Mi kapjesis sed trovis nenion por diri. Mi prenis gluton da kafo, sed ĝi jam tute malvarmis.

"Kun Sue cetere nun komenciĝas nova koŝmaro", ŝi daŭrigis. "Ŝi havas nenion. Ĉio malaperis. Sed ŝi esperas rekonstrui ĉion per mono, kiun ŝi heredos de Panjo. Tamen unue necesos atendi ĝis oni identigos ŝin aŭ deklaros ŝin mortinta. Kaj same pri Avino, mi supozas. Poste estos jura disputo kun Paĉjo. Li antaŭlonge registris nian domon en la nomo de Panjo, verŝajne kiel ia impostevita truko por sia firmao. Sed nun li asertas ke ĝi estas lia, do Sue ne povos heredi el ĝia valoro. Li diras ke li bankrotos, se ŝi heredos. Mi vomas sur tiajn intrigojn. Cetere, eĉ se ŝi povos rekonstrui sian pensionon, kiu do luos ĉambron aŭ bangalon? Ĉu turistoj estonte volos vojaĝi tien? Ĉi-momente ŝi vivas per monkompenso de la tajlanda ŝtato. Ĉu ni pagu?"

Dum momento mi pensis ke ŝi celas ke ni pagu al ŝia fratino. Sed laŭ ŝia rigardo, kiu serĉis la kelnerinon, mi komprenis.

"Mi pagos por ni ambaŭ", mi diris.

Ŝi nur ridis.

"Ne klopodu. Ni estas svedoj, ĉu ne? Ĉiu pagos sian aferon. Ne donacu, ne almozu. Ĉiu por si mem."

Kaj tiel okazis.

"Je la kvina mi devos ĉeesti antaŭ la laborejo de Paĉjo", mi diris, kiam ni denove sidis en la aŭto. "Tio estas, ne mi, sed la aŭto. Tamen ni havas tempon por plia ekskurso, se vi volas. Kien ni iru?"

Ŝi pripensis kaj iom grimacis.

"Mi estas laca, kaj mia stumpo doloras. Mi ankoraŭ ne resaniĝis."

"Do, ĉu vi volas iri hejmen?"

"Tamen ne."

Ŝi paŭzis.

"Fred", ŝi poste diris, "ĉu mi povus dormi ĉe vi? Notu bone: dormi."

Mi tre surpriziĝis.

"Jes, certe. Ĉu nun, tuj?"

"Almenaŭ tuj ripozi."

"Bone, en ordo."

Do mi stiris norden, kaj ni baldaŭ alvenis.

La ŝtuparoj! Mi ne pensis pri ili, kaj ŝi ja ne sciis ke la apartamento troviĝas en la tria etaĝo sen lifto.

"Ne zorgu. Mi portos vin", mi diris.

Ŝi ridis.

"Ne stultumu, Fred. Mi paŝos malrapide supren per la lambastonoj."

"Ĉi-foje ne stultumu vi, Mika. Vi jam estas laca kaj suferas. Mi facile portos vin, se vi rezignos barakti."

Do mi levis ŝin per ambaŭ brakoj kaj sen tro granda peno portis ŝin supren ĝis la apartamenta pordo. Anhelante mi starigis ŝin tie.

"Trans la sojlon mi tamen ne portos vin. Ni ja ankoraŭ ne geedziĝis."

Ŝi denove ridis.

"Tre amuze, Fred."

Mi alportis la lambastonojn, kaj ni eniris.

Mia patro ŝanĝis nenion en mia ĉambro post kiam mi forlasis ĝin por studi en Stokholmo, kaj mi montris al Mika ke ŝi povas ripozi sur mia lito.

"Mi ne volas rabi vian liton. Mi povos kuŝi sur la sofo en la salono."

"Tie kuŝos mi, se vi tranoktos."

"Ha! Vi estas vera ĝentlemano."

Posttagmeze mi liveris la aŭton al Paĉjo, vespere ni mendis picojn kaj babilis pri malnovaj memoroj, nokte mi dormis ĝentlemane sed ne tre komforte sur la sofo, kaj matene ni ripetis la procedon de hieraŭ.

"Kien hodiaŭ?" mi demandis, post kiam Mika proprapiede kaj lambastone subeniris, ĉar ŝi rifuzis esti denove portata.

"Veturu norden. Mi ŝatus rigardi la strateton, kie mi loĝis kiel infano."

Do mi stiris al Lindsdal, kaj tie ŝi ĉiĉeronis min laŭ la stratetoj kun unufamiliaj domoj.

"Jen la nia. Bremsu. Haltu. Ha, oni alkonstruis verandon. Sed la aŭtejo aspektas kaduka. Tiuepoke ĝi ĉiam estis plenplena je la tubaro de Paĉjo. Tie ĉi mi ludis kun Elvira kaj la aliaj, dum Seb gvatis nin de malantaŭ tiuj ribarbustoj."

Mi ne povis diri ion inteligentan pri tio sed nur ahais.

"Ĉu ni rigardu ankaŭ la vian? Mi memoras sufiĉe nebule vian ĉambron kun la komputilo."

"Tio ne estis mia ĉambro sed tiu de Paĉjo. Mi ankoraŭ ne havis propran komputilon. Bone, ni iru tien."

"Poste ni povos lunĉi ĉe ni. Paĉjo sendube estos for riparante tubojn ie."

Do mi stiris suden kaj okcidenten kaj atingis la kvartalon Tegelviken, kie mi apenaŭ estis, post kiam Panjo definitive elmigris kaj vendis la apartamenton ĉe Nyslottsgatan. Sed mi stiris al Arendalsgatan, kiu estis eĉ pli malgranda ol mi memoris ĝin. Nia domo ŝajnis senŝanĝa. La blanka stukaĵo estis en bona stato. Neniu nova verando. Sur la gazono apud la hortensio staris trampolino, do loĝis tie familio kun infanoj. Mi eĉ ne memoris, kiuj aĉetis ĝin antaŭ pli ol kvin jaroj.

Post unuminuta veturo ni jam haltis antaŭ la domo de la tubisto, aŭ eble de lia mortinta edzino. Mika lamis enen kaj sidiĝis en sia rulseĝo.

"Oni faros al mi protezon", ŝi klarigis. "Sed unue la stumpo devas tute kuraciĝi. Poste restos lerni kiel paŝi per tia ligna kruro de pirato, kaj mi skeptikas pri tio."

"Ekzistas sportisto, kiu eĉ kuras per du protezoj."

"Mi vidis tion. Sed tio estas alia speco, iaj risortoj. Mi devos esti tre danka, se mi sukcesos supreniri laŭ ŝtuparo kaj evitos esti ĝenata de ĝentlemanoj."

"Ŝajnas al mi ke vi tamen ŝatis tion", mi provis moketi ŝin.

"Baf!"

Ŝi rulis la seĝon en la kuirejon, kaj mi postsekvis.

"Paĉjo ne lernis kuiri sed vivas per pretaj pladoj, kaj ankaŭ mi tediĝis de kuirado. Bedaŭrinde ne plu restas en la frostujo tajaj pladoj kuiritaj de Panjo. Mi manĝis la lastan *Gaeng daeng* antaŭ kelkaj tagoj. Sed jen io alia. Ĉu en ordo?"

"Ĉio ajn estos en ordo."

Ni do dividis skatolon da moruaĵo kun terpomkaĉo kaj pizoj. Poste mi sidis sur salona fotelo, dum ŝi ripozis kuŝante sur la sofo, de temp' al tempo dirante ion aŭ ĝemante pro doloro reala aŭ fantoma.

"Kiam vi povos reiri al Stokholmo kaj la altlernejo?" mi scivolis.

Ŝi ne tuj respondis. Eble ŝi somnolis, do mi ne volis ripeti la demandon.

"Al Stokholmo, kiam mi ĉesos pri antibiotiko. La protezon oni elprovos tie, en Karolinska."

"Bone. Do espereble ĉi-printempe, ĉu ne?"

"Al la lernejo", ŝi daŭrigis sen atenti mian supozon, "verŝajne neniam."

Mi saltetis.

"Kial ne?"

Denove ŝi prokrastis respondi.

"Eble vi devos atendi ĝis la aŭtuno, kiam ekos nova semestro", mi sugestis.

"Mi entute ne povas imagi min lami sur protezo, intervjuante homojn pri bagateloj. Fakte mi seniluziiĝis pri la ĵurnalismo."

Mi estis ege surprizita. De jaroj ŝi aspiris verki en gazetoj. Mi ne sciis, kiajn iluziojn ŝi do perdis, sed mi ne volis plu demandi. Ne pri tio.

"Do kion vi faros estonte?"

Ŝi levis la ŝultrojn.

"Ion pri arto", ŝi diris sen konvinkiĝo en la voĉo. "Jen, bonvolu ridi, se vi volas."

"Mi ne ridos. Vi ja estas talentulo."

"Baf!"

Evidente tio fariĝis ŝia preferata interjekcio.

"Kion ni faru morgaŭ?" ŝi demandis iom pli vigle. "Aŭ ĉu vi tediĝis de mi?"

"Certe ne. Sed mi interkonsentis kun mia avino ke mi vizitos ŝin iam dum la semajno. Ĉu vi ŝatus akompani min? Ŝi loĝas plej norde sur Oelando, do necesos aŭti dum pli ol horo tien."

"Bonege! Ĉu ni tranoktos tie?"

"Mi ne planis tion, sed certe ja eblus. Tamen Paĉjo grumblus pri la aŭto. Li estas senpova kiel bebo sen ĝi."

"Ni uzu la nian. Ĝi ĉiuokaze nur ŝimas en la aŭtejo. Fakte ĝi ja estas de Panjo."

Mi kredis vidi koleran mienon sur ŝia vizaĝo ĉe tiuj vortoj, sed ĝi rapide pasis.

"Bone, mi tuj telefonos."

Avino respondis post normala tempeto de preskaŭa okdekjarulo, kaj ŝi ŝajne ĝojis, aŭdante mian voĉon.

"Kompreneble vi povos tranokti. Kaj la ĉarma knabino, ĉu Jessika? Mi bonege memoras ŝin, sed vi komprenu, la nomoj..."

Mi ne korektis la misan nomon.

"Ne estas ŝi sed alia. Nur amikino."

"Ha, bedaŭrinde. Nu, tio ja estas natura ĉe gejunuloj."

Eble ŝi celis la ĉeson de mia rilato kun Jenni, mi supozis.

"Do ni venos eble tagmeze, se vi hejmos tiam."

"Mi iras nenien. Sed mi ne certas, kiom mi havas per kio regali vin."

"Ne zorgu, Avino. Ni butikumos survoje en Borgholm."

Ni finis la interparolon, kaj Mika, kiu aŭdis nur mian duonon, demandis:

"Ĉu vi vizitis ŝin kun Elvira?"

"Ne. Kun Jenni. Fakte mi preskaŭ promesis venigi ŝin denove, ĉar ŝi tre ŝatis mian avinon, kaj reciproke."

"Bonege! Ni venigu ankaŭ ŝin!"

La propono konsternis min.

"Ne eblas ja. Ŝi havas lecionojn."

"Ŝi povos anonci sin malsana. Du tagojn da vintra malvarmumo."

"Nu, mi ne scias. Se ni tranoktus triope, verŝajne mankus lito."

"Nenia problemo. Ni povos dividi liton."

Verŝajne mi elmontris kretenan mienon, ĉar ŝi tuj aldonis:

"Jenni kaj mi, idioto! Krom se vi intencas rekomenci kun ŝi."

Mi sentis egan embarasiĝon pro la penso, kiun ŝi evidente facile legis. Fine ŝi devigis min sciigi al ŝi la numeron de Jenni, por ke ŝi telefonu aŭ sendu tekstomesaĝon. Post tio ni disiĝis. Mi forlasis ŝin kun la vortoj:

"Espereble ne venos nova neĝoŝtormo, dum ni estos survoje. Ĉu la aŭto almenaŭ havas vintrajn pneŭojn?"

"Mi tute ne scias. Ne gravas."

Ĵaŭde matene mi iris buse al Tegelviken kaj alvenis iom antaŭ la deka. Mika tuj donis al mi aŭtoŝlosilon.

"Jenni ne kuniros", ŝi diris iom vinagre.

"Nu, mi supozis tion."

"Fakte ŝi ŝajnis sufiĉe ĉagrenita, kredeble ĉar vi mem ne kontaktis ŝin. Laŭdire vi iam proponis al ŝi tian ekskurson, kaj nun ŝi supozas ke mi prenis ŝian lokon."

"Nu, mi ja aludis al ŝi ke tia vizito povus okazi somere aŭ jarfine. Sed jarfine mi estis en Eksjö. Somere ankoraŭ eblos, se Avino plu vivos kaj Jenni plu volos."

"Verŝajne vi ne traktis ŝin same ĝentlemane kiel min. Sed nun bonvolu retroigi la aŭton el la aŭtejo kaj subenfaldu la dorsapogilon de la malantaŭaj sidlokoj, ĉar mi volas kunporti la rulseĝon, kaj la kofrujo estas tro malgranda."

Mi eliris kaj malfermis la aŭtejon, pensante ke se Jenni akompanus nin, ni ja bezonus malantaŭan sidlokon por ŝi, sed mi rezignis plu diskuti pri tio. La aŭto estis eta blua Toyota Yaris, kaj kiel mi antaŭtimis, ĝi havis nur somerajn pneŭojn.

"Mika, la veterprognozo anoncas eblajn skualojn kun neĝo. Mi ne stiros aŭton sur tiaj pneŭoj en tia vetero. Se kuŝos neĝo sur la vojoj, estos eĉ kontraŭleĝe veturi per someraj pneŭoj."

Ŝi paŭtis kaj klinis la kapon tien-reen.

"Molulo! La stratoj ja estas sekaj kaj senneĝaj."

Sed mi restis ĉe mia rifuzo.

"Aŭskultu. Mi piediros ĝis Europcar; tio estas nur kelkcent metrojn for. Tie mi espereble povos lui pluruzan aŭton kun vintraj pneŭoj. Atendu ĉi tie. Mi tuj revenos."

Mi ne atendis ŝian reagon sed tuj ekpaŝis. La aŭtolua firmao estis malfermita; ĉio iris glate, kaj post duonhoro mi revenis per Volvo preskaŭ simila al tiu de Paĉjo. Mi kunfaldis kaj enŝovis ŝian rulseĝon, kaj jen ni ekiris.

Jam veturante sur la plej alta punkto de la ponto mi vidis minace nigran nubon fore antaŭ ni, sed kiam ni venis transen kaj turnis nin norden, ĝi ŝajnis celi pli suden. En Borgholm mi aĉetis manĝaĵojn, dum Mika restis en la aŭto. La vojo plu norden sur la insulo ne estas larĝa, sed en ĉi tiu antaŭtagmezo de ĵaŭdo en la komenco de marto ĝi estis preskaŭ dezerta. Tuj antaŭ Föra ekneĝis, sed baldaŭ poste tio ĉesis, kaj kiam ni alvenis antaŭ la domon de Avino je dudek minutoj post la dekdua, mi eĉ videtis la sunon en la retrospegulo.

Ni salutis Avinon kaj instalis nin. Kompreneble ŝi surpriziĝis ekvidi mian unukruran amikinon, sed mi tre koncize klarigis, kio okazis al Mika, kaj ŝovis iom da mebloj flanken por faciligi al ŝi moviĝi per la rulseĝo.

Manĝinte oelandajn terpombulojn kun lardo, kiujn mi aĉetis pretaj, ni volis promeni. Sed tiam alvenis la nubo, aŭ pli kredeble alia nubo ol tiu, kiun ni vidis pli sude. Ĝi alvenis per la vento el nordoriento kaj evidente konsistis el humido ĉerpita el la senglacia Balta maro. Atingante la bordon de la insulo, ĝi demetis tiun humidon en formo de neĝoflokoj. Komence ili falis tre bele, "kiel sur Kristnaska bildkarto" laŭ la kutima diraĵo. Sed baldaŭ ili ne plu falis de supre suben sed albloviĝis horizontale kiel de neĝokanono. Ni povis fari nenion krom rigardi la spektaklon tra la fenestroj.

"Estis neĝoŝtormo antaŭ du-tri semajnoj", diris Avino. "Tiu tamen trafis Smolandon pli forte. Sed antaŭ du jaroj ni estis tute enneĝigitaj. Oni devis uzi raŭpoveturilojn de la armeo por servi homojn. Kaj tio povas daŭri dum pluraj tagoj."

Ĉi-foje la neĝado tamen daŭris nur dum horo kaj duono, kaj poste la neĝo kuŝis kiel eta taluso laŭ la orienta muro de la domo. Mi ŝovelis ĝin for de la pordo, sed ni rezignis eliri. Nek la rulseĝo, nek la lambastonoj estus taŭgaj por trairi neĝamasetojn.

Dum ni kafumis, Mika rakontis pli detale al mia avino, kie kaj kiel ŝi perdis ne nur sian kruron sed eĉ la patrinon, avinon kaj fraton.

"La vivo vere trafis vin kruelege", diris Avino. "Tamen mi sentas ke vi havas internan forton. Vi luktos, ĉu ne? Vi kreos al vi bonan vivon malgraŭ ĉio, mi pensas."

Mika aŭskultis sed nur levis la ŝultrojn kaj ne komentis ŝiajn vortojn. Tiam Avino ekrakontis pri mia avo Ernst.

"Ni geedziĝis sufiĉe junaj", ŝi diris, "sed mi volis uzi mian ekzamenon kaj labori kelkajn jarojn antaŭ ol havi infanojn. Poste naskiĝis Carina, la patrino de Fredrik, kaj tri jarojn post ŝi venis Kent. Do mi restis hejme dum dek jaroj, ĉar infanvartejoj ja ankoraŭ ne ekzistis, sed kiam Kent komencis en la lernejo, mi faris same, se tiel diri. Mi ja estas instruisto; tion vi eble ne sciis", ŝi diris al Mika.

"Ne, mi ne sciis. Fred malmulte klarigis."

"Nu, ne pri tio mi volis rakonti. Post kiam la infanoj jam plenkreskis, Ernst kaj mi havis tre malmulte da komunaj interesoj. Verŝajne estis tiel de ĉiam, sed antaŭe mi ne rimarkis tion. Li ŝatis ĉasi, sed ĉi tie ja ne estas multe da oportunoj por tio. Krome li fiŝis, kaj tio ja eblas, sed la moruoj pli kaj pli maloftiĝis, kaj ankaŭ aliaj fiŝoj malaperis. La Balta maro entute ne fartas bone. Nu, ĉu pro tio aŭ pro alio, unu tagon li simple sciigis ke li forlasos min kaj transloĝiĝos al Hudiksvall. Mi kompreneble suspektis ke li enamiĝis al nova virino, eble pli juna, sed verŝajne mi eraris. Aŭ se jes, tio ne longe daŭris. Ĉiel ajn, ni divorcis, kaj du jarojn poste mi eksciis ke li mortis pro akcidento dum alkoĉasado. Oni supozis ke li stumblis, falis sur la fusilon kaj senintence pafis. Mi ne scias, ĉu tio estas vera. Al mi tio sonis kiel ia provo kaŝi ke li pafmortigis sin. Sed ankoraŭ hodiaŭ mi ne scias. Ĉu vi memoras ĉi tion, Fredrik?"

"Ne rekte. Mi pensas ke mi estis nur tri- aŭ kvarjara. Kaj ankaŭ poste Panjo neniam volis paroli pri lia morto. Mi eksciis la aferon de vi, kiam mi adoleskis, mi pensas."

"Jes, mi trovis grave ke vi sciu, kiel mortis via avo. Dum ni vivis kune, laŭ mia scio li ne estis deprimita, sed li neniam estis tre gaja persono. Se mi komprenus, mi ja provus konvinki lin peti helpon."

"Kio estis lia profesio?" demandis Mika. "Ĉu ankaŭ instruisto?"

"Tute ne. Li estis policisto. Mi renkontis lin en Köpingsvik dum Somermeza festado."

"Ha."

Avino dum momento ridetis je la memoro. Tamen ŝi tuj reserioziĝis. Mi vidis ŝin pensi, sed ŝi diris nenion. Eble ŝi pensis la samon kiel mi ofte imagis, nome ke iu el la aliaj ĉasistoj pafmortigis lin pro ia kverelo aŭ krimo, kiun li malkaŝis. Sed verŝajne mi tro fantaziis. La reala vivo plej ofte ne similas la krimromanojn aŭ filmojn.

Mi ne scias, kial Avino elektis rakonti ĉi tion al Mika. Eble por montri al ŝi ke ankaŭ aliaj foje spertas dramojn kaj eĉ perdas gepatrojn. Sed estis ja grandega diferenco inter la morto de mia avo kaj tio, kio trafis la familion de Mika. Kiam mia avo mortis, kiel ajn tio okazis, Panjo jam delonge estis plenkreska kaj eĉ mem patrino.

Mika enlitiĝis sufiĉe frue, dum Avino kaj mi plu babilis iom. Interalie ŝi demandis pri mia patro, sed mi ne povis rakonti tre multe. Mi pensas ke li iam rilatis tre bone al sia bopatrino, sed post la divorco ili evidente ne plu renkontiĝis. Sufiĉe stulte, mi pensis, sed tiaj ja estas la kutimoj.

Poste mi devis denove kuŝi sur sofo. Tiu de Avino estis tro mallonga, do mi ne povis rektigi la krurojn. Verŝajne Mika ja povus rektigi sian restantan kruron sur ĝi, ĉar ŝi estis multe pli malalta ol mi. Sed se mi proponus tion, ŝi ne plu nomus min ĝentlemano.

Vekiĝinte meze de la nokto pro malkomforto, mi eĉ pripensis, ĉu proponi al Mika ke ni dividu la liton, tio estas sen seksumi. Ŝi ja pretis dividi ĝin kun Jenni. Mi eĉ paŝetis en la ĉambron kaj rigardis ŝin en la malforta lumstrio el la salona lampeto, dum ŝi kuŝis trankvile dormante sub la litkovrilo. Ŝi spiris iom peze kaj kun raspa sono, tamen regule. Sed kompreneble mi ne vekis ŝin por demandi. Ŝi tute certe nur mokus min aŭ kolerus, ĉar mi vekis ŝin.

Vendrede ni matenmanĝis malfrue kaj longe, dum Avino rakontis memorojn el sia profesia vivo, kaj iomete pri miaj patrino kaj onklo kiel infanoj. Baldaŭ poste Mika kaj mi reveturis suden. Dum mi stiris la luitan aŭton, ŝi nekutime longe sidis silenta. Poste ŝi diris:

"Simpatian avinon vi havas."

Mi ridetis.

"Same opiniis Jenni. Kaj vi ambaŭ ja pravas."

"Fred, ĉu vi pretus helpi min pri afero, se mi sukcesos vojaĝi al Stokholmo post monato, la kvinan de aprilo?"

"La kvinan? Jen mia naskiĝtago. Nu, tio ja ne gravas, sed pri kio mi helpu vin? Ĉu la protezo?"

"Tute ne. Sed tio estos cent tagojn post la cunamo kaj la morto de la miaj. Se eblus, mi ŝatus viziti tajan budhisman templon por fari memoran ceremonion."

Mi estis ege konsternita. Jen tute nova flanko de Mika.

"Ĉu vere? Mi ne sciis ke vi estas religiema. Aŭ eĉ ke vi estas budhisto."

"Tute ne. Sed Panjo kaj Avino ja estis budhanoj, kaj tio estas tradicio, mi pensas. Mi fakte ne scias certe. Temas pri respekto al ili. Sed probable mi ne povos vojaĝi pro la kruro. Aŭ pro la stumpo, pli ĝuste. Sed tie ĉi ne ekzistas templo. Mi jam petis Paĉjon veturigi min, sed li kompreneble rifuzis vojaĝi. La smolandaj akvotuboj kaj kloakoj pli gravas al li ol la memoro de Panjo."

"Oho. Nu, mi kompreneble helpos vin laŭ kapablo. Do diru, kion mi faru, kaj mi klopodos."

"Mi ne scias kion. Sed eble necesus denove lui aŭton. La templo situas ie en Värmdö."

"En ordo."

Ŝi denove silentiĝis, dum mi meditis pri ŝia peto. Mi eĉ surpriziĝis ekscii ke ekzistas budhisma templo en Svedio, kaj mi scivolis, kiel ĝi aspektas.

Kiam ni revenis al Kalmar, ni disiĝis ĉe la domo de Mika kaj ŝia patro. Kaj sabate mi reiris trajne al Stokholmo.

Mi do atendis ke ŝi kontaktos min pri tiu vizito al templo, sed tio ne okazis. Mi aŭdis nenion de ŝi, kaj kiam mi telefonis por ekscii, ĉu ŝi venos, ŝi ja respondis, sed komence nur per mallonga neo. Poste ŝi klarigis ke la amputita kruro ne permesas al ŝi fari tian vojaĝon.

"Tio cetere ja estis nur stulta ideo", ŝi diris malgaje. "Mi eĉ ne scias, ĉu ili estas enterigitaj aŭ malaperis en la maron."

"Eble vi povos fari la ceremonion pli malfrue, kiam vi revenos al Stokholmo", mi sugestis.

"Nu, povas esti."

Tiu semajno en Kalmar, la aŭtopromenoj kaj ekskurso kun Mika fariĝis memoro iom malrealeca, kvazaŭ sonĝo. Sed baldaŭ mi replonĝis en la ĉiutagan vivon. Por mi la studado dum la printempo estis intensa. Mi lernis fari precizajn konstrudesegnojn, mi enkapigis detalojn pri konstrutekniko kaj materialoj, kaj mi alkutimiĝis al la speciala ĵargono de arkitektoj, kvankam verdire mi konis nur tiujn, kiuj instruis en la lernejo. Mi estis tre kontenta pri mia ĉambro en Lappkärrsberget, populare Lappis. Du aŭ tri vesperojn ĉiusemajne mi kuris laŭ la multaj padoj tuj apud la kvartalo. Kaj la kvar kilometrojn al la lernejo mi ĉiam biciklis, krom se pluvegis. Nur de temp' al tempo mi pensis pri la vintra semajno kun Mika en Kalmar, pri ŝiaj travivaĵoj kaj pri tio, ĉu mi iam revidos ŝin ĉi tie en la ĉefurbo.

Axel kaj mi kelkfoje iris al bierejo aŭ kinejo, kaj krome ni denove faris taskon kune en la lernejo. Tiam mi demandis lin, ĉu lia patro havas novan projekton, kiu povus laborigi nin dum la somero. Li supozis ke ne sed promesis demandi. Ni tamen serĉis laboron ankaŭ per niaj kontaktoj en la lernejo, kaj tio donis rezulton. Temis pri la vilaĝa preĝejo de Granhult meze de Smolando, kiu ricevos novan fasadon el ŝindoj. Sufiĉe bizara laboro, kaj Axel ne akceptis ĝin, sed mi jes. Mi opiniis ke tio povos esti interesa sperto, kaj ĉiuokaze mi devos fari ion. Krome tio estos en mia hejma provinco, eble centon da kilometroj de Kalmar.

Iom post iom mi konatiĝis kun la loĝantoj de la apudaj ĉambroj ĉe mia koridoro en Lappis. Jens el Dalekarlio, kiu studis biologion. Franziska el Germanio, kiu studis internacian juron. David el Skanio, kiu studis maŝinteknikon. Kaj aliaj. Post festo en la Valpurga vespero mi iel trafis en la ĉambron kaj liton de Pernilla, kiu studis ekonomikon. Nu, eble trafis ne estas la ĝusta vorto, ĉar temis pri intenca manovrado miaflanke, kvankam ne longe planita. Dum la festado mi rimarkis kelkajn parojn daŭrajn aŭ okazajn inter la ĉeestantoj, kaj mi komencis nebule demandi min, kial mi mem neniam pariĝas. Mi provis kalkuli, kiom da tempo pasis post la lasta fojo, kiam mi seksumis kun Jenni. La vaporo en la kapo ĝenis mian kalkuladon, sed damne, jam pasis jaroj! Mi ne komprenis, kiel tio eblas. Do mi rigardis ĉirkaŭ mi kaj trovis nur unu eblan predon, Pernillan. Mi malplenigis mian glason kaj ŝanĝis lokon, enmiksiĝis laŭ kutime vira maniero en ŝian babiladon kun apuda ino. Baldaŭ mi metis manon unue sur ŝian ŝultron, palpante la mamzonan ŝelkon, kaj poste sur la femuron. Kiam ŝi ne forigis mian manon, mi eĉ kisis ŝin, enspirante ŝian intensan parfumon, kiu preskaŭ narkotis min, kaj tiam ŝia babilado provizore silentiĝis. La amikino serĉis alian kunbabilanton, kaj post tio ni ne longe prokrastis retiriĝi en ŝian ĉambron. Kial ŝi ne rifuzis min, mi tute ne scias. Eble ŝi jam delonge sentis intereson al mi. Aŭ eble kulpis ankaŭ por ŝi la drinkaĵoj.

Matene mi tamen malkovris ke mi ne tre aprezas ŝian babiladon pri banalaj modaĵoj, nek la rutinan plendadon pri la registaro. Malgraŭ tio mi revenis al ŝi trifoje dum la sekvaj semajnoj, ĝis mi sukcesis rompi la rilaton. Poste mi ekkonsciis ke tiu rilato, se entute indas nomi ĝin tiel, ja komenciĝis en simila maniero kiel tiu kun Elvira, mia unua koramikino. Iom hontinde! Tamen la rilato kun Elvira estis vera amrilato dum dek unu monatoj, ĝis ŝi finis ĝin. Aliflanke tiu kun Jenni ekis en preskaŭ sobra stato post nura biero, kaj eĉ tute sobra ŝiaflanke. Eble tamen estus pli prave diri ke ĝi komenciĝis pro ebrio de muziko en la festivalo, kvankam nur poste ni iĝis geamantoj en fizika senco.

Pernilla faris kelkajn pluajn provojn iniciati daŭrigon de la afero. Vidante ke mi eliras por kuri, ŝi eĉ proponis akompani min, kvankam normale ŝi preferis la maŝinojn de gimnastikejo, kiel ŝi jam rakontis al mi. Sed kiam mi rifuzis tion, ŝi ŝanĝis sintenon kaj plene ignoris min. Mi ne scias, kiun konduton mi trovis pli ĝena, sed ĉiuokaze mi estis kontenta ne plu devi montri intereson al ŝia babilado pri sia familio, la amaferoj de princino Madeleine, la sveda kontribuaĵo al la Eŭropa Kantokonkurso kaj aliaj indiferentaj temoj.

Mi kelkfoje telefonis al Mika. Ŝi malofte respondis, sed dufoje ŝi retelefonis al mi. Ial ni tamen ne trovis multon por priparoli. Ŝia stumpo iom post iom resaniĝis. Ŝi asertis ke ŝi lernis veturigi la aŭton per sia sola kruro, kvankam ĝi estas la maldekstra, ĉar la Toyota de ŝia patrino havas aŭtomatan transmision, do ne necesas kluĉi kaj malkluĉi. Al mi ŝajnis sufiĉe danĝere akceli kaj bremsi per la malĝusta piedo, sed ŝi nur ridis.

"Kiam vi venos al Stokholmo por la protezo?" mi demandis.

"Oni ankoraŭ ne sciigis. Verŝajne en la tago de l' Sankta Neniamo."

"Bonvolu averti min, kiam vi scios. Estus bone renkontiĝi."

"Kial do? Ĉu vi volas ke mi kuru kun vi sur arbaraj padoj?"

"Ne, sed eble vi povus piediri en la kafejon de la Kulturdomo. Aŭ en la templon, kiun vi volis viziti."

"Mi dubas. Ni vidu."

Fakte mi eksciis nenion plu pri tiu afero, kaj kiam komenciĝis la somero, mi mem iris suden en Smolandon, tamen ne al Kalmar sed en la mezon de la provinco.

Laŭdire la eta preĝejo de Granhult estas la plej malnova ligna preĝejo de Svedio, konstruita el trunkoj de arboj faligitaj en 1217, laŭ la dendrokronologia analizo. Ĝia eksteraĵo estas tute kovrita de gudritaj ŝindoj, same sur la tegmento kiel sur la muroj, kaj nun estis necese interŝanĝi tiujn de la muroj. La tegmenton oni refaris antaŭ kelkaj jaroj, mi eksciis.

Montriĝis ke ne tute facilas atingi la vilaĝeton de Granhult. Mi devos vojaĝi al Lenhovda, kie mi luos ĉambron ĉe profesia tegmentisto, kiu laboros pri la tasko, kvankam ĉi-jare li tegos ne la tegmenton sed la murojn. Li veturigos min la restantajn sep kilometrojn al la preĝejo. Do, trajno de Stokholmo suden, ŝanĝo en Alvesta al trajno iranta orienten, sed jam en Växjö mi devis elvagoniĝi por pluiri buse. La buso celis la urbeton Åseda, kio memorigis al mi la iaman viziton en Växjö kun Elvira, Mika kaj Erik, ĉar tiu ulo laŭdire devenis el Åseda. Laŭ la indikoj mi tamen devos elbusiĝi en loko nomata Eke por ŝanĝi al alia buso, kiu portos min al Lenhovda. Do, tute sufiĉe por konfuziĝi.

Mi elbusiĝis, kiam la ŝoforo indikis, ke ni estas en Eke. Mi vidis la buson malaperi foren, kaj jen mi staris ĉe vojkruciĝo meze de la smolanda arbaro. Piceoj, piceoj, piceoj, kaj kelkaj pinoj. Iuj ankoraŭ starantaj, aliaj plu kuŝantaj pelmele post la ŝtormo Gudrun antaŭ duonjaro. Evidente oni bezonos ankoraŭ sufiĉe da tempo por fortransporti ĉiujn trunkojn. Sed neniu homo, neniu domo. Ĉu la ŝoforo trompis min? Mi pripensis, ĉu provi petveturi, ĉar de temp' al tempo ja preterpasis aŭtoj sufiĉe rapide, aŭ ĉu telefoni al la tegmentisto. Kiam mi levis mian poŝtelefonon super la kapon, ĝi ŝajne ekhavis kontakton kun baza stacio, sed ĝuste tiam efektive aperis dua buso, kiu faris U-turnon kaj haltis. Laŭ la fronta tabulo ĝi iros al Alstermo.

"Ĉu vi veturos al Lenhovda?" mi tamen krie demandis tra la malfermita pordo.

"Kompreneble."

Mi ne komprenis, kio kompreneblas en tio, sed mi eniris kaj montris mian bileton. Post kvin minutoj la buso ekiris kun mi kiel sola pasaĝero.

Nu, mi atingis la vilaĝon Lenhovda, la tegisto Stig aperis en griza dupersona Ford kun eta ŝarĝoplato, sur kiu kuŝis stako da ŝtipoj, kaj li tuj rapide veturigis min al la preĝejo de Granhult. Surloke jam troviĝis tri aliaj personoj plene okupataj de la laboro. Mi jam antaŭe vidis bildojn de la preĝejo, tamen surprizis min ke ĝi estas tiel kompakta. Ĉiuokaze ja temos pri multaj ŝindoj. Miloj, sendube.

Apude staris aparato, per kiu Lennart, viro almenaŭ sesdekjara, segis kaj splitis lignon en ŝindojn. La du aliaj, Johnny kaj Lukas, eble nur tridekjaraj, forigis malnovajn ŝindojn kaj najlojn de la fasado kaj alnajlis la novajn, kiujn produktis Lennart.

"Unue vi povas helpi min malŝarĝi kaj porti la ŝtipojn al la splitilo", diris al mi Stig.

Tion mi do faris. Poste mi forigis malnovajn ŝindojn de la preĝeja muro per forka rompilo kaj pinĉtenajlo. Fine oni montris al mi kiel alnajli la novajn de sube supren laŭ imbrikaj vicoj. Kaj iam poste Stig anoncis ke jam estas "vespero", kio signifis laborfinon je la kvara horo posttagmeze. Do la skipo disiĝis, kaj mi reveturis kun li al lia hejmo en Lenhovda. Ĝi estis blanka unufamilia domo el la okdekaj jaroj, aŭ eble naŭdekaj, situanta ĉe la Fervoja strato, kvankam ĉi tie la fervojo jam delonge ĉesis ekzisti. Mi tamen ne loĝos en la blanka domo sed en aparta ligna dometo kun dulita ĉambro kaj kuirejeto.

"Gunilla, la ĉefo, montros al vi ĉion bezonatan, kiam ŝi venos hejmen post horo. Necesejo kaj banĉambro ne estas ĉi tie sed en la ĉefa domo, tuj maldekstre de la vestiblo. Ni ne ŝlosos la dompordon, do vi ĉiam aliros ilin. Cetere, ĉu vi trinkas bieron?"

Tion mi ne povis nei.

"Do simple instalu vin, duŝu vin se vi bezonas, kaj venu sur la terason por postlabora biero."

Kiam aperis lia edzino, ni jam eltrinkis po bieron kaj li alportis du pliajn. Gunilla estis sufiĉe dika blondulino, supozeble kvindekjara aŭ iom pli, tio estas samaĝa kun sia edzo. Ŝi tuj komencis aranĝi aferojn. Jen eble kial li nomis ŝin la ĉefo.

"Vi vespermanĝos kun ni, ĉu ne? Kaj mi faros lunĉan pakon por vi same kiel por Stig kaj mi mem. Vi pagos nur la koston de la manĝaĵoj. Tio estos pli ekonomia ol se vi mem aĉetos. Aŭ ĉu vi preferas mem kuiri en tiu ejeto? Mi metis littukojn kaj litkovrilojn en la dometon, sed vi devos mem sterni. Bantukoj kuŝas en la banĉambro, la bluaj estos por vi."

"Kion mi diris?" ridis Stig. "Sendube mankas al ŝi la infanoj. La lasta elflugis el la nesto antaŭ du jaroj."

"Stultaĵo", kontraŭis Gunilla. "Tute ne. Vespermanĝon post duonhoro. Se vi plu bierumos, vi detruos la apetiton."

"Mi vetas ke ne", diris Stig, kiam ŝi jam endomiĝis.

Do, kvankam la laboro pri la preĝejaj ŝindoj ja estis iom laciga, mi havis komfortan restadon ĉe Gunilla kaj Stig. Ŝi dumtage laboris kiel flegisto de maljunuloj en iliaj hejmoj, kaj vespere ŝi ŝajne volis flegi min. La industria vilaĝo aŭ urbeto Lenhovda ne proponis multajn distraĵojn. Krom surpriza nombro da fabrikoj kaj laborejoj ekzistis du manĝaĵbutikoj, benzinejo, apoteko, elementa lernejo kaj maljunulejo. Krome lago kun strando kaj tendumejo, eta skanseno kaj picejo. Tiu lasta estis la sola lokalo de plezuro, se tiel diri, kaj tie kolektiĝis la loka junularo, kiu ial ne fuĝis al Växjö aŭ pli foren. Kiam mi sabate vizitis la picejon, mi estis tiel evidenta fremdulo ke mi devis respondi scivolajn demandojn de la lokaj junuloj.

"Ĉu kiel punon?" demandis unu el ili, kiam mi klarigis mian laboron ĉe la preĝejo.

Mi nur ridis responde. Sendube tiu laboro ŝajnis ne tre alloga, kiam mi priskribis ĝin.

En la picejo estis ankaŭ tri knabinoj eble deksepjaraj. Unu el ili scivolis pri mia studado en Stokholmo, kaj mi volonte rakontis pri ĝi, eble kun kelkaj plibeligoj. Vespere mi eĉ faris provon inviti ŝin al mia dometo ĉe la tegmentisto, sed ŝi nur ridis, dirante ke ŝi jam havas koramikon en Växjö.

"Ĉu en Växjö? Tamen ni ambaŭ ja estas ĉi tie en Lenhovda, ĉu ne?"

Sed ŝi ne lasis sin konvinki de tiu argumento.

Fakte la laboro ja iĝis iom enuiga post kelkaj tagoj. Tamen ĝi ne estis puno, kaj mi ŝatis vidi la novajn vicojn da helaj ŝindoj ankoraŭ ne gudritaj malrapide kreski kaj anstataŭi la malnovajn, kiuj estis grizaj, fenditaj, plenaj de likenoj kaj parte rompitaj de la tempo. Kaj tre plaĉis al mi senĉese flari la odoron de freŝa ĵus segita kaj splitita ligno.

Post du semajnoj mi decidis pasigi la semajnfinon en Kalmar, kien mi venis per busa kromvojo tra Växjö. Mi telefonis al Mika, sed same kiel ofte antaŭe ŝi ne respondis. Mi eĉ pensis ke mi devus fari la planitan viziton kun Jenni ĉe mia avino, sed fakte estus tro komplike realigi ĝin sen aŭto, ĉar semajnfine iris tro malmultaj busoj. La aŭto de Paĉjo ne disponeblis, ĉar li estis ĉe sia nova kunulino Annika en Karlshamn. Do necesus duafoje lui aŭton por la ekskurso. Sed krome mi sentis ian ĝenon denove telefoni al Jenni post tiom da tempo. Laŭ Mika ŝi ja ĉagreniĝis antaŭ duonjaro, ĉar mi tiam ne kontaktis ŝin por viziti mian avinon. Mi provis telefone kontaktiĝi ankaŭ kun Danne, sed li respondis el Londono, kie li turistis kun sia koramikino. Do finfine mi simple pasigis du tagojn en la hejma urbo sen vere scii, kial mi estas tie. La urbo meze de julio plenis de turistoj, kaj mi sentis ke mi estas unu el ili.

Lunde la laboro en Granhult rekomenciĝis kaj daŭris kiel antaŭe. Kvankam ĝi progresis, mi povis antaŭvidi ke restos sufiĉe multe, kiam mi ĉesos rompi kaj alnajli ŝindojn post ankoraŭ du semajnoj. La profesia skipo bezonos ankoraŭ kelkan tempon, mi supozis. Kaj poste oni devos gudri la novan fasadon. Tiam mi ne plu partoprenos en la laboro, kion mi bedaŭris, ĉar tio sendube signifus labori en alia plaĉa odoro.

En Lenhovda mi denove vizitis la picejon, sed nun la lokaj gejunuloj jam sciis, kia ulo mi estas, kaj ili ne plu interesiĝis pri mi. Mi vizitis ankaŭ la strandon ĉe la lageto kun la ne surpriza nomo Lenhovdasjön. La akvo estis varma sed iom malklara. La knabinon kun koramiko en Växjö mi ne plu revidis. Eble ŝi estis ĉe li.

Kaj fine venis la lasta labortago. Disiĝinte de la laborskipo kaj de Gunilla, mi reiris al Kalmar. Paĉjo denove ne estis hejme, kaj ankaŭ la aŭto estis for. Eble li jam antaŭlonge rakontis ke li estos en Karlshamn ĉe Annika, sed mi forgesis tion. Aŭ eble ŝi venigis lin pli fore suden. Mi supozis ke ili ne vojaĝas al Kanarioj komence de aŭgusto, pro troa varmo, sed ja ekzistas aliaj turistaj celoj. Eĉ povus esti ke li venigis ŝin en vojaĝon per muzea trajno, kion li neniam sukcesis kun Panjo, almenaŭ laŭ mia memoro. Miasperte virinoj ne interesiĝas proprainiciate pri vaportrajnoj sed kutime estas trenataj tien de sia viro kiel tendro post lokomotivo.

Mi telefonis al Avino kaj interkonsentis pri vizito. Poste mi hezitis. Ĉu paroli kun Jenni aŭ ne? Iel mi sentis ke tro malfruas. Supozeble ŝi abituris antaŭ du monatoj, kaj ĉar mi ne kontaktis ŝin tiam, nek vintre, verŝajne mi nun ne rajtas inviti ŝin al mia avino, mi pensis. Fine vespere mi tamen telefonis, sed ŝia poŝtelefono ne estis atingebla. Do mi provis la hejman numeron.

"Ĉe Davidsson", respondis ŝia patrino.

Mi prezentis min embarasite kaj demandis pri Jenni.

"Ŝi estas survoje al Novjorko. Ili sendube surteriĝos tie post kelkaj horoj."

Mi estis konsternita. Kion ŝi faros en Usono? La patrino respondis tuj, eĉ antaŭ ol mi demandis.

"Ili vizitos onklinon de Fabian, ŝia koramiko. Kaj Jennifer volas esplori, ĉu eblos studi verkadon tie."

Jen sufiĉe da informoj en du frazoj. Eble eĉ tro multe.

"Do ŝi fartas bone, mi esperas", mi balbutis.

"Jes, tute bone."

"Nu, dankon pro la sciigo."

"Post kelkaj horoj vi espereble povos atingi ŝin telefone. Se vi telefonos noktomeze, estos nur la sesa horo tie."

Mi denove dankis kaj finis la interparolon. Poste mi sentis ĵaluzon, kio ja estis same ridinda kiel neatendita. Fabian, ĉu? Verŝajne temas pri magra junulo kun kapra barbeto, kiu verkas poezion kaj estas vegano, mi fantaziis. Kaj ŝi volas studi verkadon en Novjorko! Ĉu ŝi do poemos angle? Nekredeble! Nu, ĉiuokaze ŝi nek plu povos nek volos viziti mian avinon en Böda, do mi ne trovis inde telefoni noktomeze, kiel proponis ŝia patrino.

Matene mi aĉetis kelkajn manĝaĵojn en la centro de Kalmar kaj poste iris buse al Oelando. Avino estis videble pli laca ol lastfoje kaj malfacile paŝis, malgraŭ la koksa protezo kaj la somera vetero. Kiam mi vizitis ŝin vintre kun Mika, ŝi preskaŭ nur sidis.

"La protezo estas bona, sed nun la alia kokso estas eluzita. La atendovico al dua operacio tamen estas longa."

Tio kompreneble pensigis min pri Mika. Ĉu ŝi jam paŝas per protezo? Mi ridetis interne memorante ke ŝi nomis ĝin ligna kruro de pirato. Ŝi preskaŭ ĉiam montris gajan ironion eksteren, sed kiel ŝi fartas interne? Plej ofte ne eblis scii tion. Nur fojfoje la vizaĝa fasado fendiĝis, kaj mi vidis angoron aŭ malĝojon trapenetri. Mi sendis tekstomesaĝon sed dubis, ĉu venos respondo.

En la sekva tago blovis varma brizo el sudoriento, kaj la plaĝo de Böda estis plena de sunumantoj. Tamen malmultaj el ili ŝajne volis enakviĝi. La akvo estis nekutime varma, sed necesis vadi tra naŭza strio el algoj por atingi pli-malpli puran akvon. Lastatempe la tiel nomata algoflorado en la Balta maro iĝis ĉiujara somera ĝeno, kiu igis la strandojn malallogaj. Temis tute ne pri vera florado sed pri rapida kresko de cianobakterioj pro la tro nutroriĉa akvo. Hodiaŭ la vento tamen forblovis la fetoron, kaj bonŝance la areo kun densa amasiĝo de algoj estis nur kvinmetra flava strio laŭlonge de la bordo. Ankaŭ trans tiu strio mi ja vidis kvazaŭ floketojn el algoj en la akvo, sed malgraŭ tiuj mi ĝuis longan naĝadon kun la vasta mara horizonto oriente kaj la malalta bordo de la insulo Oelando okcidente. Ie mi legis ke oni rekomendas ne gluti akvon kaj ne permesi al infanetoj kaj hundoj baniĝi, ĉar la algoj estas venenaj. Sed mi havis neniun kialon naĝante malfermi la buŝon por gluti baltmaran algosupon.

Mi reiris al Stokholmo por daŭrigi mian studadon. Nova lernofako estis urboplanado, kiu aparte interesis min, sed ankaŭ en la aliaj fakoj la nivelo altiĝis, ŝajnis al mi. Do necesos labori diligente.

Baldaŭ kontaktis min Mika. Mi ĝojis ekscii ke ŝi estas en Stokholmo, kaj ni rendevuis en la Kulturdomo kiel en la pasinta jaro, antaŭ la katastrofo. Mi alvenis tien la unua kaj devis atendi duonhoron. Kiam ŝi finfine aperis, mi ridis laŭte, ĉar ŝi alvenis kiel mi antaŭdiris, piedirante en la kafejon sen lambastonoj per sia nova protezo. Ŝi paŝis malrapide kaj ne tre stabile sed kun rekta dorso kaj defia mieno.

"Ne ridaĉu!" ŝi diris. "Vi mem definitive ne regus ĝin pli lerte."

Mi stariĝis kaj volis brakumi ŝin, sed ŝi gestis forige.

"Ne renversu min, stultulo", ŝi diris kaj sidiĝis singarde sur seĝon ĉe mia tablo.

"Bonege, mi tre ĝojas vidi vin paŝi", mi diris.

"Ĉesu babili kaj alportu al mi kafon kaj cinambulkon, mi petas", ŝi diris kun profunda suspiro.

Mi obeis.

"De kiel longe vi jam havas ĝin?" mi demandis, metinte la menditajn aferojn antaŭ ŝin.

"Jen mia unua promeno ekster la hospitalo."

"Ho! Diable, mi sentas min honorata, ĉar vi premieras por rendevui kun mi."

"Baf! Ne krevu pro fiero. Fakte mi troigis, ĉar mi ja uzas ĝin ankaŭ en mia nova hejmo. Kaj mi metrois tien ĉi, sed mi antaŭe ne sciis ke la liftoj en la metrostacioj estas tiel malpuraj. Mi ne kuraĝis eskalatori inter la amaso da urĝataj homoj."

"Kie vi do loĝas nuntempe?"

"En studenta ĉambro ĉe Körsbärsvägen. Mi devis registri min denove en la Ĵurnalisma altlernejo por povi utiligi mian lokon en la vico."

"Bonege! Tio estas proksime de mia lernejo. Ĉu vi do rekomencos pri la ĵurnalismo?"

"Tute ne. Tio estis formalaĵo. Mi aspiros ian artan lernejon."

"Ha."

Mi ne sciis kion pluan diri pri tio. Klopodi persvadi ŝin estus nur stulta kaj vana peno. Do mi rakontis iom pri mia somera ŝinda laboro kaj pri la kvieta restado en Lenhovda, dum ŝi aŭskultis ĝentile sed kredeble sen granda intereso. Ni tamen sidis tie babilante sufiĉe longe. Nun mi ne plu povas memori, pri kio ni interparolis. Verŝajne pri negravaj aferoj, kvankam ankaŭ eblas ke ŝi rakontis ion pri la cunamo aŭ pri Khao Lak antaŭ la katastrofo. Ne, nun mi rememoras: mi demandis, kiel prosperas ŝia fratino tie.

"Ĝis nun okazis nenio grava. Sed espereble ŝi baldaŭ ricevos sian heredaĵon."

"Ĉu oni jam identigis vian patrinon?"

"Ne, oni ne retrovis ŝiajn restaĵojn, sed oni jam deklaris ŝin mortinta, kaj nun Paĉjo vendos la domon por povi transpagi al Sue la monon sen bankroto de la firmao. Li rezignis kontraŭbatali kaj verŝajne eĉ pli ol antaŭe dediĉas sin al la tubaro de siaj klientoj. Li devos lui ian ejon por si mem kaj la materialoj kaj iloj. Krom se li finfine emeritiĝos kaj bezonos nur loĝejon."

Entute mi tre ĝojis sidi tie babilante kun Mika same kiel antaŭe, kvankam evidente por ŝi nenio estis sama. Kompreneble mi ne povis antaŭvidi ke tiu septembra rendevuo kun vidaĵo al la placo de Sergel kaj ties vitra kolonego en la fontano estas la lasta fojo en longa tempo, kiam mi kunestas kun ŝi. Sed tiel ja ĉiam okazas. Oni neniam scias, kio sekvos kaj kio grave ŝanĝiĝos. Kaj eĉ se mi scius, verŝajne nenio fariĝus alia.

En mia lernejo la studenta korporacio aranĝis feston por bonvenigi la novajn arkitekturajn studentojn. Mi iris tien kun la intenco ne resti tre longe, ĉar mi ne atendis ke mi ege ĝuos la etoson. Mi ankoraŭ ne sentis min tre memfida en la rilatoj kun la kolegoj, kvankam pluraj el ili ja estis simpatiaj. Eble mi tro estimis iliajn talentojn kaj spertojn, sed aliflanke pluraj el ili evidente havis senliman memfidon, verŝajne denaskan. Ŝajnas ke la mondo plenplenas je homoj el du specoj - iuj kun tro malgranda memfido, aliaj kun tro granda. Tamen, kiel kutime okazas, post du glasoj da vino mi jam sentis min pli bone kaj do rondiris, diskutante kaj ŝercante kun konatoj kaj nekonatoj. Dum kelka tempo mi interparolis kun Max el Kalmar, kiun mi rekonis de mia gimnazio, kvankam ni neniam estis amikoj tie. Li aĝis unu jaron pli ol mi sed nur nun estis akceptita en la Arkitektura lernejo. Poste mi sidis apud du novaj knabinoj, Petra kaj Regina, kaj provis rakonti al ili aferojn pri la lernejo, kiujn ili probable jam konis. Petra, kiu devenis el Oslo, demandis pri libertempaj amuziĝoj en Stokholmo. Mi supozis ke ŝi celas koncertojn, teatrojn kaj similajn aferojn.

"Nu", mi diris, "mi mem ne estas tre kulturema persono. Mi estas krudulo el la smolanda arbaro kaj kutimas plej ofte kuradi sur diversaj padoj por trejni min. Sed ja ekzistas amaso da teatroj, kompreneble, por pli kulturaj homoj. Ĝis nun mi vizitis nur unu, sed tie mi ne tre ĝuis la teatraĵon."

Petra ridis sinretene, sed Regina demandis kun serioza mieno: "Kie vi kutimas kuri?"

Mi ne certis, ĉu ŝi vere interesiĝas aŭ nur ĝentilas, sed mi komencis laŭdi la padojn apud Lappis en Stora Skuggan kaj Norra Djurgården. Ŝi kapjesis.

"Jes, mi iomete konas ilin. Sed mi loĝas en Äppelviken kaj kuras plej ofte tie laŭ la bordo de Mälaren kaj en la arbaro de Ålsten."

Mi tute ne sciis, kie situas tiuj lokoj, sed tion mi ne volis malkaŝi.

"Ĉu vi subluas ĉambron tie?" mi demandis, juĝante laŭ miaj propraj spertoj kiel nova studento.

"Ne. Mi loĝas tie denaske. Tio estas, mi plu loĝas ĉe la gepatroj. Ĉu vi kuras longajn distancojn?"

"Se mi havas tempon. Dekon da kilometroj. Iufoje pli. Kaj vi?"

"Nu, same. Sed post semajno mi kuros tridek kilometrojn en la konkurso de Lidingö. Kaj ĉi-somere mi unuafoje partoprenis en la maratono de Stokholmo. Tio estis impona travivaĵo kun ĉiuj kurantoj, kaj mi certe ripetos tion."

"Aha. Eble mi faru same. Mi pensas ke mi ĝis nun kuris maksimume dudek, do en la maratono temos pri iom pli ol la duobla distanco."

Ŝia buŝo montris minimuman rideton, kiu plibeligis la vizaĝon.

"Mi tamen garantias ke la lastaj dudek rabos dekoble pli da energio ol la komencaj", ŝi diris iom saĝume.

Mi ridis.

"Bone, vi certe pravas. Eble vi ŝatus iam kuri kune kun mi?"

Regina trinketis guton el sia glaso. Mi jam rimarkis ke ŝi ne trinkas tre avide.

"Eble. Se niaj rapidecoj akordas kaj ni trovos komunan lokon. Tio estas padon, kiu konvenas al ambaŭ."

Tiuvespere ni ne multe pli interparolis, ĉar ŝi denove turnis sin al sia samklasanino el Oslo. Sed tio fariĝis la komenco, unue de kuna kurado, poste de kuna vivo. Kaj mi ja plu kuras sufiĉe diligente. Dum la lastaj jaroj mi tamen ne plu havis okazon fari tion kun ŝi. La laboroj en malsamaj lokoj, la infanoj kaj diversaj aliaj respondecoj, plej grave la malsano de ŝia patrino, ĉio ĉi rabis tempon kaj forton. Kaj finfine ankaŭ la emo malaperis. Do pli facilis kuri dise. Kiam ŝi nuntempe maratonas, mi staras apude sur trotuaro kun la filinoj, por ke ili povu aklami kaj kuraĝigi sian patrinon. Sed lastatempe malfacilas aranĝi eĉ tion, pro malentuziasmo de Hanna, la plej aĝa.

Unuafoje mi invitis Reginan al mi post la prelegoj kaj ekzercoj en ordinara mardo komence de oktobro. Ni kuris laŭ miaj kutimaj padoj, jen flanko ĉe flanko, kie estis sufiĉa spaco, jen unu post la alia sur padoj kovritaj de flavaj kaj oranĝaj aŭtunaj folioj. Mi jam antaŭe rimarkis ke ŝi estas preskaŭ same alta kiel mi, svelta sed kun ŝultroj nekutime larĝaj por virino. Ŝi kunligis sian mezblondan hararon per elasta rubando en la sama blu-griza koloro kiel la trejnvesto. Ni ne multe interparolis kurante, nur kelkajn vortojn de temp' al tempo por interkonsenti pri la vojo kaj la rapideco. Ŝajne ŝi senprobleme kuris samrapide kiel mi, kaj eble pro tio mi subkonscie plirapidiĝis. Post kelka tempo mi rimarkis ke mi ne facile diras ion ajn sen aŭdeble anheli.

Reveninte al mia ĉambro ni duŝis nin, unue ŝi, poste mi, kaj mi prezentis teon kun buterpanoj. Ŝi ŝajne tute ne embarasiĝis, ŝanĝante vestaĵojn en mia ĉambro, nek irante enen kaj elen de la duŝejo. Mi trovis ŝin bela kaj simpatia, kaj tre facilis rilati al ŝi, kurante kaj babilante. Tamen mi ne povis decidiĝi, ĉu mi sentas fizikan allogon al ŝi aŭ ne, kvankam evidente tio ne estas afero, pri kiu oni decidas konscie. Ĝi okazas aŭ ne okazas, sed kun Regina mi ankoraŭ ne certis, ĉu ĝi okazas. Kaj cetere ŝi siaflanke montris nenian flirtemon aŭ koketadon, kio tute ne malplaĉis al mi.

Post semajno mi do iris kun ŝi metroe al Alvik, kaj de tie trame kaj piede al la domo de ŝia familio ĉe la strato Snäckvägen en Äppelviken. Ni preterpasis unufamiliajn domojn de diversaj stiloj kaj grandecoj, sed ĉiuj ŝajne el la komenco de la dudeka jarcento, en vastaj zorge flegitaj ĝardenoj kun arboj, arbustoj, heĝoj kaj florbedoj nun aŭtune velkaj. Sur multaj arboj brilis ruĝaj, flavaj kaj verdaj pomoj, konfirmante la nomon de la kvartalo, "Poma golfo". Dume Regina parolis pri la arkitektoj, kiuj desegnis la diversajn domojn, kaj fojfoje pri iamaj loĝantoj, kiujn ŝi konsideris famaj. Mi sentis pli kaj pli ke mi moviĝas tra nekonata mondo, kie mi estas absoluta fremdulo, preskaŭ entrudiĝanto. Bonŝance mi disponis lokan ĉiĉeronon.

La hejmo de Regina estis sufiĉe granda duetaĝa domo kun ruĝa ligna fasado, ŝtona soklo kaj alta tegola tegmento. Ŝia ĉambro situis teretaĝe tuj post la enirejo. Ni ŝanĝis vestojn kaj ŝuojn kaj tuj eldomiĝis kaj ekkuris sur la kvieta strato.

"Ni kuros ĝis la haveno kaj poste laŭ la akvorando", ŝi klarigis kurante. "Ĝis Höglandsparken estas preskaŭ kvin kilometroj, do inter naŭ kaj dek tien-reen. Sed diru tuj, kiam vi volos returni vin."

Ni venis al golfo kun boatvarfoj, poste ni kuris laŭ la bordo sub kruta deklivo de monteto, kie la pado kelkloke havis ŝtupojn.

"Transe situas Stora Essingen", ĉiĉeronis Regina.

Sekvis alia haveno kun pli da boatvarfoj, alia deklivo de monteto kaj plaĝo kun bela sablo sed neniuj homoj ĉi-sezone. Poste ni venis en koniferan arbaron sed sekvis la bordon, kie estis pli da lumo.

"Arbaro de Ålsten", informis Regina en tono, kvazaŭ ŝi fierus pri ĝi.

"Estas bona pado", mi diris. "Belaj vidaĵoj."

Ni preterkuris alian strandon, tre malgrandan, pluiris tra miksita arbaro kaj atingis trian havenon kun boatoj, la plej ampleksan el ĉiuj. Preterpasinte grandegan migran blokon kun kruco sur la pinto, ni venis sur vastan herbejon kun boatvarfo ĉe la bordo.

"Ĉu ankaŭ via familio havas boaton?" mi demandis.

"Jes, velboaton, sed ni malofte uzas ĝin."

Ni forlasis la lagon, transiris straton kaj baldaŭ atingis strateton kun unufamiliaj domoj, kie Regina haltis dum momento.

"Ĉi tie ni devos turni nin kaj reiri. Ĉu en ordo?"

"Certe."

Mi rigardis la brakhorloĝon kaj konstatis ke pasis dudek sep minutoj. Do temos sume pri unuhora kurado. Survoje reen ni laŭiris la tramlinion, transiris kelkajn stratojn kaj revenis en la arbaron de Ålsten. Tie ni kuris sur monteton laŭ rondira pado kun lampoj. Ankoraŭ ne estis tute mallume, sed sub la arboj la lampoj tamen helpis vidi la teron kaj eviti stumbli.

Reveninte ni duŝis nin kaj reŝanĝis vestojn. Poste ni iris en la kuirejon, kie ŝi varmigis du pecojn da pasteĉo en la mikroondilo kaj kuiris teon. La gepatroj ŝajne ankoraŭ ne venis hejmen, sed knabino en adoleska aĝo aperis kaj prenis fruktosukon el la fridujo.

"Mia fratino Gisela", prezentis Regina. "Ĉi tio estas Fredrik el mia lernejo."

Gisela salutis min sufiĉe indiferente kaj malaperis.

"Ĉi tiun domon desegnis Edvin Engström", ŝi poste sciigis. "Ĝi estas el 1920. Mi ne scias, kiu loĝis ĉi tie origine, sed ni aĉetis ĝin en 1980. Kaj en la tria domo dekstre, trans la strato, iam loĝis Stig Järrel."

Mi ne sciis, kiu estas aŭ estis Stig Järrel, kaj mi trovis amuze ke "ni" aĉetis la domon kelkajn jarojn antaŭ ŝia naskiĝo. Sed mi komentis nenion el tio.

"Ĝi ŝajnas simpatia domo", mi anstataŭe diris, sufiĉe neŭtrale. "Bone konservita kaj flegita, mi pensas."

Mi ne diris ke mi trovas ĝin granda por familio el kvar personoj.

"Ni povos supreniri en la salonon, se vi volas. Sed ĝi estas tute ordinara salono."

"En ordo", mi diris, ne sciante precize kion mi celas.

Mia unua impreso de la ordinara salono estis ĝia neordinara vasteco; la dua ke staris granda nigra vostpiano en unu parto de ĝi. La ceteraj mebloj ŝajnis al mi esti - nu, mi diru el antaŭ la 1950-aj jaroj, por ne tro detalumi. Do eble hereditaj.

"Mia patrino estas muzikinstruisto", Regina klarigis la pianon. "Ŝi estas germanino."

Tio lasta eble estis por klarigi la nomojn de la filinoj.

"Aha."

Tiu vizito lasis en mi tian impreson ke mi ne kuraĝis proponi novan kuradon ĉe mi. Sed je mia surprizo ŝi konsideris natura afero daŭrigi la alternadon. Do laŭ ŝia iniciato ni denove kuris en mia kvartalo, ĉi-foje preter la strando de Sjöstugan, plu laŭ la marbordo ĝis la kanalo Husarviken, preter la lageto Laduviken kaj la malnova skisaltejo de Fiskartorpet, kiun oni ĵus komencis ripari, tra Stora Skuggan kaj reen ĝis Lappis. La foliaro jam kuŝis plejparte sur la tero, kaj en pli densaj lokoj estis tute mallume, krom en la lampo-pado. Mia paŝmezurilo diris ke ni denove kuris dekon da kilometroj. Poste ni duŝis nin, ĉi-foje mi unue kaj ŝi poste. Kiam ŝi eliris el la duŝejo envolvita en bantuko kaj etendis la manon por preni siajn vestaĵojn, mi finfine decidiĝis. Ŝi ja allogas min. Jen eble ino perfekta por mi. Mi tamen ne povis ataki ŝin, dum ŝi revestas sin. Do mi bonkondute prezentis teon kaj buterpanojn kiel antaŭe. Sed mi devis fari ion. Se ne nun, estus eĉ pli neeble en la venonta okazo. Do ek! Bedaŭrinde ŝi sidis sur seĝo kaj mi sur la lito. Se male, estus facile, mi pensis. Tamen mi demetis la tason kaj rigardis en ŝiajn okulojn.

"Mi tre ŝatas kuri kun vi, Regina."

Ŝi ridetis bonvole.

"Jes, tio estas bona kutimo."

"Vi povus resti ĉi tie pli longe, se vi volus."

Ŝi ŝajnis cerbumi, kion tio diable signifas.

"Ĉu? Nu..."

"Tio estas, mi tre ŝatus, se vi restus iom."

Ŝi evidente plu cerbumis sed almenaŭ ne protestis. Do mi devis ĉesi balbuti; necesis fari ion! Damne, kial ĉi tio malfacilegas? Mi stariĝis, paŝis al ŝi, metis la manojn sur ŝiajn larĝajn ŝultrojn, klinis min kaj kisis ŝian vangon, ŝian lipangulon, ŝian buŝon. Kaj ŝi reciprokis! Baldaŭ mi sentis ŝian langopinton prove serĉi la mian. Ekde nun nenio plu malfacilis, ĉio laŭiris vojon antaŭdestinitan kiel tramo sur unudirekta trako. Ŝi ne nur toleris kaj reciprokis mian plumpan kison, ŝi eĉ aludis ke ni translokiĝu du metrojn reen de kie mi venis, tio estas sur la liton. Do, dirite, farite.

Tiufoje ŝi tamen ne restis dumnokte, sed ŝi ja restis sufiĉe longe, kaj kiam mi poste akompanis ŝin al la bushaltejo, ni jam estis geamantoj kaj eble eĉ koramikoj, krom se tio en ŝiaj rondoj postulus formalan interkonsenton. Ĉar mi tute ne povis imagi ke ŝi rigardas min nur kiel unufojan amanton. Tio ne estus laŭ ŝia stilo, ŝajnis al mi. Kaj mi mem certis ke ŝi estas la ĝusta knabino. La okaza umado kun la najbarino Pernilla estis nur stultaĵo. Kaj mia kontakto kun Mika sendube estos senproblema, se Regina kaj mi estos daŭraj geamantoj, mi supozis. Eble ili eĉ povus amikiĝi, kvankam iliaj karakteroj estis ege malsamaj.

Ĉiuokaze estis tute klare ke Regina kaj mi plu kuros kune, laŭ komunaj itineroj kaj espereble al komunaj celoj. Tiel do okazis ke dum la paso de tiu aŭtuna semestro, kaj eĉ pli dum la sekvaj, mi iom post iom ankaŭ ekkonis Reginan. Eble ne centprocente, sed kio do en ĉi tiu mondo estas centprocenta?

Ekkonante ŝin mi trovis ke ŝi estas pli serioza, pli celkonscia kaj ambicia, sendube ankaŭ pli memfida ol la inoj, kiujn mi konis antaŭe. Nu, ŝi eble ne havis same grandan memfidon sur ĉiuj kampoj de la vivo, bonŝance, ĉar se jes, ŝi verŝajne estus netuŝebla. Kvankam ŝi ĵus abituris kaj aĝis nur dek naŭ jarojn, ŝi impresis min kiel matura plenkreskulo laŭ sia stilo kaj konduto. Kelkfoje mi eĉ demandis min, ĉu ŝi ne komprenas ŝercojn. Sed tio ja ne gravis.

Baldaŭ mi iom ekkonis ankaŭ ŝian apartan mondon. Mi diras apartan, ĉar ĝi vere ŝajnis al mi tute alia mondo, se ne diri universo, ol miaj rondoj kaj ankaŭ ol tiuj de miaj ĝistiamaj amikinoj. Mi renkontis ŝiajn gepatrojn. La patro Georg estis direktoro de domkonstrua firmao, kiu posedis kelkajn domojn kun apartamentoj, kaj la patrino Inge instruis muzikon en privata gimnazio kaj krome pianludadon en la urba kultura lernejo, kie infanoj povas lerni ludi instrumenton je modera kosto. Ili ambaŭ estis simpatiaj, sed mi perceptis ilin iom foraj. Georg ŝajnis ne tre interesiĝanta aŭ atenta, verŝajne ĉar li ĉiam pensadis pri la kompanio. Inge male ja interesiĝis pri mi, sed mi ĉiam havis la senton ke ŝi ekzamenas min por veni al juĝo, ĉu mi taŭgas al ŝia plej aĝa filino aŭ ne. Plej ordinara en la familio Hallberg eble estis la deksesjara Gisela, kiu strebis ĉiel aperi kiel normala deksesjarulino, aŭ eble prefere kiel dekokjarulino.

Inge kutime parolis germane al la filinoj, kaj ĉar mi neniam lernis tiun lingvon, mi komprenis nur unuopajn vortojn jen kaj jen. Sed ili ambaŭ plej ofte respondis al ŝi svede. Pri Regina mi eĉ hodiaŭ ne scias, ĉu ŝi agis tiel pro mi, aŭ pro ia ribelemo, kiun ŝi ne montris en aliaj manieroj, aŭ simple ĉar la sveda estis ŝia pli bona lingvo. En postaj jaroj ŝi tamen kelkfoje parolis germane kun sia patrino, kio incitis niajn infanojn, kiuj nenion komprenis.

De temp' al tempo Georg anoncis ke somere li faros veladon kun Regina kaj mi per ilia barketo sur Mälaren. Regina ĉiam respondis ke "ni vidos", sendube pro antaŭaj spertoj, kaj efektive tiu velado neniam okazis. Li ne havis tempon, sed baldaŭ... Mi eĉ ne scias, ĉu la boato estis en stato por toleri veladon sur la lago. Evidente nek Inge nek Gisela interesiĝis pri navigado.

Dum la vizitoj en la domo ĉe Snäckvägen mi lernis multe pri la kvartalo Äppelviken, kiu estis ĝardena urbo sufiĉe inspirita de britaj ideoj kaj praktiko. Baldaŭ mi konis ĝiajn arkitektojn kvazaŭ persone: Engström, Wetterling, Åkerlund, Pettersson, Hedman kaj Östberg. Tiu lasta desegnis ankaŭ la majestan Urbodomon de Stokholmo, kaj la malpli majestan gimnazion de Stagnelius, mian iaman lernejon en Kalmar. Krome mi eksciis ke multaj konataj stokholmanoj iam loĝis en Äppelviken, krom la aktoro Järrel, kiun Regina menciis jam ĉe mia unua vizito, ankaŭ la multjara urbestro Lindhagen, la verkisto Ahlin kaj aliaj, kies nomojn mi plejparte aŭdis unuafoje. Ĉiuokaze mi ekhavis la firman impreson ke ĝi ne estas ajna antaŭurbo, sed grava centro de progresema kulturo.

La festotagojn de Kristnasko mi pasigis plejparte kun Regina kaj ŝia familio. Estis stranga Kristnasko por mi, kun ludado de religiaj himnoj per la piano kaj per malnova sed impona gramofono por vinilaj diskoj. La dudekkvinan ni iris al frumatena kristnaska meso en la proksima modernisma preĝejo - desegnita de Birger Borgström en 1932, laŭ Regina. Tamen neniu en la familio ŝajnis efektive religiema, do temis simple pri respekto al iaj festaj tradicioj, mi supozis. La manĝo estis parte germane inspirita kun interalie hepataj kaj aliaj kolbasoj, ansero kaj karpo, kiu laŭ mi havis iom kloakan odoron. Krome ni manĝis pezan kukon kun nuksoj kaj frukto kaj trinkis strangan miksaĵon de biero kaj fruktosuko. Sed eble tiuj aferoj ne estis pli strangaj ol la svedaj lesiva fiŝo, porka galantino kaj haringa salato.

Se la Kristnasko ŝajnis al mi nekutima, la sekvo estis eĉ pli miriga. Antaŭ nelonge mi dirus tute neimagebla, ĉar la semajnon ĉirkaŭ Novjaro Regina kaj mi pasigis en Rio-de-Ĵanejro. Tiu vojaĝo estis antaŭtempa donaco de la gepatroj okaze de ŝia dudeka naskiĝtago en februaro. Ni loĝis en altnivela hotelo en la suda zono kaj vizitis turistajn celojn kiel la pinton de Sukerpano kaj la enorman statuon de Kristo Savinto. Plue ni rigardis arkitekturaĵojn kiel la akvedukton de Lapa, la koloniisman Imperian Palacon, la barokan preĝejon Candelária kaj du artmuzeojn. Sed plejparte ni promenis laŭ la stratoj, rigardante la ĉiutagan vivon kaj la buntan svarmon de homoj, aŭ laŭ la plaĝoj de Copacabana kaj Ipanema, kelkfoje naĝante en la varma maro, alifoje sidante en ombro trinkante malfortajn kaj refreŝigajn trinkaĵojn en la posttagmeza varmo, kaj iufoje rifuĝante en kafejon pro subita pluvo. En la Silvestra vespero ni faris provon spekti la piroteknikan prezentadon kaj koncerton sur la plaĝo de Copacabana, sed ni fiksiĝis en homamaso kaj rezignis la aferon. Estis same amuze rigardi celebrantojn sur la stratoj. Mi tre ĝuis la restadon, kaj Regina iĝis iom malpli serioza kaj pli ĝuema, eble pro la loka etoso. Sur la plaĝoj ni ambaŭ ridis pri la ekshibiciemo de iuj brazilaninoj en preskaŭ nevideble malgrandaj bikinoj, kaj nokte en la hotela lito ni revokis tiujn vidaĵojn dum niaj ludoj.

Tiu semajno tamen pasis kiel miriga sonĝo, kaj dum la sekvaj vintro kaj printempo la studado daŭris kiel antaŭe por ni ambaŭ. Mi rimarkis ke Regina tre zorgemas kaj prenas ĉion ege ambicie. Krome mi supozis ke ŝi havas denaske pli grandan artan talenton ol mi. Por mi intensiĝis la studado de urboplanado, kaj mi nun rememoris ke ĝuste tio estis la afero, kiu igis min aspiri lokon en la Arkitektura lernejo. Estis interese kompari la malsamajn ideojn de urboplanado, kiuj ege variis inter diversaj epokoj kaj modoj eĉ en la nuna tempo. Dumlonge en Svedio regis la idealo "aero kaj lumo", sed nuntempe temis ĉiam pri "densigo", do pli-malpli la malo.

Dufoje dum la printempo mi tekstomesaĝis al Mika, demandante kion ŝi faras kaj proponante novan rendevuon. Mi ne menciis ke mi havas koramikinon. Tio verŝajne ne interesus ŝin. Ĉiuokaze ŝi ne respondis.

Regina jam frue aligis nin ambaŭ al la maratono de Stokholmo, kiu ĉi-jare okazis la trian de junio en vetero tre varma por tiu sezono. Dum la printempo ni kuradis kiel kutime, ne pli longe. Tio nek necesis nek utilus, laŭ ŝi. En la koncerna sabato pli ol dek kvar miloj da homoj ekkuris de la Stadiono, ne malproksime de nia lernejo. Regina kaj mi interkonsentis kuri kune almenaŭ dum la unua rondiro ĉirkaŭ la nordaj kvartaloj. Ĉio iris bone, la stratoj plenplenis de spektantoj kun kuraĝigaj krioj, kaj ni plenumis la unuan duonon senprobleme. Ankaŭ la dua rondiro tra la Suda kvartalo komenciĝis bone. Sekvis la supreniro sur la Okcidentan ponton. Mi jam kelkfoje transiris ĝin bicikle sen ajna problemo. Sed supreniri laŭ tiu modera deklivo post tridekkilometra kurado jam estis alia afero. Mia energio komplete elĉerpiĝis. Mi haltis. Regina rimarkis ke mi ne plu sekvas ŝin ĉe la kalkanoj, turnis sin kaj retrokuris.

"Ne haltu. Kuretu surloke kelkan tempon kaj poste paŝu supren. Se vi haltos, vi ne sukcesos rekomenci."

Mi aŭdis ŝin, mi volis obei, sed la korpo siavice ne obeis mian cerbon. Do mi devis rigardi ŝin returniĝi kaj kuri pluen sola. Mi fariĝis unu el pli ol milo da kurantoj, kiuj ne plenumis la 42 kilometrojn. Tio tamen ne vere gravis al mi. Mi pli ĉagreniĝis pro tio ke dum la sekvaj semajnoj de junio mi tute ne povis kuri la kutimajn dek kilometrojn. Sed Regina kompreneble neniam mokis min pro mia malsukceso. Male ŝi laŭdis min pro la provo.

"Venontfoje ni komencu eĉ pli malrapide por povi plenumi la tuton", ŝi proponis.

Mi ne kontestis tion, sed mi dubis ke mi efektive kuros la maratonon post unu jaro.

Por la somero Georg aranĝis por mi laboron en sia firmao. Tamen ne temis pri konstrulaboro sed prizorgado, servado kaj riparado en la apartamentaj domoj posedataj de la kompanio. Mi ne havis grandan kompetenton por tiaj aferoj, sed mi faris ĉion, kion mi povis, kaj la ceterajn problemojn mi resendis al la kompania oficejo, por ke oni konsultu profesiulon, kiel elektriston, tubiston, seruriston kaj tiel plu. Kelkfoje la loĝantoj plendis al mi ke neniu venis; tiam mi raportis la aferon denove.

Regina siaflanke ne laboris sed ripozis, studis, desegnis kaj pentris. Ŝi estis sufiĉe talenta pentristo, precipe de akvareloj sed ankaŭ per olefarboj. Kredeble ŝi ankoraŭ estas, kvankam ŝi ne plu montras tion al mi. Tiusomere ŝi interalie faris portreton de mi, kiu plu pendas surmure de mia laborĉambro en nia domo, apud pentraĵo farita de Mika. Nu, mi nomas ĝin laborĉambro, sed veran laboron mi apenaŭ faras tie. Eble revoĉambro estus pli trafa nomo.

Kiam komenciĝis la aŭtuno, Georg destinis al Regina duĉambran apartamenton en unu el siaj domoj ĉe Rörstrandsgatan en la kvartalo Birkastan. Mi akompanis ŝin tien por rigardi la malplenan apartamenton. Estis du preskaŭ samgrandaj ĉambroj rigardantaj al la strato, kaj kuirejo kaj banĉambro al la korto. La domo estis el 1916, desegnita de la firmao Hagström & Ekman, ŝi informis. Origine la apartamento estis pli vasta, sed iam oni dividis ĝin, kaj la alia duono nun estis konsultejo de dentisto.

"Ĉi tie vi loĝos kiel princino", mi diris. "Sufiĉe da spaco, kaj rekta buslinio numero 42 al la lernejo, krom se vi elektos promeni aŭ eĉ bicikli. Krome la stacidomo de Karlberg kaj la metrostacio de Sankt Eriksplan ambaŭ situas tute apude. Kaj se vi iam havos dentodoloron, helpo troviĝas eĉ pli proksime."

Mi supozis ke ŝi tamen ne biciklos. Ŝi ja havis biciklon en Äppelviken, sed pro la trafiko ŝi evitis uzi ĝin en la urbocentro. Inter Birkastan kaj la supra Östermalm tamen estis sufiĉe kvietaj stratoj, ŝajnis al mi.

"Jes, ĝi estos oportuna", ŝi respondis. "Kaj la lupago estas tolerebla. Nature, estus eĉ pli favore, se ni estus duopo, kiu dividus ĝin."

Mi rigardis ŝin surprizite. Mi tute ne atendus tion. Ĝis nun ni neniam parolis pri kunloĝado. Aŭ ĉu ŝi celis sian amikinon Petra? Ne, ŝi ja rigardis rekte en miajn okulojn.

"Ĉu vi certas?" mi diris, kvankam mi eble devus demandi min mem pri la samo.

"Nu, ni povus provi, ĉu ne? Se tio ne iros glate, vi supozeble povus denove lui studentan ĉambron."

"Bone. Do ni provu. Sed mi ne havas meblojn. La ĉambron en Lappis mi ja luas kun mebloj."

"Mi prenos ĉion bezonatan de hejme. Sed se ni kunloĝos, mia patrino eble atendos gefianĉiĝon."

Mi ekridis sed tuj ĉesis vidante ŝian mienon, kiu ne atestis ŝercon.

"Ĉu vere? Mi eĉ ne scias, kion tio signifas, krom ke mi devus aĉeti por vi ringon. Sed mi avertas vin ke ĝi ne estos el aŭtenta oro."

"Mi ne volas ringon. Sed mi ŝatus scii ke vi estas serioza pri nia rilato."

"Ĉu vi kredas ke mi petolas kun vi?"

"Mi esperas ke ne."

"Do ni gefianĉiĝu tuj ĉi tie sur la planko, kie staros nia lito. Sen ringo."

Sed tiun inviton ŝi ne prenis serioze.

Mi do fariĝis iasence vera stokholmano, ĉar estas strikta distinga linio inter la urbokerno kaj la antaŭurboj, kaj nia loĝejo - nu, la apartamento de Regina, kie ankaŭ mi eklogis - klare situis en la urbokerno. Plej ofte oni diras "interne de la doganejoj", ĉar same kiel aliloke, eĉ en mia Kalmar, oni iam devis pagi doganon portante varojn en la urbon. Mi ne scias, en kiu jarcento tio estis, sed la nomoj de la doganejoj plu restas ĉe placoj kaj stratoj. La nova adreso do signifis gravan ŝtupon por mi, de la studenta ĉambro al apartamento en naŭdekjara burĝa domo meze de prestiĝa kvartalo. Verŝajne tio estis grava ŝtupo ankaŭ por Regina, ĉefe ĉar ŝi ne plu loĝos ĉe la gepatroj.

Mi tute ne devis maltrankvili pro mia manko de propraj mebloj, ĉar Regina igis alporti ĉion bezonatan el la domo en Äppelviken. Temis pri malnovaj sed altkvalitaj mebloj, kiajn mi antaŭe apenaŭ eĉ konis. Por mi estus nature iri al IKEA, reveni kun tiom da plataj paketoj, kiom permesas la monujo, kaj mem munti la enhavon. Sed tion Regina komprenis kiel ŝercon, kiam mi menciis tion. IKEA ne estis vorto en ŝia vortostoko, nek la sveda, nek la germana, mi supozis.

Ankaŭ la kunvivado fariĝis iomete alia ol mi atendis. Mi ja plurloke dividis loĝejojn kun aliaj studentoj kaj kutimis je malkonsentoj kaj kvereletoj pri purigado, kuirado, ordigado, lavado - aŭ pli ofte pri la manko de tiuj agoj. Kun Regina ne eblis kvereleti. Laŭ ŝia propono ni fiksis regularon, kaj tiun ni ambaŭ memkompreneble sekvis fidele. En la antaŭaj loĝejoj mi kutime estis la plej ordema. Ĉi tie, kiam mi en la komenco kelkfoje malzorgis aŭ prokrastis ian taskon, Regina rigardis min konsternite. Ŝi ne povis kompreni ke mi ne faras tion, kion ni interkonsentis. Do mi baldaŭ adaptiĝis al la necesa memdisciplino. Fakte mi trovis tion tute natura, ĉar kiel kunvivanto mi jam eniris novan etapon de la vivo.

Ni dividis ne nur dormoĉambron sed ankaŭ liton: larĝan dupersonan liton kun sufiĉe rigidaj risortoj en la matraco, kion mi trovis bona. La alia ĉambro estis salono kaj laborĉambro - fakte pli multe la dua afero. Iel ŝi sukcesis venigi kun si du skribtablojn.

"Unu el ili estas iom kaduka", ŝi diris bedaŭre. "Ĝi staris delonge en la tenejo."

"Neniu problemo", mi replikis. "Mi prenos tiun kaj riparos ĝin se necese."

Fakte mi ĝojis ke ne ĉio estas perfekta.

La nova adreso tamen havis unu malavantaĝon, preskaŭ neeviteblan en la kerno de urbego: Ne facilis trovi tuj apudajn padojn por kurado. Precipe ne, se ni volis ekkuri de la dompordo. Jen grava manko por ni ambaŭ. La sola proksima eblo estis la parko de Karlberg, sed ĝi estis malvasta kaj tute ĉirkaŭata de la plej intense trafikataj ŝoseoj de la ĉefurbo. Ni povus trajni aŭ metroi al bonaj areoj kun arbaraj padoj, sed la reveturado en ŝvita trejnvesto ne estus agrabla. Do ni preferis transiri per la proksima ponto al la insulo Kungsholmen por kuri laŭ ties bordo, kie iris piediraj vojetoj. La plena rondiro ĉirkaŭ la tuta insulo estis dek kilometrojn longa, kio tute konvenis al ni. En kelkaj lokoj, precipe ĉe la Urbodomo, ni devis atenti ne renversi promenantajn turistojn aŭ stokholmanojn, sed ju pli la aŭtuno progresis, des malpli da kunpuŝiĝoj okazis. Kaj tiuj padoj laŭ la bordo estis provizitaj per lampoj, krom en tre mallonga parto plej okcidente, kie la pado iris sur kruta roka grundo, de kie oni trans la akvo vidis la montetojn ĉe Äppelviken. Sed tie eblis anstataŭe elekti pli glatan kaj luman vojon laŭ proksima strato.

Mi baldaŭ rimarkis ke Regina estas ekstreme ambicia pri sia studado, se ne diri eĉ pedanta. Preskaŭ ĉiuvespere ŝi pasigis horojn super la literaturo, ekzercojn jam faritajn en la lernejo ŝi refaris hejme por certiĝi ke ŝi regas ilin, kaj ŝi desegnis kaj pentris ege lerte. Ĉar mi estis ne nur du jarojn pli aĝa sed ankaŭ du jarojn antaŭ ŝi en la arkitektura studado, mi supozis ke mi de temp' al tempo havos okazon helpi ŝin, sed ŝi neniam bezonis mian helpon. Pro tiel ambicia kaj temporaba studado kaj pro la kurado dufoje semajne, ŝi apenaŭ havis tempon por aliaj distraĵoj. Ni ja kelkfoje luis filmon per DVD, kiun ni spektis per komputilo, sed ofte ŝi tediĝis post duono kaj forlasis la spektadon por fari ion pli utilan. Ni praktike neniam eliris en trinkejon aŭ restoracion, kaj nur malofte en koncerton aŭ teatron. Nur escepte Petra aŭ iu alia amikino sukcesis logi ŝin eliri por kuna distraĵo.

Tamen ŝi ja ŝatis muzikon kaj ofte aŭskultis ion, dum ŝi laboris pri iu tasko. Temis pri artistoj kaj bandoj, kiujn mi apenaŭ konis, kiel Marit Bergman, Moneybrother kaj The Concretes, kaj kelkfoje pri klasika muziko de Beethoven, Mahler kaj aliaj komponistoj nekonataj al mi. Nun mi eksciis ke ŝi dufoje iris al la festivalo de Hultsfred, sed niaj spertoj de ĝi sufiĉe diferencis. Kompreneble temis pri malsamaj jaroj, sed eble eĉ pli grave: ŝi antaŭe studis la programon kaj surloke iris al specifa scenejo je specifa horo por aŭskulti specifan artiston. Kaj ŝi ne tendumis sur la polva aŭ kota tero de la tendumejo sed loĝis kun amiko en antaŭe mendita privata ĉambro en la urbeto. Do eĉ ŝia festivalado estis zorge organizita. Mi eĉ hezitus nomi ĝin festivalado.

"Ĉu vi estis tie kun koramiko?" mi scivolis.

"Jes, kun Kasper."

"Ĉu la sama ambaŭfoje?"

"Certe."

"Kiam estis tio? Kiun aĝon vi havis?"

"En 2004 kaj 2005, do mi aĝis dek ok kaj dek naŭ. Plus duonjaron", ŝi aldonis kun rideto.

Ŝi naskiĝis en februaro, pro tio ŝi menciis tiun duonjaron. Mi mem pripensis mian viziton en Hultsfred.

"Same kiel mi, proksimume", mi diris. "Mi estis dekokjara, sed mi tendumis kun knabino, kiu nur poste fariĝis mia koramikino."

Ŝi kapjesis. Tiam ŝi ankoraŭ ne interesiĝis pri miaj antaŭaj amikinoj. Sed mi plu pripensis, kion ŝi diris pri la jaroj kaj sia akompananto en Hultsfred.

"Do tiu Kasper ankoraŭ estis via koramiko antaŭ unu jaro, en la somero tuj antaŭ ol mi ekkonis vin, ĉu ne?"

"Nia rilato ĉesis tiusomere."

"Kiel ĝi ĉesis? Ĉu okazis io en Hultsfred?"

Ŝi rigardis min kritike.

"Tio ja ne gravas al vi", ŝi diris.

"Eble ne, sed mi scivolas. Estus interese scii, ĉu vi kutimas rompi kun viaj uloj, aŭ male."

Ŝi ne respondis sed nur kapneis kaj paŭtis.

En la komenca tempo de nia kunvivado ja okazis kelkaj miskomprenoj. Antaŭ ol duŝi sin Regina senvestiĝis jam en la dormoĉambro kaj paŝis nuda en la banĉambron. Kaj postduŝe mi kelkfoje vidis ŝin plandi en la kuirejon, malfermi la fridujon kaj verŝi oranĝosukon en glason, ĉar ŝi neniam trinkus rekte el la paketo. Ĉion ĉi ŝi faris en sia naskiĝa kostumo, kio eble ja povus interesi la loĝantojn trans la postkorto, se ŝi alproksimiĝus al la kuireja fenestro. Ankaŭ min tio interesis, kaj vidante ŝin tia, mi kompreneble alpaŝis kaj ambaŭmane premis unue ŝian firman postaĵon kaj poste la mamojn ne aparte grandajn sed preskaŭ same firmajn. Tiam ŝi tute trankvile turnis sin al mi kun levitaj brovoj, tenante la glason enmane sen elverŝi eĉ guton.

"Kion vi faras?"

Mi plu pinĉetis la cicojn.

"Ĉu ne plaĉas al vi?"

"Nun ne."

Mi bezonis tri fojojn por lerni ke ŝia nudeco havas nenian rilaton al erotiko, kio por mi estis tute nova vidpunkto.

Dum nia unua jaro kiel kunvivantoj tamen eĉ la seksa vivo estis zorge organizita. Ni ne havis fiksajn tagojn, sed pro naturaj kialoj la semajnfinoj estis ĉefa tempo por amorado. Tiam iu ajn el ni povis komenci karesadon, kiu indikis emon al pliaj intimaĵoj. Mi pensas ke ni ambaŭ proksimume same ofte iniciatis tion. Kaj tiu komenco povis okazi en ajna loko – la sofo, la kuirejo, la duŝejo, la dormoĉambro, eĉ la vestiblo. Tamen malofte ĉe ŝia skribtablo, kie ŝi enfokusigis la studadon. Kaj balkonon ni ne disponis. Ĉe iu momento en la karesado iu – preskaŭ ĉiam ŝi – diris:

"Ĉu ne estus pli oportune en la lito?"

Kaj iu - kutime mi - konsentis ke tio ja estas la plej komforta kuŝejo en la apartamento. Do ni paŝis tien, kuŝiĝis, daŭrigis la karesadon, dum ni liberigis nin de vestaĵo post vestaĵo. Pri kondomo mi ne plu devis pensi, ĉar Regina prenis pilolojn. Kaj post kelkaj minutoj da reciproka mana stimulado ofte sekvis same reciproka buŝa daŭrigo en la tradicia sesdeknaŭa pozicio, kiu ne plu estis novaĵo por mi. Je certa momento kaj ĉe certa grado de ekscito ŝi turnis sin, ekrajdis min kaj post nur relative mallonga tempo mi aŭdis longan suspiregon kaj poste kelkajn voĉajn ĝemetojn. Jen la signalo ke mi povas turni nin, rulante nin flanken preskaŭ ĝis la rando de la lito, kaj poste daŭrigi dum tiom da tempo, kiom mi bezonas por fini.

Do ekde la komenco de nia kunvivado mia seksa vivo kun Regina estis pli ofta, pli rutina kaj antaŭ ĉio pli bone organizita ol kun iu ajn el miaj antaŭaj amatinoj. Malgraŭ tio mi ne povis eviti kelkfoje - aŭ eĉ sufiĉe ofte - pensi kaj revi pri tiuj knabinoj antaŭ, dum kaj post la kunestado kun Regina. Kaj kompreneble plej ofte pri tiu, kun kiu mi neniam havis intiman rilaton. Sed kvankam mi neniam konfesus tion al Regina, mi ne hontis. Tio ja estis nur fantazioj. Reale mi umis nur kun mia vera koramikino; jen la difino de fideleco.

Meze de septembro mi spertis etan surprizon. Okazis elektoj de parlamento, regiona kaj municipa konsilioj. Mi pripensis, ĉu fajfi pri la tuta afero, sed finfine mi vendrede iris al la Kulturdomo por antaŭtempe voĉdoni, kaj same kiel antaŭ kvar jaroj mi metis balotilojn de la maldekstruloj en la tri kovertojn. Regina tamen volis voĉdoni en la ĝusta tago en la ĝusta loko, kio signifis dimanĉe en la lernejo de Äppelviken, ĉar ĉi tio estis la unuaj naciaj elektoj, en kiuj ŝi rajtis partopreni. Kiam ŝi pretigis sin por metroi tien, mi demandis tute leĝere:

"Ĉu vi jam decidis, por kiuj vi voĉdonos?"

Ŝi rigardis min trankvile kaj senemocie.

"La dekstruloj."

Ŝi diris tion, kvazaŭ ŝi konfirmus ke ŝi surmetos ŝuojn elirante. Mi eĉ ne havis tempon komenti tion, ĉar ŝi jam forlasis la apartamenton.

Mi ja komprenis ke ŝiaj gepatroj estas dekstruloj. Tio estis absolute logika. Sed ke ŝi pensas same kiel ili ŝajnis al mi eĉ pli konsterna ol tio ke mia patro preferis tiun saman partion. Tamen mi ne sciis kial. Ni neniam diskutis politikon, kaj ĝi ne vere gravis al mi. En la Arkitektura lernejo mi havis la impreson ke la plej multaj studentoj estas iasence maldekstremaj, sed nun mi ne certis ke tio validas ankaŭ en la parlamenta elekto. Oni simple ne diskutis tiel trivialajn temojn. Kiam Regina revenis hejmen, nek ŝi nek mi plu menciis la aferon, kaj ŝi neniam demandis min pri mia voĉo. Mi ne scias, ĉu tio estas normala aŭ ne, sed fakte la partia politiko neniel ĝenis nian amrilaton.

Cetere baldaŭ montriĝis ke ŝi estas unu el multaj, ĉar post la elektoj la socialdemokrata ĉefministro Persson devis demisii, kaj la konservativa gvidanto Reinfeldt fariĝis nova ĉefministro. Simila ŝanĝo okazis ankaŭ en la urbo Stokholmo, kies regado tamen interesis min eĉ malpli ol tiu de la lando.

Alia politika ŝanĝo okazis du tagojn post niaj elektoj. En Tajlando okazis puĉo, per kiu la militistoj transprenis la potencon, kio kompreneble pensigis min pri Mika. Laŭ mia memoro ŝi neniam menciis, ĉu Tajlando havas ian demokratan sistemon aŭ ne. Tio eble ne estis la plej grava afero por ŝi, nek por ŝia fratino. Sed mi ne plu havis ajnan kontakton kun Mika, kaj baldaŭ tiu puĉo tute paliĝis en mia konscio.

Mia studado plu progresis, kvankam mi de temp' al tempo malesperis, ĉu mi iam efektive mastros ĉion, kion mi devos. Regina siaflanke certe ne dubis pri sia kapablo. Iam aŭtune mi proponis al ŝi ke ni vojaĝu ien dum Kristnasko, ĉar mi ne povis imagi denove pasigi ĝin kun parencoj – ĉu ŝiaj, ĉu miaj. Mi trovis nature komenci novajn tradiciojn, ne nur daŭrigi la hereditajn.

"Ne, tion mi ne povus. Patrino tro elreviĝus, se mi ne estus hejme."

Ĉi-okaze "hejme" evidente ne signifis la apartamenton sed la domon en Äppelviken.

"Sed eble ni povus iri al Åre dum Novjaro", ŝi poste proponis.

"Al Åre? Ĉu por skii?"

"Kompreneble."

Mi memoris ke Elvira kaj ŝia familio iam dum Novjaro iris ien por skii, kvankam verŝajne ne al Åre, kaj ŝi proponis ke mi foje provu tion. Sed jam longe antaŭ la sekva vintro ŝi tediĝis de mi, kaj post tio mi eĉ ne unufoje pensis pri skiado.

"Nu, mi ne scias skii. Mi neniam provis tion."

Ŝi rigardis min kun la kutima trankvila konsterniĝo.

"Ĉu vere? Sed vi facile lernos la bazan teknikon. Vi luos la skiojn kaj komencos sur infana deklivo. Eble eĉ ekzistas skilernejo."

"Bone, sed tio sonas multekoste. Ĉu niaj studentaj monpruntoj sufiĉos por tio?"

"Se ne, mi petos la gepatrojn helpi."

Do, post longa aŭtuno kunvivante en la du ĉambroj ĉe Rörstrandsgatan, kaj post Kristnasko en la sino de ŝia familio kun hepata kolbaso, saŭrkraŭto kaj pumperniklo, ni kelkajn tagojn antaŭ Novjaro trajnis norden al la ĉefa sveda deklivskia centro Åre, kie ni luis ĉambron kun kuirejeto dum semajno. Poste Regina pacience gvidis min en la misterojn de glitado sur neĝo, kaj ĉar tiusemajne mankis skilernejo, ŝi eĉ akceptis la taskon instrui al mi unue supreniri per skitelfero sen dehokiĝi kaj fali, kaj poste malsupreniri per la forto de la gravito. Kaj baldaŭ mi ja iele-trapele kapablis ambaŭ aferojn, se temis pri deklivoj moderaj. En la tria tago ŝi venigis min en kvazaŭan ekskurson tra la tuta aro da telferoj kaj deklivoj, zorge evitante la plej krutajn. Sur kelkaj deklivoj ŝi faris du descendojn, dum mi pene malsupreniris unufoje. Kaj kiam mi ripozis en subdekliva restoracio, ŝi povis dum kelka tempo pli libere kaj rapide slalomi. Vespere miaj kruroj tremis kiel aŭtuna folio pro laceco, ĉar evidente oni uzas aliajn muskolojn skiante ol kurante.

Bonŝance la tagoj ĉi-norde je Novjaro estis ege mallongaj, kaj kvankam ja ekzistis ankaŭ deklivoj vespere lumigataj per lampoj, tamen ni pasigis longajn vesperojn kun diversaj manĝetoj kaj trinkaĵoj en restoracioj kaj trinkejoj, kaj en la litoj de nia ĉambro. Eĉ Regina malstreĉiĝis kaj ripozis. Evidente skiado estis favora por la reciproka amo.

Reveninte hejmen al Stokholmo, ni daŭrigis la studadon kiel antaŭe. Sed en la komenco de februaro intervenis io, kio enkondukis perturbon en nian rilaton. Aŭ eble mi diru ke intervenis iu.

Unu vesperon mi ricevis telefonan tekstomesaĝon de Mika:

"Ĉu mi povas tranokti ĉe vi?"

Mi tuj respondis jese, sed poste mi ekpensis ke ŝi eble ne scias, kie mi nun loĝas. Fakte mi jam antaŭlonge sciigis al ŝi la adreson, sed eble ŝi ne atentis tion. Do mi tuj vokis ŝin telefone. Post iom da tempo ŝi respondis.

"Mi sidas en buso, kie estas sufiĉe brue", ŝi krietis.

"Ĉu vi konas mian adreson?"

"Mi notis Rörstrandsgatan. Aŭ ĉu denove alia?"

"Ne, tio estas la ĝusta."

"Bone. Mi alvenos post duonhoro."

La interparolado rompiĝis, aŭ ŝi rompis ĝin, kaj mi povis nur atendi ĝis ŝi alvenos. Kaj klopodi klarigi al Regina.

"Ĉu eksa koramikino?" ŝi demandis malpli trankvile ol kutime.

"Tute ne. Nur samklasanino el la elementa lernejo en Kalmar."

"Kio do okazis? Ĉu ŝi alvojaĝis sen havi tranoktejon en Stokholmo?"

"Ŝi jam delonge loĝas ĉi tie. Mi ne scias, kio okazis."

Post horo, ricevinte la kodon de la stratpordo, ŝi aperis ĉe ni. Kun plena valizo, laca aspekto kaj malkontenta mieno. Ŝi paŝis nur leĝere lamante en la salonon sen demeti la ŝuojn, eble pro la protezo, sidiĝis sur la sofon kaj palpis tiun prove per la mano.

"Ĉu mi dormos tie ĉi?"

"Jes, jen la sola eblo, bedaŭrinde. Kio do okazis al vi?"

"Oni elĵetis min."

"Ĉu el la ĉambro ĉe Körsbärsvägen?"

Ŝi rigardis min nekomprene kaj distrite. Poste ŝi ekridis.

"Ne, tiun mi perdis antaŭlonge. Lastatempe mi loĝis ĉe viro en Östberga, sed ial lia eksulino decidis reveni al li, do li elĵetis min. Mi kredis ke mi havas alian eblan lokon, sed tio fuŝiĝis. Tamen ne timu, mi trovos ion."

Ĝis tiam ŝi apenaŭ ĵetis rigardon al Regina, kiu staris ĉe la pordo de la kuirejo, rigardante kaj aŭskultante, kio okazas. Do mi turnis min al ŝi.

"Regina, jen mia malnova konato Mika. Kaj Mika, ĉi tio estas mia koramikino Regina."

Mi ne kapablis diri "mia fianĉino", kvankam Regina ofte nomis nin gefianĉoj. Laŭ mi tio sonis tro solene, kaj ĉar krome mankis ringo, tio estis nur altpretenda vorto sen enhavo, laŭ mi. Ĉiuokaze Mika levis manon por ia saluto, apenaŭ rigardante Reginan, kiu diris "saluton" en tono ne tre entuziasma.

"Ĉu vi jam vespermanĝis?" mi demandis.

Estis jam la deka vespere.

"Ne, sed ne gravas. Eble bieron, se vi havas."

"Ni povus mikrumi ion."

"Ne, dankon. Ne ĝenu vin."

Do mi iris alporti glason da biero por ŝi, kaj alian por mi mem. Mi faris demandan geston ankaŭ al Regina, sed ŝi kapneis. Kiam mi alportis la du glasojn, Mika jam malbukis la pantalonon kaj tiris ĝin malsupren. Ŝi sidis en nigra kalsoneto sur nia sofo, malligante la rimenojn de la protezo. Ŝiaj maldikaj femuroj lumis blanke sur la blua ŝtofo de la sofo.

"Pardonu, sed mi devas demeti ĝin; mi jam tro longe paŝadis sur ĝi, portante la valizon, kaj nun ĝi dolorigas la stumpon. Mi tuj refariĝos deca."

Regina plu staris rigardante, dirante nenion. Sendube ĉio ĉi estis ŝoko por ŝi. Ial mi neniam rakontis al ŝi ion ajn pri Mika. Cetere ŝi ĝis tiam tre malmulte demandis aŭ interesiĝis pri mia antaŭa vivo, miaj familianoj kaj amikoj.

Mika sukcese demetis la protezon, kiun ŝi lokis sur apuda fotelo. Jen mi unuafoje vidis la stumpon de ŝia amputita kruro, ĉar dum la tagoj en Kalmar kaj Böda mi kompreneble ne vidis ŝin sen la tondita kaj faldita pantalono. Ŝia dekstra femuro finiĝis per ia tubera kaj cikatra parto, tuj super la loko, kie iam troviĝis la genuo. Mi deturnis la rigardon, ne pro timo ĝeni ŝin, sed por eviti ke Regina poste komentos mian rigardon. Al Mika mem supozeble nenio ajn povus esti tro embarasa.

Ŝi suprenigis la pantalonon, kiu nun evidente havis du longajn krurumojn, kaj ektrinkis sian bieron avide.

"Mi surhavis ĝin tro longe", ŝi diris, gestante al la protezo.

"Aha. Kiel okazis ke vi perdis vian studentan ĉambron?"

Ŝi gestis forpuŝe.

"Ne demandu. Mi ne plu estas studento. Sed ne gravas."

Ŝi eltrinkis la bieron kaj turnis sin al Regina.

"Ne timu. Mi ne longe ĝenos vin."

Regina ne respondis. Mi alportis pli da biero.

"Vi ne ĝenas, Mika", mi diris. "Sed ĉu vi vere ne manĝos ion? Omleton? Buterpanon?"

"Nur se vi mem manĝos."

Mi iris en la kuirejon. Kiam ankaŭ Regina venis tien, mi diris mallaŭte:

"Mi klarigos poste."

Ŝi rigardis min kritike.

"Mi esperas ke jes."

Kiam mi revenis en la salonon, portante pleton kun pano, butero, ŝinko kaj fromaĝo, Mika kuŝis kun fermitaj okuloj, sed ŝi denove eksidis kaj faris al si buterpanon.

"Se vi ne plu studas, kion do?"

Ŝi klinis la kapon alterne tien-reen. Mi ne sciis, kion tio signifas.

"Mi pentras. Interalie."

"Bone. Ankaŭ Regina pentras tre talente."

Ŝi kapjesis kaj rigardis min, sed ŝiaj okuloj estis sufiĉe vagemaj.

"Kie vi do loĝos?" mi demandis.

"Mi konas aliajn. Sed ĝuste hodiaŭ neniu respondis favore. Krom vi. La ĝentlemano."

Ŝi pale ridetis kaj denove rigardis min, dum ŝi ŝovis pecegon da pano kun ŝinko kaj fromaĝo en la buŝon. Ŝi aspektis trivita, pala kaj eble eĉ pli maldika ol kutime. Dum momento mi ekpensis pri Jenni. Ĉu do ankaŭ Mika suferas pro anoreksio? Ne, tion mi ne povis kredi. Pli verŝajne estis ke ŝi manĝas tro malmulte pro manko de mono.

"Nu, vi povos dormi ĉi tie kelkajn noktojn. Sed eble ne estos tre komforte. Kaj..."

Mi rigardis, kie estas Regina, sed ŝi ne videblis.

"Kaj la apartamento efektive estas ŝia", mi aldonis malpli laŭte.

Mika ridetis.

"Tion mi tuj supozis. Sed ŝi certe ne elĵetos vin. Min jes, sed ne vin."

Mi alportis kusenon, litkovrilon kaj littukojn kaj helpis ŝin prepari la sofon en provizoran liton. Poste ŝi kuŝiĝis kaj ŝajne tuj endormiĝis, dum mi enlitiĝis kun Regina. Mi komencis flustre rakonti disajn erojn pri la familio de Mika, pri nia klaso en la elementa lernejo, pri la gimnazia gazeto kaj pri la cunamo, sed Regina haltigis min.

"Morgaŭ vi povos klarigi. Nun ni prefere dormu."

Matene Mika plu dormis, kiam Regina kaj mi ekiris al la lernejo. Mi metis la ekstran ŝlosilon de la apartamento sur la sofotablon kaj skribis noton, proponante ke ŝi mem faru al si matenmanĝon el la fridujo.

En la ŝtuparejo Regina haltigis min.

"Fredrik, vi ne povas lasi ŝin ĉi tie kaj doni al ŝi ŝlosilon. Veku ŝin, mi petas, kaj igu ŝin eliri. Ŝi povos reveni vespere, se bezonate."

Mi rigardis ŝin ŝokite.

"Kion vi diras? Tion mi damne ne povas fari!"

"Ŝi ja povus forporti ĉion valoran el la loĝejo."

Dum momento mi estis muta.

"Kial ŝi farus tion? Vi ne konas ŝin!"

"Ĉu vi mem konas ŝin? Ĉu vi ne vidis ke ŝi uzis drogojn?"

Nun mi ekkoleris. Kia akuzo!

"Vi estas freneza, Regina. Mi konas Mikan; mi scias, kion ŝi travivis, diable! Vi scias nenion!"

Ŝi rigardis min severe dum minuto, ŝajnis al mi.

"Mi timas ke vi bedaŭros ĉi tion, Fredrik."

"Certe ne. Kial ne fidi min?"

Ŝi faris mienon, kvazaŭ ŝi diros ion spitan, sed finfine ŝi decidis ke tio ne indas. Poste ŝi turnis sin kaj malsupreniris laŭ la ŝtuparo. Mi postsekvis ŝin.

Kiam ni vespere revenis hejmen, Mika forestis, sed ŝia valizo restis, kaj laŭ la rigardo de Regina mi komprenis ke mankas nenio el niaj aferoj. Kaj je la oka revenis Mika.

"Mi ankoraŭ ne solvis la aferon, sed espereble morgaŭ."

"Ĉe kiu vi do loĝos?" mi demandis.

"Ne zorgu pri tio, Fred. Mi konas aliajn ĝentlemanojn ol vin. Do se vi povos elteni min dum unu plia nokto, tio eble sufiĉos. Mi omaĝos vin ambaŭ en miaj memoraĵoj."

Ŝajne ŝi hodiaŭ estis en pli bona humoro.

"Regina", ŝi poste diris. "Laŭ Fred vi pentras. Ĉu vi povas montri ion?"

Timante ke Regina ne respondos, mi tuj intervenis.

"En la dormoĉambro pendas portreto de mi. Venu!"

Ni eniris tien.

"Ha! Tre bona, fakte. Eble iom flata, sed vi ja estas belulo."

Ŝi mem ridis je tio, kaj mi same.

"Ĉu io plia?" ŝi demandis.

Regina alvenis kaj fakte eligis kelkajn bildojn el vestoŝranko, kaj ili dum kelka tempo diskutis teknikojn, motivojn kaj stilojn preskaŭ kiel amikinoj. Aŭ artistaj koleginoj. Tamen mi vidis ke Regina restas en garda pozicio, kiu daŭris ankaŭ dum ni poste vespermanĝis triope, interparolante ne tre vigle.

En la sekva vespero Mika estis for. La ŝlosilon ŝi tute ordeme metis en la leterujon, pruvante ke ŝi ne estas tia ŝtelema drogulo, kiel pensis mia kunvivantino-fianĉino. Sed multe da detaloj pri ŝia nuna vivo mi ne eksciis. Laŭdire ŝi pentras. Interalie. Kion tio signifas? Kaj kiel ŝi vivtenas sin? Propran hejmon ŝi do ne plu havas sed dependas de konatoj por trovi tranoktejon. Ĉu ŝi vivas entute je la kosto de tiuj viroj? Mi ne havis okazon demandi pri detaloj en ŝia nuna vivo, sed tio ne multe helpus, ĉar ŝi ne respondus pli ol ŝi volus. Tion ŝi neniam faris. Kaj ĉi-foje ŝi evidente volis diri preskaŭ nenion.

Mi supozis ke mi iam ekscios pli multe, kiam ŝi decidos denove kontakti min aŭ respondi al miaj kontaktoprovoj. Evidente mi ne povis antaŭvidi ke pasos jaroj, ĝis mi denove renkontos ŝin kaj parolos kun ŝi. Intertempe mi tamen ja kelkfoje aŭdos pri ŝi kaj eĉ vidos ŝin, en filmo, en televidaj intervjuoj kaj eĉ reale. Do mi eble devus antaŭvidi ke ŝi de temp' al tempo reaperos en mia vivo en ia fantoma formo, kaŭzante novajn krizojn kun Regina. Hodiaŭ mi ja povus proponi al ŝi tranoktejon pli komfortan ol la sofon de tiu apartamento. La gastoĉambro havas bonkvalitan liton, kiu ĉiam pretas akcepti gaston okazan aŭ daŭran, kaj ĝi tre malofte estas okupata. Sed ĝis nun Mika ne gastis tie, kaj tre verŝajne tio neniam okazos, kvankam koncerne ŝin eblas scii nenion kun certeco.

Vespere mi faris novan provon rakonti al Regina pri Mika. Mi baldaŭ rimarkis ke tio estas pli malfacila ol mi antaŭe imagis. Eble mi devus kompreni tion, ĉar evidente io malhelpis al mi jam antaŭlonge paroli pri ŝi. Tamen mi provis klarigi ke ŝi ne estas eksulino aŭ iama amatino. Sed eble mi ne tute pravis, dirante ke ŝi estas nur konato aŭ maksimume amiko. Kio ŝi do estas aŭ estis?

Mi rakontis pri kiam Mika trenis min per sia mopedo, pri nia komuna agado por la lerneja gazeto, pri la tagoj, kiam mi veturigis ŝin aŭte tra Kalmar, kaj pri ŝiaj patrino, avino kaj frato, kiujn glutis la cunamo. Sed mi sentis ke Regina ne vere aŭskultas, aŭ ke ŝi ne komprenas, kion mi klarigas. Kaj fine ŝi interrompis min.

"Ĉesu, mi petas", ŝi diris. "Vi devos liberigi vin de tiu virino. Ne estas bone resti ligita al sia eksulo, eĉ se temas nur pri iluzio."

"Mika ne estas mia eksulino, kaj certe ne iluzio. Ŝi estas tre reala persono, kiel vi mem vidis. Nur ŝia dekstra kruro ne plu realas."

Tiam mi firme kredis ke la zorgoj de Regina malaperus, se ŝi havus okazon renkonti kaj ekkoni Mikan en pli normalaj cirkonstancoj. Sed mi devus kompreni ke tio neniam okazos, kaj cetere mi ne sciis, kio do estus normala.

"Mi parolas pri la rolo, kiun ŝi ludas en viaj memoroj", diris Regina. "Laŭ mi tio similas obsedon."

Jen la unua fojo, kiam ŝi esprimis sian ideon pri obsedo, kaj en tiu malvarma kaj humida februara tago de la jaro 2007 mi tute ne antaŭvidis ke ŝi ripetos ĝin multfoje dum venontaj jaroj. Praktike ĉiufoje, kiam la nomo de Mika aperos en unu maniero aŭ alia. Kaj tio ja okazos en formoj kaj situacioj sufiĉe surprizaj.

Kvara parto

Mi sukcese diplomiĝis kaj komencis serĉi laboron. Tio tamen dumlonge ne prosperis al mi. Plej ofte oni eĉ ne vokis min al intervjuo, kaj kiam tio okazis, oni plej multe scivolis pri miaj antaŭaj spertoj en la profesio. Tamen ja devus esti evidente ke mi ĵus diplomiĝis kaj ne havas tiajn spertojn.

Dum la lasta parto de la studado mi okupiĝis plej multe pri la esploroj por mia diploma disertaĵo. Mi elektis verki pri la ĝardenaj urboj, ties idea fono, praktikaj realigoj kaj sekvoj en la diverslanda kreado de novaj loĝkvartaloj, antaŭurboj kaj eĉ tute sendependaj novaj urboj. El mia laboro rezultis ekzemplaj planoj, per kiuj mi proponis kiel protekti kaj plifortigi la valorojn de la ekzistantaj kvartaloj influitaj de tiuj ideoj, kiuj laŭ mi riskas perdiĝi. Sed la plej granda parto konsistis el priskribo kaj analizo de la ideoj kaj ties historia realigo en diversaj formoj kaj lokoj.

Eble tio estis tro vasta temo, des pli ĉar mi kompare traktis ankaŭ tion, kio postsekvis en Svedio. Sendube mi devus elekti ne temon, kiu interesas min, sed ion allogan por la ontaj dungantoj – sed kiel mi do povus scii, kio interesas ilin? Mi ne estas ido de arkitektoj; mi eĉ ne konis aktivajn arkitektojn ekster la lernejo. Nu, escepte de Arvid Montelius, sed dum la lasta jaro mi ne same multe kiel antaŭe amikumis kun Axel kaj tial ne plu renkontis lian patron. Mi tamen petis kaj ricevis permeson mencii la nomon de Arvid por referenco, serĉante laborojn, sed mi ne scias, ĉu oni utiligis tion por demandi pri miaj talentoj aŭ karaktero.

En la disertaĵo mi do traktis la ideojn pri ĝardena urbo, kiuj atingis Svedion ĉefe el Britio, sed iomete ankaŭ el Germanio. Mi memorigis ke la ĉefa evoluinto Ebenezer Howard fine de la deknaŭa jarcento favoris tute novan, sendependan urbon kun loĝejoj, servoj kaj laborejoj, sed la realaj efektivigoj plej ofte estis partoj de urbego, ĉefe kun loĝejoj. Principe devus esti miksaĵo el diversspecaj domoj, sed ofte oni konstruis precipe unufamiliajn domojn por la meza klaso. Evidente ĝardena urbo devis enhavi verdaĵon: parkojn, ĝardenojn, aleojn, skvarojn, naturon, kaj la reto de stratoj devis adaptiĝi al la tereno kaj naturo. Rezultis planoj kun kurbaj stratoj kaj stratetoj, placetoj kaj aleoj, kiuj tre diferencas de la pli fruaj urboplanoj kun ortangula reto de paralelaj stratoj inter fermitaj domblokoj, en kiuj oni laŭeble ignoris la terenformojn. Ili diferencas ankaŭ de la grandskalaj planoj por unueca industrimetoda konstruado, kiujn oni realigis pli malfrue, plejparte por laboristaj familioj.

Mi konstatis ke la unua ĝardena urbo de Stokholmo estis Enskede en la suda parto de la ĉefurbo, kiun oni ekkonstruis en 1908. Ĝi konsistis plejparte el unufamiliaj domoj kaj lernejo sed neniuj aliaj laborejoj. Baldaŭ poste sekvis Äppelviken okcidente de la urbo, kiu kompreneble inspiris min al la laboro. Tie oni konstruis ankaŭ kelkajn domojn kun apartamentoj. Ambaŭ kvartaloj frue ricevis tramliniojn al la urbocentro. La stratoj tre respektoplene rondiris ĉirkaŭ la montetoj, kiuj restis ne ekspluatitaj insuloj el natura arbaro en la kvartaloj.

Mi daŭrigis, konstatante ke en la tridekaj jaroj sekvis en Svedio la modernismaj aŭ funkciismaj loĝkvartaloj kun apartamentaj domoj laŭ la devizo "aero kaj lumo", kontraste kontraŭ la densaj, mallumaj urbocentraj domblokoj kun malvastaj postkortoj kaj postdomoj por la pli malriĉaj loĝantoj. Kaj ankoraŭ en la kvindekaj jaroj oni konstruis kvartalojn kun kurbaj stratoj, kiuj sekvas la terenformojn, kaj domoj kun interspacoj por enlasi la sunlumon. Tipa ekzemplo en Stokholmo estas Årsta en la sudo, kaj eĉ mia hejma kvartaleto Tegelviken en Kalmar, kie mi kreskis, estas ekzemplo de tia kvartalo.

Poste sekvis sufiĉe drasta rompo. En la sesdekaj kaj sepdekaj jaroj oni ofte traktis la terenon kiel blankan paperon, sur kiun oni desegnis grandskalan racian planon sen respekto al la ekzistantaj naturo kaj kulturo. La terenon oni kelkfoje ebenigis, la naturon oni forigis kaj anstataŭigis per io nove plantita, kaj la jam ekzistantajn domojn oni ruinigis. Kutime la ampleksa sistemo de malsamgrandaj stratoj kaj parkumejoj tie rabis vastajn areojn. Kaj en la nuna planado oni forĵetis ankaŭ la ideon pri aero kaj lumo, densigante la loĝkvartalojn por maksimumigi la profiton.

Denove la iama densa urbocentro fariĝis idealo, kvankam sen postkortaj domoj. Cetere okazis ia paralela evoluo ankaŭ en la planoj de la apartamentoj, sed tio estis afero ekster mia temo, do tion mi ne menciis.

Nu, eble estis nature ke la ĉefoj de la arkitektaj firmaoj ne aprezis mian disertaĵon, se ili ekzamenus ĝin, sed mi dubas ke iu el ili faris tion.

Do, anstataŭ labori mi plu studis. Nun jam en la universitato, en la glaŭkaj "fabrikoj", kiujn Mika iam montris al mi, proksime de mia eksa loĝejo en Lappis. Mi studis geografion kun socia planado. Sufiĉe utila kompletigo, mi supozis, kaj fako tre interesa. Mi eĉ komencis pensi ke mi eble povus resti en la universitata mondo, kreante al mi karieron tie. Dume Regina plu studis ambicie en la Arkitektura lernejo, kaj nia kunvivado daŭris kiel kvieta promenado, jen kaj jen interrompata de niaj kuradoj. Mi ne plu provis maratoni, sed ŝi denove aliĝis kaj realigis tiun fortostreĉon, dum mi partoprenis en la aklamoj de spektantoj sur la trotuaro. Pri ŝia kurotempo mi ne demandis, kaj ŝi ne menciis ĝin propriniciate. Fine de septembro ni tamen ambaŭ kuris la tridek kilometrojn tra arbara tereno de Lidingö, sed post tio mi dum semajno estis kriplulo apenaŭ paŝipova.

Regina ne plu komentis la surprizan viziton de Mika, nek demandis ion ajn pri ŝi. Mi ja provis klarigi tion, kio estis klarigebla, sed evidente eĉ ne la mankanta kruro interesis ŝin. Foje mi ekhavis la penson ke laŭ ŝi la perdo de dekstra kruro estas pruvo de personeco malzorga kaj senorda, same kiel la manko de propra loĝejo. Serioza persono ja ne perdas kruron sur vendoplaco aĉetante legomojn. Cetere ŝi ankaŭ ne tre interesiĝis pri mia historio, kio tamen ne estis tre surpriza, ĉar en ĝi tute mankas dramoj. De temp' al tempo mi ja menciis al ŝi aferojn el mia infanaĝo aŭ junaĝo, kvankam ne tre ofte, kaj ŝi aŭskultis sed ne faris pluajn demandojn.

Mi tamen ne kredas ke ŝia sinteno ŝuldiĝis al egocentrismo, ĉar ŝi ankaŭ ne ŝatis paroli pri siaj propraj infanaĝo kaj junaĝo, kiam mi demandis pri ili. Laŭ ŝi pli gravas la nuno kaj la estonteco. La pasintecon ne eblas ŝanĝi, do ne indas okupiĝi pri ĝi. Ekzemple mi ankoraŭ hodiaŭ ne scias, kiel ŝia patrino trafis en Svedion, nek kiaj estis la lernejaj spertoj de Regina aŭ la infanaĝaj rilatoj inter ŝi kaj ŝia fratino Gisela. Kaj pri ŝiaj antaŭaj koramikoj, Kasper kaj iu sennoma antaŭulo, ŝi tute rifuzis paroli.

Unufoje en la domo en Äppelviken Gisela aludis ion pri tiu unua koramiko de Regina, kiun ŝi nomis "la dikulo".

"Mi neniam komprenis, kion vi ŝatis ĉe tiu bruto", ŝi aldonis.

"Vi estis nur infano, do kiel vi povus kompreni ion? Ne babilu pri afero, kiu ne tuŝas vin."

"Sed jen ĝuste, kion li provis. Tio estas tuŝi min. Tiu naŭza grasbulo volis esplori, ĉu mi jam havas mamojn."

Sed Regina simple kapneis evite, aŭdante tion. Kredeble ŝi jam konis la okazaĵon kaj nun ne volis diskuti nek klarigi ion pri sia eksulo, eĉ ne mencii lian nomon. Kaj pri Kasper mi eksciis nur ke li estis ŝia koramiko dum preskaŭ du el la gimnaziaj jaroj. Kiel finiĝis la rilato, ŝi ne malkaŝis, sed mi supozis ke rompis ĝin li.

Mia rilato al Regina ne estis ege romantika, sed tion mi trovis tute natura, ĉar mi neniam estis romantikulo. Ĉiuokaze mi pensas ke ne. Mi vere kredas ke mi amis ŝin en maniero trankvila, senafekta. Kaj verŝajne ŝi reciprokis miajn sentojn. Kutime ni tute bone interrilatis, spirite same kiel fizike, kaj mi tre ĝuis nian kunvivadon. Fakte mi memoras nenion alian, kio vere ĝenis nian amon, ol la neatendita apero de Mika. Sed post du-tri monatoj mi supozis ke Regina jam plene forgesis ĝin, eĉ se mi mem nenion forgesis.

Somere en 2008 ni unuafoje vojaĝis suden al Kalmar. Mi tamen ne plu disponis loĝejon tie, ĉar Paĉjo post la emeritiĝo lastjare transloĝiĝis al sia Annika en Karlshamn 150 kilometrojn pli sude. Anstataŭe ni tranoktis en hostelo sur la insulo Ängö. Tio donis al mi strangan senton. Antaŭe mi neniam imagus ke mi devos rezervi ĉambron en tia loko vizitante mian hejmurbon.

Dum tiu vizito mi ĉiĉeronis Reginan tra la urbo, sed tio fariĝis sufiĉe malsama restado ol mi imagis, kiam mi proponis al ŝi la vojaĝon. Eble mi mem ne bone pripensis, kion ni faru kune en mia urbo de origino. Verŝajne mi volis dividi kun ŝi ian senton, kio sendube estis naiva aspiro. Ĉiuokaze ŝi ja interesiĝis pri la historiaj konstruaĵoj, kaj eĉ pri mia gimnazio desegnita de Ragnar Östberg, sed tute ne pri aferoj, kiuj okazis al mi en aŭ inter tiuj konstruaĵoj. La kvartalon Tegelviken ni tute ne vizitis, nek Trollbacken, Norrliden, Lindsdal aŭ aliajn lokojn kun iama signifo por mi. Kvankam estis varme, ni ne banis nin. Post nia Novjaro en Copacabana nek la ŝtonetaj strandoj de Kalmar, nek la saleta akvo de la markolo imponis al Regina. Ni ja kafumis en la kafejo de Kulzén, sed nek en tiu nomata Fiesta, nek en la picejo Venezia, kiuj ambaŭ iam sufiĉe gravis en mia vivo. Mi eĉ ne havis okazon vidi, ĉu ili plu ekzistas. Kaj Regina ankoraŭ neniam renkontis miajn gepatrojn. Panjon ŝi apenaŭ povus renkonti, ĉar ŝi vivis kun sia norvego en Hamar kaj laŭ mia scio plu deĵoris en la hospitalo tie. Kaj lastatempe do ankaŭ Paĉjo forlasis la urbon.

Anstataŭe ni vizitis Avinon en Böda. Ŝi nun apenaŭ povis paŝi pli ol kelkajn metrojn per helpo de rulapogilo kaj tute dependis de helpo fare de la municipa flegado de maljunuloj. Ankaŭ cetere ŝi videble ne bonfartis, kvankam ŝia intelekto restis klara. Sidante sur sia brakseĝo ŝi demandis min pri miaj studoj, kaj mi klopodis respondi, sed pri Regina ŝi apenaŭ interesiĝis. Mi memoris, kiom la vizitoj de Jenni kaj Mika engaĝis ŝin, sed nun ŝi jam pli eniĝis en siajn proprajn meditojn.

"Mi ŝatus, se Carina iam venus ĉi tien", ŝi diris. "Ĉu vi havas kontakton kun ŝi?"

"Malofte. Panjo ja vivas kun iu novulo kaj ŝajne fajfas pri Svedio."

"Sed ĉu eblas forgesi sian originon? Ĉi tie ŝi ja kuradis nudpiede, ludante kun la filinoj de la najbaroj kaj foje kun Kent. Bonŝance li plu venas de temp' al tempo."

Ni ne tranoktis ĉe Avino sed vespere busis reen al nia hostelo. Poste, reirante trajne al Stokholmo, mi do devis akcepti ke la vojaĝo ne alportis tion, kion mi sufiĉe nebule deziris. Sed almenaŭ ja estis bone ankoraŭfoje renkonti Avinon, eĉ se nur dum kelkaj horoj.

Aŭtune mi daŭrigis la studojn de geografio kun socia planado. Iam antaŭ prelego mi aŭdis du studentinojn apud mi interparoli pri ĵus aperinta romano. Ili ne legis ĝin sed spektis literaturan televidprogramon, en kiu aperis la aŭtorino, juna svedino de taja origino. Ili estis impresitaj de tio, kion ŝi diris pri sia ŝajne membiografia romano, kvankam ili eĉ ne legis ĝin.

Mi ne scias, kial mi tuj pensis pri Mika. Ja ekzistas multaj svedinoj de taja origino, tute aŭ parte, kiuj enmigris, estis adoptitaj aŭ naskiĝis ĉi tie, kaj preskaŭ kiu ajn el ili povus verki libron pri sia vivo. Nu, ne ĉiuj, evidente, sed sufiĉe multaj. Kiam mi lastfoje renkontis Mikan en nia loĝejo, ŝi diris ke ŝi pentras, interalie. Ĉu verkado de membiografia romano povus esti tio, kion ŝi faris "interalie"? Ŝi ja ne plu volis labori en gazetredakcio, sed ŝi ne estus la unua ĵurnalisto, kiu verkis romanon pri si mem kaj siaj spertoj.

Hejme ĉe la komputilo mi eniris en la retpaĝaron de la Sveda Televido. Eblis spekti ĵusajn novaĵojn kaj krome gustumi pecojn el diversaj programoj jam elsenditaj. Ekzistis literatura programo nomata Babel. Mi neniam spektis ĝin, kvankam de duonjaro ni ja posedis televidilon, eble ĉar en la lastaj jaroj mi ne legis multe da beletraĵoj. La gvidanto de la programo estis viro, kiu aspektis kiel juna knabo. Kaj jen apud li aperis du verkistoj, du virinoj. Unu estis blondulino proksimume 35-jara, kiu nomiĝis Helene Ring. La alia estis la nigrahara Mika. Jes, tio efektive estis Mika, kaj sur la ekrano aperis la nomo Mika Bunsawat.

Ĉi tio estis surpriza kaj stranga. Mi neniam antaŭe aŭdis ke ŝi havas ankaŭ tajan familian nomon, krom la sveda Kronqvist, sed tio ja estis tute ebla. La gvidanto interparolis kun ŝi kaj la alia verkistino pri iliaj libroj. Oni parolis pri "la protagonisto" kaj "la mio de la romano", sed laŭ mia interpreto oni subkomprenigis ke efektive temas pri la aŭtoroj mem, do ke la romanoj estas membiografiaj.

Laŭ tiu diskuto la verko de Mika temas pri sveda viro. Li edzinigas tajlandaninon, kiu jam havas filinon, kaj poste li traktas ilin tre malbone, laŭdire pro sinteno rasisma, mizogina kaj koloniisma. Krome oni aludis ke ankaŭ aliaj viroj kondutas fie al tiu filino, kiu estas "la mio de la romano".

Ankaŭ Helene Ring ŝajne verkis membiografie pri virino, kies viro traktas ŝin fie kaj ĵaluzege, kaj kiam ŝi sukcesas eskapi de li, ŝi trafas en la manojn de sadisma psikopato, kiu tenas ŝin en kaĝo kaj seksperfortas ŝin. Evidente oni invitis ĉi tiun duopon al la programo, ĉar la temoj de iliaj romanoj estas similaj.

Kaj jen finiĝis la mallonga videaĵo, kiu evidente estis eltiraĵo el pli longa interparolo. Mi spektis ĝin duafoje sed ne komprenis pli multe. Evidente mi devos legi la libron. Ne tiun de Helene Ring, sed tiun de Mika Bunsawat. Mi tuj eniris en la paĝon de retlibrejo kaj mendis ĝin. La titolo estis *Blankaj porkoj*.

Mi diris nenion al Regina sed simple atendis la alvenon de la libro. Dume mi multe pensis pri tio, kion mi legos. Mi timis ke mi trovos min mem inter la blankaj porkoj. Poste mi timis ke mi tute ne trovos min en la libro. Ĉu mi havas iajn sekretojn aŭ plenumis iajn fiaĵojn, kiujn ŝi eble povus malkaŝi? Mi ne povis imagi ion ajn en mia ĝistiama vivo, kio meritus lokon en romano. Ĉiuokaze absolute nenion, kion mi faris kontraŭ Mika. Laŭ ŝi mi ja estas ĝentlemano. La stulta okazaĵo ekster la picejo Venezia, kiam ŝi ĵetis min surteren, ja estis nur ridinda bagatelo, kiu ne meritis lokon en romano, mi supozis.

La verko alvenis kaj mi eklegis. Mi tuj rimarkis ke ŝi scias verki. Almenaŭ laŭ mia prijuĝo la stilo estis plaĉa, simpla kaj senornama, senbalasta, entute laŭ mia gusto. Mi ja ne estis fakulo pri literaturo, sed junaĝe mi multe legis, kvankam eble ne la plej gravajn kaj valorajn beletraĵojn.

Mika verkis sian romanon en mi-formo, tamen la rakontanto ne nomiĝas Mika sed Suniporn, kio en la reala vivo estas la nomo de ŝia duonfratino, se mi ne mismemoris. Sed en *Blankaj porkoj* aperas nek fratino nek frato, kaj la sveda riĉulo, kies nomo estas Sven Holmqvist, ne estas la patro de Suniporn. Li renkontas la patrinon, kiu nomiĝas Anong, kaj promesas al ŝi komfortan vivon en Svedio, se ŝi edziniĝos al li. Ŝi akceptas, kondiĉe ke ŝi povos venigi kun si ankaŭ la filinon, kaj tiel okazas, kvankam Sven ne kontentas pri tio. En la reala vivo Suniporn ja ne akompanis sian patrinon al Svedio sed restis en Tajlando. Mi neniam eksciis kial, nek kie ŝi loĝis, kiam ŝia patrino malaperis foren. Supozeble ŝi ĉiam loĝis ĉe la avino.

En la libro de Mika poste sekvas mizera vivo en Svedio, tamen ne en Kalmar, sed en Stokholmo. Sven traktas la edzinon kiel servistinon kaj ŝian filinon kiel ĉifonon, do krude kaj malestime. Li malpermesas al ili paroli taje inter si, kiam li ĉeestas, kaj li malhelpas al Anong renkonti aliajn homojn, precipe aliajn tajojn. Do nenia butiko de aziaj varoj, kiel en la realo. La filino Suniporn, kiu estas la rakontanto, kreskas kaj renkontas knabojn kaj virojn, kiuj konsideras ŝin putino. Tio ja similis la realon, laŭ tio kion mi mem memoris kaj kion Mika foje diris al mi. Aperas knabo sur motorciklo, kiu gvatsekvas, stalkas kaj fine sekse molestas ŝin. Ĉu unu el la mopeduloj, kiuj estis ŝiaj koramikoj? Aŭ ĉu ŝi aludas mian stalkadon? Ĉu ŝi kunigis plurajn realajn personojn en unu romanan rolulon? Aŭ ĉu temas pri libera kreaĵo?

Suniporn plenkreskas kaj renkontas neniun ĝentlemanon sed pli da blankaj porkoj. Tie ŝajnis al mi ke Mika iom ripetas similajn okazaĵojn. Sed ĉio estis bone verkita kaj facile legebla. Fine la familio vojaĝas por ferii sur tajlanda plaĝo. Kaj tie ili iras per tiel nomata longvosta boato al insulo. Kiam la boato skuiĝas transirante ondon, Suniporn uzas la okazon por puŝi la vicpatron trans la randon de la boato en la maron, kie li malaperas suben. Oni serĉas dum kelka tempo sed ne retrovas lin. Evidente la blanka porko ne sciis naĝi. Do nenia cunamo kaj neniaj detruitaj bangaloj, sed murdo! Anong kaj Suniporn tamen interkonsentas kun la boatisto ke Sven proprakulpe falis en la maron, do oni avertas la policon ke li akcidente dronis. Poste la patrino kaj filino reiras al Stokholmo kaj heredas la posedaĵon de Sven. Jen la feliĉa fino de la romano.

Mi trovis tiun finon iom tro malrealisma, sed kiel tutaĵo la libro ne estis malbona. Mi sentis ke sub la okazaĵoj kuŝas forta kolero aŭ akuzo, kiun la mio ne eldiris eksplicite sed tamen iel esprimis nerekte. Sed mi ne komprenis, kial Mika ŝanĝis preskaŭ ĉion de la realo, ekskludante multon kaj inventante alion. Mi ŝatus demandi ŝin kaj diskuti tion kun ŝi, sed mi ne kuraĝis fari provon kontakti ŝin. Se juĝi laŭ tiu gvatsekvanta knabo en la romano, mi verŝajne estis unu el la porkoj. Aŭ almenaŭ eta parto de unu.

Anstataŭe mi montris la libron al Regina. Se ŝi legus ĝin, ŝi ĉiuokaze ne povus rekoni min. Mi volis pruvi al ŝi ke Mika estas talenta persono, nenia senkapabla drogulo. Verŝajne mi plu flegis la ideon ke ili povus iam amikiĝi. Sed la libro tute ne interesis Reginan.

"Ekzistas tiom da banalaj verkoj, en kiuj homoj akuzas siajn gepatrojn kaj pentras sian infanaĝon plej malbele. Tio estas infaneca kaj malbona gusto, laŭ mi. Aŭ provo eskapi de la propra respondeco pri sia vivo."

"Mi pensas ke ŝi celas ne nur la gepatrojn sed la tutan svedan aŭ okcidentan kulturon. Laŭ ŝi temas pri rasismo."

"Ĉu do iu orienta kulturo estus malpli rasisma? Mi ne kredas tion. Eble statas eĉ male. Kaj atentu, Fredrik, ne estas sane tiel fiksiĝi ĉe adoleska enamiĝo de antaŭ multaj jaroj. Vi devos iam lasi ĝin!"

Mi rigardis ŝin, mirante pro ŝia reago.

"Ne temas pri enamiĝo", mi diris. "Vi tute ne komprenas."

"Ĉu? Ŝajnas al mi ke ne komprenas vi. Sed ĉiuokaze vi farus bone, se vi forgesus ŝin."

Mi ne respondis. Ĉu forgesi ŝin? Tio ja tute ne eblus. La konsilo de Regina pruvis ke ŝi komprenas nenion.

Longe mi cerbumis pri la libro de Mika. Mi ŝatus demandi ŝin, kial ŝi verkis ĝin tiel malsama ol la realo. Kial ŝi elektis mion, kiu estas ia kombino de la duonfratino kaj ŝi mem, kun nekonata taja patro anstataŭ la sveda tubisto, kiu en la romano ne estis tubisto sed prospera makleristo? Aŭ ĉu tio fakte spegulas la realon? Ĉu Mika tute ne estas filino de Arne Kronqvist? Mi ne povis certi pri tio, sed ŝi ja iam emfazis ke en Tajlando oni rigardas la fraton kaj ŝin kiel eŭropanojn, aŭ farangojn, kiel ŝi nomis la okcidentanojn. Mi mem ne povis prijuĝi, ĉu ŝia aspekto estas duone aŭ tute azia. Verŝajne do azianoj ne povas distingi, ĉu ŝi estas duone aŭ tute eŭropa, kvankam al mi tio ŝajnas malfacile imagebla. Sed kompreneble mi ne povis scii, ĉu la tubisto aŭ iu alia tiel nomata farango estas ŝia biologia patro. Mi tute ne sciis, kiam ŝia patrino edziniĝis kaj migris en Svedion. Mika iam diris ke ŝi mem naskiĝis en Kalmar, sed tio ja povus esti blago.

Tamen mi supozis ke ŝi ne respondus miajn demandojn, nek pretus diskuti la aferon. Des pli nun, kiam ŝi eble iĝis famulo, almenaŭ en iaj kulturaj rondoj. Fine mi sendis al ŝi tekstomesaĝon: "Gratulon pro la libro! Tre interesa!" Kompreneble venis neniu responda mesaĝo de ŝi. Komuniki kun Mika ofte estis kiel sendi kosmosondilon tra la sunsistemo. Oni neniam eksciis, ĉu ĝi maltrafis sian celon aŭ kraŝis sur ties surfaco.

Komence de decembro Panjo sciigis al mi ke Avino mortis en la hospitalo de Kalmar. La municipa sociala servo informis Panjon ke ŝia patrino malfortiĝis kaj kredeble estis mortonta, kaj ŝi vojaĝis tien el Norvegio sed alvenis nur post la morto de Avino, kies agonio do estis mallonga. Onklo Kent tamen ĉeestis dum ŝiaj lastaj horoj.

Mi mem rimarkis antaŭ duonjaro ke Avino malfortiĝis; tamen mi trovis ŝian morton neatendita kaj tre amara. Krome mi ĉagreniĝis ke nek onklo Kent nek Panjo avertis min dum ŝia agonio. Eble mi ĉiuokaze ne atingus ŝin antaŭ la morto, sed iel mi sentis ke mi meritus veni tien. Jen stulta reago, sendube, sed tiel mi sentis. Nun mi eksciis nur ke la entombiga ceremonio okazos tuj antaŭ Kristnasko.

Mi rakontis al Regina pri la afero. Avinon ŝi ja renkontis en la lasta somero, kaj mi jam provis klarigi al ŝi miajn strangajn familiajn rilatojn - aŭ mankon de rilatoj. Antaŭe tio ne tre interesis ŝin, sed nun ŝia reago surprizis min.

"Ho, mi bedaŭras. La maljuna sinjorino ja estis simpatia, kaj mi rimarkis ke ŝi amas vin. Do ni devas tuj prepari la vojaĝon, ĉu ne? Ĉu oni entombigos ŝin en Böda?"

Mi konsterniĝis. Ĉu ŝi efektive serioze pretas vojaĝi la kvincent kilometrojn al la entombigo de mia avino? En decembro!

"Jes, kompreneble en Böda. Jen kie ŝi loĝis, kaj jen kie kreskis Panjo kaj onklo Kent."

"Do ni rezervu hotelĉambron. Ĉu en Borgholm?"

"Ne, tio estus maloportuna. Supozeble ni povos tranokti en la domo de Avino."

"Jen malbona ideo, Fredrik. Precipe se viaj patrino kaj onklo tranoktos tie."

Mi pripensis.

"Bone, sed Borgholm estas tro malproksima. Necesus aŭto por iri inter la lokoj. Ekzistas eta hotelo en Böda, kaj ankaŭ pli simpla hostelo. Sed ni devos esplori, ĉu ili estas malfermitaj. Decembro ne estas turista sezono sur Oelando."

"Ni ĉiuokaze devos iri aŭte. La trajnoj kaj aŭtobusoj estus tro malcertaj. Mi pruntos la aŭton de mia patrino."

Kompreneble ŝi pravis. Konsiderante la malzorgadon de svedaj trajnoj kaj fervojoj, ni eble devus atendadi dum horoj ĉe ia frostfiksita trakforko meze de Smolando. Kaj kiam mi esploris la aferon, montriĝis ke onklo Kent rezervis la tutan hoteleton de Böda por la gastoj, kaj post la ceremonio en la preĝejo okazos funebra manĝo en la hotelo. Do unu el la ĉambroj estos por ni. Mi scivolis, kiuj estos la aliaj gastoj, kaj krome ĉu la koramiko de Panjo akompanos ŝin el Hamar.

La vojaĝo iris tre bone. Falis iom da pluvo, sed kuŝis neniom da neĝo laŭ la orienta marbordo, nek sur Oelando, kaj la temperaturo estis ĉirkaŭ kvin gradoj super nulo. La Audi de Inge funkciis senprobleme, kaj ni faris nur mallongan paŭzon por kafo kaj buterpanoj en apudŝosea kafeterio duonvoje. Ni alvenis en Böda iom post la tagmezo, okupis nian hotelĉambron, kaj kiam estis tempo, ni reiris unu kilometron ĝis la preĝejo. Kiam mi unuafoje en pluraj jaroj ekvidis Panjon, mi unue ekhavis la senton ke reaperis Avino, ĉar ŝi ege maljuniĝis de kiam ni lastfoje renkontiĝis. Mi mansalutis ŝin kaj ŝian amikon Bjarte kaj prezentis Reginan. Simile okazis kun Kent, kiu alvojaĝis el Gotenburgo kun sia nova virino Åsa kaj ties filino Lea, eble dekkvinjara. Kent ne havis proprajn infanojn sed do ekhavis vicfilinon en sia sufiĉe alta aĝo. Åsa cetere estis videble pli juna ol li. Ĉeestis ankaŭ Johan, la nevo de Avino, kaj lia edzino Gun, kiuj loĝis ie en Skanio. Krom la familianoj kaj du najbarinoj alvenis ankaŭ maljuna kolegino de Avino kaj eksa lernantino, ambaŭ el Borgholm, kiuj ŝajne tenis kontakton kun ŝi dum multaj jaroj. Plue la pastro kaj la kantoro. Jen ĉiuj.

Mi fakte atendis ke Paĉjo aperos. Temis ja pri lia eksbopatrino, kiun li iam bone konis kaj verŝajne ŝatis. Sed oni eble ne invitis aŭ eĉ informis lin. Dum momento mi sentis ke tion devus fari mi. Poste mi decidis ke tiaj aferoj ne plu gravas.

Sekvis rutina ceremonio, mi supozas, kvankam mi mem ne havis antaŭan sperton de entombigoj, kaj rutina funebra manĝo, dum kiu Panjo parolis pli multe kun Regina ol kun mi, kaj mi mem pli multe kun Kent ol kun ŝi. Lea videble enuis kaj baldaŭ turnis sin al sia telefono, ŝajne unu el tiu nova speco, per kiu eblis fari preskaŭ ĉion ajn. La nevo Johan interŝanĝis kelkajn ĝentilaĵojn kun ĉiuj familianoj. La gastoj el Borgholm baldaŭ reveturis hejmen, la najbarinoj kaj familianoj plu kafumis kelkan tempon dum relative streĉita konversacio, kaj poste ni disiĝis. Regina kaj mi faris mallongan promenon en la decembra krepusko ĝis la plaĝo kaj reen. La Balta maro estis grafite griza kun nur etaj blankaj ondokrestoj, kiuj tamen lumis preskaŭ fosforeske tra la obskuro. La ĉielo estis sufiĉe nuba krom en la plej fora oriento, kie videblis kelkaj steloj. Poste ni retiriĝis en nian ĉambron.

En la sekva tago dum la matenmanĝo Panjo kaj Kent komencis diskuti, kiel fari pri la domo de Avino. Panjo volis tuj vendi ĝin.

"Ĝuste nun tio apenaŭ eblas pro la financa krizo", diris Kent. "Neniu volos aĉeti ĝin, kaj se ni tamen trovus aĉetanton, la prezo estus malaltega."

"Ni tamen devas vendi ĝin. Neniu el ni povos prizorgi ĝin."

"Eble ni povus uzi ĝin kiel somerdomon. Povas esti ke Fredrik kaj Regina ŝatus veni ĉi tien somere. Kaj ankaŭ Åsa kaj mi. En aliaj someraj semajnoj eblus luigi ĝin."

"Apenaŭ en la nuna stato", diris Panjo.

Ŝi videble malkontentis pro lia rezisto, sed ŝi ne plu argumentis.

"La krizo verŝajne baldaŭ finiĝos, kaj la domprezoj denove altiĝos", supozis Bjarte.

Johan, la kuzo de Panjo kaj Kent, samopiniis, kvankam li ne estis rekte tuŝata.

Regina kaj mi ne enmiksiĝis sed pakis niajn aferojn, adiaŭis la familianojn kaj aŭtis unue norden por ĵeti rapidan rigardon al la lumturo sur la norda fino de la insulo. Se ni venus somere, ni povus supreniri la 138 ŝtupojn por rigardi la vidaĵon, eble eĉ ĝis Gotlando, sed ĉi-sezone la lumturo estis fermita kaj dezerta. Ĝi nomiĝas "Longa Erik", kaj tio kompreneble memorigis al mi la iaman koramikon de Mika, kiu eble estis unu el ŝiaj blankaj porkoj. Sed tion mi ne povis mencii al Regina. Anstataŭe ni enaŭtiĝis, rifuĝante de la humida vento, kaj ekiris hejmen.

Ni do veturis trans la markolon, suriris la aŭtovojon E22 kaj plu ruliĝis preter la tute nova butikaro, kiun oni nomis *Hansa City*, evidente honore al la mezepoka rolo de Kalmar. Nur tiumomente mi ekpensis pri Jenni. Ŝi ja tre ŝatis mian avinon kaj volis refoje viziti ŝin. Ĉu mi do devus inviti ŝin al la entombigo? Kial mi eĉ ne konsideris tion antaŭe? Nun estis tro malfrue. Sed mi ne sciis, kie nun troviĝas Jenni. Eble en Usono? Aŭ ĉu iuloke en Svedio, eble eĉ en Stokholmo? En iu ajn bela tago ankaŭ Jennifer Davidsson povos aperi en la televida programo Babel, verkinte poemaron aŭ romanon pri iaj ĉasistinoj de porkoj en la gimnazioj de Kalmar.

Cetere Regina verŝajne trovus strange, se mi invitus eksulinon al la entombigo. Tamen iel ŝajnis al mi ke Jenni pli meritus ĉeesti ol kelkaj el tiuj, kiuj ja estis tie. Eble pli ol Regina.

En februaro mi finfine ekhavis laboron. Ĝi estis portempa dungo en la urboplana oficejo de la antaŭurba municipo Haninge sude de Stokholmo. Tie mi anstataŭis arkitekton, kiu dum almenaŭ ses monatoj estos libera por varti sian unuan infanon.

Miaj ĉefaj labortaskoj estis revizii jam ekzistantajn planojn de areoj en la antaŭurboj, kie loĝas la plej multaj homoj en la municipo, kaj kie troviĝas ankaŭ sufiĉe da laborejoj, butikoj, lernejoj, sportejoj kaj aliaj servoj. En iu loko oni bezonis utiligi difinitan areon por alia celo ol la ĝis nun permesita, en alia rekonstrui stratkruciĝon en trafikcirklon, aŭ aldoni biciklovojon, aŭ permesi pli altajn, dikajn aŭ ĝenerale aliajn konstruaĵojn ol antaŭe. Ofte temis pri mendo fare de terposedanto aŭ kompanio, kiu volis konstrui aŭ ŝanĝi ion, mendo kiun aprobis la municipa komisiono de konstruado. Kaj en pluraj loĝkvartaloj temis pri densigo, tio estas altigo de la kvociento inter la maksimume permesita areo de la konstruaĵoj kaj la totala grunda areo.

Unue mi devis ekkoni la municipon, kiun mi antaŭe eĉ ne vizitis. Mi eksciis ke ĝia loĝantaro proksimas al 100 000 homoj, el kiuj la plej multaj troviĝas en antaŭurboj kiel Vendelsö, Brandbergen, Jordbro, Västerhaninge kaj Handen. En tiu lasta situas la municipa administrejo inkluzive de mia laborejo. Sed al Haninge apartenas ankaŭ vastaj areoj el arbaro surprize sovaĝa, se konsideri la proksimecon al la ĉefurbo, interalie la nacia naturparko de Tyresta, kaj krome vasta parto de la suda insularo de Stokholmo kun multaj insuloj en la Balta maro. Inter ili estas Muskö, sur kiu situas grava bazo de la sveda militfloto, grandparte en artefaritaj grotoj. Plue oni rakontis al mi ke ĉi tie situas ankaŭ la insulo, kiu estis modelo de la fikcia Hemsö en konata romano de August Strindberg el la deknaŭa jarcento.

Por atingi la laborejon mi devis iri trajne, kaj la veturo de Karlberg ĝis Handen daŭris iomete pli ol duonhoron, sen ŝanĝo de trajno. Do la vojaĝoj estis tute en ordo, des pli ĉar mi iris kontraŭ la plej granda fluo de vojaĝantoj kaj kutime trovis sidlokon jam post la unua halto ĉe la Centra stacidomo.

En la unua tempo mi trovis la laboron iom elreviga. Tiom da penado kaj tiom da kunsidoj por tiel etaj modifoj! Sed mi ja volis havi laboron, kaj mi esperis ke ĉi tiu almenaŭ donos al mi spertojn kaj meritojn utilajn por poste akiri pli interesan oficon. La kolegoj en la oficejo ŝajnis sufiĉe simpatiaj. Kaj ĉiuokaze temis nur pri duonjaro; post ses monatoj la firme dungita arkitekto, kiun mi anstataŭis, reprenos sian oficon kaj skribtablon. Sed iom post iom mi komencis pli aprezi la detalojn de la planlaboro kaj kompreni ke ili efektive gravas.

Dum kelka tempo post la entombigo de Avino mi cerbumis pri ŝia domo kaj kio okazos al ĝi. Mi ne ŝatis la penson ke Panjo altrudos vendon. Male plaĉis al mi la ideo de onklo Kent, konservi ĝin kiel somerdomon de la familio, kvankam malfacilus realigi tion kontraŭ la volo de Panjo. Necesus aĉeti ŝian duonon de ĝi. Mi ne havis la necesan monon por tio, kaj mi dubis ĉu Kent havas tion. Do necesus prunti monon hipoteke. Ĉu tio eblus? Mi ne sciis. Mi ankaŭ ne bone sciis, en kia stato estas la domo. Kiam Regina kaj mi vizitis Avinon, estis meze de la somero, kaj ni ne tranoktis tie.

Do mi faris provon diskuti la aferon kun Regina. Sed ŝi reagis negative.

"Kiom da tempo ni povus pasigi tie ĉiujare, laŭ vi?" ŝi demandis. "Se mi volus somerdomon, ĝi devus situi pli proksime."

"Sed ĉi-regione domo estus kelkoble pli kosta ol sur Oelando. Kaj la domo de Avino jam estas iasence nia."

"Ĝi estus via nur se viaj patrino kaj onklo subite ĉesus ekzisti. Estu realisma, Fredrik!"

"Ĉu vi ne pensas ke viaj gepatroj povus interesiĝi pri ĝi?"

Ŝi faris senpaciencan mienon.

"Certe ne. Patro eĉ ne havas tempon por sia barketo. Li neniam longe ferias."

Do mi devis forlasi tiun revon kaj simple atendi, kion decidos Panjo kaj Kent.

Mia dungo daŭris ĝis la 15-a de aŭgusto, sed jam frue somere mi rimarkis ke alia planarkitekto en la oficejo estas graveda. Mi interparolis kun ŝi kaj eksciis iom pri ŝiaj labortaskoj. Ŝia akuŝo estis antaŭvidita por la mezo aŭ fino de septembro, do mi anoncis al la ĉefo ke mi interesiĝus pri nova dungo kiel anstataŭanto. Li tuj ŝajnis sufiĉe favora, sed la definitivan decidon mi devis atendi ĝis la fino de la somero.

Komence de junio Regina kiel kutime maratonis, dum mi instige aklamis ŝin kaj kelkajn milojn da aliaj de apude. Mi mem plu kuradis almenaŭ unufoje semajne ĉirkaŭ la insulo Kungsholmen, sed cetere la somero pasis dum laborado. Fine de aŭgusto Regina kaj kelkaj el ŝiaj kolegoj en la lernejo aranĝis kunan studvojaĝon al Barcelono, ĉefe por rigardi la konstruaĵojn de Antoni Gaudí, kaj mi akompanis ilin tien. Ne pro tio ke Gaudí tre interesis min, sed por fari ferian vojaĝon inter la du laborperiodoj, ĉar nun mi jam sciis ke mi revenos al Haninge en septembro. Ankaŭ kelkaj el la aliaj partoprenantoj prenis la vojaĝon sufiĉe leĝere, sed Regina kompreneble studis ĉiujn konstruaĵojn tre skrupule.

"Vi mem tamen ne intencas desegni laŭ lia stilo, espereble", mi diris ŝerce.

"Oni studas historie gravajn konstruaĵojn ne por imiti ilin sed por sperti la sintenon de la arkitektoj, kiuj kreis ion novan kaj sendependan."

"Mi scias, Regina. Ne necesas lekcii al mi. Ĉu vi neniam kapablos rilaksiĝi kaj ripozi?"

"Vi ripozu en la drinkejoj, se vi preferas tion. Mi intencas utiligi la tempon ĉi tie."

Ŝia sinteno preskaŭ igis min pensi ke ŝi preferus, se mi ne akompanus ŝin al Barcelono, kvankam origine proponis tion ŝi. Mi tamen ja kuniris al la plej multaj vidindaĵoj, la parko Güell, la domo Milà, pli konata kiel la ŝtonrompejo, la domo Batlló kaj kompreneble la nefinita preĝejo de la Sankta Familio. En ĉiuj ĉi lokoj, same kiel ĝenerale en Barcelono, svarmis amaso da aliaj vizitantoj, kaj kelkaj en nia grupo plendetis pri la kunpuŝiĝoj.

"Bedaŭrinde ke venas tiom da turistoj ĉi tien", diris Simon sur Plaça de Gaudí antaŭ la "Fasado de l' Naskiĝo" de la preĝejo.

"Nu, estus malpli multaj, se ni mem rezignus veni", mi komentis.

Li rigardis min nekomprene. Verŝajne laŭ li la turistoj ne estas ni, nur la aliaj.

Malgraŭ tio mi ja havis plezuran restadon. Pluraj en la grupo estis tre simpatiaj, kaj ni fakte ripozis kaj amuziĝis en restoracioj dum la vesperoj, trinkante kaj manĝetante inter aroj da aliaj turistoj kaj eble kelkaj lokanoj. Kaj mi ofte havis okazon revivigi mian duone forgesitan hispanan lingvon, kvankam en iuj lokoj komizoj kaj kelneroj respondis en la angla. Aliloke homoj babilis katalune inter si, kaj el tio mi povis distingi nur kelkajn unuopajn vortojn.

Reveninte al Svedio mi post nelonge rekomencis labori en Haninge, kaj mi baldaŭ sentis min denove tute hejme en la oficejo tie. Dum la lastaj jaroj okazis pluraj ŝanĝoj de politikaj gvidantoj, kiuj regis la municipon en diversaj koalicioj, kaj tio kelkfoje influis la esprimitajn celojn kaj prioritatojn de la urboplanado, ĉefe sur ĝenerala nivelo. Laŭ mia kompreno temis tamen plejparte pri ideoj ŝvebantaj super la praktika ĉiutaga realo. En la planoficejo mi plu laboris pri sufiĉe etaj detaloj kaj necesaj modifoj, ne pri la grandaj vizioj.

Jarfine Regina diplomiĝis, kaj jam antaŭ ol teni la diplomon enmane, ŝi ekhavis laboron ĉe la konata kaj prestiĝa arkitekta firmao de Carl Johan Lovén. Mi estis ege imponita kaj iom envia kaj tute ne komprenis, kiel ŝi atingis tion.

"Ĉu iu gravulo rekomendis vin al Lovén?" mi demandis.

Mi kompreneble pensis pri ŝia patro, kiu estris konstruan kompanion, sed efektive mi ne povis imagi ke li havas kontakton kun tiel fama arkitekto. Liaj konstrulaboroj estis pli simplaj, mi supozis.

"Ne, sed mi vizitis la oficejon kaj montris du ekzercojn el la lernejo al unu el la arkitektoj, ne Lovén sed iu nomata Bergman, kiu akceptis min. Mi supozas ke oni ŝatis miajn desegnojn. Cetere mi ja vizitis ankaŭ du aliajn firmaojn."

Do ŝi eklaboris en la oficejo de tiu renoma firmao lokita en unu el la domturoj ĉe Hötorget en la absoluta centro de Stokholmo, kaj mi plu desegnadis modifojn de urboplanoj en Haninge. Mia nova dungo daŭros almenaŭ ĝis majo, aŭ eble pli longe, se la edzo de la arkitekto, kiun mi anstataŭis, ne transprenos la vartadon de ilia bebo.

En la fino de marto la municipa konsilio de Haninge akceptis novan ĝeneralan planon pri la fizika evoluo kaj uzado de la tero en la tuta areo de la municipo. Pri tiu plano la oficejo laboris de kelkaj jaroj, kaj oni estis tre kontenta ke ĝi nun validas oficiale kiel gvidlinio por la detalaj planoj. Mi tute ne estis envolvita en tiun laboron, sed por celebri la okazaĵon oni aranĝis feston vendrede vespere tuj post la laboro por ĉiuj en la oficejo, do ankaŭ por mi. La festado okazis en la restoracio de la historia muzea vilaĝo de Tyresta apud la nacia naturparko, kiu ĉi-sezone ne estis tre alloga ekskursocelo. La festo en la rustika iama fojnejo tamen estis tre sukcesa kun bona manĝo, iom da trinkaĵoj sed ne tro multe – precipe ĉar laŭ normala sveda municipa politiko ĉiu ĉeestanto devis mem pagi siajn alkoholajn trinkaĵojn – kaj kun simpatia babilado inter la kolegoj. Do ni interparolis pri ĉio ajn, de profesiaj aferoj ĝis la ĵus pasintaj vintraj olimpikoj en Vankuvero kun svedaj sukcesoj en skiado, kaj de la nekutima kvanto de glacio en la Balta maro, kiu ĝenis la komunikadon en la insularo, ĝis la cindro el la erupcio de Eyafjallajökull en Islando, kiu en la lastaj tagoj minacis ĝeni la flugtrafikon.

Dum la vespero mi multe babilis kun Felicia, proksimume tridekjara sekretariino, kiun mi jam antaŭe trovis tre simpatia. Ŝi havis specon de humuro, kiu plaĉis al mi, kaj facilis babili kun ŝi. Krome ŝi ne estis tro respektoplena al aŭtoritatoj aŭ ĝenerale io ajn. Entute mi sentis ke ni estas sur egala ondolongo. Post la fino de la festado ŝi proponis veturigi min al la stacidomo de Handen per sia aŭto. Estis nur la oka kaj duono vespere, sed la plej multaj kolegoj volis iri hejmen. Nur la tri-kvar plej entuziasmaj festantoj prokrastis sian foriron. Ekstere estis tute mallume, ĉar la neĝo, kiu falis sufiĉe amase antaŭ monato, jam tute degelis kaj malaperis. Ni paŝis flanko ĉe flanko ĝis ŝia aŭto kun la nigra ĉielo punktita de steloj super la kapoj. Mi supozis ke la vulkana cindro el Islando ankoraŭ ne atingis ĉi tien, ĉar ĝi ne baris la vidaĵon.

"Diable, kiom da steloj!" ekkriis Felicia.

Mi konsentis kaj aldonis:

"Mi ne sciis ke estas tiom da steloj en Haninge."

Ŝi bonvole ridis kaj malŝlosis la aŭton. Antaŭ ol enaŭtiĝi mi rigardis supren por identigi konstelaciojn. Mi trovis Orionon, Grandan Ursinon kaj Kasiopeon, sed mi ĉesis serĉi, kiam ŝi ridis eĉ pli gaje pri mi.

"Sidiĝu, mi petas. Mi ne imagis ke vi estas tia astrologo", ŝi diris.

Mi rezignis pedanti al ŝi pri la diferenco inter astrologio kaj astronomio. Survoje mi eksciis ke ŝi loĝas en Svartbäcken duonvoje inter Tyresta kaj Handen, kaj ŝi invitis min tien por vespera drinkaĵo antaŭ la hejmeniro. Mi ja komprenis ke tio estas ŝia plano dekomence, sed mi antaŭe ne anoncis al Regina precizan horon de reveno hejmen, kaj Felicia efektive estis alloga, senpretenda ino. Do en ŝia salono ni trinkis po glason da ĝino kun tonikakvo, kaj en la dormoĉambro ni poste seksumis. Ĉio okazis tre facile kaj nature. Mi jam antaŭe sciis ke ŝi vivas sola, kaj ŝi sciis ke mi havas kunvivantinon.

"Vi rajtus resti", ŝi tamen diris, kiam mi ellitiĝis por duŝi kaj revesti min.

Mi klinis min kaj kisis ŝin, esperante ke ŝia lipruĝo estas kisimuna kaj ne lasos spurojn sur mi. Ŝia longa bruna hararo kuŝis kiel taŭzita fasko sur la rozkolora kuseno.

"Tio bedaŭrinde ne eblas."

Ne necesis klarigi kial. Ankaŭ ŝi stariĝis, surmetis negliĝon kaj proponis al mi disiĝan glason, kiun mi rifuzis. Je la deka mi taksiis al la stacio, ĉar mi ne volis ke ŝi aŭtu ebrie en la pli densa trafiko de Handen, kaj poste mi trajnis hejmen. Piedirante de la stacio Karlberg ĝis nia strato, mi rimarkis ke pro la urbaj lumoj eĉ ne unu stelo videblas sur la ĉielo. Jen la diferenco inter la kerno de Stokholmo kaj la antaŭurboj, mi pensis kun iom da vaporo en la kapo. Ĉar supozeble ja ne povis ŝvebi pli da islanda cindro super Stokholmo ol super Haninge. Poste mi supozis ke kuŝas ia simbolismo en tiu diferenco, sed mi ne povus diri precize kia, do tre verŝajne kaŭzis ĝin nur la alkoholo.

Regina montris nenian surpriziĝon pro la horo, sed ni ambaŭ preskaŭ tuj enlitiĝis. Eble ŝi ja ŝatus seksumi, ĉar estos libera tago morgaŭ, sed ŝi ne insistis, rimarkante ke mi estas laca kaj dormema.

Jen la komenco de rilato, kiun mi hezitus nomi amafero. Felicia kaj mi neniam parolis pri komuna estonteco, nek pri tio ke mi povus fini la rilaton kun Regina. Ni rendevuis ne tre ofte dum la printempo, eble ĉiun duan semajnon, ĉiam postlabore en ŝia hejmo. Sume temis pri sep aŭ ok okazoj. Kutime mi restis maksimume po du horojn, kio estis tute normala tempo de kromlaboro okaze de urĝa tasko. Fakte Regina en sia urbocentra oficejo kromlaboris pli multe ol mi, sed supozeble ne per simila urĝa tasko.

Kiam tio okazis, mi supozis ke temas tutsimple pri seksa allogo, kiun mi ne povis rezisti, kaj mi sentis iom da rimorsoj pro tio. Dum la tuta tempo mi tamen seksumis pli ofte kun Regina ol kun Felicia, kaj mia propra fizika ĝuado ne tre diferencis inter la du partnerinoj. Hodiaŭ mi pensas alie. Unue, kvankam Felicia estis kvar jarojn pli aĝa ol mi, kaj Regina du jarojn pli juna, mi sentis min mem pli juna kaj viva kun Felicia. Aŭ eble pli ĝuste: kun ŝi mi povis denove sperti sentojn de la pli junaj jaroj, sentojn de libereco, frivoleco kaj senrespondeco, senton ke ne ĉio estas tiel damne grava kaj serioza, kaj ke la vivo tamen ne tro malfacilas.

Ekde la komenco ĝis la fino mi tamen certis ke la rendevuoj kun Felicia estas nur distraĵo, ne vera amo, kaj mi neniel volis riski mian veran amrilaton al Regina. Pro tio mi havis kulposentojn al Felicia, kvazaŭ ŝin mi trompus kaj ne Reginan. Tamen dum neniu el miaj kromlaboroj en Svartbäcken mi promesis al ŝi ion ajn. Nu, krom se ŝi komprenis miajn karesojn kiel specon de promeso. Iam mi diris al Regina ke mi ne petolos kun ŝi, kaj mi plu volis teni mian vorton.

En la unua merkredo de majo Regina telefonis al mi el sia laborejo.

"Petra mesaĝis al mi", ŝi diris. "La Arkitektura lernejo brulas. Oni evakuis ĝin, kaj la fajrobrigado batalas kontraŭ la incendio. Nun mi vidas la fumon eĉ de ĉi tie!"

"Terure! Ĉu iuj vundiĝis?"

"Mi ne scias. Mi iros tien por rigardi."

"Ĉu povas esti brulatenco?"

"Oni certe ankoraŭ ne scias. Necesas unue estingi ĝin."

Posttagmeze veturante de la laboro mi mem iris tien por rigardi. Mi paŝis de la proksima metrostacio, flarante fortan fumodoron. Alvenante mi vidis ke la fasado, kiun mi iam trovis fortikaĵo, ne grave ŝanĝiĝis, sed malantaŭ ĝi altiĝis fumego, kaj la placo estis plena de aŭtoj de la fajrobrigado. Mi rondiris por rigardi el la altaĵo ĉe la preĝejo de Engelbrekt, kaj de tie ĉio aspektis kiel fumanta infero, jen kaj jen kun klare videblaj flamoj. Amaso da fajrobrigadistoj laboris pri diversaj taskoj. Ĉio ŝajnis jam tute ruinigita. La vidaĵo ŝokis min. Kiel tio eblas? Mi staris tie dum duonhoro, mute rigardante. Ĉirkaŭe staris aro da silentaj homoj. Reginan mi ne trovis tie, sed mi rekonis kelkajn kolegojn, kaj evidente pluraj el la rigardantoj estis nunaj studentoj, kiuj perdis ĉion, iasence.

Konsternite mi iris hejmen, kaj baldaŭ alvenis Regina. Dum la vespero ŝi telefonis al kelkaj kolegoj por ekscii pli multe, sed ĉio estis nur ŝoko kaj mistero.

"La incendio komenciĝis en la aŭlo", ŝi rakontis poste. "Sed oni ne scias la kialon."

"Eble oni neniam ekscios. La spuroj kutime forbrulas."

Evidente la lernejo devos transloki sian instruadon al provizoraj lokaloj dise en la Teknika altlernejo, sed amaso da kreaĵoj de la studentoj forbrulis.

Dum la paso de la printempo la rendevuoj kun Felicia iom post iom ŝanĝiĝis. Mi rimarkis ke ŝi pli kaj pli klopodas plilongigi miajn vizitojn ĉe ŝi. Ŝi komencis mencii, ke estus bone iam fari vojaĝon kun tranoktado kune, kaj ŝi eĉ petis min elpensi laborvojaĝon kun tia celo. Kelkfoje ŝi parolis pri siaj antaŭaj amrilatoj kaj elreviĝoj pro koramikoj, kaj ŝi igis min rakonti pri miaj iamaj rilatoj kun Elvira kaj Jenni. Pri Regina mi ne multe parolis sed menciis ŝin ĉefe, kiam Felicia sugestis ke mi povus resti pli longe aŭ eĉ tranokti.

"Mi ne povus klarigi al Regina, se mi kromlaborus la tutan nokton."

"Diru ke la ĉefo ordonis al vi pretigi planon ĝis la mateno", ŝi proponis.

Sed kompreneble ni ambaŭ konsciis ke tio estas nura ŝerco. Oni ne deĵoras tutnokte en municipa planoficejo.

Post kelka tempo mi komencis iom nervoziĝi pro tio ke ŝi povus gravediĝi. Dekomence ŝi klarigis al mi ke ŝi jam de jaroj havas enuteran kontraŭkoncipan spiralon, ĉar ŝi absolute ne deziras infanon. Sed en la pasinta aŭtuno ŝi jam tridekjariĝis, kaj mi ĉi-printempe festis mian dudeksesan naskiĝtagon. Kio okazus, se ŝi subite ekdezirus iĝi patrino kaj sekrete eligus la spiralon? Mi ne sentis plenan fidon al ŝi. Fine mi venis al la punkto, kie mi trovis necese rompi la rilaton. Ŝi diris ke ŝi akceptas mian decidon, sed mi klare vidis ke ŝi trovas tion perfido. Kaj ekde tiam ni ne plu povis interrilati nature en la oficejo dum kafopaŭzoj aŭ kiam mi taskis al ŝi sendi leterojn al terposedantoj koncernataj de ia ŝanĝo de plano. Mi sentis fortan ambiguon; mi bedaŭris la finon de la rilato sed ne kuraĝis daŭrigi ĝin. Tio estis dilemo nesolvebla.

La arkitekto, kiun mi anstataŭis, revenis al sia laboro, kiam ŝia edzo transprenis la taskon varti ilian bebon. Do mia dungo devus finiĝi. Sed dumsomere ŝi havos feriojn, kaj poste ŝi laboros partatempe. Tial mi povos resti ankoraŭ iom kiel ekstra dungito, dum la ĉefo esploros la eblojn dungi min pli daŭre.

En sia laborejo Regina tuj ricevis gravajn taskojn. La firmao de Lovén gajnis konkurson por desegni novan artmuzeon en Umeå, kaj ŝi partoprenis en tiu laboro. Somere ŝi eĉ plurfoje vojaĝis tien kun siaj kolegoj por studi la lokon kaj ĉeesti en la intertraktadoj kun la municipo. En tiuj okazoj mi denove bedaŭris ke mi jam rompis kun Felicia, ĉar se ne, mi ja povus dormi ĉe ŝi, dum Regina tranoktas en hotelo de Umeå. Sed sendube estis plej sekure resti ĉe mia decido.

Do Regina kaj mi ambaŭ laboris preskaŭ la tutan someron kaj havis kunan libertempon nur en semajnfinoj. Dum tiuj ni faris ekskursojn al strandoj kaj unufoje per ŝipeto en la insularon. Por fari pli longajn vojaĝojn ni bezonus pli da ferioj.

Printempe la domo de Avino estis vendita. Kiam mi eksciis tion, mi sentis pikon en la koro. Verŝajne estus troigo nomi tion ponardo ŝovita en la bruston, sed fakte mi havis senton, kvazaŭ oni ŝirus el mi pecon da karno. Iam mi ja fantaziis pri la eblo konservi ĝin en la familio, sed mi antaŭe ne konsciis, kiom tiu domo kaj loko signifas al mi, kvankam mi malofte vizitis ĝin. Iel ĝi estis la sola fiksa punkto en mia familia historio. Nun mi sentis min iomete kiel orfo, kvankam ambaŭ miaj gepatroj plu vivas. Avino neniam vartis aŭ prizorgis min, sed ŝi estis la familiano, kiu iel restis kun mi dumvive, kaj post ŝia morto la domo en Böda fariĝis mia lasta punkto de orientiĝo, ia simbolo de mia origino. Ĉio alia jam antaŭe vaporiĝis, kaj nun ankaŭ tiu punkto estis forviŝita el mia mapo.

Delonge mi ne havis kontakton kun Panjo en Hamar, kaj tre malmulte kun Paĉjo en Karlshamn. Avino ĉesis ekzisti. La geonklojn en Eksjö mi ne plu renkontis, la du gekuzoj Viktor kaj Vilda jam studis aliloke, kaj mi ne konis iliajn adresojn. Kun onklo

Kent en Gotenburgo mi kelkfoje ja interparolis, sed nun post la vendo de la domo eble ankaŭ tio ĉesos. Se mi havus gefratojn, estus tute alia afero, mi supozis. Sed mi estis kvazaŭ dezerta insulo en la maro. Aŭ insulo kun unu loĝanto.

Cetere ankaŭ Regina havis malmulte da kontakto kun parencoj. Ŝi havis geonklojn kaj gekuzojn en Germanio, kiujn ŝi ne tre ofte renkontis post la infanaĝo. Ŝia sveda kuzo Mattias elmigris al Usono antaŭ deko da jaroj, kaj la onklinon ŝi renkontis maksimume dufoje jare. Ŝi ja sufiĉe multe estadis kun siaj gepatroj kaj la fratino Gisela, kiu nun jam estis dudekjara kaj studis juron en Upsalo sed plu loĝis ĉe la gepatroj en Äppelviken. Tamen mi kelkfoje demandis min, ĉu Regina kaj mi origine gravitis unu al la alia ĝuste pro tiu manko de rilatoj al la parencaroj. Kaj pro la kurado, kompreneble. Mi tamen neniam menciis al ŝi tiun penson. Ŝi verŝajne supozus ke mi ŝercas. Aŭ eĉ petolas kun ŝi.

La somero do pasis plejparte dum laborado, kaj aŭtune mi plu restis en Haninge okupata de similaj taskoj kiel antaŭe. En la oficejo Felicia kaj mi klopodis eviti unu la alian, kio ne ĉiam estis tute facila. Regina plu okupiĝis pri la artmuzeo en Umeå. Krome ŝiaj kolegoj desegnis alkonstruaĵon de la urbodomo de Fagersta, kaj diversajn privatajn domojn, sed en tiujn taskojn ŝi ne estis envolvita. De temp' al tempo ŝi tamen menciis ilin al mi, kaj mi rimarkis ke ŝi tre kontentas pri sia laboro.

Ankaŭ la aŭtuno pasis, dum mi komencis senti min kiel stokholmano. Kvankam mi mem ne ŝanĝis akĉenton, aŭ ĉiuokaze mi supozas ke ne, mi komencis pli atenti kaj rimarki, kiam iu homo parolas kun smolanda aŭ alia suda akĉento. Male la stokholman dialekton mi jam rimarkis nur escepte, kiam iu havis ekstreme fortan akĉenton, kiel de stratbubo en filmo el la tridekaj jaroj. Sed Regina kaj ŝiaj fratino kaj patro, pluraj el miaj kolegoj en Haninge, kaj la ne tre multaj amikoj, kiujn mi renkontis de temp' al tempo, pli-malpli ĉiuj parolis preskaŭ mezan svedan sen akĉento, aŭ tiel nun ŝajnis al mi post kelkaj jaroj en la ĉefurbo, eble ĉar mi ne sciis distingi regionajn akĉentojn el ĉi tiu parto de Svedio. Ĉiuokaze

Regina neniam komentis mian parolmanieron. Se ŝi entute atentis ĝin, ŝi trovis ĝin negrava.

Meze de decembro Regina kaj ŝiaj kolegoj kune manĝis tradician kristnaskan bufedon en malnova taverno, kaj post tio ŝi suferis pro stomakmalsano kun laksoj dum du tagoj. Laŭdire ankaŭ du-tri el ŝiaj kolegoj spertis la samon.

"Evidente ne estas bona ideo teni pladojn duonvarmaj dum horoj", ŝi senforte komentis.

Bonŝance ŝi plene resaniĝis kaj povis ĝui la kristnaskajn pladojn de sia patrino dum la festotagoj en Äppelviken. Kaj ĉirkaŭ Novjaro ni denove pasigis semajnon skiante en Åre. Ĉi-foje mi jam povis ĝui tion pli multe ol lastfoje, kvankam mi ne tre aprezis la atendovicojn antaŭ la telferoj.

"Ĉi-sezone ja estas sufiĉe modera kvanto da homoj ĉi tie", tamen opiniis Regina. "Vi devus vidi la vicojn dum la februaraj aŭ Paskaj ferioj."

Mi luis ankaŭ aliajn skiojn por ebenaj skipromenoj kaj ekiris en la valo inter du montoj, kie estis markitaj spuroj. Baldaŭ mi sentis ke tio aktivigas ankoraŭ alian aron da muskoloj, pri kies ekzisto mi antaŭe eĉ ne konsciis. Mi pli ĝuis la silenton kaj kvieton de la neĝkovrita natura pejzaĝo ol la bruon ĉirkaŭ la telferoj. Tio donis al mi eblon mediti en trankvilo pri mia vivo. Kaj Regina povis uzi la okazon por skii sur pli krutaj deklivoj, kiam mi ne akompanis ŝin.

Reveninte hejmen, ŝi maltrankviliĝis pri sia menstruo, aŭ pli ĝuste pri la manko de paŭza sangado dum la tagoj, kiam ŝi prenis senhormonajn pilolojn. Kelkan tempon antaŭe ŝi ŝanĝis specon de kontraŭkoncipaj piloloj, kaj nun ŝi timis ke ŝi ne ĝuste kalkulis la tagojn okaze de la ŝanĝo, aŭ ke la nova speco ne funkcias kontentige. Alia riska incidento estis la laksoj post la kristnaska bufedo. Por certiĝi ke ĉio tamen estas en ordo ŝi faris teston de gravedeco, kiu montris ke ŝi gravedas malgraŭ la piloloj. Ŝi ripetis ĝin kun la sama rezulto, kaj en la ginekologia kliniko oni povis nur konfirmi ke ŝi gravedas de almenaŭ ses semajnoj. La akuŝistino supozis ke ŝi iufoje neglektis gluti pilolon, sed tion Regina ne volis konfesi.

"Estas nebona momento", ŝi diris al mi vespere. "Mi ŝatus atendi kelkajn jarojn por pli bone eniĝi en la laboron antaŭ ol havi infanojn. Kaj vi ankoraŭ ne havas firman oficon."

"Mi konsentas. Ja restas tempo por abortigi."

"Certe. Tamen tio ŝajnus iom egoisma, ĉu ne?"

"Kiel do egoisma?"

"Nu, kvazaŭ nur pro nia komforto ni ne volus havi infanon. Kaj se estonte mi ial ne sukcesus gravediĝi, ni ege bedaŭrus tion."

"Sendube. Tamen vi estas nur dudekkvarjara."

"Mia patrino aĝis dudek kvin, kiam ŝi naskis min."

"Ĉu vere? Nu, tio tamen ne gravas al ni. Sed kompreneble, se vi volas naski la idon, tio estos tute en ordo."

Ŝi rigardis min kun esplora mieno.

"Ĉu vi certas? Vi ne trovas tion freneza?"

"Neniel freneza, Panjo. Povus esti mojose, laŭ mi."

Ŝi paŭtis kaj elsnufis. Evidente ŝi trovis mian esprimon malserioza. Tamen, ju pli ni diskutis kaj menciis la eblan idon, des pli malfacilis imagi ke ŝi forigos ĝin. Ĝi kvazaŭ jam ekzistis. Nu, kompreneble ĝi ekzistis, sed ĝi ŝajnis pli kaj pli vera homo. Do la rezulto estis ke ni akceptis la fakton. Ŝi ĉesis pri la misfunkciaj piloloj kaj ni ekatendis infanon. Oni antaŭvidis ĝian naskiĝon en la komenco de septembro.

Ĉi tiu jaro 2011 en mia memoro estas jaro tre aparta kaj stranga. Tiom da dramaj politikaj eventoj en la mondo, la araba printempo, la milito en Libio, la teroraj atakoj de Breivik en Norvegio, kaj amaso da aliaj perfortaĵoj, puĉoj, militoj, subpremado fare de koruptaj reĝimoj. Al ĉio ĉi mi aldonus ankaŭ la provon de terora atako en la centro de Stokholmo en decembro de la antaŭa jaro, kiam mortis nur la teroristo mem ducent metrojn de la laborejo de Regina. Tamen tiuj okazaĵoj por mi estis nur fora fono de la gravedeco de Regina kaj la naskiĝo de Hanna, nia unua filino.

Evidente Regina ne povis kuri la maratonon ĉi-jare, kaj ĝenerale kurado estis tro riska, kvankam ŝi fartis bone dum la tuta gravedeco. Anstataŭe ni kviete promenis laŭ partoj de la kutimaj padoj, kaj ŝi iris al gimnastikejo por ekzerci sin sur trejnbiciklo, ĉar ŝi daŭre ne ŝatis bicikli reale en la urbocentro.

Komence de aŭgusto, monaton antaŭ ol naskiĝos nia ido, Regina lanĉis temon, pri kiu mi ĝis tiam tute ne pensis. Eble ŝi kovis ĝin pli longe, sed ŝi asertis ke la ideo frapis ŝin tute subite.

"Verŝajne estus pli oportune, se ni jam estus geedzoj, kiam ĝi naskiĝos."

La ido ankoraŭ restis "ĝi", ĉar okaze de la sonografioj ni aparte petis la akuŝistinon ne malkaŝi al ni la sekson de la feto.

"Ĉu? Nu, mi ne bone konas la leĝojn kaj regulojn, sed mi ĉiam supozis ke ne gravas. Tamen vi eble pravas. Sed ĉu tio eblus en ĉi tiel mallonga tempo?"

"Eblas. Fakte, ĉar estas atendovico, mi provizore mendis okazon. Sed kompreneble mi malmendos ĝin, se vi ne volas edziĝi."

Kompreneble ŝi jam mendis okazon por geedziĝa ceremonio en la Urbodomo. Se ne, ŝi ne estus Regina. Kial mi dubis pri tio? Mi tamen demandis min, ĉu iu alia iam svatis sin en simile efika maniero.

Do ni akiris la necesajn dokumentojn de la loĝantara registro kaj venigis du kolegojn de Regina kiel atestantojn. Mi antaŭe supozis ke estos tre pompa ceremonio en la fama Urbodomo, sed kiam venis nia vico en la ĉeno de geedziĝontoj, ĉio estis tute normala burokrateca afero sub gvido de urba oficisto. La ovala salono ja estis bela kun malnovaj teksaĵoj sur la muroj, sed mi apenaŭ havis tempon rigardi ion ajn. Ringojn ni ne havis; tio ne necesis, kaj ĉiuokaze la fingroj de Regina iom ŝvelis dum la gravedeco. Kaj jen subite post kvinminuta proceduro ni estis geedzoj. Neniu el ni ŝanĝis nomon. Oni eĉ ne instigis nin al kiso, kiel en ĉiuj romantikaj filmoj. Ni ne ricevis paperan geedziĝateston; ĉio restis virtuala. La plej malvirtuala afero en la tuta geedziĝo estis la granda ventro de Regina.

La nuptofesto estis reduktita al sabata vespermanĝo ĉe miaj bogepatroj kun Gisela kaj la du atestantoj Martina kaj Emilio kiel gastoj. Bopatro Georg faris provon de solena parolado, sed neniu prenis tion serioze. Iomete ĝena incidento estis ke Regina forgesis informi sian patrinon ke Martina estas vegetarano. Tian eraron ŝi neniam farus en normala negraveda stato. Nu, oni rapide aranĝis anstataŭaĵon de la bifsteko en formo de fritita kamemberto.

Ŝajnis al mi ke Regina estas alia persono ol kutime dum la monatoj antaŭ la akuŝo. Ŝi estis pli mola, malpli premata de ĉio grava kaj serioza, pli malstreĉita. Kaj sendube ankaŭ mi estis alia homo, kvankam mia korpo ne ŝanĝiĝis kaj mi neniam spertos porti nekonaton en mia ventro. Dum Regina ŝajnis tre fidema kaj pli trankvila ol antaŭe, mi sendube estis pli nervoza, maltrankvila kaj timema. Ĉie kaj ĉiam mi antaŭvidis eblajn minacojn kaj danĝerojn al Regina kaj ŝia valora ŝarĝo. Neniam, nek antaŭe nek poste, mi estis pli certa ke mi amas ŝin, ol dum tiu printempo. Kaj poste, kun Hanna en miaj brakoj, mi havis la plej mirindan sperton de mia vivo. Estis tiel kurioze pensi ke ĉi tio estas sekvo de seksumado, ĉar neniu ajn seksa ago, kiun mi spertis, valoris eĉ centonon de la sento esti la patro de tiu mirakla homo en miaj brakoj. Ŝi estis tute nova persono, kaj ŝi igis ankaŭ min nova homo, ŝajnis al mi.

Mi ne scias, ĉu Regina sentis la samon kiel mi kun Hanna ĉe la brusto. Verŝajne tio por ŝi estis sperto malpli magia kaj pli korpa, pro la pasinta gravedeco, la doloriga kaj laciga akuŝo kaj la posta mamnutrado. Tamen mi trovis ŝin daŭre pli mola kaj malpli neŭroza ol kutime, almenaŭ dum la unua tempo. Ŝajnis ke ŝia ordinare akra rigardo al la mondo vualiĝis kaj mildiĝis.

Tamen okazis unu plia afero en tiu aŭtuno. Mi ne multe atentis ĝin tiam, ĉar mi trovis ĝin bagatelo kompare kun la mondoskua ŝanĝo, kiun alportis Hanna. Sed poste ĝi montriĝis antaŭsigno de io pli atentinda. Okazis tiel ke iuvespere en la komenco de novembro la televido elsendis dokumentan filmon pri la skulptisto kaj pentroartisto Ester Henning, kiu kreis amason da arto dum sia vivo en pluraj mensmalsanulejoj. Regina ĵus mamnutris Hannan, kaj nun ŝi volis spekti tiun filmon, ĉar la artisto interesis ŝin. Dume mi, ŝanĝinte la vindaĵon, rondiris en la salono kun Hanna ĉe la brusto kaj ŝultro. Verŝajne ŝi jam endormiĝis, sed plaĉis al mi portadi ŝin tiel, sentante ŝian etan varman korpon ĉe mia ŝultro kaj flarante la beban odoron de ŝia lanuga kapo. Promenante tien-reen, ankaŭ mi de temp' al tempo ĵetis rigardon al la televidila ekrano.

Oni anoncis ke la filmon produktis la paro Jon kaj Mika Langer, kaj post la prezentado de la filmo oni montris intervjuon kun tiu duopo. Ili estis viro eble tridekkvinjara preskaŭ kalva sed kun barbostoploj, kaj eta maldika virino pli juna kun mallongaj haroj farbitaj purpure, glaŭke kaj viole. Tamen la rondeta vizaĝo estis tre konata al mi, kaj same ŝia parolmaniero kun leĝera akĉento de Kalmar. Jes, tio estis ŝi, Mika, sed kun novaj aspekto kaj nomo. Langer! Ĉu ŝi do edziniĝis al tiu filmisto?

Mi apenaŭ povis distingi, kion ili diris pri sia filmo, kaj Regina interesiĝis malpli multe pri la du filmistoj ol pri la freneza artistino. Tamen ni restis antaŭ la televida ekrano ĝis la fino; cetere la intervjuo daŭris nur dek minutojn.

"Ĉu tio fakte estis via malnova amatino?" ŝi poste demandis, tamen sen granda ekscitiĝo.

"Estis Mika, prave, sed ŝi neniam estis mia amatino."

"Ŝi aspektis terure."

Mi ne komentis tion, kaj ankaŭ de Regina tio estis la sola kaj lasta komento pri la afero. Baldaŭ mi ne plu pensis pri ĝi, ĉar la ĉiutaga vivo kaj la evoluo de Hanna rabis mian tutan atenton.

La gepatroj de Regina tre ŝatis la unuan nepinon, kaj ni ofte vizitis ilin en semajnfinoj. Regina kaj Hanna pasigis multe da tempo en Äppelviken ankaŭ en semajntagoj. Inge venadis hejmen de sia laboro sufiĉe frue posttagmeze, kaj ŝi ofte vartis Hannan, tiel ke Regina povis promeni, kaj post kelka tempo denove kuri. Ankaŭ Gisela ŝatis varti la nevinon, kiam ŝi ne forestis ĉe sia koramiko en Upsalo, sed ŝia pacienco ne estis grandega. Eĉ Georg, kiu ordinare ĉiam estis okupata de la firmao, dediĉis iom da atento al la nepino.

Mi kompreneble rakontis pri la naskiĝo de Hanna ankaŭ al miaj gepatroj kaj onklo Kent, kaj ili ĉiuj gratulis nin, dirante ke ni devos iam veni vizite al ili por montri la bebon. Mi tamen komprenis tion kiel pli-malpli hipokritajn ĝentilaĵojn, ĉar neniu el ili ŝajne volis mem alveturi por renkonti nin kaj la novan familianon. Regina tamen proponis ke ni planu vojaĝon al Norvegio somere, se tio eblos. Sed la somero ja estis fora estonteco.

Kaj Hanna senĉese kreskis. Mi pensas ke ŝi estis sufiĉe facila infano. Kompreneble ŝi vekis nin nokte, kiam ŝi malsatis, sed tion ni atendis, kaj espereble tio baldaŭ ĉesos. Provizore ŝi akceptis vartadon de iu ajn, Regina, mi, avino Inge kaj onklino Gisela, eĉ okaze de avo Georg. Sed kompreneble panjo Regina estis la liveranto de manĝo, kaj bonŝance ŝi havis sufiĉe da lakto.

Post eble du monatoj Regina komencis senti mankon de sia laboro kaj kolegoj. Ŝi scivolis, kiel prosperas la projekto en Umeå, kaj de temp' al tempo ŝi telefonis al iu kolego kaj ankaŭ vizitis la oficejon kun Hanna. Laŭ ŝia posta raporto ĉiuj trovis nian filinon ĉarma, almenaŭ dum kelkaj minutoj, ĝis la urĝaj labortaskoj denove postulis atenton.

Kiam Hanna naskiĝis, mi ankoraŭ ne sciis, ĉu mi estos dungita printempe kaj povos liberigi min por varti la filinon, kiam Regina ne plu mamnutros ŝin plurfoje tage. Mi tamen estis preta eĉ riski la laboron en Haninge por estadi kun mia filino. Sed ekde la unua de januaro oni finfine dungis min en firma ofico, kio simpligis la aferon. La ĉefo ja sciis ke mi ĵus patriĝis, do ne estis surprizo ke mi volos esti libera por vartado. Regina ĝojis same multe kiel mi pro mia firma ofico, ĉar ŝi vere sopiris reveni al sia laboro.

Kiam mi nun pensas pri la tiama situacio, mi trovas ĝin sufiĉe paradoksa. Se mi ne havus firman dungon, malfacilus al mi liberigi min por varti la filinon, sed tuj kiam mi havis la sekurecon de firma ofico, mi povis foresti de ĝi. Fakte la samo validis por nia decido ke Regina nasku la idon: se ŝi ne havus firman laboron, ŝi certe ne kuraĝus patriniĝi. Senlaboruloj, studentoj kaj homoj kun nur provizora dungo prokrastas sian naskadon de infanoj. La kialoj evidente estas nia sociala sistemo kun pagata libereco de la laboro por varti infanon, kaj la subvenciataj infanvartejoj. Mi supozas ke en aliaj landoj eble ne estas same.

Nun ni aranĝis la aferon tiel ke mi liberigis min ekde la unua de marto, kaj Regina rekomencis labori. Sed en la unua tempo mi ĉiutage alvenis tagmeze kun Hanna al la oficejo de Lovén ĉe Hötorget por ŝia tagmanĝo. Ĉe bela vetero ni povis promeni la tutan vojon, kio postulis bonan duonhoron. Alie ni metrois de Sankt Eriksplan. Pli malfrue printempe mi povis ĉesigi tiujn vizitojn, kiam Hanna komencis manĝi bebosupon tagmeze kaj patrinan lakton nur matene kaj vespere. Poste ŝi mamsuĉis nur vespere kaj ofte endormiĝis ĉe la mamo, plu suĉante la cicon jen kaj jen, jam duondormante.

Somere ni ambaŭ unuafoje en kelkaj jaroj havos ampleksan komunan libertempon. Por tiu ni planis vojaĝon por viziti parencojn, do ni bezonos aŭton, laŭ Regina. Bonan aŭton. Antaŭe ni ambaŭ konsentis ke aŭto estas nur ĝenaĵo por loĝantoj en la kerno de Stokholmo, kaj dum ni ambaŭ studis, la ekonomio ne permesus tian lukson. Sed nun ĉio estis alia, laŭ ŝi.

"Ĉu ne estus pli komforte vojaĝi trajne?" mi tamen provis pridubi ŝian ideon.

Ŝi suspiris kaj komencis klarigi, kial aŭto necesas al gepatroj kun bebo. Mi eĉ ne tre atentis ŝiajn argumentojn sed kapitulacis preskaŭ tuj. Kaj post iom da serĉado ni aĉetis ruĝan Audi A4, kiu aĝis du jarojn, por kaj biogaso kaj benzino, simila sed pli nova ol tiu de Inge. La prezo estis sufiĉe alta, sed kun du firmaj salajroj ne estis problemo prunti la necesan sumon. Kaj jen komenciĝis la ĉiusemajna ĝeno de aŭtoposedantoj en kvartalo, kiel la nia. La sola disponebla parkumejo en la proksimaĵo estis la strato, kaj tie validis malpermeso parkumi en unu el la tagoj de ĉiu semajno por ebligi al la urbaj servoj balai kaj vintre forigi neĝon. En nia strato temis pri la vendredoj. Do ĉiuĵaŭde vespere necesis transloki la aŭton al iu el la flankstratoj, kie alia tago estis malpermesita, kaj poste memori reloki ĝin antaŭ tiu tago, kvankam ni sufiĉe malofte efektive uzis ĝin por veturi ien, krom al Äppelviken. Kaj ne ĉiam facilis trovi la necesan liberan lokon en la vico de aŭtoj stratrande. Jen tre efika maniero por malamikiĝi kun la najbaroj.

"Iu idioto denove lokis sian Volkswagen tiel ke restas du duonoj de loko!"

Aŭ:

"Bonŝance ni ne uzos la aŭton hodiaŭ, ĉar ne facilus eligi ĝin el tiu pinĉo!"

Nu, en julio ni do ekiris per nia propra Audi, unue norden al Marianne, la onklino de Regina, kiu loĝis en la kamparo inter Upsalo kaj Gävle. Ŝi estis maljuna sinjorino vigla sed distriĝema, kiu jen tre dorlotis Hannan, jen preskaŭ forgesis ŝin. Eble frua stadio de demenco, mi supozis, ĉar ŝi aĝis dekon da jaroj pli ol sia frato Georg, kiu siavice aĝis ok jarojn pli ol Inge.

La ideon ke ni vizitu Panjon en Hamar ni devis prokrasti ĝis alia okazo, ĉar post la vizito ĉe Marianne ni aŭtis suden. Ni preterpasis mian naskiĝurbon Kalmar ne haltante, dum mi cerbumis, ĉu tie plu restas iu, kiun mi ŝatus renkonti. Sed mi povis elpensi neniun, kaj baldaŭ ni estis en Karlshamn, kie ni renkontis Paĉjon kaj Annikan. Ŝin mi vidis unuafoje, Paĉjon unuafoje en longa tempo. Por Regina ili ambaŭ ja estis nekonatoj.

Annika estis rondeta virino trankvila, eble dek jarojn pli juna ol Paĉjo, kiu tre maljuniĝis, ŝajnis al mi. Mi devis kalkuli: li aĝas sesdek naŭ kaj festos la sepdekan ĉi-aŭtune. Li ja ŝatis la unuan nepinon sed ne diris tre multe; male Annika prizorgis la babiladon kaj interalie menciis ke ŝi jam havas du genepojn en la ĉirkaŭaĵo de sia loĝloko. Do ŝi estis sufiĉe juna avino, kvankam ne tiel juna kiel Inge, kiu ĵus kvindekjariĝis.

Ni pluiris suden al Münster en Vestfalio por renkontiĝi kun la germanaj parencoj de Regina: ŝia maljuna avino, unu onklino kaj du gekuzoj. Ankaŭ ili admiris nian filinon sed verŝajne ne trovis ŝin granda miraklo. Eĉ mi, kiu nenion komprenis el la konversacio, tamen sentis ke ĝi estas iomete malvigla.

Post tiu vizito ni aŭtis ankoraŭ plu suden per nia ruĝa Audi ĝis la Alpoj, kie ni restadis dum kelkaj tagoj ripozante en alpa hotelo kun vidaĵo al valoj kaj montoj. Estis belege, tre kviete kaj iom enue. Mankis nur jodlanta paŝtisto aŭ infana koruso el *Sound of Music*. Kaj baldaŭ ni estis sufiĉe kontentaj reiri norden kaj hejmen. Post unutaga halto en Salcburgo ni trapasis kelkajn konservitajn mezepokajn urbojn kaj kastelojn, eble la samajn, kiujn Paĉjo volis viziti antaŭ pli ol jardeko. Sed Regina ne multe atentis ilin, ĉu ĉar la arkitektoj estis nekonataj, ĉu pro tio ke ŝi nun estis patrino kaj havis alian prioritaton. Dum la tuta vojaĝo Hanna kondutis tre bone kaj plurfoje ĉarmis aliajn homojn, precipe maljunajn gesinjorojn.

Sur la germana aŭtovojo ie inter Hanovro kaj Hamburgo Regina menciis ion, kio sufiĉe surprizis min. Bonŝance ŝi mem sidis ĉe la stirrado, alie eble estus eĉ danĝere.

"Ŝajnas al mi ke ni baldaŭ povus ekpensi pri dua infano, ĉu ne? Hanna ja meritus gefraton, kaj prefere ne pasu pli ol dujara intertempo."

Se pripensi ke Hanna tute ne estis planita sed rezultis el ia fuŝo, ke Regina mem diris ke ŝi preferus pli bone eniĝi en sian laboron antaŭ ol havi infanon, kaj ke ni ambaŭ estis sufiĉe junaj gepatroj, almenaŭ laŭ la nuntempaj kutimoj nialande, tio estis sugesto ege neatendita.

"Ĉu vi estas serioza?"

Jen sufiĉe stulta demando. Mi devus scii ke ŝi ĉiam seriozas.

"Tio estos bona ankaŭ por ni, mi pensas. Do, se ni havos la infanojn sufiĉe dense. Tiel la tempo kun etuloj estos limigita periodo en la vivo. Vi ja deziras duan infanon? Vi iam diris ke vi mem kiel infano volis havi fraton, kaj mi konsentas. Ne estus bone, se Hanna iĝus solinfano."

Tio ja estis nerefutebla argumentado, kvankam mi surpriziĝis ke Regina memoras tion. Mi ne kredis ke mia infanaĝo vere interesas ŝin. Mi emis diri ke certe Hanna meritas gefraton, alie ŝi eble eksimilus min, sed mi ne volis provoki. Ĉio, kion diris Regina, estis prudenta kiel kutime, krom eble tio ke ŝi jam parolas pri *la infanoj* en difinita pluralo. Mi tamen tute ne atendis tian proponon, almenaŭ ne ĝuste nun, ĉi tie sur la aŭtovojo tra la ebenaĵo de Malsupra Saksio.

"Bone do", mi fine diris. "Se ni tranoktos en Hamburgo, kaj Hanna dormos trankvile, ni povos ekigi la aferon tuj."

Ŝi malrapide kapneis. Mi rekonis tiun geston. Ĝi signifis ke mi diris ridindan stultaĵon, sed ŝi pardonas min aŭ trovas superflue komenti ĝin.

"Unue mi devus ĉesi pri la piloloj. Alie estus vane."

"Laŭ mi neniam estas vane."

Nun ŝi minimume ridetis. Ŝajne indulge.

Do ni revenis hejmen, kaj dum la lastaj ferioj ni "ekigis la aferon". Nun, kiam temis pri planata infano, Regina tamen ne tuj gravediĝis. Ŝi rekomencis labori post la ferioj, kaj mi plu restadis hejme kun Hanna, atendante ke ŝi iomete pliaĝiĝos antaŭ ol komenci en infanvartejo. Ŝi - aŭ pli ĝuste ni - festis ŝian unujariĝon.

Se la seksa vivo de Regina kaj mi ĉiam estadis bone organizita, tio nun validis eĉ pli. Pli organizita sed ne pli ofta, kaj ne plu laŭ la semajntagoj sed laŭ ŝia ovola kalendaro. Ni volis laŭeble trafi la ĝustajn tagojn en ŝia oestra ciklo. Por mi tio iom dampis la seksan eksciton, sed por ŝi eble estis male. Provizore la celata rezulto tamen estis nula, kvankam nia plano - fakte tiu de Regina - ja estis havi duan infanon antaŭ la dujariĝo de Hanna.

Baldaŭ Regina lanĉis sian laŭvican vivoprojekton. Tio okazis en ĵaŭda vespero, kiam mi la mil-kaj-unuan fojon revenis supren en la apartamenton, plendante ke mi devis iri ĝis Norrbackagatan apud la fervojo por trovi lokon por nia aŭto.

"Ni ĉiuokaze ne povos daŭre loĝi ĉi tie kun infanoj", ŝi diris, eble por trankviligi min.

La efiko tamen estis mala.

"Kion vi celas? Kial ne? Kie ni do loĝu?"

"La aero ĉi tie ne estas bona por la sano. Kaj pro la trafiko infanoj ne povas ludi ekstere ĉi tie. Krome la apartamento tro malgrandas."

Mi kutimis promeni kun Hanna ĝis la parko Solvändan, aŭ foje ĝis Vasaparken. En ambaŭ lokoj kutime estis aliaj infanoj, kiujn ŝi kelkfoje ŝatis rigardi, sed kompreneble ŝi ankoraŭ ne povis vere ludi kun ili. Ekzistis pendoliloj, en kiujn mi povis sidigi mian bebon por balanci ŝin. Ŝajnis al mi ke tio plaĉas al ŝi, aŭ eble plaĉas al ŝi rigardi, kiam ŝia paĉjo alterne pligrandiĝas kaj malgrandiĝas. Sed pasos jaroj, antaŭ ol ŝi povos ludi ekstere ie ajn sen akompano de vartanta plenkreskulo. Kaj laŭ mi la aero en nia kvartalo estis akceptebla. Mi trovis la aŭtotrafikon sufiĉe kvieta, krom ĵaŭde vespere, kiam ĉiuj serĉis novan parkumejon. Estas vere ke ĉirkaŭ la kvartalo pasis grandaj stratoj kaj ŝoseoj kun densa trafiko, sed ni ne multe flaris tiun ĉe ni.

Kiam mi nenion diris, Regina daŭrigis.

"Ne eblos loĝadi kun infanoj en eta apartamento proksime de la urbocentro."

Do jam temis pri infanoj, kvankam la dua ankoraŭ estis nur plano kaj aspiro.

"Do kie?"

"En propra domo. Prefere ne tro malproksime de miaj gepatroj."

"Aha, en Äppelviken. Do vi ricevis salajro-altigon?"

"Ekzistas aliaj kvartaloj kun malpli altaj prezoj. Ni ĉiuokaze devos prunti la plimulton de la mono."

Kompreneble ŝi pravis. Verŝajne ŝia patro ja povus aranĝi por ni pli grandan apartamenton, sed la loĝdomoj de lia kompanio plejparte situis en la urbokerno, ofte ĉe pli bruaj stratoj ol ĉi tiu. Tion mi bone sciis dank' al la somero, kiam mi laboris kiel domprizorgisto en ili. Propra domo certe estus preferinda. Mi memoris la domon ĉe Arendalsgatan en Kalmar, kie mi loĝis kun Panjo kaj Paĉjo. Io simila ja estus bona. Sed kiel trovi tion en Stokholmo?

Dum la aŭtuno ni do havis du projektojn: fari duan infanon kaj trovi domon. Krome Hanna devos iam komenci en infanvartejo, por ke mi povu denove labori. Sed ni hezitis alkutimigi ŝin al vartejo en nia kvartalo, se ni ĉiuokaze baldaŭ transloĝiĝos. Anstataŭe ni konsultis dommakleristan firmaon por realigi tiun projekton kiel eble plej frue. Ni vizitis kelkajn vendotajn domojn, sed ĉiam io estis nekontentiga - aŭ la domo mem aŭ ĝia situo aŭ prezo. La merkato jam plene revenis al la situacio antaŭ la financa krizo, do la domprezoj senĉese altiĝis. Fine ni trovis unu en Ängby, pri kiu ni interkonsentis ke ĝi konvenus. Ĝi estis konstruita en la 1930-aj jaroj same kiel la tuta kvartalo, sed iam poste oni alkonstruis parton, tamen malpli grandan ol ĉe pluraj apudaj domoj. La parcelo estis malvasta, sed en la ĉirkaŭaĵo troviĝis areoj kun natura arbaro sur altaĵoj. Ni venigis tien mian bopatron por helpi ekzameni kaj esplori kaŝitajn problemojn, kaj laŭ li ĉio ŝajnis en ordo. Ängby situas kelkajn kilometrojn de Äppelviken, tamen en la sama okcidenta parto de la ĉefurbo. La komunikoj al la urbocentro estis tre bonaj per metrolinio, dum al mia laborejo en Handen ne estis same bone, tamen akcepteble.

Ni anoncis ke ni interesiĝas pri tiu domo kaj proponis sumon iom super la anoncita minimuma prezo. Poste sekvis aŭkcia procedo, en kiu ankaŭ aliaj proponis pli altajn sumojn. Mi supozis ke ĉi tio nur pelos la prezon alten sur tute neakcepteblan nivelon, kaj ke fine ni ĉiuokaze ne sukcesos aĉeti ĝin, sed Regina estis trankvila, memfida kaj celkonscia. Kaj fine la makleristo efektive sciigis ke nia lasta propono estas la plej alta restanta kaj ke la domo do estos nia. Mi sentis grandan anksion kaj certis ke ni faris ion fatalan, sed Regina ne hezitis. Ĉi tion ni aranĝis bonege, pli ĝuste: tion faris ŝi.

La dato por transpreni la domon estis la unua de februaro, kaj antaŭ tio ni devis prepari aron da aferoj: subskribi la aĉetkontrakton ĉe la makleristo, interkonsenti kun banko pri la kondiĉoj de enorma monprunto, mallui la apartamenton ĉe Rörstrandsgatan, mendi transporton de niaj aferoj kaj anonci ke ni bezonos lokon por Hanna en infanvartejo kiel eble plej proksima al nia onta hejmo. Bonŝance Ängby situis en la ĉefurbo, do ne necesis kontakti novan municipon. Kiam ni promenis hejmen de la maklerista firmao ĉe Odenplan en griza tago komence de novembro, alternante puŝi antaŭ ni la ĉareton kun Hanna, Regina diris:

"Ni povus eniri en ĉi tiun apotekon por aĉeti testilon."

Mi rigardis ŝin. Ĉu mi bone komprenis?

"Ĉu de gravedeco?"

"Kompreneble. Kion alian?"

"Ĉu vi certas?"

"Se mi certus, mi ne bezonus testilon. Sed mi pensas ke jes."

La kvartalo Ängby, pli precize ties norda parto, kie ni ekloĝis, estas certagrade influita de la ideoj pri ĝardena urbo, pri kiuj mi verkis mian diploman disertaĵon antaŭ kelkaj jaroj. La domoj estas konstruitaj sur iamaj kampoj, sed la stratoj almenaŭ parte iras laŭ kurboj ĉirkaŭ la pli altaj areoj de konservita naturo. Nia propra strato Dybecksvägen tamen estas plejparte rekta. Malgraŭ tiuj trajtoj la kvartalo estas tre malsama ol Äppelviken, kie loĝis miaj bogepatroj. Ĉi tie en Ängby la parceloj estas malvastaj, kaj ankaŭ la domoj origine estis malgrandaj kaj plejparte egalaj. Ili estas konstruitaj laŭ la samaj unuecaj desegnoj, parte per antaŭfabrikitaj elementoj, kaj la unuaj posedantoj mem plenumis parton de la konstrulaboro por malaltigi la koston de la domo. Do ĝi origine en la 1930-aj jaroj estis antaŭurbo por la malalta meza klaso, aŭ eĉ por bonstataj laboristoj. Dume en Äppelviken dominas vastaj parceloj kun grandaj domoj individue desegnitaj, kie origine ekloĝis homoj el la supera meza klaso, precipe de la intelekta aŭ kultura elito. Kompreneble dum la pasintaj okdek jaroj la domoj en Ängby kreskis, kaj la loĝantoj plurfoje ŝanĝiĝis, sed ĝi ankoraŭ havas klare mezklasan karakteron. Do sendube konvena kvartalo por nia eta familio, kiu nedubeble estis etburĝa, eble eĉ filistra.

Regina ja denove gravediĝis, ĉi-foje tute intence, kaj ni ekloĝis en nia propra domo. Post mallonga tempo mi povis rekomenci mian laboron en Haninge. Do Regina kaj mi laboris, dum Hanna pasigis la tagojn en infanvartejo, ne la plej proksima sed alia en akceptebla distanco. En la komenco ŝi estis sufiĉe timida en la nova medio, eble ĉar ŝi antaŭe ne tre kutimis je aliaj infanoj, sed ŝi baldaŭ alkutimiĝis kaj ŝajne bonfartis tie. Regina kaj mi iom ŝovis niajn labortempojn, tiel ke matene ŝi povis lasi Hannan en la vartejo, kaj posttagmeze mi venigis ŝin hejmen, por ke ŝiaj tagoj tie ne estu pli longaj ol necese. Ŝi tamen ja pasigis multajn horojn tie kvin tagojn semajne kaj ofte endormiĝis en la ĉareto dum la promeno al nia domo. Ankaŭ mi estis sufiĉe laca. Miaj vojaĝoj al la laborejo iĝis multe pli longaj ol antaŭe, ĉar mi devis busi aŭ bicikli kvin kilometrojn al la stacidomo de Sundbyberg, de kie mi trajnis al Handen. Dume Regina povis metroi senpere la tutan vojon al sia laborejo. Por mi, kiu venis el malgranda urbo, la longaj vojaĝoj ĉiutage estis sufiĉe grava malavantaĝo de loĝado en la ĉefurbo. Mi ja kutimis je tio jam ekde la komenco de la studado, sed nun kun infano, edzino kaj domo, mi sentis tion pli granda ĝeno. Tamen mi ne konsideris aŭti al la laborejo, kiel ĉiam faradis mia patro, krom escepte, se mi en la laboro devos inspekti iun lokon sen publika transporto.

En mia laborejo mi nun ricevis pli ampleksan taskon en la planlaboro por nova loĝkvartalo kun lernejo kaj infanvartejo en la suda parto de Jordbro. Dum mia forestado Felicia ekhavis novan oficon kaj ĉesis labori en la urboplana oficejo. Mi ne volis demandi la kolegojn, kie ŝi nun laboras, ĉar mi ne sciis, ĉu oni rimarkis nian iaman rilaton aŭ ne. Mi tamen ne povis eviti kelkajn pensojn pri ŝi, kaj mi bedaŭris ŝian malaperon, kvankam en la lasta jaro ni efektive evitis unu la alian. Bonŝance mi havis multe da aliaj aferoj, per kiuj okupi la pensojn. La vivo pluiris senhalte, kaj mi povis nur fiksteni min kaj kuniri.

Nia dua infano naskiĝos en junio, kaj ni ankoraŭ ne diskutis, kiel dividi la tempon kun ĝi. Sed evidente Regina devos varti ĝin dum la unua duonjaro, almenaŭ kondiĉe ke ŝi havos patrinan lakton ankaŭ por ĝi.

Kiam mi nun pensas pri tiu jaro, mi opinias ke ni ambaŭ laboris tro multe. Ni ekloĝis en la domo, ni aĉetis pli da mebloj por disloki en ĝi, sed ni uzis ĝin ĉefe por dormi, ŝajnas al mi. Eble tio estas troigo, kaj Regina verŝajne nur paŭte elsnufus, se mi dirus tion al ŝi, sed jen mia sento pri tiu tempo. Ni ja havis la semajnfinojn, kiujn ni ofte pasigis parte ĉe Inge kaj Georg en Äppelviken. Kaj Hanna en la aĝo de jaro kaj duono estis pli vigla kaj pli postulema ol kiel bebo. Ŝajnas al mi ke la pedagogoj en la vartejo konis ŝin pli bone ol ni mem. La unuajn du- kaj tri-vortajn diraĵojn ŝi verŝajne eldiris tie, ne hejme. Kelkfoje ŝi diris al ni ion, kion ni ne bone komprenis, kaj ni povis nur supozi ke jen io lernita en la vartejo.

Baldaŭ post kiam ni ekloĝis en Ängby, Regina volis anonci Hannan por kandidatiĝi al privata lernejo en Bromma.

"Kial do? Ĉi tie ja troviĝas lernejo tute proksime."

"Mi ne fidas la kvaliton de tiu. Mi volas ke ŝi havu lokon en bona lernejo, kaj necesas frue anonci ŝin, ĉar estas konkurado pri la lokoj."

Mi neniam pensis pri tio ke alia lernejo ol la plej proksima povus esti pli bona. Kaj restis pli ol kvar jaroj ĝis Hanna komencos en iu ajn lernejo, krom la vartejo. Sed mi ne volis disputi kun Regina, kaj cetere temis nur pri loko en atendovico. Eble ĉiuj lokoj estis jam rezervitaj de familioj kun pli longa historio ol ni.

Malgraŭ la granda laceco, ĉi tio estis la tempo, kiam mi unuafoje komencis noti memorojn el mia junaĝo. Mi faris tion per mia nova telefono sidante en la antaŭurba trajno al kaj de mia laboro. Mi nun pensas ke tio estis provo eliĝi el la prema vivsituacio de tiu tempo, kiun mi konceptis kiel ian kaptilon aŭ trudkitelon. Mi volis senti kaj memori ke mi iam havis alian vivon. Ne pro tio ke tiu vivo esence estis pli bona ol la nuna, sed ĝi ja estis alia kaj prezentis pli da malfermitaj pordoj, almenaŭ potenciale. Tiam mi tute ne imagis, kia estos mia vivo; ĝi estis rakonto ankoraŭ ne elpensita kaj decidita. La nuno ŝajnis jam finverkita.

Fakte tiuj notoj iĝis nur disaj fragmentoj, eble ĉar mi ne havis kutimon verki ion ajn. En la lernejo mi neniam ŝatis la verkotaskojn. Do, post kelka tempo mi ĉesis noti memorojn. Okazis aliaj aferoj, kiuj postulis mian atenton. Tamen mi konservis ilin kaj de temp' al tempo rigardis ilin, pensante ke mi iam povus uzi ilin por ia pli kohera verko. Sed mi faris nenion por krei tian verkon, kaj eĉ se mi farus tion, ĝi estus nur privata kroniko, kiun mi neniam montrus al iu alia, eĉ ne al Regina. Eble precipe ne al ŝi. Jen kiel mi pensis dum tiu periodo de la vivo.

Oni ĉiam diras ke la dua infano estas multe pli facila ol la unua, aŭ ke pli facilas prizorgi ĝin. Mi suspektas ke la diferenco kuŝas pli ĉe la gepatroj ol ĉe la infanoj. Malpli da nervozeco kaj timo, pli da sperto kaj fido ke ĉio estos en ordo. En nia familio la afero tamen iĝis pli-malpli mala. Mi eĉ dirus ke la diferencoj komenciĝis jam antaŭ la naskiĝo de Lova, kvankam tio supozeble estis nura hazardo. La unua gravedeco de Regina estis sen komplikaĵoj, aŭ almenaŭ tiel ŝajnis al mi. Sed nun, dum la dua gravedeco, ŝi fartis malbone. Jam frue en januaro ŝi suferis pro matena naŭzo kaj vomado, kaj fine de marto okazis al ŝi sangado, kiu devigis ŝin ĉesi labori kaj pasigi monaton kuŝante enlite por ne riski aborton de la feto.

Nu, nenio danĝera okazis, kaj ŝi povis denove labori en majo, kvankam nur duontempe. Kaj en la komenco de junio, dek tagojn tro frue, komenciĝis la uteraj kontrakturoj. Ni alvokis mian bopatrinon por varti Hannan, aŭtis al la akuŝejo, kaj post du horoj naskiĝis knabineto, kiun ni nomis Lova. Kvankam ŝi estis malgranda, ŝi tro rapidis eliĝi en ĉi tiun mondon, kaj la perineo de ŝia patrino ŝiriĝis, tiel ke necesis suturi ĝin. Mi ne scias, ĉu oni faris tion mallerte aŭ troviĝis alia kialo, sed ĉiuokaze Regina poste havis dolorojn kaj ĝenojn pro tiu ŝiro.

Lova montriĝis tute ne tiel facilhumora kaj kontenta kiel sia pli aĝa fratino. Komence ŝi ne tre emis mamsuĉi, poste ŝi male suĉis fortege kaj avide. La cicoj de Regina iĝis tiel doloraj ke ŝi provizore ne povis mamnutri; anstataŭe ŝi melkis la mamojn, kaj ni donis la lakton botele, kaj al tio ni devis kompletigi per artefarita patrina lakto. Kiam la cicoj resaniĝis, ŝi povis rekomenci mamnutri, sed tiam ŝia lakto ne sufiĉis, kaj Lova ĉiuokaze preferis la botelon.

Sed ĉio ĉi estis nur la komenco. Sekvis beba koliko, ĉiama kriado tage kaj nokte, kaj pro la nokta kriado de Lova vekiĝis ne nur Regina kaj mi sed krome Hanna, kiu komencis plori konkure kun la fratineto. Estis absoluta tohuvabohuo, kaj neniu povis helpi nin. Ni jam kutimiĝis al tio ke la geavoj kaj kelkfoje Gisela volonte vartas Hannan, sed Lova evidente ne same plaĉis al ili. Krome ili ĉiuj ja estis okupataj en la labortagoj, kaj nokte ili volis dormi por povi aktivi dumtage. Ni ja povis lasi Hannan ĉe ili dum kelkaj semajnfinoj, por almenaŭ havi unu plorantan infanon malpli. En la labortagoj Hanna plu estis en sia vartejo, sed laŭ la regularo ŝi rajtis pasigi nur kvar horojn ĉiutage tie, ĉar Regina estis libera de sia laboro por varti Lovan. Ĉiutage ŝi do aŭtis aŭ piediris kun ambaŭ infanoj por lasi Hannan en la vartejo, poste ŝi reiris hejmen kun Lova, kaj post kelkaj horoj ŝi ripetis la proceson por venigi Hannan hejmen. Dume Lova kriadis pro sia koliko aŭ eble pro ia nekonata angoro, kaj Hanna akompane ploris pro fratina solidareco.

Mi reduktis miajn laborhorojn kaj deĵoris nur partatempe por almenaŭ ebligi al Regina ripozi dum la matenoj. Sed mi baldaŭ rimarkis ke ŝi ne fartas bone. Ŝi prizorgis Lovan iel maŝine, senemocie, dum ŝi tute ne atentis pri Hanna, kiu komencis konduti malkontente kaj foje eĉ malice kontraŭ la bebo, kiam ŝi havis okazon. Ŝia dujara naskiĝtago, kiam ni invitis ŝiajn geavojn por kafo kaj kremkuko, finiĝis per kraŝo: la geavoj ne eltenis la kriadon sed foriris frue, poste Regina enfermis sin en la banĉambro, kaj mi staris ekster ties ŝlosita pordo kun du kriantaj monstretoj, tre maltrankvila pri tio, kion Regina eble faros tie ene.

Fine mi devis tute liberigi min de la laboro por varti la filinojn, dum Regina konsultis psikiatron, kiu diagnozis ĉe ŝi deprimon kaj preskribis medikamenton. Ŝi ĉesis mamnutri Lovan kaj pasigis kelkajn noktojn ĉe siaj gepatroj en Äppelviken, dum mi kvazaŭ somnambule klopodis mastri la kaosan situacion en nia domo en Ängby.

Post tri semajnoj Regina rekomencis labori duontempe, kaj mi daŭrigis varti la filinojn. Lova dum ankoraŭ kelkaj semajnoj ne ŝanĝiĝis, sed alfronti la konduton de Hanna estis pli facile por mi ol por Regina. Tamen mi suferis pro ĉiama manko de dormo, kaj mi ofte timis ke okazos ia akcidento, se mi ekdormos senintence, dum Hanna estas hejme kaj maldormas. Fakte io tia vere minacis dufoje, kiam mi revekiĝis pro kriego de Lova kaj vidis ke Hanna mienas suspektinde senkulpe. Mi klopodis admoni Hannan ke ŝi kondutu bone al Lova, ĉar tiu estas nur bebo, sed kompreneble ankaŭ Hanna estis tro juna por bone kompreni tion. La ideo de Regina, ke ni ekhavu la duan infanon tiel rapide post la unua, ne plu ŝajnis same bona kiel antaŭe.

Jam frue dum sia dua gravedeco Regina ekhavis konton en Facebook kaj igis ankaŭ min fari la samon. Verŝajne ŝia intenco estis dividi kun parencoj kaj konatoj raportojn kaj eble fotojn unue pri la kreskanta ventro, poste pri la familia vivo kun du ĉarmaj infanetoj. Pro la diversaj problemoj rezultis nenio el tio, sed mi plu havis mian konton kaj de temp' al tempo ĵetis rapidan rigardon en la fluon de fotografitaj pladoj, memportretoj, ĉarmaj katidoj, falsaj novaĵoj kaj konspiraj teorioj. Unu tagon mi ekvidis anoncon, laŭ kiu la filmistoj Jon kaj Mika Langer kolektas monon por fari novan dokumentan filmon, ĉi-foje pri alia freneza artisto, Carl Fredrik Hill. Mi ne vere interesiĝis pri tiu artisto, tamen mi ĝiris al la menciita konto du mil kronojn. Kelkan tempon post tio mi ricevis de Mika dankomesaĝon kaj peton pri Facebookamikeco. Mi akceptis la peton, sed poste sekvis nenio plu, almenaŭ nenia persona kontakto. Unufoje mi vidis afiŝon de Mika pri la planado de tiu filmo. Verŝajne mi maltrafis aliajn, ĉar mi ne tre ofte havis tempon malfermi la apon.

Pli frue, kiam mi skribis la notojn kun memoroj el la junaĝo, mi ial evitis skribi pri Mika. Mi ne scias, ĉu pro tio ke mi iel hontis pro miaj sentoj, aŭ ĉar mi volis protekti tiujn memorojn kaj ne riski damaĝi ilin. Sed vidinte ŝian anoncon en Facebook mi revokis ilin unuafoje en longa tempo. Mi tamen ne rekomencis fari notojn sed nur enmense traktis ilin kaj klopodis kompreni, kion mi sentis dum tiuj adoleskaj jaroj kaj ankaŭ poste, antaŭ ol mi renkontis Reginan. Ne tre facilis al mi difini la signifon de Mika en mia menso. Se estus ordinara enamiĝo, ĝi sendube jam delonge dampiĝus kaj ĉesus pro manko de nutraĵo. Se ni fakte iam havus amrilaton aŭ ian komunan seksan sperton, ĉu ŝi eble iĝus por mi simila memoro kiel Elvira kaj Jenni? Aŭ eĉ kiel Pernilla kaj Felicia? Ne, mi ne povis kredi tion. Estis io plia, ia neklarigebla magio, kvankam mi neniam en aliaj okazoj kredis je magio.

La aŭtuno proksimiĝis al vintro, kaj la koliko de Lova fine pasis. Tamen ŝi neniam iĝis same bonhumora kaj kontenta bebo kiel sia pli aĝa fratino. Mi komencis kompreni ke eĉ tiel etaj infanoj estas individuoj, ĉiu kun sia karaktero kaj humoro. Hanna jam tre ŝatis la aliajn infanojn en la vartejo, kaj ankaŭ la pedagogojn. Kelkfoje, kiam mi tagmeze alvenis kun Lova por venigi ŝin hejmen, ŝi ne volis foriri. Dum mi atendis ke ŝi pretiĝos por hejmeniri, okazis ke aliaj infanoj venis por rigardi la bebon. Sed Hanna ne ŝatis sian fratinon.

"Jova majbona!"

"Ne diru tiel, Hanna. Lova ankoraŭ estas tre malgranda kaj ne povas fari multon. Sed baldaŭ ŝi estos pli granda, kaj vi povos ludi kun ŝi."

"Judi kun Viki!"

"Jes, mi scias ke vi ŝatas ludi kun Viki. Morgaŭ vi povos fari tion denove."

Regina plu prenis sian kontraŭdepriman medikamenton, kaj kiam ŝi rekomencis labori, ŝi fartis pli bone. Ni ne plu diskutis, ĉu ŝi iam denove povos esti hejme kun la knabinoj. Mi simple supozis ke estos pli bone, se mi faros tion, por ne riski ke la deprimo denove paralizos ŝin. Mi ne scias, ĉu la piloloj aŭ ŝia laboro estis la plej grava faktoro, kiu igis ŝin funkcii pli normale kaj esti en relative bona humoro. Kion definitive kaŭzis la piloloj, tio estis plena manko de seksa deziro. Tion ŝi mem diris. Jam antaŭe estis problemo plenumi ordinaran koiton kun vagina penetrado pro la damaĝo farita ĉe la lasta akuŝo. Sed nun ankaŭ alispecaj seksaj agoj iĝis indiferentaj al ŝi. Mi povis tuŝi, karesi, kisi, leki ŝin ĝis la tago de l' Sankta Neniamo; ŝi sentis nenion, ĝuis neniom ajn. Kaj kiam ŝi karesis aŭ knedis min en maniero kaj kun mieno, kvazaŭ ŝi gladus tablotukon aŭ purigus la necesejon, ankaŭ mi perdis ĉian deziron. Kompreneble la manko de tempo kaj la risko veki la knabinojn eĉ sen aliaj problemoj iom bridus nian erotikon, sed nun ĝi jam estis nula.

"Vi prefere mem masturbu vin. Mi ne havas paciencon por tio. Kaj midzi mi tute ne eltenus; tio naŭzus min."

"En ordo. Mi faros mem, se necese. Nu, ne midzos, ha ha..."

"Aŭ akiru amatinon."

Mi ridis.

"Kiam, laŭ vi, mi havus tempon por tio?"

"Do mankas al vi nur la tempo, ĉu?"

"Mankas ankaŭ la ino kaj la emo, sed eĉ se ili ne mankus, malfacilus trovi la okazon."

Ŝi ne insistis pri la ideo, kaj mi tute ne kredas ke ŝi serioze tolerus, se mi havus iun alian. Kompreneble ŝi neniam ekscios ion pri Felicia, kaj cetere dum tiu afero daŭris, Regina kaj mi ankoraŭ havis regulan kaj bonan seksan kunvivadon.

Ĉiuokaze, kie mi nuntempe trovus amatinon? La solaj virinoj, kiujn mi renkontis, estis Regina, ŝiaj fratino kaj patrino, kaj la pedagogoj de la infanvartejo de Hanna. Ĉu mi trenu iun el la pedagogoj en necesejon por rapida umado, atendante ke Hanna pretiĝos por hejmeniri? Maksimume mi povus imagi tian scenon, uzante ĝin kiel masturban fantazion, aŭ eĉ – se konfesi ion hontindan - dum mi seksumas kun mia edzino, kondiĉe ke tio iam denove okazos.

Kiam mia vivo iĝis malpli kaosa, kaj mi ne plu sentis min somnambulo aŭ duone anestezita zombio, mi rekomencis kuri. Kompreneble la filinoj devis akompani min. Jen kiel tio okazis: mi aĉetis modernan triradan ĉareton, kiu funkciis kaj kiel biciklo-remorko kaj kiel puŝata infanĉaro. En ĝi estis spaco por du infanetoj. Lova sidkuŝis en la beboprotektilo, kiun ni uzis ankaŭ en la aŭto, kaj Hanna sidis apude. Troviĝis sekurzonoj por fiksi ilin ambaŭ, kaj kovrilo kun plasta fenestro por protekti ilin kontraŭ pluvo kaj vento, tamen proponante al ili vidaĵon, kiam ili maldormis. Do sufiĉe luksa ruldometo. Praktike eblis kuri nur sur ebena pavimo, ĉar kompreneble estis peze puŝi la plenan ĉaron kurante, sed la ideo ja estis ke mi trejnu min. Mi timis ke eble Hanna batos aŭ pinĉos la fratineton, sidante fiksite tiel proksime al ŝi, sed mi neniam rimarkis tian konduton. Fakte ŝi tre ŝatis veturi rapide kaj ofte instigis min:

"Japide! Pji japide!"

Dum daŭris la koliko de Lova, ankaŭ ŝi siamaniere instigis min moviĝi, kriante pli intense, kiam mi haltis, kaj malpli, kiam la ĉaro ruliĝis kaj iom skuiĝis. Kaj ankaŭ Regina rekomencis kuri, sed ŝi preferis kuri sola vespere. Foje mi aliĝis kun la knabinoj, sed ŝi ne havis paciencon por tia familia kurado, kaj cetere ŝi volis kuri sur arbaraj padoj en la naturrezervejoj Judarskogen kaj Kyrksjölöten, kie malfacilus puŝi la ĉaron. Do plej ofte ŝi kuris sola, dum mi restis hejme kun la knabinoj, preparante la vespermanĝon. Mi ja maltrankvilis pri ŝi, ĉar ŝi estis juna virino, kiu kuris sola en malluma arbaro, kaj laŭ mia scio ŝi konis neniun defendoteknikon.

Tiu maltrankvilo memorigis al mi Mikan kaj ŝian ĵudon, kaj la iaman ideon ke ŝi lernos taj-boksi. De temp' al tempo mi legis ŝiajn afiŝojn en Facebook kaj ankaŭ kutimis "ŝati" ilin. Temis pri la planata dokumenta filmo, kaj fojfoje pri tute aliaj aferoj: artekspozicioj kaj kinofilmoj, kiujn ŝi spektis, artistoj, kiujn ŝi renkontis, kaj konatoj, kiujn ŝi gratulis okaze de naskiĝtago aŭ alia evento. Foje ŝajnis al mi ke mi denove gvatsekvas aŭ eĉ stalkas ŝin kiel adoleske. Sed fakte ja temis nur pri mesaĝoj, kiujn ŝi mem afiŝis al ĉiuj "amikoj" en Facebook. Mi devis memorigi al mi ke tio estas amikeco plene virtuala.

Kompreneble Regina sciis nenion pri ĉi tio. Ŝia konto en Facebook ja plu restis - verŝajne ne eblas forigi ĝin - sed ŝi tute ne aktivis tie. Ŝi jam plene dediĉis sin al la arkitekta laboro en la oficejo de Lovén, kie ŝi nun okupiĝis pri projekto en la nova urbocentro de Kiruna. Tiun plej nordan urbon de Svedio oni translokos, ĉar la kreskanta fer-mino, la plej grava laborejo de la urbo, subminos la grundon, sur kiu situas la urbocentro. Do Regina kaj aliaj desegnis publikajn konstruaĵojn en la planata nova centro, plej grave bibliotekon, se mi bone memoras.

Venis nova printempo. La mondo ŝajnis pli freneza ol iam ajn antaŭe. Post amasaj popolaj manifestacioj la parlamento de Ukrainio eksigis la prezidenton Janukoviĉ, kiu rifuĝis en Rusion. Rusio aranĝis vintrajn olimpikojn; tuj poste oni aneksis Krimeon kaj komencis internan militon en Ukrainio. Kaj en unufamilia domo en Ängby Hanna daŭre opiniis ke "Lova estas malbona", sed nun ŝi jam lernis diri "l", kaj kelkfoje eĉ distingi ĝin de "r". Kion opiniis Lova pri sia pli aĝa fratino, ne estis tute klare. Verŝajne ŝi trovis ŝin nur ĝena perturbo en la vivo, kiu alportis nenion valoran.

Meze de ĉio alia, kio postulis atenton, okazis mia trideka naskiĝtago. Nun la junaĝo definitive estis historio. Ĉu mi do jam estas mezaĝulo? Laŭdire ĉi tio estas aĝo de vivokrizo, sed mi ne havis tempon por persona krizo. Mi apenaŭ havis tempon por festi la datrevenon. Regina volis venigi nin en ripozigan kaj iom luksan semajnfinon duope en hotelo ie fore de Ängby kaj Stokholmo, sed la plano fiaskis pro tio ke ŝiaj gepatroj ne pretis varti Lovan. Volonte Hannan, sed ne la plej junan nepinon, kiu estis tro malfacile kontentigebla, kvankam nenia koliko plu turmentis ŝin. Unuafoje mi aŭdis Reginan vere koleri al sia patrino, eĉ tiagrade ke ŝi rekomencis paroli kun ŝi germane, mi ne scias ĉu por indulgi miajn orelojn aŭ ĉar la germana pli taŭgas ol la sveda por koleri. Cetere eble kolero tamen estas maltrafa vorto. Mi almenaŭ ne havis okazon lerni germanajn sakraĵojn. Temis pli multe pri glacia malvarmo en ŝia voĉo kaj tre emfaza prononco de la vortoj. Ĉiel ajn, necesis prokrasti la ripozigan semajnfinon ĝis necerta estonteco.

En liberaj horoj, kvankam mi eĉ ne imagis ke ŝi havas tiajn, Regina desegnis proponon de alkonstruaĵo al nia domo. Jam en la okdekaj jaroj oni alkonstruis ĝin, tiel ke ĝi nun estis L-forma kun teraso en la angulo. Nun ŝi volis alkonstrui duan alon, tiel ke la domo havos formon de hufofero.

"Ni jam havas sufiĉe da spaco", mi kontestis.

"Por la nuno jes, sed kiam la knabinoj kreskos, estos bone se ili havos ĉiu sian propran ĉambron kun banĉambro en apartigita alo de la domo, kaj kun propra enirejo de ekstere."

Kiel ofte, mi tute konsterniĝis.

"Do vi antaŭvidas ke niaj bebetoj baldaŭ adoleskos kaj akceptos noktajn vizitojn de du-metraj aknuloj sen niaj scio kaj interveno?"

Ŝi suspiris. Evidente laŭ ŝi mi estis kronika konservativulo kaj malhelpanto de la necesa evoluo.

"Mi konstatas ke pluraj el niaj najbaroj pligrandigis siajn domojn tro malfrue, kiam la infanoj jam forlasis la gepatran hejmon. Mi ŝatus plani la aferon pli ĝustatempe. Ili kreskos, ĉu vi volos tion aŭ ne."

"Espereble. Sed ni jam havas pli da spaco por ordigi kaj purigi ol ni fakte bezonas. Kaj aldone ja ekzistas la kelo, kie ni povus aranĝi ĉambrojn. Tamen montru la desegnon."

Ŝi paŭte rifuzis la ideon rearanĝi la kelon, kiu laŭ ŝi estas tro malluma kaj humida. Origine tie troviĝis stovo por hejti la domon, verŝajne per bruligado de koakso, sed ĝi jam delonge estis forigita. Nun ĉiuj domoj de la kvartalo estis ligitaj al la urba varmo-reto.

Do Regina sternis sian konstrudesegnon sur la kuirejan tablon. Mi facile konstatis ke ŝi tre lerte solvis la problemon, kiu tamen laŭ mi ne estis problemo. Temis pri dua alo kun du ĉambroj, eta vestiblo, necesejo kaj duŝejo, kaj koridora ligo al la kuirejo. De la nova alkonstruaĵo oni atingus ankaŭ la terason, kaj al tiu ŝi volis doni tegmenton kaj vitran muron por plilongigi la sezonon de uzado. Do ĝi fariĝus iaspeca vintroĝardeno aŭ verando.

"Ĉu ne iĝus tro mallume en la salono pro tiu nova alo kaj la terasa tegmento?"

"Pro tio mi desegnis ĉi tion."

Ŝi montris al io, kion mi komence ne atentis. Nia domo ne havis veran subtegmenton sed nur unumetran interspacon sub la firsto, kaj nun ŝi volis malfermi la spacon inter la tegmento kaj la salona plafono, aldonante tegmentan fenestron. Evidente ŝi pensis pri ĉio.

"Verŝajne kostos al ni pli multe hejti tiel altan salonon", mi tamen komentis pli-malpli pro formo.

"Certe. Sed ni ja hejtas per la urba varmo-reto, kio estas plej efika kaj ekonomia. Kaj ni izolos la murojn kaj tegmenton pli bone okaze de la konstrulaboro. Tion ni ĉiuokaze devus fari, eĉ sen alkonstruo. Dank' al tio mi supozas ke sume la hejtokosto eĉ povos malkreski."

Kion diri? Eblis nur konsenti.

"Bone", mi diris. "Do ni petu konstrupermeson. Poste dependos de la kosto por la konstrulaboroj, kompreneble. Sed vi eble ricevos familian prezon, se ni mendos tion de Georg."

"Li devos sekvi la tarifojn. Sed ĉi tio ja igos la domon ege pli valora. Finfine ni profitos de tio."

Mi volis demandi, ĉu ŝi do jam planas vendi nian domon, aŭ kiel ni profitos de tiu pli alta valoro. Sed mi sukcesis kateni mian langon en la buŝo.

Printempe Regina konsultis privatan ginekologon pri siaj pubaj problemoj, kaj li preskribis operacion por rekonstrui la aferojn. En la hospitalo Karolinska la atendotempo estis longa, sed la ginekologo peris kontakton kun hospitalo en Estonio, kie oni operacios ŝin preskaŭ tuj. Do ŝi vojaĝis tien kaj revenis post kelkaj tagoj.

"Oni diris ke la operacio sukcesis kaj ke mi ne plu havos problemojn, kiam ĉio resaniĝos", ŝi diris. "Tamen estis torturo sidi en la aviadilo, flugante reen."

Bonŝance ne necesis multe sidi reveninte, nek hejme nek en la laborejo, kaj post dek tagoj ŝi ne plu sentis doloron. Mi tamen ne kuraĝis proponi seksumadon, sed fine ŝi mem iniciatis tion, kaj ni sukcesis plenumi ion, kio ŝajnis pli multe fizika ekzerco ol vera amorado. Laŭdire tamen nenio doloris al ŝi, sed ŝi daŭre ne sentis grandan eksciton, supozeble pro la kontraŭdeprimaj piloloj. Ŝi ne kuraĝis ĉesi pri tiuj, kvankam ŝia humoro jam ŝajnis al mi sufiĉe neŭtrala.

"Eble vi povus fari provon iom post iom malaltigi la dozon", mi sugestis.

"Certe ne propriniciate. Tion devos preskribi la psikiatro, kaj ĝis nun ŝi ne faris tion."

"Nu, bone, sed se vi jam fartas pli stabile, vi ja povus proponi al ŝi tion."

"Mi certas ke kuracistoj ne ŝatas, se la paciento proponas alian dozon. Prefere ŝi prijuĝu kaj poste preskribu."

Kaj pri tio Regina certe pravis, kvankam eble temis ĉefe pri ŝia propra timo denove pli deprimiĝi. Do mi ne faris pluan provon enmiksiĝi en ŝian uzon de medikamento.

En bela dimanĉo fine de majo nia tuta familio iris ĝis la balotejo en la lernejo de Ängby por elekti Eŭropan parlamenton. Jen la unua fojo, kiam mi partoprenis en la eŭropaj elektoj. Bedaŭrinde ni ne elektis la saman partion, eĉ male, sed tion ni jam delonge evitis diskuti. Cetere al mi ne gravis, kiuj svedoj gastos en Bruselo kaj Strasburgo. Mi eĉ povus voĉdoni por la liberaluloj pro ilia kandidato Marit Paulsen, kiu estis populara kaj drasta debatanto, precipe pri la kvalito de nutraĵoj.

Somere okazis grandega arbarbrulo en la provinco Vestmanio, nordokcidente de Stokholmo. 140 kvadratkilometroj da arbaro forbrulis, kaj pluraj eŭropaj landoj asistis la svedajn fajrobrigadojn por estingi la incendion. Samtempe ni finfine realigis la longe planitan vojaĝon al Norvegio por viziti Panjon, ĉar montriĝis neeble logi ŝin al Stokholmo. Ni aŭtis tien kaj tranoktis survoje apud Åmotfors en kampara "litoj-kun-matenmanĝo".

Ankaŭ en Hamar ni mendis ĉambron en hotelo, kvankam Panjo diris ke eblus tranokti ĉe ŝi kaj Bjarte. Fakte tio ja estus pli komforta, ĉar ili loĝis ekster la urbo en granda domo, kiun li heredis de siaj gepatroj. Tamen estis bone ne devi pasigi la tutan tempon tie. Bjarte estis pensiulo, sed Panjo plu de temp' al tempo deĵoris en la hospitalo, tamen ne plu nokte. Kaj dum nia vizito ŝi feriis.

La restado estis sufiĉe trankvila; ni faris kelkajn promenojn en la urbo kaj ekskursojn en la ĉirkaŭaĵon. Regina antaŭe esploris pri vidindaĵoj kaj interalie venigis nin al moderna sporthalo por sketado, kiun oni nomis "La vikinga ŝipo" pro la formo de la tegmento. Cetere ankaŭ mi aprezis ĝian arkitekturon. Ni vizitis strandon ĉe la lago Mjøsa kaj muzeon pri mamutoj en la kamparo norde de la urbo. Krome ni ripozis en la ĝardeno de Bjarte situanta sur verda deklivo. Lova ĵus komencis paŝi kaj rondiris nudpiede ĉasante Hannan sur la gazono. Jen pli-malpli la unua fojo, kiam ili ludis unu kun la alia, kvankam la fino estis krio kaj ploro de Lova, ĉar ŝi ne sukcesis kapti la fratinon. Mi sentis iom strange kunesti kun Panjo, kiu ŝajnis al mi preskaŭ fremda maljunulino. Fakte pli facilis babili kun Bjarte, kvankam liaj preferataj paroltemoj estis ekonomio kaj skisporto, kiujn mi trovis ne tre gravaj, precipe meze de julio.

Post kvar tagoj ni reiris suden. Survoje hejmen ni pasigis du tagojn en Oslo, kie Hanna ŝatis grimpi sur la skulptaĵoj de Vigeland, kaj ni plenkreskuloj sur la tegmento de la nova Operejo. Lova siaflanke ne esprimis apartan preferon al io ajn, sed ni estis tute kontentaj, ĉar ŝi ne plu kriis senĉese.

En septembro ŝi komencis en la sama infanvartejo kiel Hanna, sed en alia infangrupo, kaj mi povis rekomenci mian laboron post longega tempo, dum kiu mi estis hejma mastrumisto kaj vartisto. Komence mia ĉefo eĉ ne sciis kion taski al mi, sed baldaŭ mi jam eniĝis en la rutinojn pri urboplanoj novaj kaj reviziataj, etaj kaj pli ampleksaj.

Tamen ne estis same facile lasi Lovan en la vartejo kiel Hannan antaŭ jaro kaj duono. Ĉiumatene ŝi ploris kaj ne volis lasi miajn brakojn, kiam mi devis bicikli al mia trajno, lasinte la remorkon en la vartejo. La pedagogoj tamen asertis ke ĉio iras glate dum la tagoj, sed ĉu mi povis kredi tion? Verŝajne pedagogoj de infanvartejoj ĉiam diras tiel por ne maltrankviligi la gepatrojn.

Ofte mi telefone foliumis tra Facebook, dum mi veturis al aŭ de la laborejo. Ŝajne granda parto de la kunvojaĝantoj faris la samon aŭ ion similan. Unufoje aperis afiŝo de Mika, per kiu ŝi sciigis ke la muntado de la filmo pri Hill estos prokrastita, ĉar intertempe la Sveda Televido akceptis financi alian projekton, kiun Jon kaj ŝi realigos unue. Temis pri dokumenta filmo farota en Tajlando pri la seksturismo, do pri prostituado kaj turistoj, kiuj aĉetas seksajn servojn tie.

Leginte tion mi tuj rememoris ŝiajn diraĵojn antaŭlonge pri farangoj kaj kiel kelkaj el tiuj eŭropanoj kaj amerikanoj kondutas en Tajlando. Krome mi ekpensis pri ŝia romano *Blankaj porkoj*. Laŭ mia scio ĝi estis la sola libro, kiun ŝi verkis, aŭ almenaŭ la sola eldonita. En la afiŝo ŝi tamen ne menciis ĝin.

Ĉi-foje ŝi do ne devis kolekti monon de la publiko, sed ŝi denove dankis pro la ricevitaj kontribuoj kaj promesis ke ili estas jam uzitaj kaj plu uzotaj por la anoncita celo, tamen pli malfrue ol oni supozis. La filmo el Tajlando estos filmata dum la sekvaj monatoj, kaj poste necesos munti kaj redakti ĝin. La Sveda Televido prezentos ĝin al la publiko en la venonta jaro, verŝajne aŭtune.

Mi "ŝatis" la mesaĝon, sed ĉar la samon jam faris cento da aliaj, kaj multaj sendube sekvos, ŝi kredeble ne rimarkis tion. Do mi skribis komenton, en kiu mi deziris al ŝi bonŝancon pri la projekto. Sed ankaŭ tion jam faris pluraj aliaj, kvankam inter tiuj bondeziroj aperis ankaŭ kelkaj komentoj krude ofendaj. Mi supozis ke tio estas neevitebla, kiam oni anoncas ion en socia forumo.

De temp' al tempo ŝi afiŝis novajn mesaĝojn kun mallongaj informoj pri la evoluo de la projekto, kaj poste, en la komenco de novembro, ŝi aldonis memfoton de si kaj Jon kun la teksto: "Jam surloke en Pattaya. La filmado ekos!" Ŝi aspektis kiel iam, ŝajnis al mi, kun sia normala hararo, ne tiaj buntaj tufoj kiel lastfoje, kiam mi spektis ŝin televide. Ŝi surhavis longan pantalonon kaj bluzon kun longaj manikoj, ambaŭ en helaj koloroj. Mi rigardis la foton intense, provis zomi perfingre, sed tiam ĝi iĝis malklara. Kiom da tempo pasis, de kiam mi lastfoje renkontis ŝin en nia apartamento? Mi ne sukcesis kalkuli. Mi memoris niajn pli fruajn rendevuojn en la kafejo de la Kulturdomo. La jaroj pasis, dum ŝi drivis senĉese pli kaj pli foren de mi. Kaj mi ne plu povis treniĝi antaŭen apud ŝi kiel iam per ŝia mopedo.

Mi trovis la urbon Pattaya sur la mapo kaj vidis ke ĝi situas tute ne proksime de Khao Lak, kie ŝi perdis siajn familianojn kaj la dekstran kruron. Mi scivolis, ĉu ŝia fratino sukcesis rekonstrui sian pensionon kun la bangaloj. Ĉu denove turistoj svarmas sur la plaĝoj, kiujn trafis la cunamo antaŭ deko da jaroj? Kaj ĉu Mika iros tien kaj rakontos pri tio en Facebook? Ĉu ŝi iam ajn denove eĉ mencios, kio okazis al ŝia familio sur tiu plaĝo, kaj kion ŝi mem spertis sur la vendoplaco?

Subite mi rememoris, kiel ŝi indignis kontraŭ mi en la oka lernojaro de la elementa lernejo, kiam mi supozis ke ŝi pasigis la someron ripozante sur tiu tajlanda plaĝo. Poste ŝi tamen ŝanĝis sintenon kaj klarigis la aferon sufiĉe amike. Nun tio ŝajnis al mi karakteriza de ŝia konduto – jen ŝi amikumas, jen ŝi ignoras min. Kion mi do signifis al ŝi? Ĉu entute ion? Fakte estis amaso da aferoj, kiujn mi neniam eksciis nek komprenas pri Mika.

Kelkajn tagojn post tiu unua mesaĝo el Tajlando aperis nova foto, en kiu ŝi pozis forte ŝminkita en eta miniĉemizo, preskaŭ nur mamzono, antaŭ ia okulŝire bunta fasado de amuzejo. "Mi intense laboras sur Walking Street en Pattaya!" Mi supozis ke tio estas ŝerco, ĉar ŝi aldonis ankaŭ kelkajn miensimbolojn. Tamen mi ne povis eviti miri kaj scivoli, kiel la duopo efektive procedas por fari sian dokumentan filmon. Sed se la sveda ŝtata televido estas enmiksita, devas esti io serioza, mi supozis.

Poste tamen ne aperis pli da afiŝoj de ŝi. Mi serĉis preskaŭ ĉiutage en ŝia fluo kaj eĉ sendis mesaĝon, esperante ke la filmado bone prosperas. Sed venis neniu respondo. Mi obstine rulumis la enhavon de la ekraneto por trovi ion, sidante en la trajno survoje tra la sudaj antaŭurboj, sed Mika ne donis vivsignon.

Cetere mi ne ĉiutage povis trajni al la laboro, ĉar Lova dum la tuta aŭtuno kaj vintro suferis de diversaj infektoj: ordinaraj malvarmumoj, orelinflamo, tritaga febro kaj pli nebulaj malsanoj. Kaj kutime devis mi resti hejme kun ŝi. Regina ne havis la necesan paciencon, kaj ofte Lova kondutis pli malfacile, kiam ŝi vartis ŝin ol kiam mi faris tion. Estiĝis ia blokiĝo en la menso de Regina koncerne Lovan pro la problemoj en la unua tempo. Estis strange vidi kian nesufiĉan memfidon ŝi havas ĝuste kun Lova, kio draste kontrastis kontraŭ ŝia bona memfido pri la plej multaj aliaj aferoj. En tago kun pli rimarkebla deprimo ŝi eĉ mem diris tion.

"Mi konscias ke mi estas malbona patrino. Kun Hanna mi ne rimarkis tion, ĉar ŝi estas tiel kontenta. Sed kun Lova tio evidentiĝis."

"Stultaĵo! Trafis vin longa vico da problemoj, kiuj malhelpis vin. Vi ne kulpas pri tio! Nek Lova, kompreneble. Neniu kulpas. Sed ni ja solvis ĉion, kaj finfine vi ricevis helpon, ĉu ne?"

"Sed mi daŭre ne povas bone prizorgi ŝin. Kaj ŝi evitas min."

"Ŝi tutsimple pli kutimas je mi, ĉar mi estis hejme kun ŝi pli longe. Tio certe baldaŭ ŝanĝiĝos. Vi vidos."

Rimarkante kiel malbone Regina fartas, mi foje demandis ŝin, ĉu ŝi jam antaŭe en la junaĝo suferis pro deprimo. Estis sabato en decembro, kaj ni sidis kun tasoj da kafo kaj safranbulkoj en la kuirejo, dum ambaŭ knabinoj dormis sian posttagmezan dormeton.

"Kial tio gravas? Mi malbonfartas nun."

"Jes, mi komprenas. Nu, verŝajne ne gravas, sed mi pensis ke se vi jam unufoje venkis tian deprimon, tio eble povus helpi vin fari tion denove."

Ŝi kapneis kaj rigardis foren dum kelka tempo, dirante nenion. Ekster la fenestro brilis ruĝa vintra suno subiranta malantaŭ la nudaj arboj de la najbaroj, sed mi dubis ke ŝi rimarkas ĝin. Post minuto ŝi denove renkontis mian rigardon.

"Kiam la rilato kun Kasper kraŝis, mi estis tre malfeliĉa. Sed tio estis tute alia. Mi sciis, kial mi fartas mizere. Estis ordinara rompita koro."

"Sed vi sukcesis eliĝi el tio, ĉu ne? Ankaŭ nun vi resaniĝos."

Ŝi denove cedis per la rigardo.

"Tiam mi komencis la arkitekturan studadon, kaj ĝi tuj forpuŝis la dolorigajn memorojn. Nun estas tute alia afero."

Mi rimarkis ke ŝi mencias la studadon sed ne min, kiun ŝi ja ekkonis post nur du semajnoj en la lernejo. Tamen mi ne komentis tion.

"Tamen vi eliĝos el la deprimo. Mi certas ke jes!"

Dumlonge la rilato inter Regina kaj Lova fakte ne ŝanĝiĝis, kaj kelkfoje ŝajnis al mi ke ili ambaŭ evitas unu la alian. Kun Hanna estis tute alia afero, eble ĉar kun ŝi ni povis jam interparoli. Kaj ŝi tre ŝatis babili, demandi pri ĉio ajn kaj esprimi siajn opiniojn. Ŝi lernis la potencan signifon de la vorto "ne" kaj provis tiun en plej diversaj situacioj. Nun ŝi ne plu atentis la fratineton, ĉar ŝi havis siajn amikinojn Viki kaj Linnéa, kun kiuj ŝi ludis en la vartejo. Ofte ni devis veturigi aŭ akompani ŝin al tiuj amikinoj ankaŭ en la liberaj tagoj semajnfine, aŭ la amikinoj vizitis ŝin en nia hejmo. Ili ludis plej multe per siaj pupoj kaj bestetoj kaj enscenigis longajn historiojn kun komplikaĵoj kaj repaciĝoj. En tiujn ludojn Regina povis enmiksiĝi preskaŭ sur ilia nivelo, kiel kunludanto, kaj solvi miskomprenojn aŭ proponi ion novan. Al mi tio ege pli malfacilis, ĉar mi simple ne komprenis, kio amuzas ilin. Supozeble tio estas specife virina arto.

Post tradicia sved-germana Kristnasko en Äppelviken la bogepatroj duafoje donacis al ni luksan vojaĝon al la suna sudo. Ĉifoje ili tamen mem akompanis nin, kaj la celo estis Kaboverdo, la insularo okcidente de Afriko, kiun mi konis nur sur la mapo. La plano estis venigi tien ankaŭ Giselan kaj ŝian koramikon Adam, sed ili preferis vojaĝi gesolaj, kaj fine venis ilia vico ricevi Novjaron en Rio-de-Ĵanejro.

Do ni denove festis Novjaron en portugallingva lando, sed ĉi-foje ni spertis tre malmulte de la nacia kulturo. Ni loĝis en bonkvalita hotelo apud la plaĝo de Santa Maria sur la insulo Sal, kiu estis invadita de eŭropaj turistoj kiel ni. Ĉio ŝajnis iom artefarita; tamen mi devas konfesi ke ni ĉiuj ĝuis la sunon, la varmon, kiu estis nek troa nek maltroa, la salan akvon de la maro kaj la sensalan de la naĝbasenoj, la manĝon kaj la relativan ripozon. Certe ni devis klopodi por protekti la knabinojn kaj nin mem de la suno, kaj kompreneble Lova estis malpli kontenta ol ĉiuj aliaj, sed eĉ ŝi estis nekutime bonhumora. Dum unu el la tagoj ni devis eviti la plaĝon pro ĝena vento nomata harmatano, kiu blovis subtilan sablon el Saharo en niajn vizaĝojn. Sed sume ĉio estis sukcesa kaj luksa interrompo de la ĉiutaga rutino. Eĉ nia seksa vivo pliboniĝis, kvankam Regina plu prenadis siajn kontraŭdeprimajn pilolojn kaj ni devis zorgi ne tro laŭti por ne veki la knabinojn. Cetere, eĉ hejme neniu el ni kutimis bleki kiel seksarda vircervo.

Pensante pri la filmoprojekto de Mika, mi scivolis, ĉu ankaŭ sur ĉi tiu insulo floras seksturismo. Nu, ne por mia propra parto, kompreneble, kaj mi ne rimarkis prostituadon en la hotela zono. La plej multaj turistoj ĉi tie estis familioj aŭ paroj, do eble mankis merkato.

Tamen ja okazis unu incidento. En la antaŭlasta tago de nia restado en Kaboverdo ni ripozis sur kuŝseĝoj sub sunombrelo sur la plaĝo, gvatante la knabinojn, kiuj fosis en la sablo sub alia ombrelo. Dume mi foliumis en Facebook per la telefono, serĉante novan vivsignon de Mika kaj ŝia filmisto. Jam pasis longa tempo sen io ajn de ŝi, sed nun mi trovis afiŝon. Evidente ŝi jam estis hejme en Stokholmo kaj fotis sin mem ĉe komputila ekrano. "Ni havas amason da bonega materialo pri la seksturismo en Pattaya. Estos sukceso! Sed restas laborego por munti kaj redakti."

Mi alklakis "ŝati" kaj ekkuris por kapti Hannan, kiu ĉesis fosi kaj anstataŭe ekskursis tro foren sub la suno, kie ŝi eble ĝenis maljunan paron de nekonata nacieco per sia gaja svedlingva babilado. Kiam mi revenis kun ŝi, Regina sidis kun mia telefono en la mano, rigardante la ekranon kun tre streĉita mieno. Ŝi ĵetis aglan rigardon al mi sed diris nenion, remetante la aparaton sur mian kuŝseĝon, dum mi sidiĝis sur la sablon por helpi la knabinojn fosi.

"Bonvolu", mi diris al Regina. "Vi povas prunte uzi ĝin, se vi forgesis kunporti vian propran."

Ŝi ne respondis. Ŝiaj gepatroj kuŝis tri metrojn for, Georg kun sia telefono, verŝajne en kontakto kun la firmao, Inge kun germana libro de iu Jenny Erpenbeck, kiun mi jam kelkfoje aŭdis ŝin rekomendi.

Vespere en la ĉambro, post kiam la knabinoj endormiĝis, Regina turnis sin al mi. Ŝi mienis pli malĝoje ol kolere.

"Mi ne kapablas imagi, kial vi insistas plu alhokiĝi al tiu virino", ŝi diris kun laca voĉo. "Estas tiel fia malrespekto al mi."

"Absolute ne, Regina. Mi jam kelkfoje klarigis ĉi tion. Mika kaj mi neniam havis amrilaton. Kaj nun mi eĉ ne havas kontakton kun ŝi. Temas pri filmprojekto, kiu interesas min."

"Pri seksturismo?"

"Jes. Ŝia edzo kaj ŝi faras dokumentan filmon. Ili filmis en Tajlando. Ŝia patrino ja venis de tie, kaj Mika parolas taje."

Ŝi rigardis min silente dum kelka tempo.

"Mi nek vidis ŝin nek parolis kun ŝi de multaj jaroj", mi daŭrigis.

Ŝi suspiris.

"Vi povus almenaŭ ĉesi mensogi, Fredrik."

"Kia mensogo? Vi fantazias! Jen, prenu mian telefonon. Bonvolu traserĉi ĝin."

Dirinte tion kaj etendante al ŝi la telefonon, mi iomete ektimis. Ĉu eble restas malnovaj mesaĝoj al aŭ de Felicia, kiujn mi forgesis viŝi? Sed Regina ne prenis mian telefonon.

"Simple lasu ŝin", ŝi diris tedite. "Ĉesigu tiun rilaton!"

"Kiomfoje mi devos ripeti ke ekzistas nenio por ĉesigi?"

"Do forgesu ŝin! Kaj ne kriu al mi!"

Kompreneble mi ne kriis, kun la knabinoj dormante apud ni kaj la bogepatroj trans la vando. Nu, eble mi ĵus parolis pli emfaze ol antaŭe. Nun mi ne plu sciis kion diri sed nur kapneis kaj iris en la banĉambron. Poste ni ne plu tuŝis la temon. Tio estas, ne plu voĉe, sed ĝi daŭre ŝvebis inter ni kiel ia tenaca kurteno diafana sed ne trapasebla. Mi demandis min, kiel mi do povu forgesi Mikan. Io tia ja simple ne eblas. Sed mi evitis diri tion.

Ni revenis hejmen, kaj la vivo reprenis la normalajn rutinojn. La vintro estis milda kun blovado, pluvo kaj kelkfoja neĝado, sed ĉiufoje la neĝo post kelkaj tagoj degelis en malpuran kaĉon. Dum miaj ĉiutagaj vojaĝoj inter Ängby kaj Handen mi daŭre serĉadis, ĉu Mika raportis ion novan. Kelkfoje mi trovis mallongan mesaĝon, sed plej ofte ne.

Forgesu ŝin! Tiel diris Regina. Ĉu tio eblas? Mi certis ke ne. Mi ne volis forgesi ŝin, kaj eĉ se mi volus tion, la admono forgesi tute ne helpus. Eĉ male, mi pensas. Diri al iu ke li forgesu ion aŭ iun ŝajnis al mi tute paradoksa admono kun la mala efiko. Kaj kial do forgesi? La fakto ke mi scivolis, kiel prosperas la filma projekto de Mika, ja tute ne influis Reginan. Cetere mi ne invitis ŝin spioni en mia telefono.

Do la etoso en nia geedzeco restis sufiĉe frosta, kvankam Regina ŝajne jam fartis pli bone. Dume la ĉirkaŭa mondo ĝenerale nur pli kaj pli freneziĝis. En Parizo teroristoj murdis aron da homoj en la redaktejo de la satira gazeto Charlie Hebdo. En Sirio kaj Irako oni militis kontraŭ la tiel nomata Islama Ŝtato kaj kontraŭ la siria reĝimo de al-Asad. Gazao restis grandparte ruinigita pro la israela blokado de konstrumaterialoj post la bombado en la antaŭa somero. Teroratakoj okazis ankaŭ en Pakistano, Jemeno, Kenjo, Tunizio, Kuvajto kaj praktike ĉie en la mondo. Kaj kelkaj centmiloj da rifuĝantoj trairis Eŭropon, serĉante landon, kiu pretas akcepti ilin. La plej multaj el ili fuĝis de la militoj en Sirio kaj Afganio.

Samtempe mi desegnis urboplanojn de loĝkvartaloj, antaŭurba centro, fervojstacio, lernejo, industria zono, stratoj, parkoj kaj ĉiaspecaj detaletoj. Regina plu desegnis aferojn en la nova biblioteko de Kiruna kaj krome informpavilonon por vizitantoj de naturrezervejo en Dalekarlio. Dume Hanna kaj Lova pasigis la tagojn en sia infanvartejo kune kun la idoj de niaj najbaroj.

Somere ni feriis tre kviete kun preskaŭ nur nelongaj ekskursoj al strandoj, vizitoj en la zooj de Skansen kaj Kolmården, etaj vojaĝoj per vaporŝipoj, kaj ĉefe kunestado kun niaj knabinoj dum la tutaj tagoj sen urĝo aŭ streso. Mi antaŭe ne kredus ke tio denove okazos en mia vivo, sed fakte ni eĉ veturis per la eta vaportrajno en Mariefred, kio tre plaĉis almenaŭ al Hanna, kvankam mi demandis min, ĉu mi do fariĝos kopio de mia patro. Kaj ambaŭ knabinoj ĝuis glaciaĵojn en pli-malpli ĉiu ĝardena kafejo de la Stokholma regiono. Entute ŝajnis al mi ke nia familia vivo finfine trankviliĝis kaj trovis sian maturan formon. Nenia grava perturbo ĝenis aŭ minacis nin.

Tamen la ferioj evidente ne daŭris eterne; komenciĝis nova aŭtuno kun laboro, streso, ĉiutaga lasado de la infanoj en la vartejo, krom okaze de malvarmumoj kaj aliaj infektoj, pro kiuj iu el ni devis resti hejme kun la malsanulo. Plej ofte tio estis mi, kiu devis varti Lovan. Nun ŝi tamen jam sufiĉe ŝatis la vartejon kaj volis rapide reveni tien, kio estis bona afero. Kaj ĉi-aŭtune ŝi krome kapablis iom vortigi siajn volon kaj bezonojn, ekzemple per "kuko", "kaki" aŭ simpla "ne!" Ŝi ne estis same elokventa kiel Hanna, sed ŝi ja progresis.

En oktobro kulminis la ondo de rifuĝantoj ankaŭ en Svedio, kaŭzante organizajn malfacilaĵojn, politikajn disputojn kaj malamon flanke de rasistoj. Meze de tio mi subite povis legi kaj aŭdi ke la Sveda Televido nuligis la planitan prezentadon de dokumenta filmo pri seksturismo en Tajlando, ĉar la produkta teamo, tio estas la geedzoj Langer, rifuzis tranĉi kaj forigi el la filmo scenojn, kiujn oni ne povas montri pro juraj kialoj. En la konkuranta kvara kanalo aperis intervjuo kun Jon Langer.

"La postuloj estis tute neakcepteblaj", li deklaris. "Oni mendis filmon kun specifa temo, ni liveris ĝin, kaj nun oni timas la reagojn. Tio estas fia hipokrito. Ne ni sed la Sveda Televido rompis la interkonsenton."

"Laŭdire la filmo enhavas scenon, en kiu vi mem seksumas kun prostituitino", diris la ĵurnalisto, lekante siajn lipojn. "Ĉu tio estas vera?"

"Ni prezentas la ekspluatadon tia, kia ĝi estas. Senvuale."

"Sed ĉu fakte aperas tia sceno?"

"Temas ne pri unu sola sceno sed pri pluraj el la kernaj partoj de la filmo, kiujn la televidaj burokratoj timas prezenti. Ili agas malhoneste kaj kovarde! Evidente ili timas malkaŝi la realon, anstataŭe kaŝante sin malantaŭ juristoj."

Post tio estiĝis tre akra debato pri la filmo en diversaj amaskomunikiloj. Kelkaj defendis ĝin, sed la plej multaj kondamnis ĝin el diversaj vidpunktoj. Ekspluato. Ekshibicio. Cinikeco. Masklismo. La akuzoj pluvegis sur filmon, kiun ŝajne neniu jam spektis.

Tiam mi ricevis personan inviton de Mika al privata prezentado de la filmo en la Sveda Kinofilma Instituto post tri tagoj. Mi estis ege ekscitita, sed mi ne sciis, ĉu malkaŝi al Regina pri kio temas, aŭ inventi ian falsan pretekston de vespera forestado. Fine mi diris al ŝi la veron.

"Mi ne akceptos, se vi iros tien por renkonti ŝin", diris Regina tute atendeble.

"Mi verŝajne ne renkontos Mikan. Mi spektos ŝian filmon kun amaso da aliaj invititoj. Tre supozeble vi legos pri ĝi en la morgaŭa ĵurnalo."

"Ne iru, Fredrik. Mi petas vin."

"Aŭskultu, Regina. Mi iros tien. Mi simple ne povas ne iri, ricevinte ĉi tiun inviton. Se tio eblus, mi preferus ke vi spektu ĝin kun mi. Vi havas absolute nenian kialon maltrankvili. Estas filmo, punkto fina."

"Mi ne maltrankvilas pro mi, sed pro vi. Ne estas sane konservi tian junaĝan obsedon."

Mi skuis la kapon senespere.

"Vi fantazias. Mi jam klarigis kaj ne volas denove ripeti tion. Mi iros. Mi spektos la filmon kaj poste hejmeniros metroe."

Ni simple ne povis kompreni aŭ mense renkonti unu la alian sed pluiris ĉiu en sia paralela universo. Estis idiote, sed ne eblis ŝanĝi tion. Tamen ŝajnis al mi ke ŝi sonas pli lace ol antaŭe. Eble do ŝi pli-malpli rezignis kaj plu protestas nur pro rutino.

Nur poste mi ekpensis ke ŝia nesufiĉa memfido pri sia kapablo patrini Lovan eble ne estas la sola truo en ŝia kiraso. Povas esti ke ankaŭ koncerne min ŝi sentas ion similan, timante ke ia nebula figuro el mia pasinteco minacos nian rilaton. Tamen ŝi ja unufoje, dum du sinsekvaj vesperoj, renkontis Mikan kaj eĉ interparolis kun ŝi pri pentrado. Tiu renkontiĝo devus disigi la nebulon kaj estingi ŝian timon pri minaco, ŝajnis al mi. Des pli ĉar ŝi tiam opiniis ke Mika estas drogulo. Sed tio eble estis nur ia provo protekti nian rilaton kontraŭ imagata atako de eksterulo.

Krome mi pripensis ke ŝi iam deprimiĝis – aŭ malfeliĉiĝis, laŭ sia propra vorto – ankaŭ kiam ial ĉesis ŝia tiama amrilato kun Kasper. Mi supozis ke tiun rilaton rompis li, kvankam ŝi neniam precizigis tion, ĉar ŝi iam parolis pri rompita koro. Sed nun mi demandis min, ĉu mi sentus similajn timon kaj minacon, se li reaperus el la pasinteco? Mi ne povis imagi tion, sed eble mi simple ne konis min mem aŭ estis naivulo.

Mika kaj Jon tre koncize bonvenigis la invititajn spektontojn. La publiko konsistis el cento aŭ eble centdudeko da personoj, kaj supozeble pluraj el ili estis ĵurnalistoj. Oni anoncis ke eblos fari demandojn post la prezentado.

La komenca sceno de la filmo estis sufiĉe impresa kaj frapa. La titolo *FARANGOJ* aperis grandlitere majuskle sur blua ĉiela fono, kaj sub ĝi sur flava plaĝo paŝis dika mezaĝa eŭropano aŭ eble nordamerikano en ŝorto kun nuda brusto, sur kiu tremis grasaj ŝvelaĵoj. Apud li, kun lia porke rozkolora brako ĉirkaŭ sia talio, paŝis eta svelta juna azianino en nigra bikino tiel malgranda ke ĝi kovris nur la cicojn kaj la vulvan fendon meze de la razita pubo. La sceno daŭris eble dum du-tri minutoj, dum la antaŭtekstoj ruliĝis tra la bildo; la paro estis filmata teleobjektive, paŝante rekte al la kamerao, do al ni spektantoj. Post tiu enkonduko oni filmis pasaĝerajn aviadilojn, kiuj surteriĝas, kaj ondon da eŭropaj aŭ amerikaj turistoj, kiuj svarme plenigas halon de flughaveno. En vasta bildo oni vidis ĉiaspecajn homojn, ankaŭ parojn kaj familiojn kun infanoj, sed la kamerao zomis enfokusigante precipe virojn junajn kaj mezaĝajn, solajn kaj en grupoj. Ĉi tiuj komencaj partoj de la filmo estis sen komenta voĉo aŭ dialogo sed kun sona akompano de muziko kaj knabina voĉo kantanta ion en lingvo, kiu supozeble estis la taja.

Sekvis serio da scenoj, kie Mika angle kaj taje kun svedaj subtekstoj intervjuis lokajn virinojn pri ilia vendado de seksaj servoj al farangoj, do al eŭropdevenaj turistoj. Mi rimarkis ke ŝi volas igi ilin priskribi la farangojn kiel malrespektajn kaj rasismajn brutojn, sed plejparte la virinoj klopodis ne fali en ŝian kaptilon.

"Kelkaj ja povas esti malicaj", diris unu el ili, laŭ la subteksto. "Sed la plej multaj estas bonaj kaj malavaraj. Mi ĉiuokaze preferas farangojn ol tajajn aŭ ĉinajn virojn."

"Kial?"

"La farangoj estas pli malavaraj."

Mika demandis ankaŭ pri la kutimo de iuj viroj aĉeti knabinon por kelkaj tagoj aŭ semajno, por ke ŝi estu lia tiel nomata koramikino.

"Mi preferas tion", diris tri malsamaj knabinoj al ŝi. "Pro pli certa mono kaj malpli da laboro", daŭrigis unu el ili. "Kaj kelkaj viroj estas afablaj, tute ne sadistoj aŭ perversuloj. Ili ŝatas promeni manenmane, sidi kune en trinkejo aŭ kuŝi sur la plaĝo. Tio estas agrabla. Sed nur la farangoj deziras tian koramikinon. Neniu ĉino petas tion sed nur unufojan servon."

Mika demandis plu pri tiaj okazaj dungoj de "koramikino", kaj mi komencis supozi ke ĉi tio estas la ĉefa temo de la filmo.

"Ĉu iuj provas trompi vin pri la pago?"

"Kelkfoje", diris unu juna virino kun rozkolora hararo, kiu laŭ mi aspektis bizare. "Oni devas atenti. Sed aliaj estas donacemaj. Ili donas ne nur la pagon sed manĝon, trinkaĵon, kelkfoje donacojn. Ekzemple vestaĵojn. Ĉi tiun aĉetis por mi amerikano."

Ŝi malfermetis la bluzon, montrante puncan mamzonon sub ĝi. Ĉi tiu knabino havis normalajn mamojn, ŝajnis al mi, sed kelkaj el la intervjuataj virinoj evidente estis operaciitaj, kaj iliaj grandegaj melonoj aspektis preskaŭ monstre sur la sveltaj, etaj knabinaj korpoj.

"Ĉu vi ŝatus edziniĝi al tia kliento?" demandis Mika.

La knabino ridis laŭte.

"Tute ne! Tiam li ne plu pagus monon, ha ha!"

"Ĉu iu iam proponis geedziĝon?"

"Nur kiam ili estas tre ebriaj. En la sekva mateno, ili jam forgesis."

Kelkfoje Mika demandis, kiaspecaj viroj tiel aĉetas koramikinojn, laŭ ilia opinio.

"Normalaj farangoj", diris unu. "Neniaj specialaj."

"Ĉiaspecaj", opiniis alia. "Junaj, maljunaj, bonaj, malbonaj. Kelkaj volas fiki senĉese, aliaj malofte. Kelkaj babilemas, aliaj silentemas. Iuj kun granda peniso, aliaj kun eta", ŝi finis subridante.

"Eble kelkaj hejme ne trovas knabinon", supozis tria. "Aliaj babilas pri kiom da inoj ili havis antaŭe kaj diras ke tiuj estis pli bonaj. Sed la plej multaj estas kontentaj."

Post tiuj intervjuoj, kiuj estis filmitaj kun vario inter bildoj vastaj kaj proksimaj, sekvis alia parto, en kiu Jon parolis kun viroj, plejparte en trinkejoj kaj amuzejoj. Kelkaj el tiuj interparoloj estis normale filmitaj, supozeble de Mika, sed la plimulto ŝajnis registritaj per kaŝita kamerao. Mi supozis tion, ĉar ofte la kapo de Jon aperis nur duone aŭ tute ne, kaj oni ne movis la kameraon. Ĝenerale Jon super drinkaĵo petis la aliajn virojn pri konsiloj koncerne tiel nomatajn koramikinojn, kaj ili volonte dividis kun li siajn spertojn kaj proponojn.

"Ĉi tiuj putinoj taŭgas nur por unufoja fikado", diris unu muskola viro eble tridekjara.

Li parolis angle kun germaneca akĉento, gestante al la inoj forte ŝminkitaj kaj apenaŭ vestitaj, kiuj pendis kiel grapolo da fruktoj sur ambaŭ viroj en la trinkejo.

"Se vi volas koramikinon, promenu laŭ Walking Street kaj ekzamenu la knabinojn. Demandu pri la prezo kaj poste duonigu. Kaj evitu tiujn, kiuj tro insiste kaj senespere alhokas sin."

Kun alia viro Jon interparolis svede.

"Mia edzino tro maljuniĝis", li diris. "Mi plu fikas ŝin sed sentas nenion. Ĉi tie la virinoj estas veraj inoj. Ili estas tiel pimpaj ke preskaŭ sufiĉas rigardi ilin, ha ha ha!"

Li ridegis pro sia propra ŝerco tiel ke lia granda ventro ondis sub la T-ĉemizo kun teksto "Pattaya".

Alia svedo asertis ke la svedinoj fariĝis absolute nefikindaj pro feminismaj idiotaĵoj. Kaj norvego konfesis ke lia hejma koramikino ne scias ĉion pri li.

"Ŝi pensas ke mi rigardas pagodojn kaj rajdas elefantojn", li diris ridante.

Usonano sciigis ke prostituado estas parto de la tradicia azia kulturo. Kaj mezaĝulo kun franca akĉento liveris sociologian analizon pri la signifo de seksturismo en la tajlanda socio.

"Sed ĉu vi mem studas ĝin nur teorie?" demandis Jon.

La amatora sociologo levis la ŝultrojn kaj elblovis aeron inter la lipoj, pruvante sian francecon.

"Mi estas viro, finfine."

Unu viro eble sesdekjara rekomendis elekti inon nek tro junan nek tro aĝan, ĉar la mezaj plej bonas. Alia proponis sin por montri stratetojn iom for de la ĉefa strato, kie oni plu trovas ege junajn knabinojn.

"Aŭ knabojn, se vi preferas. Sed memoru paŝi dise ĝis via hotelo, ĉar la polico lastatempe fariĝis pli severa, se temas pri la plej junaj."

La plej multaj el la viroj esprimis sufiĉe grandan malestimon al la tajoj, precipe al la viroj. Al la virinoj oni havis pli ambiguan sintenon. Fizike oni tre aprezis la tajinojn, sed cetere ne.

"La junaj estas tre pimpaj, kaj ili ege lertas en la lito. Sed ili rapide maljuniĝas."

"Ili bonege seksumas, kompare kun la blankulinoj, sed ne eblas paroli kun ili. Ili komprenas nenion pri io ajn."

Unu viro estis eksplicite rasisma: "Jen subevoluinta raso." Alia opiniis ke "ĉi tie la inoj restas inoj". Aŭdiĝis eĉ la ideo ke "ili estas kvazaŭ infanoj en korpoj de plenkreskaj virinoj".

Mi ne memoras la tutan serion da farangoj, kiuj diversmaniere priskribis kaj motivis sian aĉetadon de seksaj servoj dum sia turista restado en Pattaya. Fakte mi devus spekti la filmon plurfoje. Sed mi ne havis okazon fari tion. Kaj tuj sekvis aliaj scenoj.

Jen Mika, laŭdire sur la strato Walking Street, sed jam en la figuro, kiun mi rekonis el ŝia mesaĝo en Facebook, do ŝminkita, en rivela miniĉemizo, tamen kun longa jupo, sendube por kaŝi la protezon. Kaj nun mi denove rimarkis tion, kion ŝi iam provis klarigi al mi, nome ke por la tajoj ŝi estas farango, eŭropano, sed por la eŭropaj aŭ amerikaj turistoj ŝi estas azianino, kio ĉi-strate signifas ebla partnerino por horo, nokto aŭ semajno. Denove oni uzis kaŝitan kameraon, almenaŭ komence. Pasumantaj turistoj haltas antaŭ ŝi kaj proponas ion. Ŝi respondas, sendube menciante sumon da bahtoj. La viro saltetas. Tro multe, evidente. Li malaperas, kaj iuj aliaj simple plupaŝas, aliaj komencas marĉandi. La kamerao proksimiĝas. Oni aŭdas anglajn nombrovortojn. Unu viro preterpasante pinĉas ŝian mamon kaj pluirante diras angle "tie estas nenio, damne!" De apude aperas virino, kriante angle al Mika ke ŝi foriru. Mika respondas ion taje, kion la subteksto ne tradukis. Estiĝas tumulto, kiu finiĝas en nigro. Eble Jon devis malŝalti la kameraon por savi sian edzinon de diversaj atakantoj, aŭ tio estis filma truko por eksciti la spektantojn.

Sed nun sekvis alia sceno, normale filmata. Jon promenas sola laŭ la strato, dum virinoj senĉese proponas al li siajn servojn kaj alkroĉas sin al li. Jen kaj jen li haltas, demandas pri la prezo, marĉandas kun la inoj kaj fine interkonsentas kun juna virino. Poste li ekpromenas kun ŝi laŭ la strato, dum la kamerao skuate kiel en dana "dogma filmo" sekvas ilin pluen ĝis hotelo, kie ili eniras kaj ŝtuparas supren en ĉambron, evidente sekvataj de la filmanto, kiu devas esti Mika, krom se oni venigis alian kunlaboranton ĝis nun nekonatan. Kaj en la hotela ĉambro Jon kaj la virino senvestigas sin kaj kuŝiĝas surliten. Jon surmetas kondomon en proksimbildo, dum la nuda virino mane ŝirmas sian pubon de la filmanto, pri kies ĉeesto ŝi evidente konscias. Kaj jen komenciĝas aŭtenta koito en seninterrompa filmosekvenco. Jon supre, la tajlandanino sube. Ŝi aktoras iajn voĉajn amorsonojn, supozeble por pli eksciti lin, kaj post tempo, kiu impresas tro longa, li anhelas kaj senmoviĝas. Poste li stariĝas kaj ĵetas la kondomon en rubujon, residiĝas, dum la virino eksidas kaj kolektas siajn vestaĵojn. Sekvas proksimbildo de monbiletoj, transdonataj de granda mano en malgrandan kun longaj ruĝaj ungoj.

Nu, jen evidente la scenoj, kiuj malebligis al la ŝtata televido prezenti la filmon. Almenaŭ iuj el la tiklaj scenoj, pri kiuj oni disputis. Mi rimarkis iom da malkvieto inter la spektantoj en la Kinofilma Instituto.

Sed sekvis pliaj scenoj, pli precize serio da bildoj, kie diverskoloraj monbiletoj kun portreto de unu sama viro, evidente de centoj kaj miloj da bahtoj, pasas de granda mano sen ungolako en malgrandan kun koloraj ungoj. Dume sonas muziko de konataj popularmuzikaĵoj kantataj de inaj voĉoj, ĉi-foje jam anglalingve. Post tio oni denove vidis aviadilon, sed nun ĝi ekflugis de la grundo, kaj sekvis rapida tranĉo al sceno en la jam konata strato kun virinoj, kiuj atendas la sekvan klienton. Ĉio ŝajnis al mi sufiĉe didaktike muntita. Eble eĉ tro, por dokumenta filmo.

La fina sceno supozeble estis kopiita de ia televida novaĵelsendo. Iu tajlanda ministro de mi-ne-scias-kio ridetas kaj diras, se kredi la subtekston:

"Prostituado ne ekzistas en Tajlando, kaj cetere ĝi estas malpermesita. Sed se tajino kaj eksterlanda viro ŝatas unu la alian kaj interkonsentas pri fizika kunestado, mi vidas nenion malbonan en tio."

Sekvis tranĉo al la sama paro kiel komence promenanta sur plaĝo, sed nun filmata de malantaŭe. Ili plupaŝas foren sur la plaĝo, kaj la knabino aspektas nuda kun nuraj ŝnuretoj inter la gluteoj kaj ĉirkaŭ la dorso, dum la postaj tekstoj ruliĝas tra la bildo.

Jen finiĝis la filmo. Sekvis demandoj kaj diskuto. Kaj tiu fariĝis sufiĉe vigla, se ne diri agresa. Fakte la demandoj estis pli multe komentoj kaj akuzoj. Oni parolis pri provoko, ekspluato, ekshibicio kaj tiel plu. Inter tiuj atakoj ja aŭdiĝis kelkaj voĉoj, kiuj laŭdis la filmon kaj volis kolekti nomojn por konvinki la svedan televidon ke oni devas prezenti ĝin. Sed tiuj kvietaj opinioj plimalpli dronis en torento el kritikoj.

Mika estis tiu, kiu klopodis respondi kaj refuti la akuzojn.

"Kompreneble temas pri ekspluato", ŝi koncedis. "Jen la temo de la filmo, kiun ni volas montri senvuale, sen hipokrito. Temas pri koloniismo, aŭ imperiismo, se vi preferas. Pri rasismo kaj seksismo. La filmo titoliĝas *Farangoj*, kaj ĝi temas pri bonstataj eŭropaj kaj usonaj viroj, kiuj ekspluatas malriĉajn virinojn en Azio. Jen la realo. Jen tio, kion ni montras senkaŝe en la filmo."

Oni demandis ŝin, kiel ŝi sentis rigardante kaj filmante sian edzon, kiam tiu koitas kun prostituitino.

"Kiel sentas vi mem, sciante ke viaj konatoj, kolegoj, najbaroj, parencoj faras tion? Jen la demando, kiun vi devus fari. Tiu sceno en la filmo necesas por devigi la spektantojn fari al si ĝuste tiajn demandojn."

"Sed tiel vi mem ja ekspluatas!"

"Certe. Ankaŭ ni estas farangoj. Ni volis montri tion per la diversaj scenoj, ne nur tiu. La seksturismo estas rezulto de la malegalaj rilatoj en la mondo. Inter homoj kaj inter nacioj."

Unu ĵurnalisto asertis ke la filmo temas pli multe pri la geedzoj Langer ol pri Tajlando kaj la seksturismo.

"Kaj via demando temas pri vi", komentis tion Mika. "Ĉio, kion oni faras, temas certagrade pri oni mem. Gravas konscii tion kaj ne ŝajnigi la malon. Eĉ se vi verkus romanon aŭ filmon pri verdaj marsanoj, ĝi fariĝus membiografia; la marsanoj estus vi mem."

Per tiu respondo ŝi rikoltis kelkajn ridojn, sed la etoso plejparte restis skeptika, kaj la ĵurnalisto acide replikis:

"Do ne nomu ĝin dokumenta filmo."

"Ĝi ja estas pli dokumenta ol multaj aliaj, ĉar ĝi ne ŝminkas la realon", replikis Mika.

Post tio ekparolis Jon.

"La filmo dokumentas, kio reale okazas. Ĝi ne estas tia falsa dokumenta filmo, kiu ŝajnigas ke la kamerao kaj la filmantoj ne ekzistas. Ĉiu, kiu filmas la realon, influas ĝin. Necesas elekti por kies bono. Bonvolu atenti ke la skandala decido de la Sveda Televido ne prezenti la filmon temas ne nur pri unu sola sceno. Oni ne kuraĝas montri la scenojn, kie svedaj kaj aliaj viroj parolas libere pri siaj antaŭjuĝoj kaj ekspluatado de tajlandaj virinoj. Oni mendis de ni filmon pri tiu ekspluatado, sed oni ne kuraĝas montri ĝin al la publiko. Sendube oni preferus ekzotisman falsaĵon ol la veron."

La diskuto daŭris longe plu. Iu diris ke facilus maski vizaĝojn kaj iom tranĉi la hotelĉambran scenon, forigante la plej eksplicitajn momentojn, sed Mika kaj Jon rifuzis tiun ideon. Laŭ ili tio estus hipokritado. Ili finis la diskuton per instigo al ĉiuj ĉeestantoj protesti kaj postuli ke la televido ŝanĝu sian decidon. Sed neniu ŝajnis preta organizi kunordigitan agadon tiucele.

Post la fino mi provis trapuŝi min tra la amaso da elirantoj por eble renkonti Mikan persone. Sed mi malsukcesis. Ŝi kaj Jon jam malaperis en la fonon, kaj mi devis foriri same kiel la aliaj spektintoj. Mi piediris en vico el forirantoj tra la aleo de Valhallavägen direkte al la metrostacio Karlaplan. La arboj de la aleo estis nigraj skeletoj en la malluma aŭtuna vespero. Pluraj el la spektintoj ankoraŭ diskutis inter si pri la filmo. Aliaj paŝis unuope, parolante per poŝtelefono aŭ en silento same kiel mi. Paŝante mi pensis ke mi ŝatus fini la vesperon en trinkejo kun Mika, demandante kaj diskutante. Sed tio ja estis nur naiva revo. Ŝi certe ne plu havis tempon nek intereson sidi en trinkejoj kun mi. Jam antaŭ jaroj ŝi eĉ diris ĝuste tion, sed mi ŝajne ne bone komprenis ŝin.

Hejme mi diris nenion pri la okazaĵo. Ankaŭ Regina diris nenion. Estis la plej stranga kaj absurda situacio, ĉar evidente ni ambaŭ pensis pri nenio alia. Mi ja volis paroli pri ĝi, rakonti pri la filmo, sed mi sciis ke ŝi ne pretas aŭskulti. Fakte turmentis min tio ke mi ne povas dividi ĉi tion kun ŝi. Ne mi sed ŝi estis obsedita de Mika, aŭ de la imagata rilato inter Mika kaj mi.

Kompreneble la amaskomunikiloj raportis pri la filmoprezentado kaj la posta diskuto. La ĝenerala impreso estis ke Jon kaj Mika Langer agas kiel provokistoj, kiuj volas nur pozi kaj ŝoki la spektantojn. En Facebook tamen fondiĝis grupo de homoj postulantaj ke la televido prezentu la filmon. Mi kompreneble aliĝis al ĝi, sed baldaŭ ĝi estis tute superŝutata per malamo, akuzoj kaj ĉiaspeca fekaĵo de troloj. Iuj esprimis la plej firmajn kaj ekstremajn opiniojn pri filmo, kiun la plej multaj tute ne spektis. Oni juĝis ion, pri kio oni sciis nenion. Mi verkis sume tri komentojn, en kiuj mi refutis kelkajn stultaĵojn kaj klarigis, kion enhavas la filmo. Sed mi baldaŭ rimarkis ke la troloj kaj aliaj komentantoj tute ne legas komentojn de aliaj. Estis kakofonia koruso el solistoj en diversaj tonaloj aŭ tute senharmoniaj.

La kvara televidkanalo evidente ŝatis informi pri la skandaleto tuŝanta la konkurantan ŝtatan kompanion. Oni faris novan intervjuon kun Jon kaj Mika, en kiu ili ripetis kaj eĉ pli ampleksigis la vidpunktojn, kiujn mi jam konis. Tamen mi apenaŭ eksciis ion novan, krom eble ke ili filmis ne nur en Pattaya sed ankaŭ en la ĉefurbo Bangkoko, kion mi ne komprenis spektante la filmon en la Kinofilma Instituto. Tamen mi zorge rigardis tiun intervjuon fojon post fojo, provante rekoni en ĝi "mian" Mikan. La interparolo inter ĵurnalisto kaj la paro okazis dum promeno en aŭtune malgaja parko, eble laŭ la kanalo de Djurgårdsbrunn. Mi atente observis la paŝadon de Mika por konstati ke la protezo ŝajne ne plu ĝenas ŝin. La piedojn oni vidis nur okaze en vasta bildo de fore, kaj kompreneble ŝi ne surhavis ŝuojn kun alta kalkanumo. Nun Jon ŝajnis al mi sufiĉe aroga, kaj mi demandis min, kia estas ilia amrilato. Ĉu ĝi eltenis la filmadon en Pattaya? Ĉu ŝi plu konservas sian ironian kaj drastan humoron, aŭ ĉu ŝia edzo mortigis ĝin? Ĉu mi iam ajn denove sidos babilante kun ŝi en kafejo aŭ trinkejo?

Sed post kelka tempo la filmo *Farangoj* komencis forgesiĝi pro interveno de aliaj okazaĵoj en la cetera socio. La krizo de rifuĝantoj ŝajne kondukos al drasta ŝanĝo en la politiko de Svedio rilate al la akceptado aŭ rifuzado de azilpetantoj. Denove okazis grandaj teroratakoj en Parizo. En orienta Ukrainio rekomenciĝis la interna milito, en kiu batalis ankaŭ soldatoj el Rusio. Kaj en Sirio la milito de ĉiu kontraŭ ĉiu daŭris ŝajne senfine.

Komenciĝis nova jaro. Ie mi legis aŭ aŭdis ke la Sveda Televido postulas repagon de mono, kiun oni investis en la filmo de Mika kaj Jon Langer. Sed de ili mem aŭdiĝis nenio. La konto de Mika en Facebook estis plena de komentoj afiŝitaj de aliuloj, plej multe kun malamo kaj insultoj, el kiuj pluraj krudaj, sed ankaŭ kelkaj esprimoj de subteno. Mi sendis al ŝi kuraĝigan mesaĝon. Sed Mika mem skribis nenion plu en sia konto, aŭ almenaŭ nenion, kion mi distingis en la rubo.

Kaj la tempo plu pasis. En mia laborejo mi ekhavis pli grandan respondecon ĉe la kreado de novaj urboplanoj. En la oficejo de Lovén Regina plu desegnis, kaj evidente ŝi laboris pli kaj pli sendepende pri apartaj projektoj. Iom post iom ŝi malpliigis sian uzadon de kontraŭdeprima medikamento, laŭ preskribo de la psikiatro. Ŝia alkonstrua desegno de nia domo estis aprobita de la urba oficejo de konstruado, kaj ni povus iam ajn mendi la laboron ĉe la firmao de ŝia patro. En tiu alkonstruado mi tamen ne partoprenos en rolo de helplaboristo, kiel mi faris dum du someroj antaŭ multaj jaroj. Cetere mi ne havus tempon por tio, eĉ se oni dezirus mian helpon. La afero tamen ne staris sur pinto de ponto, kiel eble dirus mia iama instruisto Sara Valtersson, do ni prokrastis la realigon. Dume niaj knabinoj kreskis senĉese kaj komencis pli ol antaŭe toleri unu la alian, kvankam iliaj malsamaj karakteroj restis kaj ofte kaŭzis kunpuŝiĝojn kun plorado de Lova kiel sekvo.

De temp' al tempo mi ankoraŭ guglis, serĉante spuron de Mika, sed dumlonge mi ne eksciis, kion ŝi faras nuntempe. Mi trovis bildojn de pentraĵoj faritaj de iu Mika Hammar, kaj laŭ la stilo mi povus imagi ke ili fakte estas de ŝi. Ĉu ŝi do denove ŝanĝis nomon, ĉu pro nova edziniĝo? Ne, tre verŝajne tio estis tute alia Mika. Fakte mi ne povus vere rekoni ŝian pentradon, precipe ne post tiom da jaroj. Se subite aperus romano de iu Mika Svensson aŭ Berglund, mi eble kredus rekoni ŝian stilon, kvankam mi apenaŭ plu memoris tiun de ŝia *Blankaj porkoj*, kiun mi legis antaŭlonge. Kaj se en tia libro aperus figuro nedecidema, neagema, mi supozeble certus ke li estas mi, kvankam tiaj homoj sendube oftas en la mondo kaj fojfoje aperas ankaŭ en la fikcia literaturo, kvankam la plej multaj legantoj supozeble preferas heroojn energiajn kaj entreprenemajn.

Post longa tempo mi decidis tamen fari provon rakonti al Regina pri la filmo *Farangoj*, kaj ŝia reago estis la atendita.

"Vi devos iam ĉesi pri tiu obsedo. Lasu la pasintecon resti pasinta!"

Pri la filmo mem ŝi do diris nenion. Kaj kion ŝi diru? Ŝi ja ne spektis ĝin, kaj bonŝance ŝi ne estis tia interreta trolo, kiu povas blinde komenti verkon tute nekonatan. Aŭ ĉu tamen? Ŝi senĉese komentis mian neekzistantan rilaton al Mika. Sed, kiel aludis Mika al la ĵurnalisto en la Kinofilma Instituto, tiuj komentoj eble temis ĉefe pri ŝi mem kaj ŝia rilato al mi.

Unu tagon en la tagmeza paŭzo de la laboro mi paŝis tra la centro de Handen, manĝinte en unu el ties picejoj. Mi volis transpasi la straton Eskilsvägen survoje reen al la oficejo, kiam mi preskaŭ koliziis kun virino, kiu puŝis infanĉareton venante el la centra butikaro. Felicia! Jes, estis ŝi. Kun knabeto eble trijara en la ĉaro.

"Ha! Ĉu fakte vi, Fredrik?" ŝi ekkriis.

"Certe! Kaj... Ĉu via infano?"

Por diri sincere, intense okupis mian menson la demando, ĉu tio povas esti *mia* infano, sed rapide kalkulinte mi konkludis ke ne. Vidante ŝin mi ial ekhavis senton ke pasis nur mallonga tempo, de kiam finiĝis nia rilato.

"Jes ja", konfirmis Felicia. "Jen mia Elias. Kiel vi?"

"Nu, tute bone. Mi restas en la planoficejo, kiel antaŭe. Kaj... Nu, ankaŭ mi havas infanojn. Eĉ du. Sed knabinojn."

"Gratulon! Mi havas nur lin, sed tio ja sufiĉas."

"Do... kiel vi?" mi balbutis embarasite. "Oni diris ke vi laboras en la loĝejkompanio de Haninge, ĉu ne?"

"Jes. Sed hodiaŭ mi butikumas kun Elias. Mi plu loĝas samloke kiel antaŭe."

"Aha. Ĉu... Nu, pardonu. Ne gravas."

Ŝi ridetis, eble ironie. Ĉu ŝi komprenis, kion mi scivolas? Se ŝi restas en la sama apartamento ne tre granda, eble ne loĝas tie la patro de ŝia knabeto. Fakte mi miris ke ni dumlonge ne interpuŝiĝis en la antaŭurba centro, se ŝi plu loĝas kaj laboras ĉi-loke. Sed neniu el ni profundiĝis en tiun temon. Anstataŭe ni diris "ĝis revido" kaj plupaŝis ĉiu en sia direkto.

Poste de temp' al tempo mi ne sukcesis forpeli la ideon ke mi povus refoje kontakti ŝin. Tio ja estus facila. Kompreneble ne estis granda ŝanco ke ŝi siaflanke volas denove havi rilaton kun mi. Kaj la risko de komplikaĵoj restus same granda kiel antaŭ... mi devis denove kalkuli: ses jaroj. Do mi plu kovis la ideon, prokrastante ĝian realigon ĝis la emo iom post iom mortiĝis.

Je mia surprizo Mika efektive aperis denove kiel verkisto, tamen ne sub nova familia nomo sed kiel Mika Bunsawat, do same kiel sur la kovrilo de *Blankaj porkoj*. Dum momento mi pensis ke ŝi eble divorcis de Jon Langer. Eble la sceno, kiun ŝi filmis en la tajlanda hotelĉambro, finfine disrompis ilian rilaton. Sed poste mi komprenis ke ŝi tutsimple konservas Bunsawat kiel sian aŭtoran nomon. Kaj eble ŝi esperas eviti parton el la fekaĵlavango, kiun la troloj ĵetis sur Mikan Langer. Mi tamen dubas ke tiuj troloj eĉ rimarkis ŝian novan verkaĵon. Ili kredeble ne multe konas literaturon. Eble eĉ malpli ol mi.

Estis meze de decembro. Unu posttagmezon en mia telefono ekaperis reklammesaĝo de la Sveda Radio, kredeble ĉar la algoritmoj konstatis ke mi de temp' al tempo aŭskultas ĝiajn programojn dum miaj vojaĝoj al kaj de la laborejo – per kapaŭdiloj, kompreneble, por ne ĝeni la kunvojaĝantojn en la trajno. Nun oni anoncis ke aŭskulteblas "kristnaska novelo de Mika Bunsawat".

Mi verŝajne neniam antaŭe aŭskultis kristnaskan novelon, nek legis iun. Mi supozis ke kutime temas pri paco, graco, ĝentilaj infanoj, Jesuo en la kripo de Betleĥemo kaj similaj dolĉaĵoj. Aŭ eble male pri familio, kiu kolektiĝas por tradicia festado sed baldaŭ eniĝas en akran kaj amaran kverelon pri pasintaj maljustaĵoj – do tio, kion oni kutime nomas "Kristnasko de Norén" laŭ la sveda dramisto, kiu konatas pro tiaj scenoj. Verŝajne mi tute eraris, sed jen miaj antaŭjuĝoj. Tamen, se temas pri novelo de Mika, kion ŝi povus verki pri Kristnasko?

La trajno jam proksimiĝis al Sundbyberg, kie mi ŝanĝos al la buso de linio 113 por veni hejmen, ĉar la decembra neĝpluvo ne invitis al biciklado. En la buso neniam estis sufiĉa kvieto por aŭskulti radion, do mi devis prokrasti la aŭskultadon ĝis morgaŭ.

Matene de la sekva tago tuj post la Centra stacidomo, kiam mi ekhavis sidlokon en la vagono, mi ekigis la apon kaj ekaŭdigis la novelon. Voĉlegis ĝin la konata aktoro Claes Malmberg. Ĝi vere komenciĝis kiel mi atendus de kristnaska novelo. Estas frosto kaj neĝo, steloj glimas, kaj aro da vilaĝanoj kolektiĝas en sia preĝejo por frumatena kristnaska meso. Atendante la komencon de la diservo, oni kviete interparolas pri siaj zorgoj kaj ĝojoj en la simpla vilaĝa vivo. Oni interŝanĝas novaĵojn pri hejmoj kaj laboroj, naskiĝoj kaj mortoj, geedziĝoj kaj divorcoj, kaj pri atendataj gefianĉiĝoj en la juna generacio. Oni klaĉas pri la forestantoj, tamen ne tro malice. La etoso ŝajnis al mi ekstertempa aŭ eĉ fabela, kvankam en realisma kadro. Baldaŭ la pastro ekpredikas pri paco, pardonemo, toleremo kaj ke ĉiuj bonaj agoj estos rekompencitaj postmorte en la ĉiela regno. Oni kantas himnon pri la samo. Poste la vilaĝanoj forlasas la preĝejon kaj ekiras hejmen tra la neĝa pejzaĝo. Kelkaj loĝas proksime, aliaj havas pli longan vojon al siaj domoj.

Jen la trajno alproksimiĝis al Handen, kaj mi devis interrompi la aŭskultadon kaj prokrasti ĝin ĝis la posttagmeza revojaĝado. Mi laboris pri nova plano en parto de la marborda vilaĝo Dalarö, kie multaj el la domposedantoj volis pliampleksigi siajn proprajn domojn sed tute ne ŝatis ke la municipo planas konstrui novan infanvartejon. Iel tiu ĝenos la jamajn loĝantojn kaj posedantojn de somerdomoj, kiuj mem ne havas nek havos infanetojn. Aliaj loĝantoj pli junaj male jam delonge postulis novan vartejon, sed en ĉi tiu kvartalo ili estis malplimulto. Ekzistis aro da fortaj opinioj el diversaj vidpunktoj, ofte de homoj, kiuj kutimis ke oni aŭskultas kaj respektas ĉion, kion ili diras. La vilaĝo origine estis loĝata de fiŝistoj kaj maristoj, sed fine de la deknaŭa jarcento ĝi fariĝis populara somerumejo, precipe de artistoj. Hodiaŭ ĝi estis antaŭurbo de homoj bonstataj aŭ eĉ riĉaj. Do, preskaŭ certe oni poste plendos pri la plano apelacie al la gubernia instanco.

Posttagmeze mi daŭrigis aŭskulti la novelon. Ĝis tiam ĝi estis iom tro etburĝe idilia por mia gusto, sed mi sentis ke kuŝas io maltrankviliga sub la sukerita idilio. Kaj mi pravis. Kiam la vilaĝanoj atingas siajn hejmojn, ili konstatas ke aro da aliaj homoj jam transprenis la bienojn kaj ekloĝis en la domoj. La novaj sinjoroj estas altaj kaj blondaj; la malnovaj vilaĝanoj estas pli malaltaj kaj nigraharaj. La malnovuloj, kiuj perdis siajn hejmojn, devas ekloĝi en la staloj kun la bestoj aŭ tute forlasi la vilaĝon kaj bivaki en la arbaro. Kelkaj junuloj volas repreni sian posedaĵon perforte, sed la novaj sinjoroj estas pli potencaj kaj forpelas ne nur la ribelantojn sed ankaŭ iliajn familianojn. Do la plej multaj rezignas; ili memoras la vortojn de la pastro pri paco kaj restas en la staloj, laborante kiel servistoj aŭ sklavoj de la uzurpantoj. Kaj post unu jaro, en la sekva Kristnasko, naskiĝas en unu el tiuj staloj eta bebo, kiun la patrino metas en kripon, kiam la nova sinjoro de la bieno ordonas al ŝi eliri por nutri la porkojn. Kaj tie kuŝas la postlasita infano, kriante pro malsato, dum ĝia patrino priservas la porkojn de la mastroj.

Jen finiĝis la kristnaska novelo de Mika. Kio estonte okazos al la krianta bebo en la kripo, la aŭskultanto devis mem imagi. Mi certe rekonis ŝian stilon kaj temaron. Iel mi trovis la verkon iom tro evidenta por mia gusto, sed mi konsciis ke mi povas erari. Eble ja necesas paroli tre laŭte kaj klare por esti aŭdata en la bruo de monologaj voĉoj. Ĉiuokaze mi tre ĝojis pro ĉi tiu pruvo ke ŝi plu vivas kaj kreas. Mi bedaŭris ke mi ne havos okazon renkonti ŝin, diskuti ŝian novelon kaj babili pri malnovaj memoroj. Sed mi esperis ke ŝi ne trovas min tia homo, kiel la uzurpantoj en ŝia kristnaska novelo. Kompreneble mi ne estas unu el la ribelantoj, kvankam mi ne ŝatus rigardi min kiel sklavon.

Tiu iomete edifa rakonto tamen efektive ne estis ŝia lasta kreaĵo. Baldaŭ eksplodis nova skandaleto. Sed unue komenciĝis nova jaro. Donald Trump ekregis Usonon kaj komencis per malpermeso al civitanoj de sep mezorientaj landoj eniri Usonon. Pli proksime al mi la parlamento de Britio decidis eksiĝi el la Eŭropa Unio. Kaj sendube aliaj absurdaĵoj sekvos. Mi simple esperis ke ili ne tro proksime tuŝos min kaj mian familion. Jen eble malvaste egoisma vidpunkto, sed mi supozas ke ĉiuj sentas tiel.

Unu vendredan vesperon meze de marto mi sidis trankvile en mia hejma laborĉambro, rulumante diversaĵojn sur la ekrano de mia telefono, dum Regina enlitigis la knabinojn. Tiam frapis min la novaĵo ke sveda pentristino estas mortpafita dum la malfermo de ekspozicio en stokholma galerio. Oni ne malkaŝis ŝian nomon sed menciis ke ŝi jam antaŭe estis enmiksita en konflikton pri dokumenta filmo.

Mia koro preskaŭ haltis. Ĉu Mika estas murdita?! Mi febre rulumis por trovi pliajn informojn. Aliloke oni skribis ke la artistino estas vundita kaj portita al hospitalo, sed ŝia medicina stato estas nekonata. La tempo pasadis, sed mi ne povis demeti la telefonon. Regina revenis el la ĉambro de la knabinoj. Ŝi demandis, ĉu ni trinku glason da vino antaŭ ol enlitiĝi, kio estis evidenta invito, sed mi neniel respondis, kaj ŝi retiriĝis.

Mi ne sciis kion kredi. La informoj el diversaj fontoj tiel diverĝis, kaj kiujn el ili mi do konsideru pli kredindaj? Unuafoje en longa tempo mi eniris la konton de Mika en Facebook. Jam delonge aperis tie nenio de ŝi mem, sed aliuloj jam enskribis mesaĝojn de malamo: "Bone ke oni finfine silentigis la putinon" kaj aliaj.

Kiam mi fine enlitiĝis, Regina jam dormis profunde, sed mi ne povis estingi la pensojn, kiuj zigzagis tra la kapo. Kio okazis al Mika? Ĉu ŝi mortis, vundiĝis aŭ estas sekura kaj sana? Ĉu ŝi fariĝis viktimo de frenezulo? Kaj kion do faris tiu damna filmisto, ŝia edzo? Ĉu eble la pafinto estas li? Aŭ kiu alia pafis? Pri kio temas la afero? Ĉu dramo de ĵaluzo? Aŭ interreta trolo transiris de vortoj al kugloj? Mia febra cerbo produktis unu absurdan klarigon post la alia.

Iam dum la nokto mi evidente endormiĝis, ĉar sabate matene mi vekiĝis je la sepa, kiam Hanna grimpis sur min kaj mane malfermis miajn palpebrojn.

"Vekiĝu, Paĉjo! Ni iros al la vartejo! Mi ludos kun Viki!"

Vartejo? mi pensis. Ĉu mi devas labori, kvankam mi preskaŭ neniom dormis?

"Ĉesu, Hanna", tiam dormeme murmuris Regina. "Estas sabato hodiaŭ. Ni estas liberaj."

"Sed mi volas ludi kun Viki!"

"Kompreneble", mi balbutis kun sablo en la buŝo. "Sed atendu. Trankviliĝu. Viki certe ankoraŭ dormas. Unue ni matenmanĝos."

"Mi volas ĉokolakton!"

"En ordo. Mi faros ĉokoladon. Sed lasu min unue vekiĝi."

Nun aperis ankaŭ Lova, anoncante ke ŝi volas spekti "fegofimon", tio estas desegnofilmon. Per tio komenciĝis nia libera tago, kiu kun du knabinetoj ne estis ege libera. Sed baldaŭ reviviĝis en mia kapo la demando, kio hieraŭ okazis al Mika.

Dumtage mi de temp' al tempo serĉis informojn pri la pafado en la art-galerio, sed nur vespere mi povis pli zorge esplori la novaĵojn. Nun oni dementis la tutan dramon. Ĝi estas blago! Nu, ŝajne ja okazis io. La pafo tamen estis nur ŝajnigo, kaj la pentristino ne estas vundita. La tuta afero eble estis arta performanco aŭ kreado de fikcia dokumenta filmo de la pentristino kaj ŝia edzo, la konataj provokistoj Mika kaj Jon Langer, kaj nun atendas ilin jura proceso pro falsa akuzo.

Iel ankaŭ Regina eksciis ion pri la afero.

"Ŝajne via amikino denove distingiĝis."

Devas esti ia grava blokiĝo en la menso de Regina, ĉar ŝi neniam kapablas prononci la nomon de Mika, kvankam ŝi bone konas ĝin, mi pensis. Sed mi ne diris tion.

"Mi ne komprenas, kio okazis. Espereble ŝi estas sekura."

"Mi pli esperas ke *ni* estas sekuraj."

Mi rigardis ŝin por esplori, ĉu ŝi estas sarkasma, maltrankvila aŭ havas alian animstaton. Sed ŝia mieno estis la ordinara, serioza kaj zorgema.

"Ne necesos timi", mi diris kaj retiriĝis en la laborĉambron.

Mi sidiĝis ĉe mia skribtablo sub la portreto, kiun Regina pentris de mi en nia unua somero kune. Sed ĉi-foje ŝi postsekvis min.

"Forgesu ŝin finfine! Sendube ŝi estas freneza, sed ne lasu ŝin frenezigi ankaŭ vin!"

Mi suspiris.

"Ne timu. Tio ne okazos. Mi ne freneziĝos, nek vi, espereble."

Tio ja estis iom malafabla respondo, se konsideri ŝiajn antaŭajn psikajn problemojn, sed ĝi efikis. Ŝi turnis sin kaj reiris en la salonon, tiel ke mi povis ekserĉi novaĵojn pri la pafado. Ĉu oni pravas, nomante ĝin arta performanco? Aŭ ĉu ekzistas alia klarigo? Mi tamen trovis nenion, kio povis rektigi la demandosignojn.

Dimanĉe ni tagmanĝis ĉe la bogepatroj kaj poste faris promenon tra Äppelviken en la marta sunbrilo kaj varmeta brizo. Ni elektis piediri kun la knabinoj al proksima ludejo en Mälarparken. Ĝi havis kelkajn ludilojn ne bonege konatajn al ili, kiuj distris ilin sufiĉe longe. Por ne tro inciti Reginan mi evitis rigardi mian telefonon sed okupiĝis ludante kun Hanna kaj Lova.

Vespere finfine la pafa afero pliklariĝis. Efektive Mika ne estas vundita. Ĉio estis ŝajnigo, ia skeĉo por veki plian atenton al la malfermo de ŝia arta ekspozicio en la galerio Fredman ĉe Bellmansgatan en la Suda kvartalo. Sed evidente la ĉeestantoj supozis ke okazas vera murdatenco, do oni alvokis ambulancon kaj policon. Kaj efektive Jon Langer filmis la tutan okazaĵon.

La lundo estis ordinara labortago. Ĉi-semajne estis mia tasko matene lasi la knabinojn en la vartejo, post kio mi veturis al la laboro. Dumtage mi povis pli informiĝi pri la pafado aŭ arta performanco, kaj posttagmeze mi ne iris rekte hejmen sed mesaĝis al Regina ke mi devas kromlabori. Sed vere mi eltrajniĝis en la Suda stacio por viziti la galerion Fredman, kiu laŭ sia retpaĝo estas malfermita.

Evidente mi ne estis la sola, kiun allogis la bizaraj novaĵoj. Ĉe la pordo de la galerio staris sekurec-gardisto, kaj ene la lokalo estis sufiĉe plena de homoj. La deĵoranto – alta maldikulo kun barbeto - devis senĉese respondi demandojn de scivolantoj pri la okazinta dramo, sed ne tiom pri la arto.

Surmure pendis dudeko da akrilfarbaj pentraĵoj evidente faritaj de Mika. Ili prezentis groteskajn virajn figurojn, kiuj minacis aŭ molestis etajn nudulinojn kun nigraj rektaj haroj. Kelkaj el la virinoj aspektis sendifektaj, sed al aliaj mankis jen kruro, jen brako, jen eĉ la kapo. Sango fluis el iuj puboj, kaj ĉe kelkaj el la viraj monstroj ŝprucis spermo el gigantaj penisoj. Ĉio estis brutala kaj makabra kaj evidente rilatis al la sama temo kiel la fifama dokumenta filmo de Jon kaj Mika. La koloroj plejparte estis okulŝiraj, verdflavaj, puncaj, oranĝaj, brunaj, vinruĝaj, ofte en akre kontrastaj kombinoj. La formoj de la viraj figuroj estis plumpaj, dum la inoj estis pli delikataj kvankam ofte kriplaj. La fono plej ofte estis malluma kun nur aluditaj litoj kaj aliaj mebloj. En kvar aŭ kvin el la bildoj aperis parolvezikoj, kiuj memorigis al mi ŝiajn bildostriojn en la iama lerneja gazeto. Sed ĉi tie ili enhavis unuvortajn diraĵojn de la viraj figuroj: *fikiĝu, piĉen, glutu* kaj similajn.

Ĉe pluraj el la pentraĵoj jam sidis eta ruĝa marko por montri ke ĝi estas aĉetita. Mi studis la bildojn kaj rapide decidiĝis. Unu negranda pentraĵo prezentis duonon de figuro kun grandaj verdbrunaj dorso kaj postaĵo, kaj kun brako kaj mano, kies serpentosimilaj akre verdaj fingroj minacis etan kuŝantan virinon kun nigra hararo, ronda vizaĝo, ruĝega buŝo, kiu ŝajnis krianta pro angoro, kaj same ruĝa vulvo en formo de tranĉvundo sur la pubo. La eta figuro havis nur unu kruron, kaj ial la manoj sidis senpere sur la ŝultroj. La prezo estis naŭ mil kronoj, kaj mi rapidis rezervi kaj pagi ĝin. Kiam la ruĝa marko jam sidis apud ĝi, mi rondiris ankoraŭfoje inter la aliaj artamantoj aŭ eble sensaciserĉantoj, pensante ke Mika almenaŭ povos estonte bone manĝi kaj espereble ankaŭ plenumi la punpagon pro sia falsa akuzo, se oni juĝos ke ŝi kulpis tian. Poste mi forlasis la galerion, piediris al Slussen kaj metrois hejmen, pensante ke kiam mi alportos la pentraĵon post du semajnoj, mi devos inventi klarigon. Mi planis pendigi ĝin en mia laborĉambro, sed mi ne povos malpermesi al Regina eniri tien.

Mi sendis mesaĝojn diversmaniere al Mika, esperante ke ŝi bonfartas. Sed tre verŝajne neniu el ili efektive atingis ŝin. Supozeble ŝi devis akiri novajn kontojn por eviti la torenton de malamo. Intertempe mi legis noticon, laŭ kiu ankoraŭ ne estas decidite, ĉu iu estos akuzata en tribunalo pro la blago. La homoj, kiuj alvokis policon kaj ambulancon, ja agis bonafide, kaj la viro, kiu ŝajnpafis, ne estis retrovita. Laŭdire li estis artista kolego, al kiu oni taskis realigi la makabran skeĉon. La prokuroro tamen plu esploras, ĉu eblos pruvi delikton fare de la geedzoj. Se jes, verŝajne temos pri akuzo pro trompa agado aŭ falsa alarmo.

Post plua semajno la afero tamen estis pli-malpli forgesita en la amaskomunikiloj. Tiam Jon Langer publikigis sian filmeton de la okazaĵo en Youtube. Senhezite mi uzis la unuan eblan okazon por spekti ĝin.

Komence oni montris kelkajn el la pentraĵoj, kaj Mika parolis pri tio ke ili prezentas la koloniisman kaj seksisman sintenon de okcidentaj viroj rilate al la oriento ĝenerale kaj precipe al ties virinoj. Estis proksimume la samaj klarigoj kiel ĉe la prezentado en la Kinofilma Instituto antaŭ pli ol jaro. La kamerao krome enfokusigis kelkajn el la gastoj ĉe la ekspozicia malfermo. Ili estis plejparte mezaĝaj virinoj en zorgaj vestoj kaj hararanĝoj, kiuj trinketis blankan vinon kaj gustumis delikatajn sandviĉetojn.

Subite viro kun ĉapo kaj sunokulvitroj envenas de la strato. Li paŝas rekte al Mika, krias ke ŝi detruis lian vivon, elpoŝigas pistolon kaj pafas. Mika premas manon al la ventro kaj kolapsas sur la plankon. Sub ŝi disvastiĝas flako el sango. La viro kuras elen sur la straton, la ĉeestantoj krias kaj ŝajne panikas. Iu kaŭras ĉe la senmova korpo de Mika. Post tranĉo en la filmo alvenas ambulancistoj kun brankardo. Ili okupiĝas pri Mika, kaj fine estas nova tranĉo al kelkaj el la pentraĵoj kun perfortuloj kaj inaj viktimoj. Do oni ne vidis, ĉu la ambulanco fakte portis ŝin hospitalen, aŭ oni malkaŝis la blufon jam en la galerio. Nun, kiam mi sciis ke ĉio estas ŝajnigo, kaj ke la ruĝa flako konsistas el "filmosango" aĉetebla interrete, mi trovis ĉion iomete teatreca. Sed mi ne ŝatus esti inter la ĉeestantoj en la galerio dum tiu ekspozicia malfermo.

Sub la filmo en Youtube jam aperis aro da komentoj. Eble du trionoj estis esprimoj de malamo de la speco "venontfoje uzu veran pafilon", sed triono estis pli pozitivaj reagoj. "Jen finfine io nova en la nuntempa arto", skribis unu persono; mi ne certas ĉu serioze aŭ ironie.

Post ankoraŭ unu semajno mi revizitis la galerion Fredman por preni la aĉetitan bildon. En la lokalo estis kelkaj aliaj klientoj, sed mi tuj ekvidis ke fone staras Mika, pakante aron da pentraĵoj en grandan keston. Evidente oni malgraŭ ĉio ne sukcesis vendi ĉiujn. Mi tuj rekonis ŝian dorson kaj la manieron moviĝi, kvankam la nigraj haroj jam estis pli longaj kaj ligitaj en ponevoston. Ankaŭ ŝia voĉo kaj la dialekto restis samaj, kaj ŝajnis al mi ke ŝi kverelas kun la galeriisto. Mi iris ĝis ŝi kaj tuŝetis ŝian ŝultron.

"Saluton, Mika! Jam pasis sufiĉe da tempo, ĉu ne?"

Ŝi silentiĝis, rektiĝis kaj turnis sin. Dum terura momento mi pensis ke ŝi ne rekonas min aŭ eble petos min ne ĝeni ŝin. Sed poste ŝia malkontenta mieno ŝanĝiĝis en gajan rideton.

"Damne, Fred! Ĉu eĉ vi trovis la vojon tien ĉi? Vi tamen ne intencas aĉeti ion, mi supozas."

"Jam farite. La jenan."

Mi montris mian bildon, kiu subite ŝajnis al mi tro malgranda.

"Ha, bona elekto!"

Ni rigardis unu la alian dum kelkaj sekundoj, kaj la galeriisto uzis la okazon por retiriĝi ien.

"Mi ĝojas ke tiu pafo ne estis reala", mi diris sufiĉe stulte.

Ŝi faris grimacon.

"Aĉ! Ĉu eĉ tion vi vidis. Tiu melodramo estis ideo de Jon. Sed kion fari? Necesas allogi klientojn. La arto estas damna prostituado."

Mi miris pro ŝiaj vortoj, kiuj memorigis al mi la iamajn kliŝojn pri putinoj kaj kaŝa bordelo. Stultaĵo, mi pensis.

"Do vi restas paro, tiu Jon kaj vi, ĉu?"

"Kompreneble. Nu, pli-malpli. Iom nepara paro. Sed kiu alia do eltenus tian ĉi kriplulon? Vi mem ne tolerus min dum pli ol semajno, mi certas. Cetere, ĉu vi plu vivas kun tiu severa... Regina, ĉu?"

Mi ne kapablis respondi tuj. La ideo ke mi povus kunvivi kun Mika, eĉ se nur dum semajno, estis tro animskua.

"Aŭ ĉu mi fuŝis ŝian nomon?" ŝi diris, supozeble miskomprenante mian heziton. "Eble vi jam forgesis ŝin..."

Mi revenis al la reala mondo.

"Tute ne. Regina kaj mi estas geedzoj kaj havas du filinojn."

"Damne! Nu, tio ja estas logika. Mi povus antaŭdiri tion, vidante ŝin en via hejmo. Aŭ vin en ŝia hejmo. Sed kion ŝi diros, kiam vi alportos mian ŝmiraĵon? Ĉu ŝi toleros ĝin? Aŭ ĉu vi tenos ĝin en sekreta loko?"

Mi kapneis.

"Ŝi ne decidas, kion mi pendigos sur la muron."

Mika ekridis.

"Bone. Nu, eble mi misjuĝis ŝin. Se ŝi kunvivas kun vi, ŝi certe estas bonega ino."

Mi denove rigardis ŝin en silento. La vizaĝo jam havis iom da faltoj, nun ŝajnis al mi. Eble lacigis ŝin la laboro pri la nevenditaj bildoj, aŭ la disputo kun la galeriisto. Sur ŝia dekstra brako mi vidis tatuaĵon, ian tekston skribitan per la tajaj literoj, kiujn mi iam trovis similaj al vermoj.

"Ĉu la prokuroro jam decidis ĉu akuzi vin aŭ ne?" mi demandis eble tro abrupte.

Ŝi tamen ne koleris sed ridetis ironie.

"Jes ja. Pro falsa alarmo, kvankam ja nek mi nek Jon alvokis helpon."

"Kian punon vi do riskas?"

"Teorie malliberigon, sed praktike nur punpagon, laŭdire. Tio estos nova reklamo, sed iom malfrue, ĉar la galeriisto ne volas plu vendi miajn artaĵojn."

Estiĝis paŭzo.

"Mika", mi poste diris. "Ĉu ni povus denove rendevui iuvespere? En trinkejo aŭ kafejo? Ja pasis tiom da tempo..."

Ŝi ridetis pale.

"Aŭ hejme", mi aldonis. "Ĉe ni aŭ ĉe vi. Aŭ aliloke, ie ajn."

Mi mem aŭdis, kiel patose mi sonas. Preskaŭ senespere. Ial mi subite ekpensis pri la budhisma templo, kie ŝi iam volis aranĝi memoran ceremonion. Eble ŝi efektive ja plenumis ĝin, sen mia helpo por veni tien. Ĉiuokaze estus stulte nun mencii tiun ideon.

"Aŭskultu, Fred", ŝi diris, rigardante min per okuloj sufiĉe malgajaj. "Iam vi kelkfoje helpis kaj subtenis min. Mi ne sufiĉe dankis pro tio."

"Tute ne dankindas. Mi faris tion, ĉar mi volis."

"Mi scias, sed mi fakte estas tre danka. La problemo estas ke mi povas nenion fari por vi reciproke."

"Ne necesas reciproki."

"Tamen ja necesus, sed ne eblas. Kaj krome mi ĉiam rimarkas ke vi volas ion plian de mi. Kredu min, Fred. Se mi povus, mi volonte farus ion, sed mi ne kapablas fari al vi komplezon."

"Nu, mi nenion atendas. Krom ĉi tio."

Mi denove montris al ŝi la pentraĵon, kiun mi aĉetis.

"Kaj krom la eblo kelkfoje aŭskulti aŭ legi ion, kion vi verkis", mi aldonis, farante klopodon rideti.

Ŝi suspiris.

"Ni ambaŭ scias ke tio ne estas ĉio. Kaj verŝajne ankaŭ via edzino konscias tion."

Mi ne komprenis, kiel ŝi povas imagi, kion pensas Regina. Sed sendube ŝi ja pravis.

"Tutsimple iam plaĉis al mi renkonti vin de temp' al tempo", mi respondis.

Ŝi rigardis min senvorte, kaj dum kelka tempo ni ambaŭ silentis.

"Kaj mi eĉ supozas ke tio plaĉis ankaŭ al vi", mi fine aldonis.

"Certe, sed..."

Ŝi ne finis la frazon sed rekomencis paki bildojn. Mi prenis mian kadritan pentraĵon enmane, rigardis ŝin dum momento kaj faris paŝon direkte al la pordo.

"Do ĝis revido, Mika."

Ŝi levis la kapon kaj rigardis min penseme. Poste ŝi haltigis min per nova diraĵo.

"Se vi havus tempon, vi ja povus helpi min ankoraŭfoje. Necesos porti tiun ĉi keston al kaj de la aŭto."

Mi ĝoje haltis.

"Kompreneble!"

"Ĉi-foje vi tamen ne devos porti min", ŝi aldonis kun ironia rideto.

Ankaŭ mi ridetis je la memoro kaj restis en la galerio. Mi eĉ alportis al ŝi la du lastajn nevenditajn bildojn kaj rigardis ŝin paki ilin. Dume ŝi denove interŝanĝis kelkajn vortojn pri mono kun la galeriisto. Poste mi portis la pezan keston el la lokalo kaj kelkajn metrojn plu laŭ la strato, dum ŝi tenis mian bildeton enmane.

"Jen", ŝi diris, montrante al pluruza Volkswagen parkumita stratrande.

Ŝi malfermis ĝian malantaŭan klapon kaj ŝovis kelkajn aferojn flanken, tiel ke mi povis loki la keston tie. Kaj baldaŭ ni veturis laŭ Hornsgatan okcidenten. La aŭto havis aŭtomatan transmision, kaj evidente ŝi akcelis kaj bremsis per la maldekstra piedo, ne per la protezo.

"Kie vi loĝas?" mi demandis.

"En Liljeholmen. Kaj vi?"

"En Ängby."

"Ha. Tio estas en Bromma, ĉu ne?"

"Proksimume."

"Nu, Jon elektis pasigi tiun ĉi semajnon kun siaj infanoj en Malmö. Do mi havas bonŝancon ke vi povas esti lia anstataŭanto."

"Ĉu li havas infanojn?" mi diris sufiĉe stulte, surprizite de ŝiaj vortoj.

"Jes. Duopon. Knabinon kaj knabon. La patrino estas aktorino en la teatro de Malmö."

Mi ne komentis tion sed meditis pri ŝia vortelekto "anstataŭanto", ĝis ni alvenis antaŭ malnova brika konstruaĵo avare lumigata de unu stratlampo. Certe ĝi iam estis ia laborejo. Apude staris kaduka konstruaĵo el nigra fero. Entute la kvartalo impresis duone forgesite.

"Jen nia palaco."

Do mi refoje portis la keston tra la stratpordo, supren laŭ ŝtuparo kaj plu en vastan ejon.

"Jen mia ateliero. Vi povas meti ĝin en tiun angulon. La loĝejo estas sube. Ĉu vi trinkos glason da biero antaŭ ol hejmeniri?"

"Volonte."

Ni subeniris; ŝi alportis du bierojn kaj ni sidiĝis sur malnovan pufan sofon.

"Ĉu liaj infanoj ne venas ĉi tien?"

"Iufoje jes. Sed la patrino ankoraŭ ne permesas al ili vojaĝi solaj. Krome mi pensas ke li ŝatas renkonti sian eksulinon."

"Ha."

Mi ja scivolis pri la rilato inter Mika kaj Jon, sed ne eblis demandi pri tio. Tiam ŝi prenis gluton da biero kaj klinis sin al mi, tiel ke ŝiaj haroj tiklis al mi la nazon. Mi miris, ne komprenante, kion ŝi celas. Ŝi turnis la kapon kaj spiris enen kaj elen ĉe mia kolo. Mi metis la brakon ĉirkaŭ ŝin kaj glatumis ŝian maldekstran mamon, atendante ke ŝi forpuŝos min aŭ ĵetos min sur la plankon. Sed tio ne okazis.

"Ni povas kuŝiĝi sur la liton, se vi volas", ŝi diris.

Mi preskaŭ glaciiĝis pro surprizo.

"Ĉu vi mokas min?"

"Ne, Fred. Mi neniam mokas vin. Sed estos nur unufoje. Tion vi komprenas, ĉu ne?"

Mi tamen daŭre ne sciis kion pensi kaj diri. Tiam ŝi stariĝis kaj prenis mian brakon.

"Venu."

Kaj mi paŝis post ŝi en la dormoĉambron kiel ŝafo post paŝtisto. Aŭ eble kiel buĉota besto.

Ŝi demetis la pantalonon.

"Ĉu kun aŭ sen protezo?"

Mi plu restis muta.

"Pardonu", ŝi daŭrigis. "Tio estis ŝerco."

Ŝi malligis la rimenojn kaj forigis la protezon. Poste ŝi demetis la bluzon kaj kalsoneton kaj kuŝiĝis surdorse sur la liton. Mi rapidis senvestigi min kaj kuŝiĝis apud ŝi kiel en sonĝo. Kaj poste mi komencis karesi ŝian korpon. Milfoje antaŭe mi ja faris tion en la imagoj, eĉ dum jardekoj, kaj nun reale. Se ĉi tio efektive estis realo. Mi apenaŭ povis kredi tion. Tamen mi ja glatumis ŝiajn etajn mamojn, kiuj platiĝis, ĉar ŝi kuŝis surdorse, la glatan ventron kun eta strio da nigraj haroj super la vulvo, la sveltan maldekstran femuron. La stumpon mi ne kuraĝis tuŝi. Ŝi odoris iomete je ŝvito, kaj supozeble mi same, pro la ĵusa portado de la peza kesto. Subite revenis al mi la memoro pri ŝia sinteza frambodoro en la elementa lernejo antaŭ proksimume du jardekoj.

"Mi eble ne estas sufiĉe malseka", ŝi diris post kelka tempo. "Sed atendu..."

Kaj ŝi metis la manon antaŭ la buŝon, kraĉis dufoje kaj poste lubrikis sian piĉon per la salivo.

"Nun sendube jam eblas", ŝi diris en tono sufiĉe afereca.

Poste mi kuŝis denove apud ŝi anhelante, ŝvita kaj konsternita.

"Vi ne orgasmis, ĉu?" mi flustris.

"Ne gravas."

"Mi provu leki vin."

"Ne, mi ne volas tion. Estas en ordo."

"Pardonu, mi devus demandi antaŭe, sed ĉio okazis tiel rapide. Tamen supozeble vi uzas ian kontraŭkoncipilon, ĉu ne?"

"Fakte ne. Jon farigis vazektomion post la naskiĝo de la filo. Do kun li mi ne bezonas protekti min. Sed ne gravas."

Mi konsterniĝis.

"Ho! Diable! Ĉu li steriligis sin!? Sed tio ja signifas ke vi ne povos havi infanon!"

Mi volis aldoni "kun li", sed mi katenis mian langon en la buŝo.

"Ne gravas. Ĉu vi povas imagi min patrino?"

"Kial ne? Sed do ni akiru morgaŭan pilolon. Mi povos aĉeti."

"Ne zorgu. Mi mem faros."

"Tamen mi ŝatus fari tion. Aŭ almenaŭ pagi ĝin."

Ŝi ekridis.

"Vi volas pagi?"

"La pilolon!"

Ŝi rigardis min kun ironia rideto, ŝajnis al mi en la malforta lumo.

"Ne necesas pagi. Vi jam aĉetis la pentraĵon. Tio sufiĉas."

Mi ne tre ŝatis ŝian manieron paroli pri pago kaj aĉeto, sed verŝajne tio denove estis ŝerco. Gravis ĉefe ke ŝi glutos tian pilolon.

"Kaj nun mi veturigos vin hejmen al via Ängby", ŝi diris.

Dum momento mi pensis ke ŝi intencas prezenti sin ĉe Regina por kaŭzi skandalon, sed tio estis nur stulta ideo.

"Ne necesas. Mi veturos trame kaj metroe."

"Certe ne. Mi ŝuldas liveri vin al via laŭleĝa edzino, post kiam mi tiel terure delogis vin. Do rapidu duŝi vin kaj revestiĝu."

Kaj ŝi efektive remetis la protezon, vestis sin kaj veturigis min laŭ la pontoj trans la diversajn kolojn de la lago Mälaren. Sur la lasta, la alta arko-ponto de Traneberg, ŝi ripetis:

"Memoru ke tio ĉi estis nur unufoja afero, mi petas."

Mi kapjesis.

"Kaj vi devos ne forgesi morgaŭ akiri pilolon."

Ŝi ridetis.

"Ne timu. Bonvolu averti, kie mi devas turni nin, ĉar mi ne konas tiujn ĉi etburĝajn kvartalojn. Kaj haltigu min iom antaŭ via domo, por ke la edzino ne rimarku la aŭton."

Post tiu travivaĵo mi longe sentis ian paralizon aŭ narkotiĝon. Mi ja sciis ke tio okazis reale, tamen mi ne vere sentis tion. La tuta afero ŝajnis sonĝo aŭ halucino. Mi ne ŝatis ŝian ŝercadon pri pago, kaj mi bedaŭris ke mi ne sukcesis doni al ŝi orgasmon. Sed iel mi sentis ke ŝi eĉ mem ne volis sperti tion. Ŝi rifuzis mian proponon frandzi ŝin. Kaj nur poste mi ekkonsciis ke ni neniam kisis unu la alian. Kion tio signifis?

Ĉu mi povis fidi ke ŝi efektive akiris kaj glutis la protektan pilolon? Aŭ ĉu post kelkaj jaroj mi kunpuŝiĝos kun ŝi sur strato kaj konstatos ke ŝi puŝas infanĉareton? Ne, kompreneble ne. Kial ŝi agus tiel? Sed aliflanke, se Jon ne povas doni al ŝi idon, kial ne? Ŝi estas samaĝa kiel mi, do jen eble okazo, kiun ŝi volas uzi antaŭ ol ŝi estos pli aĝa kaj malpli fekunda. Eble tion ŝi aludis, parolante pri anstataŭanto de Jon. Tiuokaze ŝi tamen devus esti preta seksumi kun mi pli ol unufoje por certigi la efikon. Eĉ se ŝi tute certus pri sia tago de ovolado, ŝi ne povus kalkuli je tuja trafo, mi rezonis. Sed kompreneble mi konsciis ke mi nur fantazias, preskaŭ deliras.

Fakte mi longe poste cerbumis, kial ŝi entute amoris kun mi. Ĉu ŝi efektive sentis seksan deziron? Tamen ŝi evidente ne multe ĝuis kaj eĉ ne klopodis por sperti orgasmon. Ĉu por meti finon al nia longa ne-rilato? Aŭ por venĝi sin kontraŭ Jon, kiu vizitas siajn eksulinon kaj infanojn? Aŭ por danki min, ĉar mi portis ŝiajn pentraĵojn kaj iam faris aliajn servojn? Aŭ male por liberigi min de tio, kion Regina nomas mia obsedo? Eble tamen ne ekzistis specifa kaŭzo, sed tio okazis nur pro kaprica impulso. Eble ŝi imagis ke mi montriĝos majstra amoranto, sed mi ne plenumis ŝian esperon.

Dume, mi ne demandis min, kial mi mem akceptis ŝian inviton. La eblo rifuzi ĝin simple ne aperis en mia kapo, aŭ kiu ajn parto de mi decidis kiel reagi en tiu momento. Nek tiam nek poste. Iam ŝi nomis min ĝentlemano, verŝajne duone ironie, sed mi vere ne povus diri, ĉu estus pli ĝentlemane akcepti aŭ rifuzi ŝin. Nu, tio ja tute ne gravis. Gravis ke tiumomente mi deziris ŝin. Fakte mi ja dezirus penetri ne nur ŝian korpon. Sed la cetera parto de ŝi, ĉu nomi ĝin animo aŭ kio ajn, restis ekster mia atingopovo.

Jam en la sekva tago mi pendigis la aĉetitan pentraĵon surmuren en mia laborĉambro apud la portreton, kiun Regina pentris de mi antaŭ jaroj. Mi faris tion senkomente sed tute ne kaŝe. Regina observis ĝin atente, dirante nenion.

"Kion vi opinias?" mi demandis, vane atendinte ian spontanan reagon. "Ĉu tio estas arto aŭ nur provoko?"

Ŝi mienis tre acide kaj observis min preskaŭ same atente kiel la bildon. Sed ŝi diris nenion. Do mi demandis duafoje:

"Diru vian opinion, mi petas. Mi scivolas. Mi mem ne kapablas prijuĝi."

Ŝi eliris el la ĉambro sed haltis dum momento en la pordo kaj diris trans la ŝultron:

"Unu afero ne ekskludas la alian."

Mi ja provis denove kontakti Mikan malgraŭ ŝiaj vortoj pri "unufoje". Sed post tiu malrealeca vespero en Liljeholmen mi spertis nenion de Mika, ĉar kompreneble ŝi ne rekontaktis min. Mi tamen supozis ke mi plu aŭdos aŭ legos pri novaj defioj, provokoj, eble artaj performancoj. Almenaŭ la verdikto pro falsa alarmo estos raportata en la amaskomunikiloj tradiciaj kaj sociaj. Fakte ŝi ŝuldis al mi pretigi la filmon pri iu freneza artisto, kies nomon mi delonge forgesis, ĉar interesis min ne li sed ŝi. Mi ja sponsoris ĝin per sumo ne bagatela. Mi diris al mi ke espereble mi iam denove havos okazon renkonti ŝin aŭ havi ian kontakton kun ŝi. Se jes, tio kompreneble okazos plene laŭ ŝiaj kondiĉoj, kiel ĉiam antaŭe. Sed tion mi jam delonge akceptis kaj toleris.

Se ŝia intenco efektive estis ke tiu vespero kuracu min de mia revado pri ŝi, nenio indikis ke ŝi sukcesis. Eble eĉ male. Mi sentis, kvazaŭ mi vekiĝis el sonĝo, kiun mi ŝatus daŭrigi dum venontaj noktoj por eble atingi pli foren. Sed pli foren al kiu celo, mi vere ne sciis.

Tamen la lastatempaj spertoj igis min pensi pri mia nuntempa vivo. Male al la vilaĝanoj de ŝia kristnaska novelo mi ja vivis tre bonstate, eble eĉ tro. Sed malgraŭ tio mi ne sentis ke mi mem regas mian vivon, nek ke mi vere hejmas en ĝi. Iel mi trafis en ĉi tiun situacion, sed ĉu mi elektis ĝin? Verŝajne jes, tamen mi revis pri eskapo el ĝi. Tio ja estis ridinda kaj verŝajne naiva aŭ nematura iluzio, kaj esence mi ege malfeliĉiĝus, se mi perdus aŭ forlasus la filinojn kaj Reginan. Eble tia dilemo estas neevitebla. Mi volis esti libera, sed ne libera de ĉio. Mi ŝatus – laŭ la sveda proverbo – manĝi la kukon kaj konservi ĝin. Mi revis pri eskapo kun Mika, ien, mi ne scias kien, kaj samtempe mi volis resti en mia loko. Evidente tio ne eblis. Se mi aludus ion tian, Regina ripetus siajn akrajn admonojn pri obsedo kaj fiksa ideo, kaj pri la neceso forgesi "tiun virinon". Kaj sendube ŝi petus min finfine plenkreski. Dume Mika nur rikanus. Mika, kiu reale spertis, kion signifas perdi ĉion, eĉ parton de la propra korpo.

La mondo cetere pluiris sen atento al miaj iluzioj. La sepan de aprilo teroristo mortigis kvin homojn kaj vundis dek kvin, stirante ŝtelitan ŝarĝaŭton rekte en homamason sur la centra strato Drottninggatan, denove nur ducent metrojn de la laborejo de Regina. Pli grandaj teroratakoj okazis en Londono, Peterburgo, Halepo, Manĉestro, Kabulo kaj sendube en mil kaj unu aliaj lokoj. En Sirio la reĝimo ŝajne uzis venenan gason kontraŭ sia propra popolo, kaj poste Usono kaj Rusio enmiksiĝis aktive en la militon. Do mi atendis ke tiu jaro 2017 similos la antaŭajn.

Niaj knabinoj kreskis laŭ freneza rapideco. Mi jam apenaŭ plu memoris iliajn bebajn jarojn, kvankam tiuj de Lova estis ege penigaj. Aŭtune Hanna komencis frekventi la privatan lernejon, al kiu Regina aligis ŝin. Temis pri la tielnomata "nula lernojaro", kiu ankoraŭ estis nedeviga, kvankam pli-malpli ĉiuj sesjaruloj ĉeestis en ĝi. Ekde la sekva jaro ĝi cetere fariĝos deviga. Kaj ni mendis la konstrulaboron por plivastigi nian domon. Dum la plej intensa laboro ni rifuĝis en la granda domo en Äppelviken. La bogepatroj nun loĝis duope en ĝi, ĉar Gisela jam transloĝiĝis al Upsalo.

Aŭtune mi krome rekomencis denove noti miajn memorojn, kaj ĉi-foje ne nur el la junaĝo sed ankaŭ el la plenkreskula vivo. Mi ja retrovis la notojn faritajn antaŭ kelkaj jaroj, sed ili estis malmulte uzeblaj. Mi nun trovis ilin relative fragmentaj, kaj krome verkitaj en tono tro sentimentala. Do mi devis serĉi novan stilon, novajn voĉon kaj metodon. Tamen, mi pensis, mia voĉo ja tute ne gravas. Mi povus verki el miaj memoroj ian ajn rakonton en ia ajn stilo. Neniu havos okazon recenzi ĝin. Eĉ ne Regina. Kaj preskaŭ certe ne Mika, eĉ se mi iam renkontos ŝin denove. Mi ja ne estis gravulo, kiu devis malpermesi la publikigadon de ŝtatsekretoj dum kvindek jaroj post mia morto. La publiko sincere fajfos pri miaj memoroj. Sendube tiu rakonto trafos sub la okulojn de neniu leganto sed restos tio, kio ĝi estis dekomence: tute privataj notoj de unu konfuzita kaj eble obsedata farango.

Epilogo

La flugo postulis dek du horojn, sed nun finfine la taksio portas nin tra la centro de la vilaĝo. Jen malaltaj konstruaĵoj sufiĉe novaj, multe da palmoj, aliaj arboj, arbustoj kaj floroj, fostoj kun telefonaj kaj elektraj dratoj, aŭtoj, skoteroj, aŭtorikiŝoj, turistoj kaj lokaj loĝantoj. Ĉio aspektas bele, pure, bonorde. Ne eblas vidi, kio okazis ĉi tie antaŭ precize dudek jaroj.

Ni jam vidas la plaĝon kaj la maron, kiam la taksio haltas antaŭ blanka konstruaĵo duetaĝa. Jen la pensiono *Ora Paradizo*, sed en la angla, kompreneble: *Golden Paradise*. Apude inter la arboj mi videtas simplajn unuetaĝajn dometojn. Jen sendube la bangaloj. Ĉu oni rekonstruis ĉion same aŭ faris ŝanĝojn? Nu, tio ja ne gravas al mi. Ni elaŭtiĝas, mi pagas kaj prenas niajn du valizojn. La knabinoj portas siajn dorsosaketojn, kaj ni eniras en la pensionon.

Mi ŝovas la sunokulvitrojn en la frunton kaj post momento frapetas sonorilon sur la akcepteja tablo. Aperas mezaĝa virino, tajino eble kvindekjara kun haroj miksite nigraj kaj grizaj. Ĉu ŝi estas Sue? Suniporn Bunsawat? Ja ne eblas ke Mika tiel maljuniĝis? Mi ne kuraĝas demandi. Ĉiuokaze ŝi ne rekonas min. Dume Hanna kaj Lova trovis kanapon, sur kiu ili sidiĝas atendante, lacegaj post la longa vojaĝo.

"Saluton", mi do diras angle. "Ni rezervis bangalon. Fredrik Haldin."

"Ha, la svedoj! Bonvenon al Khao Lak! Mia fratino tre ĝojos paroli vian lingvon. Ŝi estas denaska svedino."

Mi kapjesas. Kompreneble mi devus diri ke mi jam scias tion, sed mi ja ne certas, ĉu Mika klarigis al ŝi ion pri mi. Aŭ eĉ ĉu ŝi konscias ke la knabinoj kaj mi gastos ĉi tie.

Intertempe la virino, kiu evidente do estas Sue, vokas ion en la taja lingvo tra malantaŭa pordo. Post momento aperas Mika. Pli aĝa, pli sunbrunigita ol mi memoras ŝin, kun kelkaj strioj blue kolorigitaj en la nigra hararo, sed same svelta kiel ĉiam. Dikulino ŝi ne fariĝis.

Kion mi sentas ekvidante ŝin? Mi fakte ne scias. Dum momento trairas min speco de elreviĝo, kvazaŭ la realo ne plene respondas al mia ideo pri ŝi. Sed tiu sento tuj vaporiĝas, kiam ŝi ekparolas.

"Bonvenon, Fred", ŝi diras svede. "Do vi finfine trovis la vojon tien ĉi. Sed ĉu tiuj du blondaj belulinoj povas esti viaj filinoj?"

Ŝi ridetas ironie kaj okulmontras al la knabinoj klinitaj super siaj telefonoj.

"Ĉu tio surprizas vin?" mi diras en simile leĝera tono.

"Tute ne. Sed la edzino ne akompanas, ŝajne? Regina, ĉu ne?"

Mi ne scias kiel respondi. Mi ja ŝatus klarigi, kiel statas nia geedzeco, tamen ne dum la knabinoj ĉeestas. Ili ŝajnas somnoli super siaj telefonoj, sed ili certe streĉus la orelojn, se mi dirus ion pri ilia patrino. Do mi kapneas, murmurante:

"Ni ne plu ferias kune."

Mika faras nedeĉifreblan mienon.

"Mi komprenas. Nu, vi certe estas lacaj kaj ne volas longe babili. Vi loĝos en la bangalo *Ko Payang*, tio estas numero du. Jen la ŝlosilo. Ĉu vi bezonas helpon porti la pakaĵon?"

Mi kapneas kaj prenas la ŝlosilon. Fakte mi ja aspiras multe pli longe babili kun ŝi, sed espereble estos pli bonaj okazoj poste. Do mi prenas la valizojn, atentigas la knabinojn ke ili venu, kaj ekiras al nia dometo por la venonta semajno.

Mi ne certas, kiam ĉio ŝanĝiĝis. Eble kiam neatendite mortis Georg, mia bopatro, pro apopleksio. Aŭ duonjaron poste, kiam Gisela kaj Regina helpis al mia bopatrino Inge vendi la konstrufirmaon. Aŭ kiam Inge remigris en Germanion, kaj Gisela ekloĝis en la domo en Äppelviken kun siaj edzo kaj du infanoj, plus tria en la ventro.

Ĉiuokaze tute certe la vivo ŝanĝiĝis, kiam germana kuracisto konstatis hepatan kanceron de Inge. Ŝi restis en Münster, esperante ricevi pli bonan flegadon tie, kaj Regina komencis vojaĝi tienreen al ŝi ĉiun duan semajnon. Regina pli kaj pli forestis; poste ŝi luis apartamenton en Münster por esti proksime al sia mortonta patrino. La filinoj kaj mi restis en Ängby, kaj mi eĉ komencis pripensi, ĉu peti divorcon, sed mi prokrastis tion, fidante ke ĉio estonte normaliĝos. Regina plu havis sian oficon en la firmao de Lovén, de kiu ŝi provizore liberigis sin por estadi kun Inge, kaj mi de kelka tempo akiris novan laboron en la urboplana oficejo de la antaŭurbo Solna, ege pli proksime ol tiu de Haninge.

Nu, poste Inge mortis, kaj Regina revenis hejmen. Tio okazis antaŭ preskaŭ du jaroj. Mi tamen ne dirus ke ŝi revenis al mi. Kompreneble ŝi funebris, kaj certe mankis al ŝi la patrino, eble ankaŭ la patro. Sed ŝi rifuzis paroli pri tio kaj anstataŭe profundiĝis en sian laboron. Strange, kvankam la patrino do signifis al ŝi tiom, ŝi neglektis niajn infanojn. Ankaŭ la fratino kaj la genevoj ŝajne ne interesis ŝin, dum mi kun la knabinoj pasigis multajn semajnfinojn en Äppelviken, kie ili ludis familion kun siaj pli junaj gekuzoj, la ĝemeloj Malva kaj Malte, kaj admiris la bebon Milton. Eble ja temis pri nova deprimo de Regina, sed ĉifoje ŝi preferis kuraci ĝin per plena dediĉo al sia laboro.

Meze de tiu tohuvabohuo mi iam aŭtis al Liljeholmen por retrovi la brikan domon de Mika. Sed tie ĉio jam estis ŝanĝita. La domo ne plu ekzistis, kaj la tuta kvartalo plenplenis je novaj domturoj kun oficejoj kaj loĝejoj, sendube kun bela vidaĵo al la lago. Kaj poste mi legis turisman artikolon en mia ĉiutaga ĵurnalo pri rekonstruita pensiono kun bangaloj en la tajlanda Khao Lak, kaj pri la iam konata artisto kaj verkisto Mika Bunsawat Langer, kiu elektis tie por estri la pensionon kun sia fratino. Ekde tiam mi konsideris vojaĝi tien, kaj nun ni finfine alvenis, miaj filinoj kaj mi.

Hazarde nia vizito okazas samtempe kun la dudekjara jubileo, se tiu vorto aplikeblas, parolante pri la cunama katastrofo. En la najbara bangalo loĝas geedzoj proksimume sesdekjaraj, kiuj rakontis ke ili perdis sian filon ĉi tie kaj nun revenis unuafoje en tiuj dudek jaroj. Eble mi elektis malbonan okazon por vojaĝi ĉi tien?

Mi trovis la bangalon simpla sed pura kaj tute sufiĉa por niaj bezonoj. Du ĉambroj, unu por mi, la dua por la knabinoj. Duŝejo, necesejo, kuirejeto por propra mastrumado, se ni ne manĝos ĉion ĉe Sue kaj Mika. Eble ili ĝuste nun promenas al la vendoplaco por aĉeti legomojn, kiel en tiu fatala tago antaŭ dudek jaroj. Aŭ ili okupiĝas preparante tagmanĝon kun sia kuiristo, juna viro kies nomon mi ne enkapigis.

Ekster la bangalo ni havas terason kun seĝoj kaj tablo, de kie ni videtas la maron malantaŭ kelkaj arbustoj. Entute ĉi tie ni havos plaĉan semajnon, Hanna, Lova kaj mi. Kaj ĉiuokaze plej gravas ne la domo sed la suno, la plaĝo, la maro. Jen ĉio, kio necesos al miaj knabinoj, almenaŭ dum plu funkcios iliaj telefonoj.

Kompreneble ili ne komprenis la kruelan historion malantaŭ la informoj, kiujn oni donis al ni pri la laŭtparoliloj de la cunamoaverta sistemo. Kaj mi ne volis babili tro multe pri tio por ne timigi ilin. Vendrede laŭdire okazos memoriga ceremonio, ĉar pasis precize dudek jaroj, kaj tiam ili ne evitos aŭdi pri la afero. Sed poste ni revojaĝos hejmen. Ĝis tiam ĉi tiu semajno estu ripozo kaj plezuro, por ili same kiel por mi. Sendube ni pasigos trankvilan semajnon en la suno, sur la plaĝo kaj en la varma maro, fuĝinte de la hejma kristnaska neĝokaĉo. Kaj espereble mi havos okazon denove fojfoje iom babili kun Mika post tiom da jaroj, dividante kunajn memorojn. Nur babili, kompreneble. Jam en la unua vespero mi sukcesis interŝanĝi kelkajn vortojn. Tiam ŝi aludis ke ŝi ankoraŭ havas malproksiman rilaton kun sia edzo Jon kaj ke li vizitas ŝin "unu- aŭ dufoje jare".

Iom surprize mi sentis preskaŭ nenion, kiam ŝi menciis lin. La iamaj emocioj ŝajne paliĝis.

"Tio estas, kiam li povas liberigi sin de siaj filmoprojektoj", ŝi aldonis.

"Ĉu vi mem tute ĉesis pri viaj kreaj laboroj?" mi demandis.

Ŝi klinis la kapon tien-reen.

"Ne tute. Fakte mi planas verki novan romanon en pli realisma stilo ol antaŭe. Pri vi, interalie."

Poste ŝi gaje kaj laŭte ridis kaj retiriĝis por prizorgi ian taskon. Supozeble tio estis nur ŝerco. Kial ŝi do verkus pri mi? Pli kredindus ke ŝi verkos pri sia Jon. Cetere mi mem ja planis ĉi tie kompletigi miajn notojn, aldonante memorojn interalie pri Mika. Sed tion mi ne malkaŝis al ŝi. Nu, mi esperas havi okazon demandi pli detale pri ŝia plano. Supozeble ĉi-foje ŝi restos pli proksime al la realo. Ŝi ne menciis titolon de sia planata verko. Eble mi tamen povus proponi ion. Kio pri *Farango*? En singularo, por diferencigi ĝin de la fifama filmo. Aŭ ĉu mi rezervu tiun titolon por mia propra verko, se ĝi iam pretiĝos? Ne, mi lasu ĝin al ŝi. Miaj notoj verŝajne eĉ ne bezonos titolon.

Vortoj kaj nomoj ne aperantaj en PIV 2020

abituri [TS]	trapasi abiturientan ekzamenon
abituro [AC ACE LPD V]	abiturienta ekzameno
alumeti [WA]	ekbruligi per alumeto
apo [BK EV3 G NES RV V]	poŝtelefona aplikaĵo aŭ programo
bahto [AC ACE BK EDK G M MM PE PM V]	tajlanda monunuo บาท
bosno [10 BK BSL G NES WC]	loĝanto de Bosnio
Dalekarlio [AC ACN EDK EV EW G GW JLG LA NES V]	*(Dalarna)* provinco en okcidenta Svedio
falaflo [G NES RV V]	(arabe فلافل) kikerbulo, fritita bulo el pistitaj kikeroj kun spicoj, falafelo [WC]
farango	persa vorto por eŭropdevena persono, nun uzata en sudorienta Azio
Gotenburgo [10 ACN E EDK EV G JLG NES RV V]	*(Göteborg)* havenurbo en sudokcidenta Svedio
Gotlando [AC ACN BK EDK EV EW G JLG NES V]	*(Gotland)* sveda insulo en la Balta maro
gugli [BK BL G NES]	serĉi en Interreto per *Google* aŭ alia serĉilo
Haloveno [BK BSL G NES RV V]	festo la 31-an de oktobro ligita al magio kaj morto, Halovino [ACE EDK]
halucini [NES RV]	percepti halucinojn (= haluciniĝi [NPIV])
harmatano [V]	seka vintra sabloporta vento el Saharo suden kaj okcidenten
hostelo [BK]	junulargastejo aŭ alia simpla hotelo
humanistiko [RV V]	homaj sciencoj, studado de la homoj kaj ties kulturo, ĉefe per kvalitaj metodoj

introverta [EDK NES WC] enmemiĝema, introvertita [NPIV]

johanoherbo [WP] *Hypericum perforatum*, hiperiko, truherbo

lobotomio [ACE BK CM EDK EV FD G GW LPD NES V] kirurgia operacio de cerbo por kuraci psikan malsanon

mekana [AC EDK EV HL] mekanika

mikrumi kuiri, varmigi aŭ malfrostigi per mikroondilo

mojosa [BK BL BSL G NES OE RV V WC] modernjunstila, bonega aŭ laŭ la sociaj normoj de la junularo

neĝokanono [V] aparato ŝpruciganta akvogutetojn, kiuj en malvarma aero formas neĝon

Nordlando [EDK NES SE] *(Norrland)* norda parto de Svedio

Oelando [EDK EV JLG NES V] *(Öland)* insulo kaj provinco en sudorienta Svedio

orientiĝado [G NES V] sporto, en kiu oni kuras trovante sian vojon per mapo kaj kompaso, ofte en arbaro

paniki [CP E EDK M NES OE RV] esti en paniko

pedofilo [BL NES V] plenkreskulo, kies seksa impulso direktiĝas al infano (= pederasto [NPIV], pedofiliulo [BK])

performanco [BA] arta verko konsistanta el ago okazigata en specifa loko kaj tempo

pluruza aŭto [BSL EB EV JCW2] personaŭto kun kvina pordo al granda kofrujo same alta kiel la pasaĝera ejo

punko [BK BSL EDK EV FD G LPD NES V WC] junulara protestmovado kaj muzikstilo

rulapogilo [NES V]	tri- aŭ kvarrada helpilo dum piedirado por personoj malfacile paŝantaj
Selando [AC ACN BSL EDK EV G LF NES]	la dana insulo *Sjælland*, sur kiu situas Kopenhago
Skanio [AC ACN BSL EDK EV JLG LF NES PN V]	*(Skåne)* la plej suda provinco de Svedio
skanseno [KM, SzKM]	vilaĝmuzeo, subĉiela muzeo de popolaj domoj
Smolando [EDK EV JLG NES V]	*(Småland)* provinco en suda Svedio, norde de Skanio
sonografio [G NES RV V WC]	bildigo de internaj strukturoj aŭ organoj per ultrasono
stalki	daŭre gvati aŭ persekuti iun en ĝena maniero
surfi	retumi interrete
ŝnorkelo [AC BE CM EDK EK HV PBE]	spirtubo por subakva naĝado
tiktoki	uzi la sociretejan apon Tik Tok
trolo [RV]	interreta provokanto
U-turno [EV]	180-grada turniĝo, ekzemple per aŭto sur strato
vazektomio [CM G V]	distranĉo de la spermodukto por steriligi, vazoektomio [FD]
vegano [BK BL BSL EDK G NES RV V WC]	persono manĝanta nenian animalaĵon (= vegetaĵano [NPIV])
Vestmanio [EDK EV NES V]	*(Västmanland)* provinco en meza suda Svedio (= Vestmanlando [JLG])
vifio [V]	(angle *Wi-Fi*) sendrata reto por aliro al Interreto
zombio [BSL G NES V WC]	vekita mortinto, vivanta homa kadavro

Fontoj:

10 Deka Oficiala Aldono al la Universala Vortaro, 2023

AC André Cherpillod: NePIVaj vortoj, 1988

ACE André Cherpillod: Konciza Etimologia Vortaro, 2003

ACN André Cherpillod: Etimologia Vortaro de la propraj nomoj, 2005

BA Beletra Almanako

BK Boris Kondratjev: Esperanto-rusa vortaro, 2006, http://eoru.ru/

BL www.bonalingvo.org

BSL Eckhard Bick, Jens S. Larsen: Dansk-Esperanto Ordbog, 2010, https://www.vortaro.dk/

CM Carlo Minnaja: Vocabolario italiano-esperanto, 1996, https://ttt.esperanto.it/hvortaro/

CP Claude Piron

E Revuo Esperanto aŭ Jarlibro de UEA

EDK Erich-Dieter Krause: Großes Wörterbuch Esperanto-Deutsch, 1999

EV Ebbe Vilborg: Ordbok Svenska-Esperanto, 1992, https://ordboken.esperanto.se/

EV3 Ebbe Vilborg: Lilla esperanto-ordboken, 3-a eldono, 2016

EW E. Wüster: Esperanto-Germana Vortaro, 1920

FD Fernando de Diego: Gran Diccionario Español-Esperanto, 2003, https://www.esperanto.es/eo/vortaro/

G Glosbe, https://glosbe.com/

GW Gaston Waringhien: Grand Dictionnaire Espéranto-Français, 1955/76/94

HL Hajpin Li: Esperanto-Korea Vortaro, 1983

JCW2 John C. Wells: English-Esperanto-English Dictionary, 2010

JLG Sam Owen Jansson, Fritz Lindén, Birger Gerdman: Svensk-esperantisk ordbok, 1934

KM Kraft-Malovec: Vortaro Esperanto-Ĉeĥa, 1995

LA Léger-Albault: Dictionnaire Français-Espéranto, 1961

LF L. Friis: Esperanto-Dana Vortaro, 1969

LPD J. Le Puil, J.P. Danvy k.a.: Grand Dictionnaire Français-Espéranto, 1992

M Monato

MM Miyamoto Masao: Japana-Esperanto Vortaro, 1982

NES Nätordbok Esperanto-Svenska, 2024, https://ordboken.esperanto.se/

NPIV Nova Plena Ilustrita Vortaro, 2020, https://vortaro.net/

OE La Ondo de Esperanto

PE B. Samimy: Persa-Esperanto Vortaro, 1981

PM Poŝatlaso de la Mondo, 1971

PN Paul Nylén: Esperanto-Sveda Vortaro, 1954

RV Reta Vortaro, http://www.reta-vortaro.de/revo/

SzKM Szerdahelyi-Koutny: Hungara-Esperanta Meza Vortaro, 1996

TS Trevor Steele

V Vikipedio, https://eo.wikipedia.org/wiki/

WA William Auld: La infana raso, 1956

WC Wang Chongfang: Sinteza Vortaro Ĉina-Esp/Esp-Ĉina, http://vortaro.cn/

WP Wouter Pilger: Provizora Privata Listo de komunlingvaj nomoj de plantoj de nord-okc. Eŭropo, 1982

Citaĵoj kaj dankoj

La citaĵoj el poemoj de Edith Södergran sur paĝo 115-116 estas tradukitaj de Sabira Ståhlberg kaj aperis en *Lando malekzista*, Bambu, Varna 1999. Ili estas el la poemoj *Till fots fick jag gå genom solsystemen* (Piede mi travagis la sunsistemojn, 1919), *Till Eros* (Al Eros', 1925) kaj *Dagen svalnar...* (La tago friskas vesperiĝe, 1916). La poemfragmentoj de Erik Johan Stagnelius el *Suckarnas mystär* (Mistero de l' suspiroj, 1821) sur paĝo 56 kaj de Sylvia Plath el *Mad Girl's Love Song* (Amkanto de freneza knabino, 1953) sur paĝo 113 estas tradukitaj de mi mem.

Fine mi volas esprimi grandajn dankojn al Ulrich Becker pro la eldono kaj al Edmund Grimley Evans kaj Jouko Lindstedt pro provlegado kaj utilaj proponoj.

Sten Johansson

Originala prozo aperinta ĉe la eldonejo Mondial

Originala romano – Esperanta klasikaĵo!

Jean Forge (Jan Fethke): ***Abismoj***

En *Abismoj*, pluraj personoj estas interligitaj per amrilatoj rezultantaj en animaj konfliktoj de ĉiuj envolvitoj: La bienmastro Ernesto Muŝko provas delogi la filinon de najbaro, Halino-n Borki, kiu tamen enamiĝas ne al li, sed al artpentristo, Mateo Ardo, kiu siavice jam havas fianĉinon...

La unua krim-romano en Esperanto!

Argus (Friedrich Ellersiek): ***Pro kio?***

En 1920 la germana eldonejo Esperanto-Verlag Friedrich Ellersiek publikigis la krim-romanon *Pro kio?* – de aŭtoro kun la pseŭdonimo Argus, kiu poste montriĝis la posedanto de la eldonejo, Friedrich Wilhelm Ellersiek. Malgraŭ ĵurnalisma sperto, li verkis nur unu romanon: tiun ĉi romanon pri krimo.

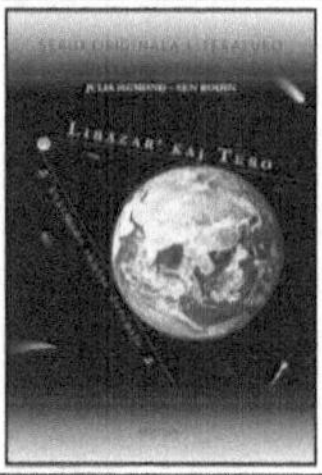

Sciencfikcia romano

Julia Sigmond, Sen Rodin: ***Libazar' kaj Tero***

Libazar' estas ĝemela planedo de Tero en Galaksio PU-44422. Ĝi estas samtempe la sola insulo de tiu planedo, ĉirkaŭ kiu etendiĝas nur oceano. Tero kaj Libazar' diferencas unu de la alia i.a. laŭ kutimoj, leĝoj, teknologiaj kaj psikaj kapabloj. Fantaziplena romano kun dramecaj eventoj...

Historia romano

Eugène de Zilah: ***La Princo ĉe la hunoj***

620-paĝa historia romano pri la vivo, kulturo, moroj de la hunoj en la 3-a jarcento a.K. – Post milita malvenko, la ĉina princo Chan sin kaŝas, dum sep jaroj, en taoisma monakejo. Li decidas forlasi la ĉinan teron kaj komenci novan vivon ĉe la hunoj: alia civilizo kun aliaj homoj, moroj, gustoj kaj odoroj...

Komikso en Esperanto!

Federico Gobbo kaj Yuri Gamberoni: ***Bonvenon! Laŭra kaj Petro malkovras Esperanton***

Laŭra kaj Petro estas gefratoj. Dum feriumado, ili aŭdas pri Esperanto. Komenciĝas aventuro pri la malkovro de la fenomeno Esperanto, t.e. ne nur la lingvo, sed ankaŭ la kulturo malantaŭ ĝi, inkluzive de la biografio de Zamenhof...

VIZITU: www.esperantoliteraturo.com

Originala prozo aperinta ĉe la eldonejo Mondial

Moderna klasika originala romano

Trevor Steele: ***Sed nur fragmento***

La konata aŭtoro Trevor Steele rekreas, unuflanke, la socion de la urbo Brisbano (Aŭstralio) en la 19a-jarcento kaj, aliflanke, la apenaŭ tuŝitan kulturon de la insulo Novgvineo ("Verda Insulo" en la romano) – tra la okuloj de la rusa antropologo Barono Maklin. Bunta kaj eventoplena romano.

Mikronoveloj en Esperanto!

Ne ekzistas verdaj steloj (Liven Dek) kaj ***Ĉiuj steloj etas nokte*** (de pluraj aŭtoroj)

Mallongecon ĉiam oportune valorigis la poetoj. Venis prozpoemoj, fine naskiĝis mikronoveloj. Liven Dek kaj konkursantoj de la Belartaj Konursoj de UEA prezentas ilin...

Akompani la finajn jarojn de vivoj...

Paulo Sergio Viana: ***La ŝirmejo***

Ĉi tiu libreto estas la rezulto de jardekoj da volontula kuracista laboro de la aŭtoro en malriĉaj maljunulejoj en Brazilo. Li tie kunvivis kun homoj en la fino de ilia vivo – tro ofte tragika fino. La du rakontoj – en formo de taglibro kaj de raporto – celas atentigi homojn pri grava socia problemo.

Mozaika romano

Manuel de Seabra: ***Malamu vin, unu la alian***

En formo de epizodoj el la propra vivo, de rakontetoj pri amikoj, priskriboj de politikaj eventoj kaj personoj, realismaj kaj absurdaj prozaĵetoj, la aŭtoro kunmetas grandan bildon pri sia lando, sia vivo, kaj pri la pasinta jarcento en Portugalio, kiu vivis de 1926 ĝis 1974 sub armea kaj diktatora regado.

Erotika romano

Darik Otira: ***Vojaĝo al kuniĝo (Konfesoj de seksobsedito)***

Amo ne venas facile al Rikardo, multe malpli facile ol okazoj por amoro. Li amikiĝas kun pluraj knabinoj, sed la rilatoj neniam daŭras tre longe. Li serĉas ankaŭ en Esperantujo, kaj en eksterlando, kie liaj seksaj aventuroj kondukas lin eĉ en leĝajn implikiĝojn. Ĉu li fine trovos la ĝustan knabinon?

VIZITU: www.esperantoliteraturo.com

Originala prozo aperinta ĉe la eldonejo Mondial

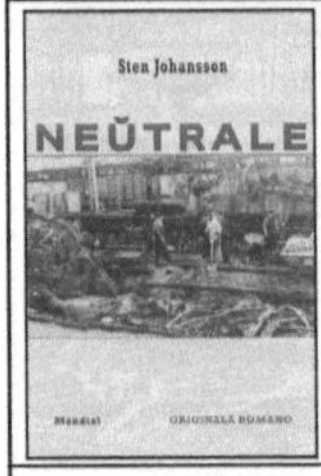

Skandinavio dum la dua mondmilito

Sten Johansson: ***Neŭtrale***

La romano prezentas la aventurojn de tri homoj kun ŝajne sendependaj vivoj. Per historioj kaj anekdotoj el iliaj vivoj, per rakontoj pri spionado kaj sabotado, pri amoro kaj eĉ pri amo al ĵazo, la aŭtoro rakontas pri la komplika historio de parto de Skandinavio dum tiu tempo.

Psikologia romano pri krimo

Sten Johansson: ***Skabio***

Stefan vekiĝas en prizono. De tempo al tempo, du policanoj pridemandadas lin pri krimo kaj aliaj okazintaĵoj, pri kiuj li ŝajne nenion scias. La longaj horoj en la prizono revenigas al li pasintajn renkontiĝojn, amojn, agojn – memorerojn, kiuj paŝon post paŝo prilumas terurajn sekretojn.

Saltoj tra epokoj

Sten Johansson: ***El ombro de l' tempo***

En la 1970aj jaroj, grupo de junaj homoj en sveda urbo disdonas pamfletojn kontraŭ la usona milito en Vjetnamio. La interrilatoj de la grupanoj rezultigas ŝanĝiĝantajn amaferojn de la protagonisto... Plurajn jardekojn poste, kiam li estas konata verkisto, lin subite konfrontas kvardekjara virino...

Interetna familio

Sten Johansson: ***Ne eblas aplaŭdi unumane***

Per elokventa priskribo de personecoj kaj interrilatoj, naturo kaj sezonoj, familiaj valoroj kaj ĉiutagaĵoj, la aŭtoro invitas nin en la personajn vivojn de homoj, kies evidentaj eksteraj kaj kulturaj diferencoj ekŝajnas malpli gravaj ol la homaj kvalitoj, ol la defioj de la ordinara vivo.

Historia romano

Sten Johansson: ***Secesio***

Romano pri la tumultaj intermilitaj dek jaroj 1925 ĝis 1935 en Aŭstrio, pri la bataloj de politikaj grupiĝoj kaj la klopodoj de artistoj en tiu tempo. La libro priskribas la evoluantan rilaton kaj vivojn de du virinoj en la aŭstria ĉefurbo Vieno: unu estas aŭstra skulptistino el juda familio kaj la alia dana ĵurnalistino.

VIZITU: www.esperantoliteraturo.com

Originala prozo aperinta ĉe la eldonejo Mondial

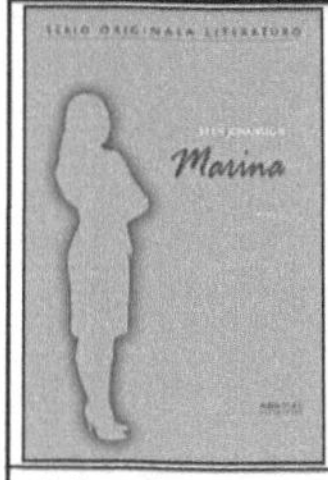

Marina-Trilogio: la unua libro...

Sten Johansson: ***Marina***

Moderna romano pri memperdo kaj memtrovo, pri Svedio de la 70aj jaroj ĝis hodiaŭ. La tekstofluo ne ĉiam kronologia efikas filmece kaj katenas la atenton. – Du svedoj kun malsamaj originoj, kun sortoj malsamaj, kies padoj jen krucas sin jen malkuniĝas; kun neatenditaj eventoj kaj revelacioj...

Marina-Trilogio: la dua libro...

Sten Johansson: ***Marina ĉe la limo***

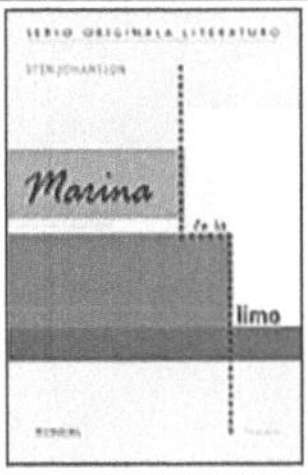

Marina vivas kun sia edzino Helle kaj la du adoptitaj gefiloj en Malmö. Ili estas moderna familio, kies kunvivadon minacas pluraj eventoj: personaj, emociaj, sociaj kaj eĉ politikaj. Marina, la centra figuro de la libro, estas devigata analizi siajn rilatojn kun la tri aliaj...

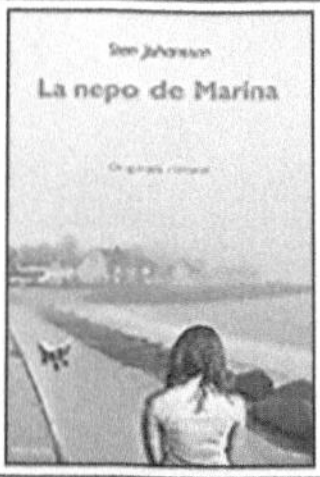

Marina-Trilogio: la tria libro...

Sten Johansson: ***La nepo de Marina***

La tri romanoj estas sendependaj verkoj, kvankam multaj agantoj aperas en ĉiuj tri el ili. En ĉi tiu romano, Marina devas konfronti tute alispecajn problemojn en sia nova rolo de avino. Kiel kutime, la lingvaĵo de Sten Johansson estas modela, flua kaj kaptanta la intereson de la leganto.

Tiklaj kaj komplikaj temoj de nia tempo

Sten Johansson: ***Falaflo en maco***

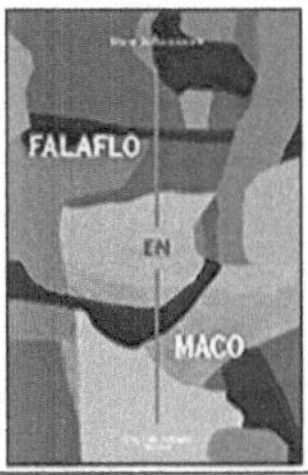

Juna sveda virino, Filippa, vidas sin inter du mondoj: Ŝia koramiko, Kasim, havis geavojn kiuj devis fuĝi el Palestino en Libanon. Li partoprenas manifestaciojn de palestinanoj en Svedio. La juddevena avo de Filippa, kiel infano en 1938, devis fuĝi Vienon post la alveno de la germanaj nazioj en Aŭstrio...

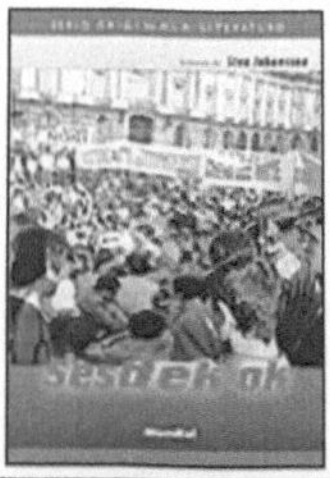

Studentoj en 1968

Sten Johansson: ***Sesdek ok***

Tra la okuloj de sveda esperantisto studanta francan literaturon en Parizo, la aŭtoro prezentas la socian situacion en tiama Francio kaj interplektas siajn priskribojn kun aferoj de interhomaj rilatoj, de amo kaj amoro, kiujn li lerte uzas kiel ilustraĵojn de diversaj politikaj movadoj kaj individuaj konvinkiĝoj.

VIZITU: www.esperantoliteraturo.com

www.ingramcontent.com/pod-product-compliance
Lightning Source LLC
Chambersburg PA
CBHW030032030726
47500CB00001B/74
9781595695123